*ANTOLOGIA ESCOLAR DE LITERATURA BRASILEIRA*

Musa
escola
cultura de volta à educação
volume 1

*MAGALY TRINDADE GONÇALVES*
*ZÉLIA THOMAZ DE AQUINO*
*ZINA BELLODI SILVA*

# *Antologia escolar de literatura brasileira*

## Poesia e Prosa

PREFÁCIO DE
ANTONIO CARLOS SECCHIN

Editora Musa
*Antologia escolar de literatura brasileira*

Capa: *Diana Mindlin, sobre detalhe do quadro*
Anchieta escrevendo na areia,
*de Benedito Calixto*

Editoração eletrônica: *Estúdio O.L.M.*

Fotolito: *Helvética editorial*

Consultor técnico: *Antonio Carlos Secchin*

Revisores: *Carlos Alberto Iannone e organizadoras*

Dados Internacionais de Catalogação na Publicação (CIP)
(Câmara Brasileira do Livro, SP, Brasil)

Gonçalves, Maria Magaly Trindade
Antologia escolar de literatura brasileira : poesia e prosa / Magaly Trindade Gonçalves, Zélia Thomaz de Aquino, Zina Bellodi Silva ; prefácio de Antônio Carlos Secchin. — São Paulo : Musa Editora, 1998. — (Musa escola. Cultura de volta à educação ; 1)

ISBN 85-85653-33-7

1. Poesia Brasileira – Coletânea 2. Prosa brasileira – Coletâneas I. Aquino, Zélia Maria Thomaz de. II. Silva, Zina Bellodi. III. Secchin, Antônio Carlos, 1952– IV. Título. V. Série.

98-1493 CDD-869.9108004
869.9308004

Índices para catálogo sistemático:
1. Antologias : Poesia : Século 20 : Literatura brasileira 869.9108004
2. Antologias : Prosa : Século 20 : Literatura brasileira 869.9308004

Musa Editora Ltda.
Rua Monte Alegre 1276,
05014-001 São Paulo SP

Caixa Postal 70.539
05013-990 São Paulo SP
Tel e Fax: (011) 3862-2586
(011) 3871-5580

Impresso no Brasil 1998 (1ª ed.)

# Agradecimentos

Agradecemos a autores, detentores de direitos autorais, estudiosos relacionados com familiares de escritores, enfim, a todos que contribuíram concretamente para que pudéssemos realizar este trabalho.

*Adélia Prado*
José A. Freitas
Pedro Paulo Sena Madureira

*Adelino Magalhães*
Luiz Augusto Magalhães

*Adonias Filho*
Maria de Lourdes Aguiar Oliveira
Rachel Aguiar Oliveira

*Alphonsus de Guimaraens*

*Alphonsus de Guimaraens Filho*

*Álvaro Moreyra*
João Paulo Moreyra

*Aníbal Machado*
Maria Clara Machado

*Antonio Callado*
Ana Arruda Callado

*Antônio Tomás, Padre*
Francisco José Ramos Gomes
João Ribeiro Ramos

*Ariano Suassuna*
AGIR Editora
Regina Lemos

*Armindo Trevisan*

*Ascenso Ferreira*
Maria Luiza Medeiros Gonçalves Ferreira

*Augusto de Campos*

*Augusto Frederico Schmidt*
Eliane Peyrot
José Mário Pereira (TOPBOOKS)

*Autran Dourado*

*Bernardo Élis*
Maria Carmelita Fleury Curado

*Cacy Cordovil*

*Carlos Drummond de Andrade*
Henrique Gandelman

*Carlos Pena Filho*
Maria Tânia Carneiro Leão

*Carmo Bernardes*
Maria Nicolina do Carmo

*Cassiano Ricardo*
Brasil Gomide Ricardo Filho
Célia Cecília Ricardo Gianesella
Regina Célia Ricardo Gianesella

*Cecília Meireles*
Alexandre Carlos Teixeira
Maria Fernanda Meireles

*Clarice Lispector*
Paulo Gurgel Valente

*Cora Coralina*
Maria Luiza Cartaxo
Vicência Bretas Tahan

*Cornélio Penna*
Eloisa Leite do Canto
Esmeralda Penna Cardoso
Fernando Pereira de Almeida
Manoel Camillo de Oliveira Penna
Noélia Penna Mauger
Octavio Camillo Pereira de Almeida

*Cyro dos Anjos*
Margarida dos Anjos Couto

*Dante Milano*
Alda Milano
Ana Maria Milano Souto
Gilda Milano
Marco Aurélio de Melo Reis

*Décio Pignatari*

*Dora Ferreira da Silva*

*Emílio Moura*
Afonso Ávila
Fábio Lucas

*Érico Veríssimo*
Mafalda Volpe Veríssimo
Maria da Glória Bordini

*Fernando Sabino*

*Ferreira Gullar*

*Francisco J. C. Dantas*
Editora Schwarcz
Maria Emília Bender
Maria Lúcia Dal Farra

*Fulvia M. L. Moretto*

*Geraldo França de Lima*
Lígia Bias Fortes da Rocha Lagoa de Lima

*Gilberto Mendonça Teles*

*Graciliano Ramos*
Heloisa M. Ramos
James Amado
Luiza Ramos Amado

*Guilherme de Almeida*
Maria Isabel Barrozo de Almeida

*Haroldo de Campos*

*Haroldo Maranhão*

*Henriqueta Lisboa*
Abigail de Oliveira Carvalho
Alaíde Lisboa de Oliveira

*Ignácio de Loyola Brandão*

*José J. Veiga*
Editora - Bertrand Brasil
Rosimary Alves

*João Alphonsus*
Fernão Baeta Vianna de Guimaraens

*João Cabral de Melo Neto*
Marly de Oliveira Cabral de Melo

*Joaquim Cardozo*
Paulo Cardoso

*Jorge de Lima*
Lia Corrêa de Lima
Maria Tereza Alves Jorge de Lima

*José Américo*
Fundação Casa de José Américo
Ivanice Frazão de Lima e Costa

*José Cândido de Carvalho*
Hélio Valente
Livraria José Olympio
Manoel R. Domingues
Marlene Moraes

*José Lins do Rêgo*
Elizabeth Lins do Rêgo
Hélio Valente
Livraria José Olympio
Marlene Moraes

*José Paulo Paes*

*Júlio Salusse*
Maria Cecília de Moraes e Silva

*Lêdo Ivo*

*Lólio L. de Oliveira*

*Lúcio Cardoso*
Maria de Lourdes Cardoso Barros
Rafael Cardoso Denis

*Luiz Antonio de Assis Brasil*

*Manuel Bandeira*
Titulares dos direitos autorais
de Manuel Bandeira

*Maria José de Queiroz*

*Mário Chamie*

*Mário Faustino*
Benedito Nunes
Haroldo Maranhão

*Mário Quintana*
Elena Quintana

*Marques Rebelo*
José Maria Dias da Cruz
Maria Cecília Dias da Cruz

*Mauro Mota*
Marly Mota
Paulo Gustavo de Oliveira

*Moacyr Scliar*
Editora Schwarcz Ltda.

*Monteiro Lobato*
Danda Prado
Jorge Kornbluh
Joyce Campos Lobato Kornbluh

*Murilo Mendes*
Maria da Saudade Cortesão Mendes

*Murilo Rubião*
Editora Ática
José Bantim Duarte
Sílvia Rubião Resende

*Nauro Machado*
Arlete Cruz Machado

*Olegário Mariano*
Dulce Marcondes Ferraz
Élvia Maria de Sá Menezes

*Osman Lins*
Julieta de Godoy Ladeira

*Oswald de Andrade*
Editora Globo
Lenilson Victorino
Lina Pompei
Rudá P. Galvão de Andrade

*Otto Lara Resende*
Helena P. Lara Resende

*Paulo Mendes Campos*
Joan A . Mendes Campos

*Pedro Nava*
Ana Nava
Paulo Menezes Penido

*Rachel de Queiroz*
Lúcia Riff

*Raduan Nassar*

*Raul Bopp*
Ana Maria Santeiro
Guadalupe Lúcia Bopp

*Renata Pallottini*

*Ribeiro Couto*
João Maria Pereira Renó
Otavio Corrêa

*Ricardo Ramos*
Marise Ramos

*Rubem Braga*
Roberto Seljan Braga

*Vinicius de Moraes*
Adriana Vendramini Terra
Luciana de Moraes
Sílvia Dain

*Zeferino Brazil*
Celina Garcia Sebag
Ério Brazil Pellanda

*Academia Brasileira de Letras*
Luiz Antônio de Souza

*Academia Mineira de Letras*
Carmem Moura Santos
Vivaldi Moreira

*Arnaldo Afonso*

*Biblioteca Municipal "Mário de Andrade" de São Paulo*

*Biblioteca Pública Municipal "Mário de Andrade" de Araraquara*
Célia Regina Longobardo
Fátima Aparecida Zampiero Ramos
Maria Isabel Gonçalves Evangelisti
Maria Martha Lupo Stella

*Editora Record*
Daisi Fernanda Santos
Sérgio Machado

*Benedito Aranha*

*Carlos Bellodi da Silva*

*Élia Garcia Gonçalves*

*Guerino Facco Filho*
*Lucimari Missae Seto Facco*

*Henrique L. Alves*

*Jaime Marcelino Gomes*

*João Carlos da Silva*

*Laudicea Milanez Bellodi*

*Laura Bellodi*

*Maria Soares de Arruda Aquino*

*Nelson Coutinho*

*Rafael Martini Filho*

*Sebastião Cavalcanti de Araújo Barbosa de Mello (Livraria Azteca)*

*Wilma D. de Simoni Cordeiro*

# Sumário

# Prefácio

Antonio Carlos Secchin

A *Antologia escolar de literatura brasileira*, de Magaly Trindade Gonçalves, Zélia Thomaz de Aquino e Zina Bellodi Silva, representa, de certo modo, a culminância de uma pesquisa levada a cabo com amor e competência pelas três professoras, pesquisa de que as antologias de antologias *101 poetas brasileiros "revisitados"* (1995) e *Prosadores brasileiros "revisitados"* (1996) haviam sido os primeiros e sólidos exemplos. Altera-se agora o objetivo da proposta, sem que se altere o trabalho meticuloso das organizadoras, anteriormente voltado para uma espécie de catalogação meta-antológica de nossa produção e centrado, nesta nova compilação, nas fontes primárias dos textos, com a finalidade de fornecer a professores e alunos um guia seguro da literatura brasileira, através de suas etapas cronológicas e de sua multiplicidade de gêneros, abarcando um total de 143 autores, entre prosadores, poetas e dramaturgos. O adjetivo "escolar" não deixa dúvidas: trata-se de coletânea que pretende despertar ou cultivar no alunado a sensibilidade para as Letras, e que fornece aos mestres um guia estimulante para o trabalho em sala de aula, seja pela qualidade intrínseca dos textos, seja pelo rigor e apuro com que textos e autores foram apresentados: transcrições fidedignas da vontade autoral, equilíbrio entre presença de versos e prosa (neste último caso, com opção por textos curtos), corretas indicações biobibliográficas.

São inúmeros os critérios que se podem adotar para a elaboração de uma antologia, e a escolha de qualquer um provocará inevitavelmente reação simetricamente oposta. Importante, a meu ver, é tornar os critérios explícitos, ou ao menos perceptíveis. Aqui, as autoras tomaram partido por um caráter que se diria máximo de abrangência, tanto no que se refere ao próprio florilégio quanto no que toca à expectativa de sua circulação, conforme se lê na Apresentação.

À guisa de sumária retrospectiva, é possível elencar cinco obras de similar amplitude: a *Antologia nacional*, de Fausto Barreto e Carlos de Laet; a *Presença da literatura brasileira*, em dois volumes, de Antônio

Cândido e J. Aderaldo Castello; o *Roteiro literário do Brasil e de Portugal*, em dois volumes, de Álvaro Lins e Aurélio Buarque de Hollanda; a *Antologia escolar brasileira*, de Marques Rebelo; e *A literatura brasileira através dos textos*, de Massaud Moisés. O livro de Barreto e Laet, cuja primeira edição remonta ao século passado (1895), pertence ao período em que a literatura era subsidiária do ensino da língua, servindo como amparo deleitoso (nem sempre...) e gramatical das normas do bem escrever. Incluiu grande número de autores portugueses, o que também ocorreria, mas já numa perspectiva estritamente literária, nas 856 páginas do *Roteiro* elaborado em 1956 por Lins e Hollanda. Igualmente volumosa (825 páginas), mas restrita a escritores brasileiros, a *Presença* de Cândido e Castello (1964) inovou ao privilegiar o Modernismo e os autores vivos, e também pela amostragem mais extensa dos autores selecionados (sobretudo no volume dedicado aos modernos). A *Antologia* de Marques Rebelo é cercada de cautelas: exclui textos que possam ferir "princípios políticos, religiosos, raciais e morais"; vale lembrar: foi editada em 1967, sob os auspícios do Departamento Nacional de Educação do MEC. A obra restringe-se a autores mortos, dispostos em ordem cronológica inversa. Enfatiza a poesia em detrimento da prosa e retoma a tradição da *Antologia nacional* ao abrigar o teatro, curiosa e totalmente alijado das coletâneas de 56 e de 64. *A literatura brasileira* de Massaud Moiséis (1971) abre-se a todos os gêneros literários, e seus méritos fizeram-na alcançar, em pouco mais de duas décadas, um grande número de edições.

Referindo-me a uma seleta de Gonçalves Dias a cargo de José Carlos Garbuglio, tive ocasião de escrever: "É sempre difícil a tarefa do antologista, confrontado ao dilema de reiterar o cânone ou dele discordar, introduzindo, a seu risco, textos de escassa ou nula circulação. Uma antologia sem a ousadia da (re)descoberta perde a função, pois, nesse caso, bastaria que nos reportássemos às que a precederam. Uma outra que ignorasse de todo o cânone poderia até ser valiosa como revelação de um temperamento, mas subtrairia ao leitor o peso e a chancela que a historicidade foi imprimindo em determinados textos". Magaly, Zélia e Zina enfrentaram esse desafio, realizando um trabalho de grande seriedade, que soube ao mesmo tempo reavaliar a tradição e abrir-se ao discurso do novo. E, como se trata de coletânea formada por excertos em geral curtos, não resisto à tentação de dizer: texto breve e vida longa à *Antologia escolar de literatura brasileira*!

# Apresentação

Publicamos em 1995 e 1996 a *Antologia de Antologias — 101 poetas brasileiros "revisitados"* e *Antologia de Antologias — prosadores brasileiros "revisitados"*. Como os próprios títulos indicam, nosso trabalho partiu de antologias anteriores e nosso critério de escolha foi a constância dos autores e dos textos. Caracterizaram-se nossos livros pela abrangência, cobrindo a literatura brasileira desde a era colonial até os últimos anos.

Apesar de nos havermos guiado pelas antologias mais antigas, algumas vezes optamos por textos que não compareciam nelas; o nosso intuito, na eventual escolha de autores menos explorados, foi o de resgatar coisas que tendiam a cair no esquecimento e, de certa forma, conseguir, com nossas duas *Antologias*, delinear o perfil aproximado da cultura brasileira em cada época. Segundo alguns estudiosos, seria difícil chegar a uma visão coerente da História sem levar em conta um de seus documentos reveladores: a Literatura. Para esses estudiosos isto não ocorre porque a Literatura seja mero reflexo da sociedade, mas, talvez, porque seja o instrumento de mais aguda penetração no real. Muitas crônicas medievais, por exemplo, fornecem uma visão congelada de um momento histórico mas de uma forma que às vezes beira à estereotipia, dando até a impressão de que a História é apenas e tão somente cíclica. É claro que o Renascimento e as fases posteriores a ele trouxeram outras visões históricas, mas haverá sempre uma lacuna, se não forem levados em conta os textos literários e outros que estão na fronteira entre o artístico e o não artístico.

A Literatura, além de não ser um reflexo puro e simples da realidade, pela sua própria natureza, tende a ser contestadora, e, na sua essencial "rebeldia" (Burke), traz um quadro mais vivo, mais significativo dessa realidade. Esta aparece de forma dupla: por um lado, como visão concreta e individualizada dos fatos em sua singularidade; por outro, como um painel onde estão implícitos elementos universais. A Literatura propicia uma compreensão menos ingênua, e também mais dolorosa da condição humana, se comparada ao relato puramente factual.

Esta nova *Antologia,* que ora trazemos a público, difere de nossas anteriores, porque está mais restrita à produção literária, e, particularmente, àquela que poderia constituir, parcialmente, nosso cânone. Nem todos os excertos, entretanto, atingem o nível que se consideraria canônico.

Em relação às anteriores, esta *Antologia* é menos abrangente quanto ao período colonial, pois nossa proposta foi conceder espaço preferencial às obras a partir do Romantismo, privilegiando, de forma clara, autores mais próximos de nós e mesmo os contemporâneos. Isto, de certa forma, explica a presença da produção feminina, já que esta, particularmente no Brasil, não teve condições muito favoráveis de desenvolvimento até algumas décadas atrás.

Nossa intenção é atingir um público amplo e heterogêneo, desde o estudante, cujo contato com os escritores é praticamente compulsório e institucionalizado, até o leitor de reduzida escolaridade, o "leitor comum", expressão que cobre vasta gama de pessoas, e que tão difícil é de definir. Trabalhamos ainda no sentido de atingir o crítico profissional, o mundo acadêmico, os alunos de todos os graus, especialmente os de Letras (a quem cabe ensinar a língua portuguesa e as literaturas portuguesa e brasileira), e aqueles que ainda fazem da boa leitura um hábito, todos, enfim, que não se satisfazem com o lazer barato que a mídia tende a proporcionar. Esperamos que todas as categorias de leitores venham valer-se de nosso florilégio, compreendendo que tal ato pode e deve ser essencialmente prazeroso e enriquecedor.

Definimos, para a realização deste trabalho, alguns critérios básicos. Os autores que aqui comparecem estão representados por textos de extensões diferentes, havendo, pois, eventualmente, cortes necessários. Não se trata de critério de valor. Foi, muitas vezes, a solução encontrada para resolver uma série de problemas. Tentamos estabelecer limites para cada nome, mas nem sempre foi possível conseguir equilibrar extensões de textos e não nos sendo possível uniformizar este aspecto, procuramos, pelo menos, não desfigurá-los nem descaracterizar os autores. Limitando e cortando, nossa intenção foi salvaguardar a representatividade da produção literária nacional através de uma ampliação do número de autores. Nossos cortes e limitações tiveram ainda o objetivo de colocar para o leitor (e para o estudante, em especial) algo que, contendo a força característica do autor, pudesse motivá-lo a procurar a obra completa.

Alguns textos foram atualizados para normas ortográficas vigentes e, para facilitar, foram utilizadas as seguintes abreviaturas: com. (comédia); crít. (crítica); crôn. (crônica); ed. (edição); ép. (épico); estab. (estabelecimento); ficç. (ficção); frag. (fragmento); imp. (impressão); intr. (introdução); org. (organização, organizado); poem. (poema) poes. (poesia); pseud. (pseudônimo); reimp. (reimpressão); rom. (romance); teat. (teatro). Foram colocados em destaque os nomes pelos quais os autores são literariamente conhecidos. Porém, a pedido, uns poucos não têm os nomes completos. Intencionalmente, as notas biobibliográficas se apresentam bastante resumidas, relacionando apenas algumas das obras de cada autor.

As notas de autor (NA), que aparecem em alguns textos, foram por nós omitidas, para tornar mais prático o manuseio da Antologia.

Acreditamos que uma antologia seja a oportunidade de, além de trazer o consagrado, apresentar o menos conhecido do passado e o novo. Isto explica a presença de alguns autores normalmente menos explorados e de alguns que, extremamente recentes, ainda não mereceram grandes estudos. Esperamos que nossas escolhas sejam compreendidas pelo público e convalidadas pelo tempo. Conforta-nos a certeza de que nossas decisões na seleta corresponderam a uma proposta honesta de trazer a público tudo que nos parece ter condições de ser inscrito no campo estético.

Poderão alguns estranhar a ausência de autores consagrados, o que também a nós causa insatisfação, mas nada pudemos fazer porque esbarramos em questões insolúveis relacionadas a direitos autorais. É o caso, por exemplo, de Mário de Andrade, Guimarães Rosa que, infelizmente, não comparecem por não termos conseguido autorização para publicar seus textos, por mais que nos esforçássemos.

Gostaríamos de lembrar que, sendo esta uma antologia escolar, é grande sua utilidade didática para o professor, especialmente no trabalho em sala de aula, ao explorar o texto literário, oferecendo ao aluno oportunidade de descobrir a literatura e se interessar por ela.

Esta *Antologia* é o resultado de trabalho longo e árduo de nossa parte. Não podemos deixar de lado, entretanto, o fato de que pessoas e instituições contribuíram decisivamente para sua consecução. Além dos agradecimentos já apresentados, devemos ainda registrar nosso especial reconhecimento aos Professores Alfredo Bosi, Antonio Carlos Secchin, Carlos Alberto Iannone, Wilson Martins, ao Dr. Plínio Doyle, aos escritores Haroldo Maranhão, José Paulo Paes e Raduan Nassar, de quem recebemos apoio inestimável, orientações seguras e constante estímulo para a realização deste trabalho.

Araraquara, Jaboticabal, Janeiro de 1998.

*Magaly Trindade Gonçalves*
*Zélia Thomaz de Aquino*
*Zina Bellodi Silva*

## José de Anchieta (Padre)

Nasceu em Tenerife, Canárias, em 19/3/1534 e morreu no Espírito Santo em 9/6/1597 em Reritiba, hoje Anchieta, ES. Estudou em Coimbra e, em 1553, com 19 anos, veio para o Brasil com o governo de Duarte da Costa. Enviado para São Vicente fundou o Colégio de Piratininga. **Algumas obras**: *Auto de Santa Úrsula* (teat.1577); *Na festa de São Lourenço* (teat. 1587); *Arte de gramática da língua mais falada na costa do Brasil* (1595); *Poema da Virgem*; *Cartas, informações, fragmentos históricos e sermões do Padre José de Anchieta*, 1931-1933, publicado pela Academia Brasileira de Letras; *Poesias* (1954).

### À Santa Inês

na vinda de sua imagem

Cordeirinha linda,
Como folga o povo,
Porque vossa vinda
Lhe dá lume novo.

Cordeirinha santa,
De Jesus querida,
Vossa santa vida
O Diabo espanta.
Por isso vos canta
Com prazer o povo,
Porque vossa vinda
Lhe dá lume novo.

Nossa culpa escura
Fugirá depressa,
Pois vossa cabeça
Vem com luz tão pura.
Vossa formosura
Honra é do povo,
Porque vossa vinda
Lhe dá lume novo.

Virginal cabeça,
Pela fé cortada,
Com vossa chegada
Já ninguém pereça;
Vinde mui depressa
Ajudar o povo,
Pois com vossa vinda
Lhe dais lume novo.

Vós sois cordeirinha
De Jesus Fermoso;
Mas o vosso Esposo
Já vos fez Rainha.
Também, padeirinha
Sois do vosso povo,
Pois com vossa vinda,
Lhe dais trigo novo.

Não é de Alentejo
Este vosso trigo,
Mas Jesus amigo
É vosso desejo.
Morro, porque vejo
Que este nosso povo
Não anda faminto
Deste trigo novo.

Santa Padeirinha,
Morta com cutelo,
Sem nenhum farelo
É vossa farinha.
Ela é mezinha
Com que sara o povo
Que com vossa vinda
Terá trigo novo

O pão, que amassastes
Dentro em vosso peito,
É o amor perfeito
Com que Deus amastes.
Deste vos fartastes,
Deste dais ao povo,
Por que deixe o velho
Pelo trigo novo.

Não se vende em praça
Este pão da vida,
Porque é comida
Que se dá de graça.
Oh preciosa massa!
Oh que pão tão novo,
Que com vossa vinda
Quer Deus dar ao povo!

Oh que doce bolo
Que se chama graça!
Quem sem ela passa
É mui grande tolo,
Homem sem miolo
Qualquer deste povo
Que não é faminto
Deste pão tão novo.

(*História da companhia de Jesus no Brasil*, de Serafim Leite, S. I., t. II, p. 604, in Sérgio Buarque de Holanda, *Antologia dos poetas brasileiros da fase colonial*, São Paulo, Perspectiva, 1979, p. 10-2.)

## Bosques

Todo o Brasil é um jardim em frescura e bosque e não se vê em todo o ano árvore nem erva seca. Os arvoredos se vão às nuvens de admirável altura e grossura e variedade de espécies. Muitos dão bons frutos e o que lhes dá graça é que há neles muitos passarinhos de grande formosura e variedade e em seu canto não dão vantagem aos rouxinóis, pintassilgos, colorinos, e canários de Portugal e fazem uma harmonia quando um homem vai por este caminho, que é para louvar ao Senhor, e os bosques são tão frescos que os lindos e artificiais de Portugal ficam muito abaixo. Há muitas árvores de cedro, áquila, sândalos e outros paus de bom olor e várias cores e tantas diferenças de folhas e flores que para a vista é grande recreação e pela muita variedade não se cansa de ver.

(José de Anchieta, *Cartas, informações, fragmentos históricos e sermões*, Informação da província do Brasil para nosso padre — 1585, Rio de Janeiro, Civilização Brasileira, 1933, p. 430-1.)

# Antônio Vieira (Padre)

Nasceu em Lisboa, Portugal, em 6/2/1608 e morreu em Salvador, BA, em 18/7/1697. Jesuíta, famoso pregador, missionário, desempenhou várias missões diplomáticas. Sua prosa é a maior expressão da prosa barroca em língua portuguesa. Deixou inúmeros sermões e cartas. **Algumas obras**: *Sermões* (1679-1748, 15 v.); *Cartas* (1925-1926, 3 v.).

## II
## Semen est verbum Dei

O trigo que semeou o pregador evangélico, diz Cristo, que é a palavra de Deus. Os espinhos, as pedras, o caminho, e a terra boa, em que o trigo caiu, são os diversos corações dos homens. Os espinhos são os corações embaraçados com cuidados, com riquezas, com delícias; e nestes afoga-se a palavra de Deus. As pedras são os corações duros e obstinados; e nestes seca-se a palavra de Deus, e se nasce, não cria raízes. Os caminhos são os corações inquietos e perturbados com a passagem e tropel das coisas do mundo, umas que vão, outras que vêm, outras que atravessam, e todas passam; e nestes é pisada a palavra de Deus, porque ou a desatendem, ou a desprezam. Finalmente, a terra boa são os corações bons, ou os homens de bom coração, e nestes prende e frutifica a palavra divina, com tanta fecundidade e abundância, que se colhe cento por um: *Et fructum fecit centuplum.*

Este grande frutificar da palavra de Deus, é o em que reparo hoje; e é uma dúvida ou admiração que me traz suspenso e confuso depois que subo ao púlpito. Se a palavra de Deus é tão eficaz e tão poderosa, como vemos tão pouco fruto da palavra de Deus? Diz Cristo que a palavra de Deus frutifica cento por um, e já eu me contentara com que frutificasse um por cento. Se com cada cem sermões se convertera e emendara um homem, já o mundo fora santo. Este argumento de fé, fundado na autoridade de Cristo, se aperta ainda mais na experiência, comparando os tempos passados com os presentes. Lede as histórias eclesiásticas, e achá-las-eis todas cheias dos admiráveis efeitos da pregação da palavra de Deus. Tantos pecadores convertidos, tanta mudança de vida, tanta reformação de costumes; os grandes desprezando as riquezas e vaidades do mundo; os reis renunciando os cetros e as coroas; as mocidades e as gentilezas metendo-se pelos desertos e pelas covas; e hoje? Nada disto. Nunca na igreja de Deus houve tantas pregações, nem tantos pregadores como hoje. Pois se tanto se semeia a palavra de Deus, como é tão pouco o fruto? Não há um homem que em um sermão entre em si e se resolva, não há um moço que se arrependa, não há um velho que se desengane, que é isto? Assim como Deus não é hoje menos Onipotente, assim a sua palavra não é hoje menos poderosa, do que dantes era. Pois se a palavra de Deus é tão poderosa; se a palavra de Deus tem hoje tantos pregadores, por que não vemos hoje nenhum fruto da palavra de Deus? Esta tão grande e tão importante dúvida, será a matéria do sermão. Quero começar pregando-me a mim. A mim será, e também a vós; a mim para aprender a pregar; a vós para que aprendais a ouvir.

(Padre Antônio Vieira, *Sermões escolhidos*, Sermão da sexagésima, São Paulo, Logos, 1960, p. 161-2.)

## **Gregório de Matos** Guerra

Nasceu em Salvador, BA, em 20/12/1633 e morreu em Recife, PE, em 1696. Irmão do padre Eusébio de Matos. Fez Direito em Coimbra. Foi exilado na África. Em seu tempo, a imprensa era proibida no Brasil e seus poemas corriam em manuscritos, de mão em mão. **Algumas obras**: A Academia Brasileira de Letras publicou suas obras completas em seis volumes: *Lírica* (1923); *Sacra* (1929); *Graciosa* (1930); *Satírica* ( 2 v. 1930); *Última* (1933 org. Afrânio Peixoto); *Obras completas* (2 v. 1992).

### Descreve o que era naquele tempo a cidade da Bahia

A cada canto um grande conselheiro,
Que nos quer governar cabana e vinha;
Não sabem governar sua cozinha,
E podem governar o mundo inteiro.

Em cada porta um bem freqüente olheiro,
Que a vida do vizinho e da vizinha
Pesquisa, escuta, espreita e esquadrinha,
Para o levar à praça e ao terreiro.

Muitos mulatos desavergonhados,
Trazidos sob os pés os homens nobres,
Posta nas palmas toda a picardia,

Estupendas usuras nos mercados,
Todos os que não furtam muito pobres:
E eis aqui a cidade da Bahia.

(Gregório de Matos, *Poemas escolhidos*, São Paulo, Cultrix, 1997, p. 41.)

## A um livreiro que havia comido um canteiro de alfaces com vinagre

Levou um livreiro a dente
de alface todo um canteiro,
e comeu, sendo livreiro,
desencadernadamente.
Porém, eu digo que mente
a quem disso o quer taxar;
antes é para notar
que trabalhou como um mouro,
pois meter folhas no couro
também é encadernar.

(Gregório de Matos, *Poemas escolhidos*, São Paulo, Cultrix, 1997, p. 159.)

## A Jesus Cristo Nosso Senhor

Pequei, Senhor; mas não porque hei pecado,
Da vossa alta clemência me despido;
Porque, quanto mais tenho delinqüido,
Vos tenho a perdoar mais empenhado.

Se basta a vos irar tanto pecado,
A abrandar-vos sobeja um só gemido:
Que a mesma culpa, que vos há ofendido,
Vos tem para o perdão lisonjeado.

Se uma ovelha perdida e já cobrada
Glória tal e prazer tão repentino
Vos deu, como afirmais na sacra história,

Eu sou, Senhor, a ovelha desgarrada,
Cobrai-a; e não queirais, pastor divino,
Perder na vossa ovelha a vossa glória.

(Gregório de Matos, *Poemas escolhidos*, São Paulo, Cultrix, 1997, p. 297.)

## Desenganos da vida humana metaforicamente

É a vaidade, Fábio, nesta vida,
Rosa, que da manhã lisonjeada,
Púrpuras mil, com ambição dourada,
Airosa rompe, arrasta presumida.

É planta, que de abril favorecida,
Por mares de soberba desatada,
Florida galeota empavesada,
Sulca ufana, navega destemida.

É nau enfim, que em breve ligeireza,
Com presunção de Fênix generosa,
Galhardias apresta, alentos preza:

Mas ser planta, ser rosa, nau vistosa
De que importa, se aguarda sem defesa
Penha a nau, ferro a planta, tarde a rosa?

(Gregório de Matos, *Poemas escolhidos*, São Paulo, Cultrix, 1997, p. 321.)

## José de **Santa Rita Durão** (Frei)

Nasceu em Cata Preta, MG, em 1722, e morreu em Lisboa, Portugal, em 24/01/1784. Agostiniano, formado em Teologia em Coimbra, é nome importante na poesia épica do Arcadismo brasileiro. O poema *Caramuru* é uma tentativa de usar assunto brasileiro sob a forma de epopéia. **Obra**: *Caramuru* (1781).

### *Caramuru*

Canto VI (frag.)

XXXVI

É fama então que a multidão formosa
Das damas, que Diogo pretendiam,
Vendo avançar-se a nau na via undosa,
E que a esperança de o alcançar perdiam:
Entre as ondas com ânsia furiosa
Nadando o esposo pelo mar seguiam,
E nem tanta água lhe flutua vaga
O ardor que o peito tem, banhando apaga.

XXXVII

Copiosa multidão da nau francesa
Corre a ver o espetáculo assombrada;
E ignorando a ocasião da estranha empresa,
Pasma da turba feminil, que nada:
Uma, que às mais precede em gentileza,
Não vinha menos bela, do que irada:
Era Moema, que de inveja geme,
E já vizinha à nau se apega ao leme.

XXXVIII

"Bárbaro (a bela diz), tigre, e não homem...
Porém o tigre por cruel que brame,
Acha forças amor, que enfim o domem;
Só a ti não domou, por mais que eu te ame:
Fúrias, raios, coriscos, que o ar consomem,
Como não consumis aquele infame?
Mas pagar tanto amor com tédio, e asco...
Ah! que o corisco és tu... raio... penhasco.

(Péricles Eugênio da Silva Ramos, *Poesia do ouro*, São Paulo, Melhoramentos, 1964, p. 296-7.)

## Cláudio Manuel da Costa

Nasceu em Vargem do Itacolomi, cercanias de Mariana, MG, em 5/6/1729 e morreu em Ouro Preto, MG, em 4/7/1789. Estudou no Rio de Janeiro e em Coimbra. Ocupou vários cargos na administração colonial. Implicado na Inconfidência Mineira ficou preso na Casa dos Contos, onde morreu por suicídio ou assassinato. Poeta, magistrado, advogado. Nome arcádico: Glauceste Satúrnio. **Algumas obras**: *Obras* (1768); *Vila Rica* (1839); *Obras poéticas* (2 v. 1903, org. de João Ribeiro).

Soneto XCVIII

### "Destes penhascos fez a natureza"

Destes penhascos fez a natureza
O berço em que nasci: oh! quem cuidara
Que entre penhas tão duras se criara
Uma alma terna, um peito sem dureza!

Amor, que vence os tigres, por empresa
Tomou logo render-me; ele declara
Contra o meu coração guerra tão rara,
Que não me foi bastante a fortaleza.

Por mais que eu mesmo conhecesse o dano,
A que dava ocasião minha brandura,
Nunca pude fugir ao cego engano:

Vós, que ostentais a condição mais dura,
Temei, penhas, temei, que Amor tirano,
Onde há mais resistência mais se apura.

(*A poesia dos inconfidentes*, org. Domício Proença Filho, Rio de Janeiro, Nova Aguilar, 1996, p. 95.)

## Domingos **Caldas Barbosa**

Nasceu em 1740, no Rio de Janeiro, RJ (ou a bordo de um navio?) e morreu em 9/11/1800 em Lisboa, Portugal. Repentista satírico. **Algumas obras**: *Coleção de poesias* (1775); *Epitalâmio* (1777); *Viola de Lereno* (poes. 1798-1826, 2 v.).

### O que é amor

Levantou-se na cidade
um novo e geral clamor:
todos contra amor se queixam,
ninguém sabe o que é amor.

Dizem uns que ele é doçura
outros dizem que ele é dor;
não lhe acertam nome próprio,
ninguém sabe o que é amor.

Que importa que alguém presuma
nestas cousas ser doutor,
se ele ignora como os outros?
Ninguém sabe o que é amor.

Amor é uma ciência
que não pode haver maior,
pois por mais que amor se estude,
ninguém sabe o que é amor.

Em mil formas aparece
o menino encantador;
inda assim não se conhece...
Ninguém sabe o que é amor.

Ao valente faz covarde,
ao covarde dá valor:
como é isto não se sabe,
ninguém sabe o que é amor.

Choram uns o seu desprezo,
outros cantam seu favor,
de amor choram, de amor cantam...
Ninguém sabe o que é amor.

A uns faz gelar de susto,
noutros causa um doce ardor;
não se sabe a qualidade,
ninguém sabe o que é amor.

Amor tem um ser divino,
não tem forma, corpo ou cor,
sente-se mas não se vê...
Ninguém sabe o que é amor.

(Fausto Barreto e Carlos de Laet, *Antologia nacional*, 43. ed., Rio de Janeiro, Francisco Alves, 1969, p. 434-5.)

## José Basílio da Gama

Nasceu em São João del Rei, atual Tiradentes, MG. em 22/7/1741 e morreu em Lisboa, Portugal, em 31/7/1795. Fez Direito em Coimbra. Esteve exilado em Angola, África, mas foi perdoado pelo Marquês de Pombal. Com a morte de Pombal foi novamente perseguido e regressou ao Brasil. Foi mandado de volta a Portugal, onde morreu. **Algumas obras:** *O Uraguai* (poem. ép. 1769); *Obras poéticas* (1996).

## *O Uraguai*

Canto Primeiro (frag.)

Fumam ainda nas desertas praias
Lagos de sangue tépidos, e impuros,
Em que ondeiam cadáveres despidos,
Pasto de corvos. Dura inda nos vales
O rouco som da irada artilharia.
*Musa*, honremos o herói, que o povo rude
Subjugou do Uraguai, e no seu sangue
Dos decretos reais lavou a afronta.
Ai tanto custas, ambição de império!
E vós, por quem o Maranhão pendura
Rotas cadeias, e grilhões pesados,
Herói, e irmão de heróis, saudosa, e triste,
Se ao longe a vossa América vos lembra,
Protegei os meus versos. Possa entanto
Acostumar ao vôo as novas asas,
Em que um dia vos leve. Desta sorte
Medrosa deixa o ninho a vez primeira
Águia, que depois foge à humilde terra,
E vai ver de mais perto no ar vazio
O espaço azul, onde não chega o raio.

/..../

(Péricles Eugênio da Silva Ramos, *Poesia do ouro*, São Paulo, Melhoramentos, 1964, p. 274-5.)

# Inácio José de **Alvarenga Peixoto**

Nasceu no Rio de Janeiro, RJ, em 1744 e morreu em Mombaça, Angola, África em 27/8/1792. Poeta, teatrólogo, advogado, fazendeiro, juiz. Fez parte da Inconfidência Mineira e foi degredado para a África. **Algumas obras**: *Obras poéticas de Inácio José de Alvarenga Peixoto* (1865, ed. de Joaquim Norberto); *Obras poéticas de Alvarenga Peixoto* (1956, ed. Domingos Carvalho da Silva).

## "Bárbara Bela"

Bárbara bela,
Do Norte estrela,
Que o meu destino
Sabes guiar,
De ti ausente,
Triste somente
As horas passo
A suspirar.
    Isto é castigo
    que Amor me dá.

Por entre as penhas
De incultas brenhas
Cansa-me a vista
De te buscar;
Porém não vejo
Mais que o desejo,
Sem esperança
De te encontrar.
    Isto é castigo
    que Amor me dá.

Eu bem queria
A noite e o dia
Sempre contigo
Poder passar;
Mas orgulhosa
Sorte invejosa
Desta fortuna
Me quer privar.
    Isto é castigo
    que Amor me dá.

Tu, entre os braços,
Ternos abraços
Da filha amada
Podes gozar.
Priva-me a estrela

De ti e dela,
Busca dois modos
De me matar.
Isto é castigo
que Amor me dá.

(*A poesia dos inconfidentes*, org. Domício Proença Filho, Rio de Janeiro, Nova Aguilar, 1996, p. 974-5.)

## Tomás Antônio Gonzaga

Nasceu no Porto, Portugal, em 11/8/1744 e morreu em Moçambique, África, provavelmente em 1810. Fez Direito em Coimbra. O pai era brasileiro. Poeta, veio para o Brasil como ouvidor, em Vila Rica. Acusado de participar da Inconfidência ficou preso na Ilha das Cobras e depois foi degredado para Moçambique. Seu livro dedicado a Marília é dos mais populares de toda a poesia brasileira. **Algumas obras**: *Marília de Dirceu* (1ª parte 1792, 2ª parte 1799, 3ª parte 1812); *Cartas chilenas* (1862); *Tratado do Direito Natural* (1957); *Carta sobre a usura* (1957); *Obras completas* (1957, ed. crít. de M. Rodrigues Lapa).

### "Eu, Marília, não sou algum vaqueiro"

Eu, Marília, não sou algum vaqueiro,
Que viva de guardar alheio gado,
De tosco trato, de expressões grosseiro,
Dos frios gelos e dos sóis queimado.
Tenho próprio casal e nele assisto;
Dá-me vinho, legume, fruta, azeite;
Das brancas ovelhinhas tiro o leite,
E mais as finas lãs, de que me visto.
Graças, Marília bela,
Graças à minha Estrela!

Eu vi o meu semblante numa fonte,
Dos anos inda não está cortado;
Os Pastores, que habitam este monte,
Respeitam o poder do meu cajado.
Com tal destreza toco a sanfoninha,
Que inveja até me tem o próprio Alceste:
Ao som dela concerto a voz celeste
Nem canto letra que não seja minha.
Graças, Marília bela,
Graças à minha Estrela!

Mas tendo tantos dotes da ventura,
Só apreço lhes dou, gentil Pastora,
Depois que o teu afeto me segura
Que queres do que tenho ser Senhora.
É bom, minha Marília, é bom ser dono
De um rebanho, que cubra monte e prado;
Porém, gentil pastora, o teu agrado
Vale mais que um rebanho, e mais que um trono.
Graças, Marília bela,
Graças à minha Estrela!

Os teus olhos espalham luz divina,
A quem a luz do sol em vão se atreve;
Papoila ou rosa delicada e fina
Te cobre as faces, que são cor da neve.
Os teus cabelos são uns fios d'ouro;
Teu lindo corpo bálsamo vapora.
Ah! não, não fez o Céu, gentil Pastora,
Para Glória de amor igual Tesouro.
Graças, Marília bela,
Graças à minha Estrela!

Leve-me a sementeira muito embora
O rio, sobre os campos levantado;
Acabe, acabe a peste matadora,
Sem deixar uma rês, o nédio gado.
Já destes bens, Marília, não preciso
Nem me cega a paixão, que o mundo arrasta;
Para viver feliz, Marília, basta
Que os olhos movas, e me dês um riso.
Graças, Marília bela,
Graças à minha Estrela!

Irás a divertir-te na floresta,
Sustentada, Marília, no meu braço;
Aqui descansarei a quente sesta,
Dormindo um leve sono em teu regaço;
Enquanto a luta jogam os Pastores,

E emparelhados correm nas campinas,
Toucarei teus cabelos de boninas,
Nos troncos gravarei os teus louvores.
    Graças, Marília bela,
    Graças à minha Estrela!

Depois que nos ferir a mão da Morte,
Ou seja neste monte, ou noutra serra,
Nossos corpos terão, terão a sorte
De consumir os dous a mesma terra.
Na campa, rodeada de ciprestes,
Lerão estas palavras os Pastores:
"Quem quiser ser feliz nos seus amores,
Siga os exemplos, que nos deram estes".
    Graças, Marília bela,
    Graças à minha Estrela!

(*A poesia dos inconfidentes*, org. Domício Proença Filho, Rio de Janeiro, Nova Aguilar, 1996, p. 573-4.)

## "Tu não verás, Marília, cem cativos"

Tu não verás, Marília, cem cativos
Tirarem o cascalho e a rica terra,
Ou dos cercos dos rios caudalosos,
    Ou da minada Serra.

Não verás separar ao hábil negro
Do pesado esmeril a grossa areia,
E já brilharem os granetes de ouro
    No fundo da bateia.

Não verás derrubar os virgens matos,
Queimar as capoeiras inda novas,
Servir de adubo à terra a fértil cinza,
    Lançar os grãos nas covas.

Não verás enrolar negros pacotes
Das secas folhas do cheiroso fumo;
Nem espremer entre as dentadas rodas
    Da doce cana o sumo.

Verás em cima da espaçosa mesa
Altos volumes de enredados feitos;
Ver-me-ás folhear os grandes livros,
E decidir os pleitos.

Enquanto revolver os meus Consultos,
Tu me farás gostosa companhia,
Lendo os fastos da sábia, mestra História,
Os cantos da Poesia.

Lerás, em alta voz, a imagem bela;
Eu, vendo que lhe dás o justo apreço,
Gostoso tornarei a ler de novo
O cansado processo.

Se encontrares louvada uma beleza,
Marília, não lhe invejes a ventura,
Que tens quem leve à mais remota idade
A tua formosura.

(*A poesia dos inconfidentes*, org. Domício Proença Filho, Rio de Janeiro, Nova Aguilar, 1996, p. 686-7.)

## Manuel Inácio da **Silva Alvarenga**

Nasceu em Ouro Preto, MG, em 1749 e morreu no Rio de Janeiro, RJ, em 1/11/1814. Estudou em Coimbra, Portugal. Poesia de lirismo delicado e malicioso. **Algumas obras**: *O desertor das letras* (1774); *Glaura* (1799); *Obras poéticas* (2 v. 1864, org. por Joaquim Norberto); *Glaura* (org. por Afonso Arinos, 1944).

### Rondó L — A lua

*Como vens tão vagarosa,*
*Ó formosa e branca Lua!*
*Vem co'a tua luz serena*
*Minha pena consolar.*

Geme (ó Céus!) mangueira antiga
Ao mover-se o rouco vento,
E renova o meu tormento,
Que me obriga a suspirar.

Entre pálidos desmaios
Me achará teu rosto lindo,
Que se eleva, refletindo
Puros raios sobre o mar.

*Como vens tão vagarosa,*
*Ó formosa e branca Lua!*
*Vem co'a tua luz serena*
*Minha pena consolar.*

Sente Glaura mortais dores:
Os prazeres se ocultaram,
E no seio lhe ficaram
Os Amores a chorar.

Infeliz! sem lenitivo
Foge tímida a esperança,
E me aflige co'a lembrança
Mais ativo o meu pesar.

*Como vens tão vagarosa,*
*Ó formosa e branca Lua!*
*Vem co'a tua luz serena*
*Minha pena consolar.*

A cansada fantasia
Nesta triste escuridade,
Entregando-se à saudade,
Principia a delirar.

Já me assaltam, já me ferem
Melancólicos cuidados!
São espectros esfaimados,
Que me querem devorar.

*Como vens tão vagarosa,*
*Ó formosa e branca Lua!*
*Vem co'a tua luz serena*
*Minha pena consolar.*

Oh que lúgubre gemido
Sai daquele cajueiro!
É do pássaro agoureiro
O sentido lamentar!

Puro Amor!... terrível forte!...
Glaura bela!... infausto agoiro!...
Ai de mim! e o meu tesoiro,
Ímpia Morte, hás de roubar!

*Como vens tão vagarosa,*
*Ó formosa e branca Lua!*
*Vem co'a tua luz serena*
*Minha pena consolar.*

(Silva Alvarenga, *Glaura*, org. de Fábio Lucas, São Paulo, Companhia das Letras, 1996, p. 219-22.)

## José Bonifácio de Andrada e Silva, o Velho

Nasceu em Santos, SP, em 13/6/1763 e morreu em Niterói, RJ, em 6/4/1838. Estudou em Coimbra, Portugal e foi homem de Estado, escritor, denominado "Patriarca da Independência". **Obra**: *Poesias avulsas de Américo Elísio* (1825). Deixou outras, não literárias.

### Ser e não ser

Se te procuro, fujo de avistar-te,
E se te quero, evito mais querer-te,
Desejo quase... quase aborrecer-te,
E se te fujo, estás em toda parte.

Distante, corro logo a procurar-te,
E perco a voz e fico mudo ao ver-te,
Se me lembro de ti, tento esquecer-te,
E se te esqueço, cuido mais amar-te.

O pensamento assim partido ao meio,
E o coração assim também partido,
Chamo-te e fujo, quero-te e receio!

Morto por ti, eu vivo dividido,
Entre o meu e o teu ser sinto-me alheio,
E sem saber de mim, vivo perdido!

(Laudelino Freire, *Sonetos brasileiros*, Rio de Janeiro, Briguiet, 1913, p. 31.)

## Antônio Peregrino **Maciel Monteiro**

Nasceu em Recife, PE, em 30/4/1804 e morreu em Lisboa, Portugal, em 5/1/1868. Poeta, orador, jornalista. Formado em Letras, Ciências e Medicina, estudou em Paris, França. Ocupou vários cargos públicos. Além de sua tese de doutorado em Medicina, muito pouco publicou em vida. Um dos iniciadores da nossa poesia romântica, segundo Sílvio Romero. **Algumas obras**: *Poesias* (1905); *Poesias* (1962).

### "Formosa..."

Formosa, qual pincel em tela fina
debuxar jamais pôde ou nunca ousara;
formosa, qual jamais desabrochara
na primavera rosa purpurina;

formosa, qual se a própria mão divina
lhe alinhara o contorno e a forma rara;
formosa, qual jamais no céu brilhara
astro gentil, estrela peregrina;

formosa, qual se a natureza e a arte,
dando as mãos em seus dons, em seus lavores
jamais soube imitar no todo ou parte;

mulher celeste, oh! anjo de primores!
Quem pode ver-te, sem querer amar-te?
Quem pode amar-te, sem morrer de amores?!

(Maciel Monteiro, *Poesias*, São Paulo, Conselho Estadual de Cultura, 1962, p. 82-3.)

## Luís Carlos **Martins Pena**

Nasceu no Rio de Janeiro, RJ, 5/11/1815 e morreu em Lisboa, Portugal, em 7/12/1848. Dramaturgo de veia satírica, iniciador da comédia popular brasileira. Exerceu vários cargos públicos no Ministério dos Negócios Estrangeiros, tendo sido adido em Londres. **Algumas obras**: *O juiz de paz da roça* (com. 1842); *O noviço* (com. 1853); *Dramas* (1956); *Comédias* (1956).

### *O juiz de paz da roça*

Ato único — Cena XI (frag.)

Inácio José, Francisco Antônio, Manuel André e Sampaio entregam seus requerimentos.

/..../

JUIZ - Estão conciliados. (*Inácio José, Gregório e Josefa* [*Joaquina*] *saem*). Sr. Escrivão, leia outro requerimento.

ESCRIVÃO *(lendo)* - "O abaixo-assinado vem dar os parabéns a V. Sª por ter entrado com saúde no novo ano financeiro. Eu, Ilmo. Sr. Juiz de Paz, sou senhor de um sítio que está na beira do rio, aonde dá muito boas bananas e laranjas, e como vem de encaixe, peço a V. Sª o favor de aceitar um cestinho das mesmas que eu mandarei hoje à tarde. Mas, como ia dizendo, o dito sítio foi comprado com o dinheiro que minha mulher ganhou nas costuras e outras cousas mais; e, vai senão quando, um meu vizinho, homem da raça do Judas, diz que metade do sítio é dele. E então, que lhe parece, Sr. Juiz, não é desaforo? Mas, como ia dizendo, peço a V. Sª para vir assistir à marcação do sítio. Manuel André. E. R. M."

JUIZ - Não posso deferir por estar muito atravancado com um roçado; portanto, requeira ao suplente, que é o meu compadre Pantaleão.

MANUEL ANDRÉ - Mas, Sr. Juiz, ele também está ocupado com uma plantação.

JUIZ - Você replica? Olhe que o mando para a cadeia.

MANUEL ANDRÉ - Vossa Senhoria não pode prender-me à toa; a Constituição não manda.

JUIZ - A Constituição!...Está bem!... Eu, o Juiz de Paz, hei por bem derrogar a Constituição! Sr. Escrivão, tome termo que a Constituição está derrogada, e mande-me prender este homem.

MANUEL ANDRÉ - Isto é uma injustiça!

JUIZ - Ainda fala? Suspendo-lhe as garantias...

MANUEL ANDRÉ - É desaforo...

JUIZ *(levantando-se)* - Brejeiro!...(*Manuel André corre; o Juiz vai atrás.*) Pega... Pega... Lá se foi... que o leve o diabo. (*Assenta-se.*) Vamos às outras partes.

ESCRIVÃO *(lendo)* - Diz João de Sampaio que, sendo ele "senhor absoluto de um leitão que teve a porca mais velha da casa, aconteceu que o dito acima referido leitão furasse a cerca do Sr. Tomás pela parte de trás e com a sem-cerimônia que tem todo porco, fossasse a horta do mesmo senhor. Vou a respeito de dizer, Sr. Juiz, que o leitão, carece agora advertir, não tem culpa, porque nunca vi um porco pensar como um cão, que é outra qualidade de alimária e que pensa às vezes como um homem. Para V. Sª não pensar que minto, lhe conto uma história: a minha cadela Tróia, aquela mesma que escapou de morder a V. Sª naquela noite, depois que lhe dei uma tunda nunca mais comeu na cuia com os pequenos. Mas vou a respeito de dizer que o Sr. Tomás não tem razão em querer ficar com o leitão só porque comeu três ou quatro cabeças de nabo. Assim, peço a V. Sª que mande entregar-me o leitão. E. R. M."

JUIZ - É verdade, Sr. Tomás, o que o Sr. Sampaio diz?

TOMÁS - É verdade que o leitão era dele, porém agora é meu.

SAMPAIO - Mas se era meu, e o senhor nem mo comprou, nem eu lho dei, como pode ser seu?

TOMÁS - É meu, tenho dito.

SAMPAIO - Pois não é, não senhor. (*Agarram ambos no leitão e puxam, cada um para sua banda.*)

JUIZ *(levantando-se)* - Larguem o pobre animal, não o matem!

TOMÁS - Deixe-me, senhor!

JUIZ - Sr. Escrivão, chame o meirinho. (*Os dois apartam-se.*) Espere, Sr. Escrivão, não é preciso. (*Assenta-se.*) Meus senhores, só vejo um modo de conciliar esta contenda, que é darem os senhores este leitão de presente a alguma pessoa. Não digo com isso que mo dêem.

TOMÁS - Lembra Vossa Senhoria bem. Peço licença a Vossa Senhoria para lhe oferecer.

JUIZ - Muito obrigado. É o senhor um homem de bem, que não gosta de demandas. E que diz o Sr. Sampaio?

SAMPAIO - Vou a respeito de dizer que se Vossa Senhoria aceita, fico contente.

JUIZ - Muito obrigado, muito obrigado! Faça o favor de deixar ver. Ó homem, está gordo, tem toucinho de quatro dedos! Com efeito! Ora, Sr. Tomás, eu que gosto tanto de porco com ervilha!

TOMÁS - Se Vossa Senhoria quer, posso mandar algumas.

JUIZ - Faz-me muito favor. Tome o leitão e bote no chiqueiro quando passar. Sabe aonde é?

TOMÁS *(tomando o leitão)* - Sim senhor.

JUIZ - Podem se retirar, estão conciliados.

/..../

(Martins Pena, *O juiz de paz da roça* in *Teatro de Martins Pena,* v. I, *Comédias,* Rio de Janeiro, MEC/INL, 1956, p. 35-7.)

## Joaquim Manuel de Macedo

Nasceu em São João de Itaboraí, RJ, em 24/6/1820 e morreu no Rio de Janeiro, RJ, em 11/4/1882. Romancista, poeta, teatrólogo, jornalista. Doutor em Medicina no Rio de Janeiro. Depois de algum tempo abandonou a Medicina e foi professor de História e Geografia no Colégio Pedro II (1849). Foi um dos primeiros romancistas brasileiros, com a célebre *A moreninha.* Em 1869 publicou *As vítimas-algozes* (2 v.), três histórias que mostram os desatinos da escravidão. **Algumas obras**: *A moreninha* (1844); *O moço loiro* (1845); *A nebulosa* (poes. 1857); *O Rio do quarto* (1869); *Memórias da rua do Ouvidor* (crôn. 1878).

### *A moreninha*

Capítulo XI — Travessuras de D. Carolina (frag.)

/..../

No entanto começava a declinar a tarde; uma voz reuniu todas as senhoras e senhores em um só ponto: serviu-se o café num belo caramanchão, mas como fosse ele pouco espaçoso para conter tão numerosa sociedade, aí só se abrigaram as senhoras, enquanto os homens se conservaram na parte de fora.

Escravas, decentemente vestidas, ofereciam chávenas de café fora do caramanchão e, apesar disso, d. Carolina se dirigiu com uma para Fabrício, que praticava com Augusto.

— Eu quero fazer as pazes, sr. Fabrício; vejo que deve estar muito agastado comigo e venho trazer-lhe uma chávena de café temperado pela minha mão.

Fabrício recuou um passo e colocou-se à ilharga de Augusto; ele desconfiava das tenções da menina: sua primeira idéia foi esta: o café não tem açúcar.

Então, começou entre os dois um duelo de cerimônias, que durou alguns instantes, e, finalmente, o homem teve de ceder à mulher. Fabrício ia receber a chávena, quando esta estremeceu no pires... D. Carolina, temendo que sobre ele se entornasse o café, recuou um pouco. Fabrício fez outro tanto, e a chávena, ainda mal tomada, tombou e o café derramou-se inopinadamente. Fabrício recuou ainda mais com vivacidade, mas, encontrando a raiz de um chorão, que sombreava o caramanchão, perdeu o equilíbrio e caiu redondamente na relva.

Uma gargalhada geral aplaudiu o sucesso.

— Fabrício espichou-se completamente! exclamou Filipe.

O pobre estudante ergueu-se com ligeireza, mas, na verdade, corrido do que acabava de sobrevir-lhe; as risadas continuavam, as terríveis consolações o atormentavam, todas as senhoras tinham saído do caramanchão e riam-se, por sua vez, desapiedadamente. Fabrício daria muito para se livrar dos apuros em que se achava, quando de repente soltou também a sua risada e exclamou:

— Vivam as calças de Augusto !

Todos olharam. Com efeito, Fabrício tinha encontrado um companheiro na desgraça. Augusto estava de calça branca, e a maior porção do café entornado havia caído nela.

Continuaram as risadas. Redobraram os motejos. Duas eram as vítimas.

(Joaquim Manuel de Macedo, *A moreninha*, São Paulo, Martins, s. d., p. 162-4.)

## Antônio Gonçalves Dias

Nasceu em Caxias, MA, em 10/8/1823 e morreu no naufrágio de *Ville de Boulogne*, no Baixio dos Atins, MA, em 3/11/1864. Poeta, professor, advogado formado em Coimbra, Portugal, era filho de um português e de uma índia mestiça ou cafusa. Foi quem mais alto elevou o indianismo. **Algumas obras**: *Primeiros cantos* (1847); *Segundos cantos e Sextilhas de Frei Antão* (1848); *Os Timbiras* (1857); *Cantos* (1857); *Dicionário de língua Tupi* (1858); *Últimos cantos* (1861); *Leonor de Mendonça* (teat. 1874); *Obras póstumas* (1868-1869); *Obras poéticas* (1944, 2 v.).

### Canção do Exílio

*Kennst du das Land, wo die Citronen blühn,*
*Im dunkeln Laub die Gold-Orangen glühn,*
*Kennst du es wohl? — Dahin, dahin!*
*Möcht ich... ziehn.*

*(Goethe)*

Minha terra tem palmeiras,
Onde canta o Sabiá;
As aves, que aqui gorjeiam,
Não gorjeiam como lá.

Nosso céu tem mais estrelas,
Nossas várzeas têm mais flores,
Nossos bosques têm mais vida,
Nossa vida mais amores.

Em cismar, sozinho, à noite,
Mais prazer encontro eu lá;
Minha terra tem palmeiras,
Onde canta o Sabiá.

Minha terra tem primores,
Que tais não encontro eu cá;
Em cismar — sozinho, à noite —
Mais prazer encontro eu lá;

Minha terra tem palmeiras,
Onde canta o Sabiá.
Não permita Deus que eu morra,
Sem que eu volte para lá;

Sem que desfrute os primores
Que não encontro por cá;
Sem qu'inda aviste as palmeiras,
Onde canta o Sabiá.

Coimbra, julho de 1843.

(Gonçalves Dias, *Poesias americanas* in *Obras poéticas,* org. por Manuel Bandeira, São Paulo, Nacional, t. I, 1944, p. 21-2.)

## O canto do piaga

I

Ó Guerreiros da Taba sagrada,
Ó Guerreiros da Tribo Tupi,
Falam Deuses nos cantos do Piaga,
Ó Guerreiros, meus cantos ouvi.

Esta noite — era a lua já morta —
Anhangá me vedava sonhar;
Eis na horrível caverna, que habito,
Rouca voz começou-me a chamar.

Abro os olhos, inquieto, medroso,
Manitôs! que prodígios que vi!
Arde o pau de resina fumosa,
Não fui eu, não fui eu, que o acendi!

Eis rebenta a meus pés um fantasma,
Um fantasma d'imensa extensão;
Liso crânio repousa a meu lado,
Feia cobra se enrosca no chão.

O meu sangue gelou-se nas veias,
Todo inteiro — ossos, carnes — tremi,
Frio horror me coou pelos membros,
Frio vento no rosto senti.

Era feio, medonho, tremendo,
Ó Guerreiros, o espectro que eu vi.
Falam Deuses nos cantos do Piaga,
Ó Guerreiros, meus cantos ouvi!

II

Por que dormes, ó Piaga divino?
Começou-me a Visão a falar,
Por que dormes? O sacro instrumento
De per si já começa a vibrar.

Tu não viste nos céus um negrume
Toda a face do sol ofuscar;
Não ouviste a coruja, de dia,
Seus estrídulos torva soltar?

Tu não viste dos bosques a coma
Sem aragem — vergar-se e gemer,
Nem a lua de fogo entre nuvens,
Qual em vestes de sangue, nascer?

E tu dormes, ó Piaga divino!
E Anhangá te proíbe sonhar!
E tu dormes, ó Piaga, e não sabes,
E não podes augúrios cantar?!

Ouve o anúncio do horrendo fantasma,
Ouve os sons do fiel Maracá;
Manitôs já fugiram da Taba!
Ó desgraça! ó ruína! ó Tupá!

III

Pelas ondas do mar sem limites
Basta selva, sem folhas, i vem;
Hartos troncos, robustos, gigantes;
Vossas matas tais monstros contêm.

Traz embira dos cimos pendente
— Brenha espessa de vário cipó —
Dessas brenhas contêm vossas matas,
Tais e quais, mas com folhas; é só!

Negro monstro os sustenta por baixo,
Brancas asas abrindo ao tufão,
Como um bando de cândidas garças,
Que nos ares pairando — lá vão.

Oh! quem foi das entranhas das águas,
O marinho arcabouço arrancar?
Nossas terras demanda, fareja...
Esse monstro... — o que vem cá buscar?

Não sabeis o que o monstro procura?
Não sabeis a que vem, o que quer?
Vem matar vossos bravos guerreiros,
Vem roubar-vos a filha, a mulher!

Vem trazer-vos crueza, impiedade —
Dons cruéis do cruel Anhangá;
Vem quebrar-vos a maça valente,
Profanar manitôs, maracás.

Vem trazer-vos algemas pesadas,
Com que a tribo Tupi vai gemer;
Hão-de os velhos servirem de escravos
Mesmo o Piaga inda escravo há-de ser!

Fugireis procurando um asilo,
Triste asilo por ínvio sertão;
Anhangá de prazer há-de rir-se,
Vendo os vossos quão poucos serão.

Vossos Deuses, ó Piaga, conjura,
Susta as iras do fero Anhangá.
Manitôs já fugiram da Taba,
Ó desgraça! ó ruína! ó Tupá!

(Gonçalves Dias, *Poesias americanas* in *Obras poéticas*, org. por Manuel Bandeira, São Paulo, Nacional, t. I, 1944, p. 28-31.)

## I — juca pirama

I

No meio das tabas de amenos verdores,
Cercadas de troncos — cobertos de flores,
Alteiam-se os tetos d'altiva nação;
São muitos seus filhos, nos ânimos fortes,
Temíveis na guerra, que em densas coortes
Assombram das matas a imensa extensão.

São rudos, severos, sedentos de glória,
Já prélios incitam, já cantam vitória,
Já meigos atendem à voz do cantor:
São todos Timbiras, guerreiros valentes!
Seu nome lá voa na boca das gentes,
Condão de prodígios, de glória e terror!

As tribos vizinhas, sem forças, sem brio,
As armas quebrando, lançando-as ao rio,
O incenso aspiraram dos seus maracás:
Medrosos das guerras que os fortes acendem,
Custosos tributos ignavos lá rendem,
Aos duros guerreiros sujeitos na paz.

No centro da taba se estende um terreiro,
Onde ora se aduna o concílio guerreiro
Da tribo senhora, das tribos servis:
Os velhos sentados praticam d'outrora,
E os moços inquietos, que a festa enamora,
Derramam-se em torno dum índio infeliz.

Quem é? — ninguém sabe: seu nome é ignoto,
Sua tribo não diz: — de um povo remoto
Descende por certo — dum povo gentil;
Assim lá na Grécia ao escravo insulano
Tornavam distinto do vil muçulmano
As linhas corretas do nobre perfil.

Por casos de guerra caiu prisioneiro
Nas mãos dos Timbiras: — no extenso terreiro
Assola-se o teto, que o teve em prisão;
Convidam-se as tribos dos seus arredores,
Cuidosos se incumbem do vaso das cores,
Dos vários aprestos da honrosa função.

Acerva-se a lenha da vasta fogueira,
Entesa-se a corda da embira ligeira,
Adorna-se a maça com penas gentis:
A custo, entre as vagas do povo da aldeia
Caminha o Timbira, que a turba rodeia,
Garboso nas plumas de vário matiz.

Entanto as mulheres com leda trigança,
Afeitas ao rito da bárbara usança,
O índio já querem cativo acabar:
A coma lhe cortam, os membros lhe tingem,
Brilhante enduape no corpo lhe cingem,
Sombreia-lhe a fronte gentil canitar.

II

Em fundos vasos d'alvacenta argila
Ferve o cauim;
Enchem-se as copas, o prazer começa,
Reina o festim.

O prisioneiro, cuja morte anseiam,
Sentado está,
O prisioneiro, que outro sol no ocaso
Jamais verá!

A dura corda, que lhe enlaça o colo,
Mostra-lhe o fim
Da vida escura, que será mais breve
Do que o festim!

Contudo os olhos d'ignóbil pranto
Secos estão;
Mudos os lábios não descerram queixas
Do coração.

Mas um martírio, que encobrir não pode,
Em rugas faz
A mentirosa placidez do rosto
Na fronte audaz!

Que tens, guerreiro? Que temor te assalta
No passo horrendo?
Honra das tabas que nascer te viram,
Folga morrendo.

Folga morrendo; porque além dos Andes
Revive o forte,
Que soube ufano contrastar os medos
Da fria morte.

Rasteira grama, exposta ao sol, à chuva,
Lá murcha e pende:
Somente ao tronco, que devassa os ares,
O raio ofende!

Que foi? Tupã mandou que ele caísse,
Como viveu;
E o caçador que o avistou prostrado
Esmoreceu!

Que temes, ó guerreiro? Além dos Andes
Revive o forte,
Que soube ufano contrastar os medos
Da fria morte.

III

Em larga roda de novéis guerreiros
Ledo caminha o festival Timbira,
A quem do sacrifício cabe as honras.
Na fronte o canitar sacode em ondas,
O enduape na cinta se embalança,
Na destra mão sopesa a iverapeme,
Orgulhoso e pujante. — Ao menor passo
Colar d'alvo marfim, insígnia d'honra,
Que lhe orna o colo e o peito, ruge e freme,
Como que por feitiço não sabido
Encantadas ali as almas grandes
Dos vencidos Tapuias, inda chorem
Serem glória e brasão d'imigos feros.

"Eis-me aqui", diz ao índio prisioneiro;
"Pois que fraco, e sem tribo, e sem família,
"As nossas matas devassaste ousado,
"Morrerás morte vil da mão de um forte."

Vem a terreiro o mísero contrário;
Do colo à cinta a muçurana desce:
"Dize-nos quem és, teus feitos canta,
"Ou se mais te apraz, defende-te." Começa
O índio, que ao redor derrama os olhos,
Com triste voz que os ânimos comove.

IV

Meu canto de morte,
Guerreiros, ouvi:
Sou filho das selvas,
Nas selvas cresci;
Guerreiros, descendo
Da tribo tupi.

Da tribo pujante,
Que agora anda errante
Por fado inconstante,
Guerreiros, nasci:
Sou bravo, sou forte,
Sou filho do Norte;
Meu canto de morte,
Guerreiros, ouvi.

Já vi cruas brigas,
De tribos imigas,
E as duras fadigas
Da guerra provei;
Nas ondas mendaces
Senti pelas faces
Os silvos fugaces
Dos ventos que amei.

Andei longes terras,
Lidei cruas guerras,
Vaguei pelas serras
Dos vis Aimorés;
Vi lutas de bravos,
Vi fortes — escravos!
De estranhos ignavos
Calcados aos pés.

E os campos talados,
E os arcos quebrados,
E os piagas coitados

Já sem maracás;
E os meigos cantores,
Servindo a senhores,
Que vinham traidores,
Com mostras de paz.

Aos golpes do imigo
Meu último amigo,
Sem lar, sem abrigo
Caiu junto a mi!
Com plácido rosto,
Sereno e composto,
O acerbo desgosto
Comigo sofri.

Meu pai a meu lado
Já cego e quebrado,
De penas ralado,
Firmava-se em mi:
Nós ambos, mesquinhos,
Por ínvios caminhos,
Cobertos d'espinhos
Chegamos aqui!

O velho no entanto
Sofrendo já tanto
De fome e quebranto,
Só qu'ria morrer!
Não mais me contenho,
Nas matas me embrenho,
Das frechas que tenho
Me quero valer.

Então, forasteiro,
Caí prisioneiro
De um troço guerreiro
Com que me encontrei:
O cru dessossego
Do pai fraco e cego,
Enquanto não chego,
Qual seja, — dizei!

Eu era o seu guia
Na noite sombria,
A só alegria
Que Deus lhe deixou:
Em mim se apoiava,
Em mim se firmava,
Em mim descansava,
Que filho lhe sou.

Ao velho coitado
De penas ralado,
Já cego e quebrado,
Que resta? — Morrer.
Enquanto descreve
O giro tão breve
Da vida que teve,
Deixai-me viver!

Não vil, não ignavo,
Mas forte, mas bravo,
Serei vosso escravo:
Aqui virei ter.
Guerreiros, não coro
Do pranto que choro;
Se a vida deploro,
Também sei morrer.

V

Soltai-o! — diz o chefe. Pasma a turba;
Os guerreiros murmuram: mal ouviram,
Nem pôde nunca um chefe dar tal ordem!
Brada segunda vez com voz mais alta,
Afrouxam-se as prisões, a embira cede,
A custo, sim; mas cede: o estranho é salvo.

— Timbira, diz o índio enternecido,
Solto apenas dos nós que o seguravam:
És um guerreiro ilustre, um grande chefe,
Tu que assim do meu mal te comoveste,
Nem sofres que, transposta a natureza,
Com olhos onde a luz já não cintila,
Chore a morte do filho o pai cansado,
Que somente por seu na voz conhece.
— És livre; parte.
— E voltarei.
— Debalde.
— Sim, voltarei, morto meu pai.
— Não voltes!
É bem feliz, se existe, em que não veja,
Que filho tem, qual chora: és livre; parte!
— Acaso tu supões que me acobardo,
Que receio morrer!
— És livre; parte!
— Ora não partirei; quero provar-te
Que um filho dos Tupis vive com honra,
E com honra maior, se acaso o vencem,
Da morte o passo glorioso afronta.

— Mentiste, que um Tupi não chora nunca,
E tu choraste!... parte; não queremos
Com carne vil enfraquecer os fortes.

Sobresteve o Tupi: — arfando em ondas
O rebater do coração se ouvia
Precípite. — Do rosto afogueado
Gélidas bagas de suor corriam:
Talvez que o assaltava um pensamento...
Já não... que na enlutada fantasia,
Um pesar, um martírio ao mesmo tempo,
Do velho pai a moribunda imagem
Quase bradar-lhe ouvia: — Ingrato! ingrato!
Curvado o colo, taciturno e frio,
Espectro d'homem, penetrou no bosque!

VI

— Filho meu, onde estás?
— Ao vosso lado;
Aqui vos trago provisões: tomai-as,
As vossas forças restaurai perdidas,
E a caminho, e já!
— Tardaste muito!
Não era nado o sol, quando partiste,
E frouxo o seu calor já sinto agora!

— Sim, demorei-me a divagar sem rumo,
Perdi-me nestas matas intrincadas,
Reaviei-me e tornei; mas urge o tempo;
Convem partir, e já!
— Que novos males
Nos resta de sofrer? — que novas dores,
Que outro fado pior Tupã nos guarda?
— As setas da aflição já se esgotaram,
Nem para novo golpe espaço intacto
Em nossos corpos resta.
— Mas tu tremes!
— Talvez do afã da caça...
— Oh filho caro!
Um quê misterioso aqui me fala,
Aqui no coração; piedosa fraude
Será por certo, que não mentes nunca!
Não conheces temor, e agora temes?
Vejo e sei: é Tupã que nos aflige,
E contra o seu querer não valem brios.
Partamos!... —
E com mão trêmula, incerta
Procura o filho, tateando as trevas
Da sua noite lúgubre e medonha.
Sentindo o acre odor das frescas tintas,
Uma idéia fatal correu-lhe à mente...
Do filho os membros gélidos apalpa,
E a dolorosa maciez das plumas
Conhece estremecendo: — foge, volta,

Encontra sob as mãos o duro crânio,
Despido então do natural ornato!...
Recua aflito e pávido, cobrindo
Às mãos ambas os olhos fulminados,
Como que teme ainda o triste velho
De ver, não mais cruel, porém mais clara,
Daquele exício grande a imagem viva
Ante os olhos do corpo afigurada.

Não era que a verdade conhecesse
Inteira e tão cruel qual tinha sido;
Mas que funesto azar correra o filho,
Ele o via; ele o tinha ali presente;
E era de repetir-se a cada instante.
A dor passada, a previsão futura
E o presente tão negro, ali os tinha;
Ali no coração se concentrava,
Era num ponto só, mas era a morte!

— Tu prisioneiro, tu?
— Vós o dissestes.
— Dos índios?
— Sim.
— De que nação?
— Timbiras.
— E a muçurana funeral rompeste,
Dos falsos manitôs quebraste a maça...
— Nada fiz... aqui estou.
— Nada! —
Emudecem;
Curto instante depois prossegue o velho:
— Tu és valente, bem o sei; confessa,
Fizeste-o, certo, ou já não foras vivo!

— Nada fiz; mas souberam da existência
De um pobre velho, que em mim só vivia...

— E depois?...
— Eis-me aqui.
— Fica essa taba?
— Na direção do sol, quando transmonta.
— Longe?
— Não muito.
— Tens razão: partamos.
— E quereis ir?...
— Na direção do ocaso.

VII

"Por amor de um triste velho,
Que ao termo fatal já chega,
Vós, guerreiros, concedestes
A vida a um prisioneiro.
Ação tão nobre vos honra,
Nem tão alta cortesia
Vi eu jamais praticada
Entre os Tupis, — e mas foram
Senhores em gentileza.

"Eu porém nunca vencido,
Nem nos combates por armas,
Nem por nobreza nos atos;
Aqui venho, e o filho trago.
Vós o dizeis prisioneiro,
Seja assim como dizeis;
Mandai vir a lenha, o fogo,
A maça do sacrifício
E a muçurana ligeira:
Em tudo o rito se cumpra!
E quando eu for só na terra,
Certo acharei entre os vossos,
Que tão gentis se revelam,
Alguém que meus passos guie;
Alguém, que vendo o meu peito
Coberto de cicatrizes,
Tomando a vez de meu filho,
De haver-me por pai se ufane!"

Mas o chefe dos Timbiras,
Os sobrolhos encrespando,
Ao velho Tupi guerreiro
responde com torvo acento:

— Nada farei do que dizes:
É teu filho imbele e fraco!
Aviltaria o triunfo
Da mais guerreira das tribos
Derramar seu ignóbil sangue:
Ele chorou de cobarde;
Nós outros, fortes Timbiras,
Só de heróis fazemos pasto. —

Do velho Tupi guerreiro
A surda voz na garganta
Faz ouvir uns sons confusos,
Como os rugidos de um tigre,
Que pouco a pouco se assanha!

VIII

"Tu choraste em presença da morte?
Na presença de estranhos choraste?
Não descende o cobarde do forte;
Pois choraste, meu filho não és!
Possas tu, descendente maldito
De uma tribo de nobres guerreiros,
Implorando cruéis forasteiros,
Seres presa de vis Aimorés.

"Possas tu, isolado na terra,
Sem arrimo e sem pátria vagando,
Rejeitado da morte na guerra,
Rejeitado dos homens na paz,
Ser das gentes o espectro execrado;
Não encontres amor nas mulheres,
Teus amigos, se amigos tiveres,
Tenham alma inconstante e falaz!

"Não encontres doçura no dia,
Nem as cores da aurora te ameiguem,
E entre as larvas da noite sombria
Nunca possas descanso gozar:
Não encontres um tronco, uma pedra,
Posta ao sol, posta às chuvas e aos ventos,
Padecendo os maiores tormentos,
Onde possas a fronte pousar.

"Que a teus passos a relva se torre;
Murchem prados, a flor desfaleça,
E o regato que límpido corre,
Mais te acenda o vesano furor;
Suas águas depressa se tornem,
Ao contato dos lábios sedentos,
Lago impuro de vermes nojentos,
Donde fujas com asco e terror!

"Sempre o céu, como um teto incendido,
Creste e punja teus membros malditos
E o oceano de pó denegrido
Seja a terra ao ignavo tupi!
Miserável, faminto, sedento,
Manitôs lhe não falem nos sonhos,
E do horror os espetros medonhos
Traga sempre o cobarde após si.

"Um amigo não tenhas piedoso
Que o teu corpo na terra embalsame,
Pondo em vaso d'argila cuidoso
Arco e frecha e tacape a teus pés!
Sê maldito, e sozinho na terra;
Pois que a tanta vileza chegaste,
Que em presença da morte choraste,
Tu, cobarde, meu filho não és."

IX

Isto dizendo, o miserando velho
A quem Tupã tamanha dor, tal fado
Já nos confins da vida reservara,
Vai com trêmulo pé, com as mãos já frias
Da sua noite escura as densas trevas
Palpando. — Alarma! alarma! — O velho pára
O grito que escutou é voz do filho,
Voz de guerra que ouviu já tantas vezes
Noutra quadra melhor. — Alarma! alarma!
— Esse momento só vale apagar-lhe
Os tão compridos transes, as angústias,
Que o frio coração lhe atormentaram
De guerreiro e de pai: — vale, e de sobra.
Ele que em tanta dor se contivera,
Tomado pelo súbito contraste,
Desfaz-se agora em pranto copioso,
Que o exaurido coração remoça.

A taba se alborota, os golpes descem,
Gritos, imprecações profundas soam,
Emaranhada a multidão braveja,
Revolve-se, enovela-se confusa,
E mais revolta em mor furor se acende.
E os sons dos golpes que incessantes fervem,
Vozes, gemidos, estertor de morte
Vão longe, pelas ermas serranias
Da humana tempestade propagando
Quantas vagas de povo enfurecido
Contra um rochedo vivo se quebravam.

Era ele, o Tupi; nem fora justo
Que a fama dos Tupis — o nome, a glória,
Aturado labor de tantos anos,
Derradeiro brasão da raça extinta,
De um jato e por um só se aniquilasse.

— Basta! clama o chefe dos Timbiras,
— Basta, guerreiro ilustre! assaz lutaste,
E para o sacrifício é mister forças.—

O guerreiro parou, caiu nos braços
Do velho pai, que o cinge contra o peito,
Com lágrimas de júbilo bradando:
"Este, sim, que é meu filho muito amado!
"E pois que o acho enfim, qual sempre o tive,
"Corram livres as lágrimas que choro,
"Estas lágrimas, sim, que não desonram."

X

Um velho Timbira, coberto de glória,
Guardou a memória
Do moço guerreiro, do velho Tupi!
E à noite, nas tabas, se alguém duvidava
Do que ele contava,
Dizia prudente: — "Meninos, eu vi!

"Eu vi o brioso no largo terreiro
Cantar prisioneiro
Seu canto de morte, que nunca esqueci:
Valente, como era, chorou sem ter pejo;
Parece que o vejo,
Que o tenho nest'hora diante de mi.

"Eu disse comigo: Que infâmia d'escravo!
Pois não, era um bravo;
Valente e brioso, como ele, não vi!
E à fé que vos digo: parece-me encanto
Que quem chorou tanto,
Tivesse a coragem que tinha o Tupi!"

Assim o Timbira, coberto de glória,
Guardava a memória
Do moço guerreiro, do velho Tupi.
E à noite nas tabas, se alguém duvidava
Do que ele contava,
Tornava prudente: "Meninos, eu vi!"

(Gonçalves Dias, *Últimos cantos* in *Obras poéticas*, org. por Manuel Bandeira, São Paulo, Nacional, t. II, 1944, p. 18-35.)

# A tempestade

> Quem porfiar contigo... ousara
> Da glória o poderio;
> Tu que fazes gemer pendido o cedro,
> Turbar-se o claro rio?
> A. Herculano

Um raio
Fulgura
No espaço
Esparso,
De luz;
E trêmulo
E puro
Se aviva,
S'esquiva,
Rutila,
Seduz!

Vem a aurora
Pressurosa,
Cor de rosa,
Que se cora
De carmim;
A seus raios
As estrelas,
Que eram belas,
Têm desmaios,
Já por fim.

O sol desponta
Lá no horizonte,
Doirando a fonte,
E o prado e o monte
E o céu e o mar;
E um manto belo
De vivas cores
Adorna as flores,
Que entre verdores
Se vê brilhar.

Um ponto aparece,
Que o dia entristece,
O céu, onde cresce,
De negro a tingir;
Oh! vede a procela
Infrene, mas bela,
No ar s'encapela
Já pronta a rugir!

Não solta a voz canora
No bosque o vate alado,
Que um canto d'inspirado
Tem sempre a cada aurora;
É mudo quanto habita
Da terra n'amplidão.
A coma então luzente
Se agita do arvoredo,
E o vate um canto a medo
Desfere lentamente,
Sentindo opresso o peito
De tanta inspiração.

Fogem do vento que ruge
As nuvens aurinevadas,
Como ovelhas assustadas
Dum fero lobo cerval;
Estilham-se como as velas
Que no alto mar apanha,
Ardendo na usada sanha,
Subitâneo vendaval.

Bem como serpentes que o frio
Em nós emaranha, — salgadas
As ondas s'estanham, pesadas
Batendo no frouxo areal.
Disseras que viras vagando
Nas furnas do céu entreabertas
Que mudas fuzilam, — incertas
Fantasmas do gênio do mal!

E no túrgido ocaso se avista
Entre a cinza que o céu apolvilha,
Um clarão momentâneo que brilha,
Sem das nuvens o seio rasgar;
Logo um raio cintila e mais outro,
Ainda outro veloz, fascinante,
Qual centelha que em rápido instante
Se converte d'incêndios em mar.

Um som longínquo cavernoso e ouco
Rouqueja, e n'amplidão do espaço morre;
Eis outro inda mais perto, inda mais rouco,
Que alpestres cimos mais veloz percorre,
Troveja, estoura, atroa; e dentro em pouco
Do Norte ao Sul, — dum ponto a outro corre:
Devorador incêndio alastra os ares,
Enquanto a noite pesa sobre os mares.

Nos últimos cimos dos montes erguidos
Já silva, já ruge do vento o pegão;
Estorcem-se os leques dos verdes palmares,
Volteiam, rebramam, doudejam nos ares,
Até que lascados baqueiam no chão.

Remexe-se a copa dos troncos altivos,
Transtorna-se, tolda, baqueia também;
E o vento, que as rochas abala no cerro,
Os troncos enlaça nas asas de ferro,
E atira-os raivoso dos montes além.

Da nuvem densa, que no espaço ondeia,
Rasga-se o negro bojo carregado,
E enquanto a luz do raio o sol roxeia,
Onde parece à terra estar colado,
Da chuva, que os sentidos nos enleia,
O forte peso em turbilhão mudado,
Das ruínas completa o grande estrago,
Parecendo mudar a terra em lago.

Inda ronca o trovão retumbante,
Inda o raio fuzila no espaço,
E o corisco num rápido instante
Brilha, fulge, rutila, e fugiu.
Mas se à terra desceu, mirra o tronco,
Cega o triste que iroso ameaça,
E o penedo, que as nuvens devassa,
Como tronco sem viço partiu.

Deixando a palhoça singela,
Humilde labor da pobreza,
Da nossa vaidosa grandeza,
Nivela os fastígios sem dó;
E os templos e as grimpas soberbas,
Palácio ou mesquita preclara,
Que a foice do tempo poupara,
Em breves momentos é pó.

Cresce a chuva, os rios crescem,
Pobres regatos s'empolam,
E nas turvas ondas rolam
Grossos troncos a boiar!
O córrego, qu'inda há pouco
No torrado leito ardia,
É já torrente bravia,
Que da praia arreda o mar.

Mas ai do desditoso,
Que viu crescer a enchente
E desce descuidoso
Ao vale, quando sente
Crescer d'um lado e d'outro
O mar da aluvião!
Os troncos arrancados
Sem rumo vão boiantes;
E os tetos arrasados,
Inteiros, flutuantes,
Dão antes crua morte,
Que asilo e proteção!

Porém no ocidente
S'ergueu de repente
O arco luzente,
De Deus o farol;
Sucedem-se as cores,
Qu'imitam as flores,
Que sembram primores
Dum novo arrebol.

Nas águas pousa;
E a base viva
De luz esquiva,
E a curva altiva
Sublima ao céu;
Inda outro arqueia,
Mais desbotado,
Quase apagado,
Como embotado
De tênue véu.

Tal a chuva
Transparece,
Quando desce
E ainda vê-se
O sol luzir;
Como a virgem,
Que numa hora
Ri-se e cora,
Depois chora
E torna a rir.

A folha
Luzente
Do orvalho
Nitente
A gota
Retrai:

Vacila,
Palpita;
Mais grossa,
Hesita,
E treme
E cai.

(Gonçalves Dias, *Últimos cantos* in *Obras poéticas*, org. por Manuel Bandeira, São Paulo, Nacional, t. II, 1944, p. 229-34.)

## Bernardo Joaquim da Silva Guimarães

Nasceu em 15/8/1825 e morreu em 10/3/1884 em Ouro Preto, MG. Estudou Direito na Universidade de São Paulo. Romancista, poeta, jornalista e juiz. Sua obra pertence ao Romantismo de feição popular. Consagrado romancista, vem sendo ultimamente valorizado também como poeta. **Algumas obras**: *Cantos da solidão* (poes. 1852); *O ermitão de Muquém* (rom. 1869); *Lendas e romances* (nov. 1871); *O garimpeiro* (rom. 1872); *O seminarista* (rom. 1872); *O índio Afonso* (rom. 1873); *A escrava Isaura* (rom. 1875); *Novas poesias* (1876); *Folhas de outono* (poes. 1883).

### *A escrava Isaura*

Capítulo IV

Ah! Estás ainda aí?... fizestes bem, — disse Leôncio mal avistou Isaura, que trêmula e confusa não ousara sair do cantinho a que se abrigara, e onde fazia mil votos ao céu, para que o seu senhor não a visse, nem se lembrasse dela naquele momento. — Isaura, continuou ele, — pelo que vejo, andas bem adiantada em amores!... estavas a ouvir finezas daquele rapazola...

— Tanto como ouço as suas, meu senhor; por não ter outro remédio. Uma escrava, que ousasse olhar com amor para seus senhores, merecia ser severamente castigada.

— Mas tu disseste alguma coisa àquele estouvado, Isaura?...

— Eu?! — respondeu a escrava perturbando-se. — Eu nada, que possa ofender nem ao senhor nem a ele...

— Pesa bem as tuas palavras, Isaura; olha, não procures enganar-me. Nada lhe disseste a meu respeito?

— Nada.

— Juras?

— Juro — balbuciou Isaura.

— Ah! Isaura, Isaura! ... tem cuidado. Se até aqui tenho sofrido com paciência as tuas repulsas e desdéns, não estou disposto a suportar que em minha casa, e quase em minha presença, estejas a escutar galanteios de quem quer que seja, e muito menos revelar o que aqui se passa. Se não queres o meu amor, evita ao menos de incorrer no meu ódio.

— Perdão, senhor, que culpa tenho eu de andarem a perseguir-me?

— Tens alguma razão; estou vendo que me verei forçado a desterrar-te desta casa, e a esconder-te em algum canto onde não sejas tão vista e cobiçada...

— Para que, senhor...

— Basta; não te posso ouvir agora, Isaura. Não convém que nos encontrem aqui conversando a sós. Em outra ocasião te escutarei. É preciso estorvar que aquele estonteado vá intrigar-me com Malvina — murmurava Leôncio retirando-se. — Ah! cão! maldita a hora em que te trouxe à minha casa!

— Permita Deus que tal ocasião nunca chegue! — exclamou tristemente dentro da alma a rapariga, vendo seu senhor retirar-se. Ela via com angústia e mortal desassossego as contínuas e cada vez mais encarniçadas solicitações de Leôncio, e não atinava com um meio de opor-lhes um paradeiro. Resolvida a resistir até à morte, lembrava-se da sorte de sua infeliz mãe, cuja triste história bem conhecia, pois a tinha ouvido, segredada a medo e misteriosamente, da boca de alguns velhos escravos da casa, e o futuro se lhe antolhava carregado das mais negras e sinistras cores.

Revelar tudo a Malvina era o único meio, que se lhe apresentava ao espírito, para pôr termo às ousadias do seu marido, e atalhar futuras desgraças. Mas Isaura amava muito sua jovem senhora para ousar dar semelhante passo, que iria derramar-lhe no seio um pego de desgostos e amarguras, quebrando-lhe para sempre a risonha e doce ilusão em que vivia.

Preferia antes morrer como sua mãe, vítima das mais cruéis sevícias, do que ir por suas mãos lançar uma nuvem sinistra no céu até ali tão sereno e bonançoso de sua querida senhora.

O pai de Isaura, o único ente no mundo, que à exceção de Malvina se interessava por ela, pobre e simples jornaleiro, não se achava em estado de poder protegê-la contra as perseguições e violências de que se achava ameaçada. Em tão cruel situação Isaura não sabia senão chorar em segredo a sua desventura, e implorar o céu, do qual somente podia esperar remédio a seus males.

Bem se compreende pois agora aquele acento tão dorido, tão repassado de angústia, com que cantava a sua canção favorita. Malvina enganava-se atribuindo sua tristeza a alguma paixão amorosa. Isaura conservava ainda o coração no mais puro estado de isenção. Com quanto mais dó não a teria lastimado sua boa e sensível senhora, se pudesse adivinhar a verdadeira causa dos pesares que o ralavam.

(Bernardo Guimarães, *A escrava Isaura*, São Paulo, Melhoramentos, 7. ed., 1. imp., 1966, p. 31-2.)

## Francisco Otaviano de Almeida Rosa

Nasceu no Rio de Janeiro, RJ, em 26/6/1825 onde morreu em 28/6/1889. Poeta, jornalista, advogado, deputado, diplomata, ocupou vários cargos públicos. Foi um dos maiores jornalistas de sua época. **Algumas obras**: *Os cantos de Selma* (poes. 1881); *Traduções e poesias* (1881); *Francisco Otaviano, escorço biográfico e seleção* (org. Xavier Pinheiro. 1925); obra esparsa em revistas e jornais de seu tempo.

### "Morrer, dormir, não mais, termina a vida"

Morrer, dormir, não mais, termina a vida,
E com ela terminam nossas dores;
Um punhado de terra, algumas flores...
E depois uma lágrima fingida.

Sim, minha morte não será sentida:
Não tive amigos e nem deixo amores;
E se os tive, tornaram-se traidores,
Algozes vis de um'alma consumida.

Tudo é podre no mundo! Que me importa
Que amanhã se esboroe ou que desabe,
Se a natureza para mim 'stá morta?!

É tempo já que meu exílio acabe...
Vem, vem, ó morte! ao nada me transporta:
Morrer, dormir, talvez sonhar, quem sabe!

(Francisco Otaviano in Manuel Bandeira, *Antologia dos poetas brasileiros da fase romântica*, Rio de Janeiro, Imprensa Nacional, 1937, p. 87.)

## Ilusões da vida

Quem passou pela vida em branca nuvem
E em plácido repouso adormeceu;
Quem não sentiu o frio da desgraça,
Quem passou pela vida e não sofreu:
Foi espectro de homem, não foi homem,
Só passou pela vida, não viveu.

(Francisco Otaviano in Manuel Bandeira, *Antologia dos poetas brasileiros da fase romântica*, Rio de Janeiro, Imprensa Nacional, 1937, p. 89.)

# Laurindo José da Silva Rabelo

Nasceu no Rio de Janeiro, RJ, em 3/7/1826 onde morreu em 28/9/1864. De origem humilde, mestiço, levou vida infeliz, tentando em vão firmar-se numa carreira, diplomando-se, finalmente, em Medicina. Foi poeta popular, improvisador, boêmio e sua poesia constantemente se expressa por metáforas florais. **Algumas obras**: *Trovas* (poes. 1853); *Poesias* (1867); *Obras poéticas* (1876); *Obras completas* (1946); *Poesias completas* (1963). Deixou ainda inéditos dramas, poemas, modinhas.

## A minha resolução

O que fazes, ó minh'alma?
Coração, por que te agitas?
Coração, por que palpitas?
Por que palpitas em vão?
Se aquele que tanto adoras,
Te despreza, como ingrato,
Coração, sê mais sensato:
Busca outro coração!

Corre o ribeiro suave
Pela terra brandamente,
Se o plano condescendente
Dele se deixa regar;
Mas se encontra algum tropeço
Que o leve curso lhe prive,
Busca logo outro declive,
Vai correr noutro lugar.

Segue o exemplo das águas.
Coração, por que te agitas?
Coração por que palpitas?
Por que palpitas em vão?
Se aquele que tanto adoras,
Te despreza, como ingrato,
Coração, sê mais sensato:
Busca outro coração!

Nasce a planta, a planta cresce,
Vai contente vegetando,
Só por onde vai achando
Terra própria a seu viver;
Mas se acaso a terra estéril
Às raízes lhe é veneno,
Ela vai noutro terreno
As raízes esconder.

Segue o exemplo da planta.
Coração, por que te agitas?
Coração por que palpitas?
Por que palpitas em vão?
Se aquele que tanto adoras,
Te despreza, como ingrato,
Coração, sê mais sensato:
Busca outro coração!

Saiba a ingrata que punir
Também sei tamanho agravo:
Se me trata como escravo,
Mostrarei que sou senhor;
Como as águas, como a planta,
Fugirei dessa homicida;
Quero dar a um'alma fida
Minha vida e meu amor.

(Laurindo Rabelo *in* Manuel Bandeira, *Antologia dos poetas brasileiros da fase romântica*, Rio de Janeiro, Imprensa Nacional, 1937, p. 103-4.)

## José Bonifácio de Andrada e Silva, o Moço

Nasceu em Bordéus, França, em 8/11/1827 e faleceu em São Paulo, SP, em 26/10/1886. Poeta, orador, jornalista, formado em Direito pela Faculdade São Paulo, professor. É sobrinho neto de José Bonifácio. **Algumas obras**: *Rosas e goivos* (poes. 1848); *O barão e seu cavalo* (poema herói-cômico 1866); *Discursos parlamentares* (1880); *Poesia* (s.d.); *Poesias* (1962 org. Alfredo Bosi e Nilo Scalzo).

### Teu nome

Teu nome foi um sonho do passado;
Foi um murmúrio eterno em meus ouvidos;
Foi som de uma harpa que embalou-me a vida;
Foi um sorriso da alma entre gemidos!

Teu nome foi um eco de soluços,
Entre as minhas canções, entre os meus prantos;
Foi tudo que eu amei, que eu resumia:
Dores... prazer... ventura... amor... encantos!

Escrevi-o nos troncos do arvoredo;
Nas alvas praias, onde bate o mar;
Das estrelas fiz letras: soletrei-o,
Por noite bela, ao mórbido luar!

Escrevi-o nos prados verdejantes,
Com as folhas da rosa ou da açucena!
Oh! quantas vezes na asa perfumada
Correu das brisas em manhã serena!

Se triste desmaias, se a cor te falece,
A mim me parece que foges pr'o céu,
E eu louco murmuro, nos amplos espaços,
Voando a teus braços: — És minha!... Sou teu!...

Da tarde no sopro suspira baixinho,
No sopro mansinho suspira... Quem és?
Suspira... Hás de ver-me de fronte abatida,
Sem força, sem vida, curvado a teus pés.

(José Bonifácio, O moço, *Poesias*, org. de Alfredo Bosi e Nilo Scalzo, São Paulo, Conselho Estadual de Cultura, 1962, p. 165-6.)

## José Martiniano de Alencar

Nasceu em Mecejana, CE, em 1/5/1829 e morreu no Rio de Janeiro, RJ, em 12/12/1877. Romancista, dramaturgo, crítico, jornalista, político. Diplomou-se em Direito em São Paulo. Escreveu romances urbanos, regionais, históricos. Incorporou-se ao movimento do indianismo na literatura brasileira do século XIX. **Algumas obras: romances urbanos** — *Cinco minutos* (1860); *A viuvinha* (1860); *Lucíola* (1862); *Diva* (1864); *A pata da gazela* (1870); *Sonhos d'ouro* (1872); *Senhora* (1875); *Encarnação* (1877); **romances históricos** — *O guarani* (1857); *Iracema* (1865); *As minas de prata* (1865); *Alfarrábios* (1873); *Guerra dos mascates* (1873); *Ubirajara* (1874); *O pajem negro* (1911); **romances regionalistas** — *O gaúcho* (1870); *O tronco do ipê* (1871); *Til* (1872); *O sertanejo* (1876); **teatro** — *Verso e reverso* (1857); *Demônio familiar* (1858); *A mãe* (1862); **Outros**: Cartas *sobre a Confederação dos Tamoios* (crít. 1856); *Os filhos de Tupã* (poes.1863); *Ao correr da pena* (crôn. 1874); *Como e por que sou romancista* (ens. 1893).

### *O guarani*

Os aventureiros, Capítulo IX
**Amor** (frag.)

As cortinas da janela cerraram-se; Cecília tinha-se deitado.

Junto da inocente menina, adormecida na isenção de sua alma pura e virgem, velavam três sentimentos profundos, palpitavam três corações bem diferentes.

Em Loredano, o aventureiro de baixa extração, esse sentimento era um desejo ardente, uma sede de gozo, uma febre que lhe requeimava o sangue; o instinto brutal dessa natureza vigorosa era ainda aumentado pela impossibilidade moral que a sua condição criava, pela barreira que se elevava entre ele, pobre colono, e a filha de D. Antônio de Mariz, rico fidalgo de solar e brasão.

Para destruir esta barreira e igualar as posições, seria necessário um acontecimento extraordinário, um fato que alterasse completamente as leis da sociedade naquele tempo mais rigorosas do que hoje; era preciso uma dessas situações em face das quais os indivíduos, qualquer que seja a sua hierarquia, nobres e párias, nivelam-se; e descem ou sobem à condição de homens.

O aventureiro compreendia isto; talvez que seu espírito italiano já tivesse sonhado o alcance dessa idéia; em todo o caso o que afirmamos é que ele esperava, e esperando vigiava o seu tesouro com um zelo e uma constância a toda a prova; os vinte dias que passara no Rio de Janeiro tinham sido verdadeiro suplício.

Em Álvaro, cavalheiro delicado e cortês, o sentimento era uma afeição nobre e pura, cheia de graciosa timidez que perfuma as primeiras flores do coração, e do entusiasmo cavalheiresco que tanta poesia dava aos amores daquele tempo de crença e lealdade.

Sentir-se perto de Cecília, vê-la e trocar alguma palavra à custo balbuciada, corarem ambos sem saberem por que, e fugirem desejando encontrar-se, era toda a história desse afeto inocente, que se entregava descuidosamente ao futuro, librando-se nas asas da esperança.

Nesta noite Álvaro ia dar um passo que na sua habitual timidez, ele comparava quase com um pedido formal de casamento; tinha resolvido fazer a moça aceitar, mau grado seu, o mimo que recusara, deitando-o na sua janela; esperava que encontrando-o no dia seguinte, Cecília lhe perdoaria o seu ardimento e conservaria a sua prenda.

Em Peri, o sentimento era um culto, espécie de idolatria fanática, na qual não entrava um só pensamento de egoísmo; amava Cecília não para sentir um prazer ou ter uma satisfação, mas para dedicar-se inteiramente a ela, para cumprir o menor dos seus desejos, para evitar que a moça tivesse um pensamento que não fosse imediatamente uma realidade.

Ao contrário dos outros ele não estava ali, nem por um ciúme inquieto, nem por uma esperança risonha; arrostava a morte unicamente para ver se Cecília estava contente, feliz e alegre; se não desejava alguma coisa que ele adivinharia no seu rosto, e iria buscar nessa mesma noite, nesse mesmo instante.

Assim o amor se transformava tão completamente nessas organizações, que apresentava três sentimentos bem distintos: um era uma loucura, o outro uma paixão, o último uma religião.

Loredano desejava; Álvaro amava; Peri adorava. O aventureiro daria a vida para gozar; o cavalheiro arrostaria a morte para merecer um olhar; o selvagem se mataria, se preciso fosse, só para fazer Cecília sorrir.

Entretanto nenhum desses três homens podia tocar a janela da moça, sem correr um risco iminente; e isto pela posição em que se achava o quarto de Cecília.

/..../

(José de Alencar, *O Guarani*, 6. ed., São Paulo, Melhoramentos, s.d., p. 70-2.)

## *Lucíola*

Capítulo IV (frag.)

/..../

Lúcia não disse mais palavra; parou no meio do aposento, defronte de mim.

Era outra mulher.

O rosto cândido e diáfano, que tanto me impressionou à doce claridade da lua, se transformara completamente: tinha agora uns toques ardentes e um fulgor estranho que o iluminava. Os lábios finos e delicados pareciam túmidos dos desejos que incubavam. Havia um abismo de sensualidade nas asas transparentes da narina que tremiam com o anélito do respiro curto e sibilante, e também nos fogos surdos que incendiavam a pupila negra.

À suave fluidez do gesto meigo sucedeu a veemência e a energia dos movimentos. O talhe perdera a ligeira flexão que de ordinário o curvava, como uma haste delicada ao sopro das auras; e agora arqueava enfunando, a rija carnação de um colo soberbo, e traindo as ondulações felinas num espreguiçamento voluptuoso. Às vezes um tremor espasmódico percorria-lhe todo o corpo, e as espáduas se conchegavam como se um frio de gelo a invadira de súbito; mas breve sucedia a reação, e o sangue abrasando-lhe as veias, dava à branca epiderme reflexos de nácar e às formas uma exuberância de seiva e de vida, que realçavam a radiante beleza.

Era uma transfiguração completa.

Enquanto a admirava, a sua mão ágil e sôfrega desfazia ou antes despedaçava os frágeis laços que prendiam-lhe as vestes. À mais leve resistência dobrava-se sobre si mesmo como uma cobra, e os dentes de pérola talhavam mais rápidos do que a tesoura o cadarço de seda que lhe opunha obstáculos. Até que o penteador de veludo voou pelos ares, as tranças luxuriosas dos cabelos negros rolaram pelos ombros arrufando ao contato a pele melindrosa, uma nuvem de rendas e cambraias abateu-se a seus pés, e eu vi aparecer aos meus olhos pasmos, nadando em ondas de luz, no esplendor de sua completa nudez, a mais formosa bacante que esmagara outrora com o pé lascivo as uvas de Corinto.

Saí alucinado!

/..../

(José de Alencar, *Lucíola* in *Lucíola, Diva, Senhora,* Rio de Janeiro, J. Olympio, Brasília MEC/INL, 7. ed., v. 7, 1977, p. 13.)

## *Senhora*

Quarta Parte: Resgate — Capítulo VI (frag.)

Tinha saído o último dos convidados. Seixas voltava de conduzir ao carro D. Margarida Ferreira. Aurélia que o esperava, deu-lhe boa noite e ia retirar-se. Fernando a atalhou:

— Desejo dar-lhe uma explicação!

— É inútil.

— Não tive intenção de ofendê-la.

— De certo; um cavalheiro tão delicado não podia injuriar uma senhora.

— Uma coisa desagradável que ouvi e que me afligiu profundamente, tirou-me do meu natural. Não estava calmo; em todo o caso referi-me unicamente à minha posição, sem desígnio de qualquer alusão...

— É a história de ontem, que o senhor me está contando! exclamou Aurélia e apontou para o mostrador da pêndula que marcava duas horas. Tratemos de amanhã. Vamos dormir.

Fazendo ao marido uma risonha mesura, a moça deixou-o na sala e recolheu-se a seus aposentos, onde a esperava a mucama para despi-la.

— Podes ir; não preciso de ti.

Aurélia conservava de sua pobreza o costume de bastar-se para o serviço de sua pessoa; como não gostava de entregar seu corpo a mãos alheias, nem consentia que outros olhos que não os seus devassassem o natural recato, poupava sempre que podia a mucama, a qual já não estranhava esse modo.

Fechada a porta por dentro, a moça em um instante operou a sua metamorfose. O trajo de baile ficou sobre o tapete, defronte do espelho, como as asas da borboleta que finou-se no seio da flor; surgiu dali, daquele desmoronamento de sedas, a casta menina envolta em seu alvo roupão de cambraia.

Sentou-se no sofá onde estivera poucas horas antes com Seixas, e ficou pensativa. Até que levantou-se para ir correr a cortina ao quadro e acender a arandela próxima.

Esteve contemplando o retrato e falou-lhe, como se tivesse diante de si o homem, de que via a imagem.

— Tu me amas!... exclamou cheia de júbilo. Negues embora, eu o conheço; eu o vejo em ti, e sinto-o em mim! Um homem de fina educação, como és, só insulta a mulher quando a ama e com paixão! Tu me insultaste, porque o meu amor era mais forte que tu, porque aniquilava a tua natureza, e fez do cavalheiro que és, um déspota feroz! Não te desculpes, não! Não foste tu, foi o ciúme, que é um sentimento grosseiro e brutal. Eu bem o conheço! ... Tu me amas!... Ainda podemos ser felizes!... Oh! então havemos de viver a dobro, para descontar esses dias que desvivemos!

A gentil senhora apoiou-se à moldura do quadro, e outra vez ficou pensativa.

— E por que não podemos ser felizes desde este momento? Ele está ali, pensando em mim; talvez me espera! Basta-me abrir aquela porta. Virá suplicar-me seu perdão, eu o receberei em meus braços; e estaremos para sempre unidos!

Um sorriso divino iluminou a formosa mulher. Ela desceu do estrado e atravessou a câmara de dormir, com o passo trêmulo, mas afoito, e as faces a arderem.

Chegou à porta; afastou o reposteiro azul; aplicou o ouvido; sorriu; murmurou baixinho o nome do marido; recordou as notas apaixonadas com que a Stolz cantava a ária da Favorita: *Oh! mio Fernando!*

Afinal procurou a chave. Não estava na fechadura. Ela própria a havia tirado, e guardara na gaveta de sua escrivaninha de araribá rosa. Voltou impaciente para procurá-la. Quando sua mão tocou o aço, a impressão fria do metal produziu-lhe um arrepio. Rejeitou a chave, e fechou a gaveta.

— Não! É cedo! É preciso que ele me ame bastante para vencer-me a mim, e não só para se deixar vencer. Eu posso, não o duvido mais, eu posso, no momento em que me aprouver, trazê-lo aqui, a meus pés, suplicante, ébrio de amor, subjugado ao meu aceno. Eu posso obrigá-lo a sacrificar-me tudo, a sua dignidade, os seus brios, os últimos escrúpulos de sua consciência. Mas no outro dia ambos acordaríamos desse horrível pesadelo, eu para desprezá-lo, ele para odiar-me. Então é que nunca mais nos perdoaríamos, eu a ele, o meu amor profanado, ele a mim, o seu caráter abatido. Então é que principiaria a eterna separação.

Depois de breve pausa, continuou falando outra vez ao retrato:

— Quando ele convencer-me do seu amor e arrancar de meu coração a última raiz desta dúvida atroz, que o dilacera; quando nele encontrar-te a ti, o meu ideal, o soberano de meu amor; quando tu e ele fordes um, e que eu não vos possa distinguir nem no meu afeto, nem nas minhas recordações; nesse dia, eu lhe pertenço... Não, que já lhe pertenço agora e sempre, desde que o amei!... Nesse dia tomará posse de minha alma, e a fará sua!

/..../

(José de Alencar, *Senhora*, Rio de Janeiro, Livros Técnicos e Científicos, 1979, p. 197-9.)

## Manuel Antônio Álvares de Azevedo

Nasceu em São Paulo, SP, em 12/9/1831 e morreu no Rio de Janeiro, RJ, em 25/4/1852, quando cursava o 5º ano de Direito, vítima de tuberculose, aos 21 anos. Poeta, sua obra é típica do individualismo romântico ou Ultra-Romantismo (segunda geração romântica), do grupo dos influenciados por Byron e Musset, representativos do "mal do século". **Algumas obras**: *Lira dos vinte anos* (1853); *A noite na taverna* (cont. 1878); *Obras completas* (2 v. 1942).

### Namoro a cavalo

Eu moro em Catumbi. Mas a desgraça
Que rege minha vida malfadada
Pôs lá no fim da rua do Catete
A minha Dulcinéia namorada.

Alugo (três mil réis) por uma tarde
Um cavalo de trote (que esparrela!)
Só para erguer meus olhos suspirando
A minha namorada na janela...

Todo o meu ordenado vai-se em flores
E em lindas folhas de papel bordado
Onde eu escrevo trêmulo, amoroso,
Algum verso bonito... mas furtado.

Morro pela menina, junto dela
Nem ouso suspirar de acanhamento...
Se ela quisesse eu acabava a história
Como toda a Comédia — em casamento.

Ontem tinha chovido... que desgraça!
Eu ia a trote inglês ardendo em chama,
Mas lá vai senão quando uma carroça
Minhas roupas tafuis encheu de lama...

Eu não desanimei. Se Dom Quixote
No Rocinante erguendo a larga espada
Nunca voltou de medo, eu, mais valente,
Fui mesmo sujo ver a namorada...

Mas eis que no passar pelo sobrado
Onde habita nas lojas minha bela
Por ver-me tão lodoso ela irritada
Bateu-me sobre as ventas a janela...

O cavalo ignorante de namoros
Entre dentes tomou a bofetada,
Arrepia-se, pula, e dá-me um tombo
Com pernas para o ar, sobre a calçada...

Dei ao diabo os namoros. Escovado
Meu chapéu que sofrera no pagode
Dei de pernas corrido e cabisbaixo
E berrando de raiva como um bode.

Circunstância agravante. A calça inglesa
Rasgou-se no cair de meio a meio,
O sangue pelas ventas me corria
Em paga do amoroso devaneio!...

(Álvares de Azevedo, *Lira dos vinte anos* in *Poesias completas*, São Paulo, Saraiva, 1962, p. 229-30.)

## "Perdoa-me, visão dos meus amores"

Perdoa-me, visão dos meus amores,
Se a ti ergui meus olhos suspirando!...
Se eu pensava num beijo desmaiando
Gozar contigo uma estação de flores!

De minhas faces os mortais palores,
Minha febre noturna delirando,
Meus ais, meus tristes ais vão revelando
Que peno e morro de amorosas dores...

Morro, morro por ti! na minha aurora
A dor do coração, a dor mais forte,
A dor de um desengano me devora...

Sem que última esperança me conforte,
Eu — que outrora vivia! — eu sinto agora
Morte no coração, nos olhos morte!

(Álvares de Azevedo, *Poesias diversas* in *Poesias completas,* São Paulo, Saraiva, 1962, p. 341.)

## "Se eu morresse amanhã"

Se eu morresse amanhã, viria ao menos
Fechar meus olhos minha triste irmã;
Minha mãe de saudades morreria
Se eu morresse amanhã!

Quanta glória pressinto em meu futuro!
Que aurora de porvir e que manhã!
Eu perdera chorando essas coroas
Se eu morresse amanhã!

Que sol! que céu azul! que doce n'alva
Acorda a natureza mais louçã!
Não me batera tanto amor no peito
Se eu morresse amanhã!

Mas essa dor da vida que devora
A ânsia de glória, o dolorido afã...
A dor no peito emudecera ao menos
Se eu morresse amanhã!

(Álvares de Azevedo, *Poesias diversas* in *Poesias completas,* São Paulo, Saraiva, 1962, p. 345.)

# Manuel Antônio de Almeida

Nasceu no Rio de Janeiro, RJ, em 17/11/1831 e morreu num naufrágio em direção a Campos, RJ, em 28/11/1861, não tendo sido encontrado seu corpo. De família pobre e humilde, formado em Medicina, foi romancista, poeta, jornalista, cronista, funcionário público. **Algumas obras**: *Memórias de um sargento de milícias* (rom. 1854-1855); *Dois amores* (teat. 1861).

## *Memórias de um sargento de milícias*

Capítulo XII — Entrada para a escola (frag.)

É mister agora passar em silêncio sobre alguns anos da vida do nosso memorando para não cansar o leitor repetindo a história de mil travessuras de menino no gênero das que já se conhecem; foram diabruras de todo o tamanho que exasperaram a vizinha, desgostaram a comadre, mas que não alteraram em coisa alguma a amizade do barbeiro pelo afilhado; cada vez esta aumentava, se era possível, tornava-se mais cega. Com ele cresciam as esperanças do belo futuro com que o compadre sonhava para o pequeno, e tanto mais que durante este tempo fizera este *alguns* progressos: lia soletrado sofrivelmente, e por inaudito triunfo da paciência do compadre aprendera a ajudar missa. A primeira vez que ele conseguiu praticar com decência e exatidão semelhante ato, o padrinho exultou; foi um dia de orgulho e de prazer: era o primeiro passo no caminho para que ele o destinava.

— E dizem que não tem jeito para padre, pensou consigo; ora acertei o alvo, dei-lhe com a balda. Ele nasceu mesmo para aquilo, há de ser um clérigo de truz. Vou tratar de metê-lo na escola, depois... toca.

Com efeito foi cuidar nisso e falar ao mestre para receber o pequeno; morava este em uma casa da Rua da Vala, pequena e escura.

Foi o barbeiro recebido na sala, que era mobiliada por quatro ou cinco longos bancos de pinho sujos já pelo uso, uma mesa pequena que pertencia ao mestre, e outra maior onde escreviam os discípulos, toda cheia de pequenos buracos para os tinteiros; nas paredes e no teto havia penduradas uma porção enorme de gaiolas de todos os tamanhos e feitios, dentro das quais pulavam e cantavam passarinhos de diversas qualidades: era a paixão predileta do pedagogo.

Era este um homem todo em proporções infinitesimais, baixinho, magrinho, de carinha estreita e chupada, excessivamente calvo; usava de óculos, tinha pretensões de latinista, e dava bolos nos discípulos por *dá cá aquela palha*. Por isso era um dos mais acreditados da cidade. O barbeiro entrou acompanhado pelo afilhado, que ficou um pouco escabriado à vista do aspecto da escola, que nunca tinha imaginado. Era em um sábado; os bancos estavam cheios de meninos, vestidos quase todos de jaquetas ou *robissões* de lila, calças de brim escuro e uma enorme pasta de couro ou papelão pendurada por um cordel a tiracolo: chegaram os dois exatamente na hora da tabuada cantada. Era uma espécie de ladainha de números que se usava então nos colégios, cantada todos os sábados em uma espécie de cantochão monótono e insuportável, mas de que os meninos gostavam muito.

As vozes dos meninos, juntas ao canto dos passarinhos, faziam uma algazarra de doer os ouvidos; o mestre, acostumado àquilo, escutava impassível, com uma enorme palmatória na mão, e o menor erro que algum dos discípulos cometia não lhe escapava no meio de todo o barulho; fazia parar o canto, chamava o infeliz, emendava cantando o erro cometido, e cascava-lhe pelo menos seis puxados bolos. Era o regente da orquestra ensinando a marcar o compasso. O compadre expôs, no meio do ruído, o objeto de sua visita, e apresentou o pequeno ao mestre.

/..../

(Manuel Antônio de Almeida, *Memórias de um sargento de milícias*, Rio de Janeiro, Livros Técnicos e Científicos, 1978, p. 51-2.)

## Luís José **Junqueira Freire**

Nasceu em Salvador, BA, em 31/12/1832 onde morreu em 24/6/1855. Vida infeliz e de sofrimento, após estudar Humanidades ingressou na Ordem dos Beneditinos com 19 anos e isso mais agravou seu estado, pois não tinha vocação religiosa. Em 1854 obteve a secularização. Sua poesia bem reflete tudo isso: pessimismo, angústia, revolta, sexualidade reprimida. Sua obra é da segunda fase do Romantismo (Ultra-Romantismo ou individualismo romântico). **Algumas obras**: *Inspirações do claustro* (1855); *Elementos de retórica nacional* (1869); *Obras* (3 v. 1894); *Contradições poéticas* (s/d); *Obra poética* (2 v. 1970).

### A órfã na costura

"Ela lhe ensinou a levantar suas mãos puras e inocentes para o céu, a dirigir seus primeiros olhares a seu Criador."

Fléchier

Minha mãe era bonita,
Era toda a minha dita,
Era todo o meu amor.
Seu cabelo era tão louro,
Que nem uma fita de ouro
Tinha tamanho esplendor.

Suas madeixas luzidas
Lhe caíam tão compridas,
Que vinham-lhe os pés beijar.
Quando ouvia as minhas queixas,
Em suas áureas madeixas
Ela vinha-me embrulhar.

Também quando toda fria
A minha alma estremecia,
Quando ausente estava o sol,
Os seus cabelos compridos,
Como fios aquecidos,
Serviam-me de lençol.

Minha mãe era bonita,
Era toda a minha dita,
Era todo o meu amor.
Seus olhos eram suaves,
Como o gorjeio das aves,
Sobre a choça do pastor.

Minha mãe era mui bela,
— Eu me lembro tanto dela,
De tudo quanto era seu!
Tenho em meu peito guardadas
Suas palavras sagradas
Com os risos que ela me deu.

Os meus passos vacilantes
Foram por largos instantes,
Ensinados pelos seus.
Os meus lábios mudos, quedos
Abertos pelos seus dedos,
Pronunciaram-me: — Deus!

Mais tarde — quando acordava
Quando a aurora despontava,
Erguia-me sua mão.
Falando pela voz dela,
Eu repetia singela,
Uma formosa oração.

Minha mãe era mui bela,
— Eu me lembro tanto dela,
De tudo quanto era seu!
Minha mãe era bonita,
Era toda a minha dita,
Era tudo e tudo meu.

Estes pontos que eu imprimo,
Estas quadrinhas que eu rimo,
Foi ela que me ensinou.
As vozes que eu pronuncio,
Os cantos que eu balbucio,
Foi ela que mos formou.

Minha mãe! — diz-me esta vida,
Diz-me também esta lida,
Este retrós, esta lã:
Minha mãe! — diz-me este canto,
Minha mãe! — diz-me este pranto,
— Tudo me diz: — minha mãe! —

Minha mãe era mui bela,
— Eu me lembro tanto dela,
De tudo quanto era seu!
Minha mãe era bonita,
Era toda a minha dita,
Era tudo e tudo meu.

(Junqueira Freire in Péricles Eugênio da Silva Ramos, *Poesia romântica, Antologia*, São Paulo, Melhoramentos, 1965, p. 199-200.)

## O hino da cabocla (frag.)

(Canção nacional)

Sou índia, — sou virgem, — sou linda, — sou débil,
— É quanto vós outros, ó tapes, dizeis!
Sabei, bravos tapes! — que eu sei com destreza
Cravar minhas setas no peito dos reis!

Sabei que não canto somente prazeres,
Sabei que não gemo somente de amores:
Sabei que nem sempre vagueio nos bosques,
Sabei que nem sempre me adorno de flores.

/..../

Quem viu-me nas liças, quem viu-me covarde,
Aos silvos da flecha — quem viu-me escorar?
Eu sou como a onça, pequena e valente,
Eu sei os perigos da guerra afrontar!

Enchi meus carcases de agudas taquaras,
Que iguais nas florestas jamais achareis;
E dessas taquaras fatais é que pendem
As vidas infames de todos os reis.

Sou índia, não nego: — meus finos cabelos
— Qual juba ferina — bem longos que são!
Porém esse peito, que férvido pulsa,
É másculo, ó tapes — ou é de um leão!

Meu ânimo, ó tapes! — aqui vos conjuro,
— Bem cedo meu ânimo ardente vereis.
Que eu já me preparo com as setas melhores,
Que saibam cravar-se no peito dos reis!

Eu tenho cingidos na fronte, ó guerreiros,
Seis dentes de chefes de imigas coortes:
— Na paz os meus dedos desfiam amores,
Na guerra os meus dedos disparam mil mortes!

/..../

Sou índia, — sou virgem, — sou débil, — sou fraca,
— Só isso vós, tapes injustos, dizeis:
Sabei, bravos tapes! — que eu sei com destreza
Cravar minhas setas no peito dos reis.

(Junqueira Freire in Péricles Eugênio da Silva Ramos, *Poesia romântica, Antologia*, São Paulo, Melhoramentos, 1965, p. 209-10.)

## Joaquim de Sousa Andrade, dito **Sousândrade**

Nasceu em Guimarães, MA, em 9/7/1833 e morreu em São Luís, MA, em 21/4/1902. Cronologicamente pertence à segunda geração do Romantismo. Sua poesia só recentemente começou a ser reavaliada, já que, pelo inusitado tratamento da linguagem, era bem destoante do lirismo convencional romântico. **Algumas obras**: *Harpas selvagens* (poes. 1857); *O guesa* (poes. 1866); *Obras poéticas* (1874); *O novo Éden* (1893).

### Qui sum

*Par droit de conquête et*
*par droit de naissance*
Voltaire

Sou depredador das graças,
Rapinário das estrelas:
Onde florejem as belas,
Eu sou cidadão dali:
Aos meus pés quero o oiro em ondas,
Príncipe eu sou do Levante,
Tenho direito ao diamante,
Tenho-o à esmeralda, ao rubi:

Tenho-o às pérolas algentes,
À luz, ao fogo, às centelhas;
Vivo do mel das abelhas,
Vivo da glória e do amor:
Porque sou eu que em menino
Sofri todas as misérias,
E dos céus chovem etéreas
Bênçãos ao órfão de dor.

E sabereis, meus senhores,
Que do grande sofrimento
Que se forma o sentimento
A que chamais sedução:
Nada fez, senão divino
Ser, o meigo da piedade,
Qual quem dos seus tem saudade.
— E como o culpar, então?

Eu sou o Americano sem títulos
Que derriba imperadores;
Sou o Guesa, e para amores
Tenho o meu do sol.

(Sousândrade, *Inéditos*, Departamento de Cultura do Estado, São Luís, Maranhão, 1970, p. 127-8.)

## O guesa

Canto décimo primeiro (frag.)

Quando as estrelas, cintilada a esfera,
Da luz radial rabiscam todo o oceano
Que uma brisa gentil de primavera,
Qual alva duna os alvejantes panos,
Cândida assopra, — da hora adamantina
Velando, nauta do convés, o Guesa
Amava a solidão, doce bonina
Que abre e às douradas alvoradas reza.
Ora, no mar Pacífico renascem
Os sentimentos, qual depois de um sonho
Os olhos de um menino se comprazem
Grande-abertos aos céus de luz risonhos.

* * *

Vasta amplidão — imensidade — iludem,
Côncavos céus, profunda redondeza
Do mar em luz — quão amplos se confundem
Na paz das águas e da natureza!
Nem uma vaga, nem florão d'espuma,
Ou vela ou íris à grandiosa calma,
Onde eu navego (reino-amor de Numa)
Qual navegava dentro da minha alma!
Eis-me nos horizontes luminosos!
Eu vejo, qual eu via, os mudos Andes,
Terríveis infinitos tempestuosos,
Nuvens flutuando — os espetac'los grandes -
Eia, imaginação divina! abraso
Do pensamento eterno — ei-lo magnífico
Aos Andes, que ondam alto ao Chimborazo,
Aos raios d'Ínti, à voz do mar Pacífico!

* * *

Ondam montanhas, rebentadas curvas
Lançando umas sobre outras, êneas, turvas,
Ante o manto extensíssimo de prata
De uma nuvem, quão límpida e quão grata!
Ondam ermos, rochedo alto e selvagem;
S'estende o cortinado, a áurea teagem;
Sempre véu-luz a cada negra vaga
Desses abismos, onde até se apaga
Do dia o resplendor mais fulgoroso
De revérbero à ausência; e mais rareia
Cerúleo, tão sagrado, tão saudoso —
Névoa, espiritual, etérea areia!
Pureza criadora! ao pensamento
O místico velame, que não arde,
Doce qual as soidões do sentimento
Ouvindo voz celeste que nos brade -
Ó Lamartine! os cândidos países
Vejo, os longes além-mundos sonhados,
Onde os fortes revivem, que felizes
São da tribo e dos seus sempre lembrados.
As regiões formosas, onde as almas
Habitam, dos guerreiros, que lutaram
A existência, onde estão no Deus das calmas
E 'í tranqüilos na glória descansaram!

* * *

/..../

(Sousândrade, *Poesia*, por Augusto e Haroldo de Campos, Rio de Janeiro, AGIR, 1966, p. 46-8.)

## Joaquim José de **França Júnior**

Nasceu no Rio de Janeiro, RJ, em 18/3/1838 e morreu em Caldas, MG, em 27/9/1890. Formou-se em Direito pela Faculdade de São Paulo. Foi dramaturgo e sua obra é um importante painel crítico do Rio de Janeiro no fim do século. Escreveu quase só comédias. **Algumas obras**: *A república modelo* (1861); *Tipos da atualidade* (1862); *Os candidatos* (1881); *Amor com amor se paga* (1882); *Como se fazia um deputado* (1882); *Caiu o ministério* (1882); *As doutoras* (1889); *A maldita parentela* (1890).

## *Como se fazia um deputado*

Ato I — Cena VI — (frag.)

LIMOEIRO e CHICO BENTO

LIMOEIRO - Então o que diz do nosso doutor?

CHICO BENTO - Não é de todo desajeitado.

LIMOEIRO - Desajeitado! É um rapaz de muito talento!

CHICO BENTO - E diga-me cá uma coisa: a respeito de política, quais são as idéias dele?

LIMOEIRO - Tocou o tenente-coronel justamente no ponto que eu queria ferir.

CHICO BENTO - *Omnibus tulit puntos, quis miscuit util et dolcet.*

LIMOEIRO (*Gritando.*) - Olá de dentro? Tragam duas cadeiras. O negócio é importante, devemos discutir com toda a calma.

CHICO BENTO - Estou às suas ordens. (*Entra um negro e põe as duas cadeiras em cena.*) — Tem a palavra o suplicante. (*Sentam-se.*)

LIMOEIRO - Tenente-coronel, cartas na mesa e jogo franco. É preciso arrumar o rapaz; e não há negócio, neste país, como a política. Pela política cheguei a major e comendador, e o meu amigo a tenente-coronel e a inspetor da instrução pública cá da freguesia.

CHICO BENTO - Pela política, não, porque estava o partido contrário no poder; foi pelos meus merecimentos.

LIMOEIRO - Seja como for, fato é que, apesar de estar o meu partido de cima, o tenente-coronel é e será sempre a primeira influência do lugar. Mas vamos ao caso. Como sabe, tenho algumas patacas, não tanto quanto se diz...

CHICO BENTO - Oxalá que eu tivesse só a metade do que possui o major.

LIMOEIRO - Ouro é o que ouro vale. Se a sorte não o presenteou com uma grande fortuna, tem-lhe dado, todavia, honras, considerações e amigos. Eu represento o dinheiro; o tenente-coronel a influência. O meu partido está escangalhado, e é preciso olhar seriamente para o futuro de Henrique, antes que a reforma eleitoral nos venha por aí.

CHICO BENTO - Quer então que...

LIMOEIRO - Que o tome sob a sua proteção quanto antes, apresentando-o seu candidato do peito nas próximas eleições.

CHICO BENTO - *Essis modus in rebus.*

LIMOEIRO - Deixemo-nos de latinórios. O rapaz é meu herdeiro universal, casa com a sua menina, e assim conciliam-se as coisas da melhor maneira possível.

CHICO BENTO (*com alegria concentrada.)* — Confesso ao major que nunca pensei em tal; uma vez, porém, que este negócio lhe apraz...

LIMOEIRO - É um negócio, diz muito bem; porque, no fim de contas, estes casamentos por amor dão sempre em água de barrela. O tenente-coronel compreende... Eu sou liberal... o meu amigo conservador...

CHICO BENTO - Já atinei! Já atinei! Quando o Partido Conservador estiver no poder...

LIMOEIRO - Temos o governo em casa. E quando o Partido Liberal subir...

CHICO BENTO - Não nos saiu o governo de casa.

LIMOEIRO (*Batendo na coxa de Chico Bento.*) — Maganão.

CHICO BENTO (*Batendo-lhe no ombro.*) — Vivório! E se se formar um terceiro partido?... Sim, porque devemos prevenir todas as hipóteses...

LIMOEIRO - Ora, ora... Então o rapaz é algum bobo?! Encaixa-se no terceiro partido, e ainda continuaremos com o governo em casa. O tenente-coronel já não foi progressista no tempo da Liga?

CHICO BENTO - Nunca. Sempre protestei contra aquele estado de coisas; ajudei o governo, é verdade, mas no mesmo caso está também o major, que foi feito comendador naquela ocasião.

LIMOEIRO - É verdade, não o nego; mudei de idéias por altas conveniências sociais. Olhe, meu amigo, se o virar casaca fosse crime, as cadeias do Brasil seriam pequenas para conter os inúmeros criminosos, que por aí andam.

CHICO BENTO - Vejo que o major é homem de vistas largas.

LIMOEIRO - E eu vejo que o tenente-coronel não me fica atrás.

CHICO BENTO - Então casamos os pequenos...

LIMOEIRO - Casam-se os nossos interesses...

CHICO BENTO - *Et coetera* e tal...

LIMOEIRO - Pontinhos... (*Vendo Henrique.*) Aí vem o rapaz, deixe-me só com ele.

CHICO BENTO - *Fiam voluntatis tue.* Vou mudar estas botas. (*Sai.*).

Cena VII

**LIMOEIRO e HENRIQUE**

HENRIQUE - Como se está bem aqui! Disse um escritor que a vida da roça arredonda a barriga e estreita o cérebro. Que amargo epigrama contra esta natureza grandiosa! Eu sinto-me aqui poeta.

LIMOEIRO - Toma tenência, rapaz. Isto de poesia não dá para o prato, e é preciso que te ocupes com alguma coisa séria.

HENRIQUE - Veja, meu tio, como está aquele horizonte; o sol deita-se em brilhantes coxins de ouro e púrpura, e a viração, embalsamada pelo perfume das flores, convida a alma aos mais poéticos sonhos de amor.

LIMOEIRO - Está bom, está bom. Esquece estes sonhos de amor, que, no fim de contas, são sempre sonhos, e vamos tratar da realidade. Vira-te para cá. Deixa o sol, que tens muito tempo para ver, e responde-me ao que te vou perguntar.

HENRIQUE - Estou às suas ordens.

LIMOEIRO - Que carreira pretendes seguir?

HENRIQUE - Tenho muitas diante de mim... a magistratura...

LIMOEIRO - Podes limpar as mãos à parede.

HENRIQUE - A advocacia, a diplomacia, a carreira administrativa...

LIMOEIRO - E esqueceste a principal, aquela que pode elevar-te às mais altas posições em um abrir e fechar de olhos.

HENRIQUE - O jornalismo?

LIMOEIRO - A política, rapaz, a política! Olha, para ser juiz municipal, é preciso um ano de prática; para seres juiz de direito, tens de fazer um quatriênio; andarás a correr montes e vales por todo este Brasil, sujeito aos caprichos de quanto potentado e mandão há por aí, e sempre com a sela na barriga! Quando chegares a desembargador, estarás velho, pobre, cheio de achaques, e sem esperança de subir ao Supremo Tribunal de Justiça. Considera agora a política. Para deputado não é preciso ter prática de coisa alguma. Começas logo legislando para o juiz municipal, para o juiz de direito, para o desembargador, para o ministro do Supremo Tribunal de Justiça, para mim, que sou quase teu pai, para o Brasil inteiro, em suma.

HENRIQUE - Mas para isso é preciso...

LIMOEIRO - Não é preciso coisa alguma. Desejo somente que me digas quais são as tuas opiniões políticas.

HENRIQUE - Foi coisa em que nunca pensei.

LIMOEIRO - Pois olha, és mais político do que eu pensava. É preciso, porém, que adotes um partido, seja ele qual for. Escolhe.

HENRIQUE - Neste caso, serei do partido de meu tio.

LIMOEIRO - E por que não serás conservador?

HENRIQUE - Não se me dá de sê-lo, se for de seu agrado.

LIMOEIRO - Bravo! Pois fica sabendo que serás ambas as coisas.

HENRIQUE - Mas isto é uma indignidade!

LIMOEIRO - Indignidade é ser uma coisa só!

(França Junior, *Como se fazia um deputado* in *Teatro,* MEC, SEAC - Funarte - Serviço Nacional de Teatro, s.d., t. II, p. 131-4.)

## Casimiro José Marques de Abreu

Nasceu em Capivari (atual Casimiro de Abreu), RJ, em 4/1/1839 e morreu em Nova Friburgo, RJ, em 18/10/1860. Poeta, filho natural de pai português e uma viúva fazendeira. **Algumas obras**: *As primaveras* (1859); *Obras completas* (1940, org. Sousa da Silveira).

### *Meus oito anos*

*Oh! souvenirs! printemps! aurores!*
V. Hugo

Oh! que saudades que tenho
Da aurora da minha vida,
Da minha infância querida
Que os anos não trazem mais!
Que amor, que sonhos, que flores,
Naquelas tardes fagueiras
À sombra das bananeiras,
Debaixo dos laranjais!

Como são belos os dias
Do despontar da existência!
— Respira a alma inocência
Como perfumes a flor;
O mar é — lago sereno,
O céu — um manto azulado,
O mundo — um sonho dourado,
A vida — um hino d'amor!

Que auroras, que sol, que vida,
Que noites de melodia
Naquela doce alegria,
Naquele ingênuo folgar!
O céu bordado d'estrelas,
A terra de aromas cheia,
As ondas beijando a areia
E a lua beijando o mar!

Oh! dias da minha infância!
Oh! meu céu de primavera!
Que doce a vida não era
Nessa risonha manhã!
Em vez das mágoas de agora,
Eu tinha nessas delícias
De minha mãe as carícias
E beijos de minha irmã!

Livre filho das montanhas,
Eu ia bem satisfeito,
Da camisa aberto o peito,
— Pés descalços, braços nus —
Correndo pelas campinas
À roda das cachoeiras,
Atrás das asas ligeiras
Das borboletas azuis!

Naqueles tempos ditosos
Ia colher as pitangas,
Trepava a tirar as mangas,
Brincava à beira do mar;
Rezava às Ave-Marias,
Achava o céu sempre lindo,
Adormecia sorrindo
E despertava a cantar!

..........................................................

Oh! que saudades que tenho
Da aurora da minha vida,
Da minha infância querida
Que os anos não trazem mais!
— Que amor, que sonhos, que flores,
Naquelas tardes fagueiras
À sombra das bananeiras,
Debaixo dos laranjais!

Lisboa - 1857

(Casimiro de Abreu, *Primaveras* in *Obras*, 2. ed. melhorada, Rio de Janeiro, MEC, 1955, p. 93-5.)

## A valsa

A M. ***

Tu, ontem,
Na dança
Que cansa,
Voavas
Co'as faces
Em rosas
Formosas
De vivo,
Lascivo
Carmim;
Na valsa
Tão falsa,
Corrias,
Fugias,
Ardente,
Contente,
Tranqüila,
Serena,
Sem pena
De mim!

Quem dera
Que sintas
As dores
De amores
Que louco
Senti!
Quem dera
Que sintas!...
— Não negues,
Não mintas...
— Eu vi!...

Valsavas:
— Teus belos
Cabelos,
Já soltos,
Revoltos,
Saltavam,
Voavam,
Brincavam
No colo
Que é meu;
E os olhos
Escuros
Tão puros,
Os olhos
Perjuros
Volvias,
Tremias,
Sorrias
P'ra outro
Não eu!

Quem dera
Que sintas
As dores
De amores
Que louco
Senti!
Quem dera
Que sintas!...
— Não negues,
Não mintas...
— Eu vi!...

Meu Deus!
Eras bela,
Donzela,
Valsando,
Sorrindo,
Fugindo,
Qual silfo
Risonho
Que em sonho
Nos vem!
Mas esse
Sorriso
Tão liso
Que tinhas
Nos lábios
De rosa,

Formosa,
Tu davas,
Mandavas
A quem?!

Quem dera
Que sintas
As dores
De amores
Que louco
Senti!
Quem dera
Que sintas!...
— Não negues,
Não mintas...
— Eu vi!...

Calado
Sozinho,
Mesquinho,
Em zelos
Ardendo,
Eu vi-te
Correndo
Tão falsa
Na valsa
Veloz!
Eu triste
Vi tudo!
Mas mudo
Não tive
Nas galas
Das salas
Nem falas,
Nem cantos,
Nem prantos,
Nem voz!

Quem dera
Que sintas
As dores
De amores
Que louco
Senti!
Quem dera
Que sintas!...
— Não negues,
Não mintas...
— Eu vi!...

Na valsa
Cansaste;
Ficaste
Prostrada,
Turbada!
Pensavas,
Cismavas,
E estavas
Tão pálida
Então;
Qual pálida
Rosa
Mimosa,
No vale
Do vento
Cruento
Batida,
Caída
Sem vida
No chão!

Quem dera
Que sintas
As dores
De amores
Que louco
Senti!
Quem dera
Que sintas!...
— Não negues,
Não mintas...
— Eu vi!...

Rio - 1858

(Casimiro de Abreu, *Primaveras* in *Obras,* 2. ed. melhorada, Rio de Janeiro, MEC, 1955, p. 159-63.)

## Amor e medo (frag.)

I

Quando eu te fujo e me desvio cauto
Da luz de fogo que te cerca, oh! bela,
Contigo dizes, suspirando amores:
"- Meu Deus! que gelo, que frieza aquela!"

Como te enganas! meu amor é chama
Que se alimenta no voraz segredo,
E se te fujo é que te adoro louco...
És bela — eu moço; tens amor — eu medo!...

Tenho medo de mim, de ti, de tudo,
Da luz, da sombra, do silêncio ou vozes,
Das folhas secas, do chorar das fontes,
Das horas longas a correr velozes.

/..../

II

Ai! se eu te visse no calor da sesta,
A mão tremente no calor das tuas,
Amarrotado o teu vestido branco,
Soltos cabelos nas espáduas nuas!...

/..../

No fogo vivo eu me abrasara inteiro!
Ébrio e sedento na fugaz vertigem
Vil, machucara com meu dedo impuro
As pobres flores da grinalda virgem!

Vampiro infame, eu sorveria em beijos
Toda a inocência que teu lábio encerra,
E tu serias no lascivo abraço
Anjo enlodado nos pauis da terra.

Depois... desperta no febril delírio,
— Olhos pisados — como um vão lamento,
Tu perguntaras: — qu'é da minha c'roa?...
Eu te diria: — desfolhou-a o vento!...

---

Oh! não me chames coração de gelo!
Bem vês: traí-me no fatal segredo.
Se de ti fujo é que te adoro e muito,
És bela — eu moço; tens amor, eu — medo!...

Outubro - 1858

(Casimiro de Abreu, *Primaveras* in *Obras,* 2. ed. melhorada, Rio de Janeiro, MEC, 1955, p. 204-6.)

## Joaquim Maria **Machado de Assis**

Nasceu no Rio de Janeiro, RJ, em 21/6/1839, onde morreu em 29/9/1908. Romancista, contista, poeta, cronista, crítico literário, teatrólogo. Fundador e primeiro presidente da Academia Brasileira de Letras (1897) até a sua morte, forneceu a nossa literatura uma densidade psicológica e uma habilidade narrativa até então desconhecidas, e que dificilmente seriam igualadas depois. **Algumas obras**: *Crisálidas* (poes. 1864); *Falenas* (poes. 1869); *Contos fluminenses* (1869); *Ressurreição* (1872); *Histórias da meia-noite* (cont. 1873); *A mão e a luva* (1874); *Americanas* (poes. 1875); *Helena* (1876); *Iaiá Garcia* (1878); *Memórias póstumas de Brás Cubas* (1881); *Papéis avulsos* (cont. 1882); *Histórias sem* data (cont. 1884); *Várias histórias* (cont. 1886); *Quincas Borba* (1891); *Dom Casmurro* (1899); *Poesias completas* (1901); *Esaú e Jacó* (1904); *Memorial de Aires* (1908).

### Círculo vicioso

Bailando no ar, gemia inquieto vaga-lume:
"Quem me dera que fosse aquela loura estrela,
Que arde no eterno azul, como uma eterna vela!"
Mas a estrela, fitando a lua, com ciúme:

"Pudesse eu copiar o transparente lume,
Que, da grega coluna à gótica janela,
Contemplou, suspirosa, a fronte amada e bela!"
Mas a lua, fitando o sol, com azedume:

"Mísera! tivesse eu aquela enorme, aquela
Claridade imortal, que toda a luz resume!"
Mas o sol, inclinando a rútila capela:

"Pesa-me esta brilhante auréola de nume...
Enfara-me esta azul e desmedida umbela...
Por que não nasci eu um simples vaga-lume?"

(Machado de Assis, *Ocidentais* in *Obras completas*, J. Aguilar, Rio de Janeiro, 1962, v. III, p. 151.)

## A Carolina

Querida, ao pé do leito derradeiro
Em que descansas dessa longa vida,
Aqui venho e virei, pobre querida,
Trazer-te o coração do companheiro.

Pulsa-lhe aquele afeto verdadeiro
Que, a despeito de toda a humana lida,
Fez a nossa existência apetecida
E num recanto pôs um mundo inteiro.

Trago-te flores, — restos arrancados
Da terra que nos viu passar unidos
E ora mortos nos deixa e separados.

Que eu, se tenho nos olhos malferidos
Pensamentos de vida formulados,
São pensamentos idos e vividos.

1906

(Machado de Assis, *Poesias coligidas/Dispersas* in *Obras completas*, Rio de Janeiro, J. Aguilar, 1962, v. III, p. 313.)

## Cantiga de esponsais

Imagine a leitora que está em 1813, na igreja do Carmo, ouvindo uma daquelas boas festas antigas, que eram todo o recreio público e toda a arte musical. Sabem o que é uma missa cantada; podem imaginar o que seria uma missa cantada daqueles anos remotos. Não lhe chamo a atenção para os padres e os sacristães, nem para o sermão, nem para os olhos das moças cariocas, que já eram bonitos nesse tempo, nem para as mantilhas das senhoras graves, os calções, as cabeleiras, as sanefas, as luzes, os incensos, nada. Não falo sequer da orquestra, que é excelente; limito-me a mostrar-lhes uma cabeça branca, a cabeça desse velho que rege a orquestra, com alma e devoção.

Chama-se Romão Pires; terá sessenta anos, não menos, nasceu no Valongo, ou por esses lados. É bom músico e bom homem; todos os músicos gostam dele. Mestre Romão é o nome familiar; e dizer familiar e público era a mesma cousa em tal matéria e naquele tempo. "Quem rege a missa é mestre Romão", — equivalia a esta outra forma de anúncio, anos depois: "Entra em cena o ator João Caetano"; — ou então: "O ator Martinho cantará uma de suas melhores árias". Era o tempero certo, o chamariz delicado e popular. Mestre Romão rege a festa! Quem não conhecia mestre Romão, com o seu ar circunspecto, olhos no chão, riso triste, e passo demorado? Tudo isso desaparecia à frente da orquestra; então a vida derramava-se por todo o corpo e todos os gestos do mestre; o olhar acendia-se, o riso iluminava-se: era outro. Não que a missa fosse dele; esta, por exemplo, que ele rege agora no Carmo é de José Maurício; mas ele rege-a com o mesmo amor que empregaria, se a missa fosse sua.

Acabou a festa; é como se acabasse um clarão intenso, e deixasse o rosto apenas alumiado da luz ordinária. Ei-lo que desce do coro, apoiado na bengala; vai à sacristia beijar a mão aos padres e aceita um lugar à mesa do jantar. Tudo isso indiferente e calado. Jantou, saiu, caminhou para a Rua da Mãe dos Homens, onde reside, com um preto velho, pai José, que é a sua verdadeira mãe, e que neste momento conversa com uma vizinha.

— Mestre Romão lá vem, pai José, disse a vizinha.

— Eh! eh! adeus, sinhá, até logo.

Pai José deu um salto, entrou em casa, e esperou o senhor, que daí a pouco entrava com o mesmo ar do costume. A casa não era rica naturalmente; nem alegre. Não tinha o menor vestígio de mulher, velha ou moça, nem passarinhos que cantassem, nem flores, nem cores vivas ou jucundas. Casa sombria e nua. O mais alegre era um cravo, onde o mestre Romão tocava algumas vezes, estudando. Sobre uma cadeira, ao pé, alguns papéis de música; nenhuma dele...

Ah! se mestre Romão pudesse seria um grande compositor. Parece que há duas sortes de vocação, as que têm língua e as que a não têm. As primeiras realizam-se; as últimas representam uma luta constante e estéril entre o impulso interior e a ausência de um modo de comunicação com os homens. Romão era destas. Tinha a vocação íntima da música;

trazia dentro de si muitas óperas e missas, um mundo de harmonias novas e originais, que não alcançava exprimir e pôr no papel. Esta era a causa única de tristeza de mestre Romão. Naturalmente o vulgo não atinava com ela; uns diziam isto, outros aquilo: doença, falta de dinheiro, algum desgosto antigo; mas a verdade é esta: — a causa da melancolia de mestre Romão era não poder compor, não possuir o meio de traduzir o que sentia. Não é que não rabiscasse muito papel e não interrogasse o cravo, durante horas; mas tudo lhe saía informe, sem idéia nem harmonia. Nos últimos tempos tinha até vergonha da vizinhança, e não tentava mais nada.

E, entretanto, se pudesse, acabaria ao menos uma certa peça, um canto esponsalício, começado três dias depois de casado, em 1779. A mulher, que tinha então vinte e um anos, e morreu com vinte e três, não era muito bonita, nem pouco, mas extremamente simpática, e amava-o tanto como ele a ela. Três dias depois de casado, mestre Romão sentiu em si alguma cousa parecida com inspiração. Ideou então o canto esponsalício, e quis compô-lo; mas a inspiração não pôde sair. Como um pássaro que acaba de ser preso, e forceja por transpor as paredes da gaiola, abaixo, acima, impaciente, aterrado, assim batia a inspiração do nosso músico, encerrada nele sem poder sair, sem achar uma porta, nada. Algumas notas chegaram a ligar-se; ele escreveu-as; obra de uma folha de papel, não mais. Teimou no dia seguinte, dez dias depois, vinte vezes durante o tempo de casado. Quando a mulher morreu, ele releu essas primeiras notas conjugais, e ficou ainda mais triste, por não ter podido fixar no papel a sensação de felicidade extinta.

— Pai José, disse ele ao entrar, sinto-me hoje adoentado.

— Sinhô comeu alguma cousa que fez mal...

— Não; já de manhã não estava bom. Vai à botica...

O boticário mandou alguma cousa, que ele tomou à noite; no dia seguinte Mestre Romão não se sentia melhor. É preciso dizer que ele padecia do coração: — moléstia grave e crônica. Pai José ficou aterrado, quando viu que o incômodo não cedera ao remédio, nem ao repouso, e quis chamar o médico.

— Para quê? disse o mestre. Isto passa.

O dia não acabou pior; e a noite suportou-a ele bem, não assim o preto, que mal pôde dormir duas horas. A vizinhança, apenas soube do incômodo, não quis outro motivo de palestra; os que entretinham relações com o mestre foram visitá-lo. E diziam-lhe que não era nada, que eram macacoas do tempo; um acrescentava graciosamente que era manha, para fugir aos capotes que o boticário lhe dava no gamão, — outro que eram amores. Mestre Romão sorria, mas consigo mesmo dizia que era o final.

"Está acabado", pensava ele.

Um dia de manhã, cinco depois da festa, o médico achou-o realmente mal; e foi isso o que ele lhe viu na fisionomia por trás das palavras enganadoras:

— Isto não é nada; é preciso não pensar em músicas...

Em músicas! justamente esta palavra do médico deu ao mestre um pensamento. Logo que ficou só, com o escravo, abriu a gaveta onde guardava desde 1779 o canto esponsalício começado. Releu essas notas arrancadas a custo, e não concluídas. E então teve uma idéia singular: — rematar a obra agora, fosse como fosse; qualquer cousa servia, uma vez que deixasse um pouco de alma na terra.

— Quem sabe? Em 1880, talvez se toque isto, e se conte que um mestre Romão...

O princípio do canto rematava em um certo *lá*; este *lá*, que lhe caía bem no lugar, era a nota derradeiramente escrita. Mestre Romão ordenou que lhe levassem o cravo para a sala do fundo, que dava para o quintal: era-lhe preciso ar. Pela janela viu na janela dos fundos de outra casa dous casadinhos de oito dias, debruçados, com os braços por cima dos ombros, e duas mãos presas. Mestre Romão sorriu com tristeza.

— Aqueles chegam, disse ele, eu saio. Comporei ao menos este canto que eles poderão tocar...

Sentou-se ao cravo; reproduziu as notas e chegou ao *lá*...

— *Lá, lá, lá...*

Nada, não passava adiante. E contudo, ele sabia música como gente.

*Lá, dó... lá, mi... lá, si, dó, ré...ré...ré...*

Impossível! nenhuma inspiração. Não exigia uma peça profundamente original, mas enfim alguma cousa, que não fosse de outro e se ligasse ao pensamento começado. Voltava ao princípio, repetia as notas, buscava reaver um retalho da sensação extinta, lembrava-se da mulher, dos primeiros tempos. Para completar a ilusão, deitava os olhos pela janela para o lado dos casadinhos. Estes continuavam ali, com as mãos presas e os braços passados nos ombros um do outro; a diferença é que se miravam agora, em vez de olhar para baixo. Mestre Romão, ofegante da moléstia e de impaciência, tornava ao cravo; mas a vista do casal não lhe suprira a inspiração, e as notas seguintes não soavam.

— *Lá...lá...lá...*

Desesperado, deixou o cravo, pegou do papel escrito e rasgou-o. Nesse momento, a moça embebida no olhar do marido, começou a cantarolar à toa, inconscientemente, uma cousa nunca antes cantada nem sabida, na qual cousa um certo *lá* trazia após si uma linda frase musical, justamente a que mestre Romão procurara durante anos sem achar nunca. O mestre ouviu-a com tristeza, abanou a cabeça, e à noite expirou.

(Machado de Assis, *Histórias sem data* in *Obra completa,* Rio de Janeiro, Nova Aguilar, 1962, v. II, p. 386-90.)

## História de 15 dias / 1877

[15 de junho]

I

Achei um homem; vou apagar a lanterna. Lá nos Campos Elísios do teu paganismo, enforca-te, Diógenes, filósofo sem préstimo nem fortuna, arruador caipora, procurador de impossíveis. Eu, sim, eu achei um homem. E sabes por que, desastrado filósofo? Porque o não procurava, porque estava a tomar tranqüilamente a minha xícara de café, à janela, a dividir os olhos entre as folhas do dia e o sol que se desembuçava. Quando menos esperava, ei-lo ante mim.

E quando digo que o achei, digo pouco; todos nós o achamos; não dei com ele sozinho, mas todos, a cidade em peso, se é que a cidade em peso não tem coisa mais séria em que cuidar, (os touros, por exemplo, o voltarete, o cosmorama) o que de todo não é impossível.

E quando digo que o achei, erro; porque não o achei, não o vi, não o conheço; achei-o sem achar. Parece um enigma e é decerto enigma, mas dos que eu quisera ver-te fazer, leitor, se tens queda por tais ocupações.

Suponho no leitor uma alta dose de penetração, não me canso em explicar-lhe que o homem de que se trata é o incógnito benfeitor das órfãs da Santa Casa, o que deu 20:000$000, sem dar o seu nome.

Sem dar o seu nome! Este simples fato conquista a nossa admiração. Não que ela esteja acima das forças humanas; é essa justamente a condição da caridade evangélica, em nome da qual os filhos do Evangelho inventaram a caridade nas gazetilhas.

Mas, na realidade, o caso é raro. Vinte contos dados assim, com simplicidade, sem uma notícia nas folhas públicas, sem duas barretadas, sem uma ode, sem nada; vinte contos que caem da algibeira do benfeitor para as mãos dos beneficiados, sem passar pelos prelos, os bentos prelos, os adoráveis prelos, que tudo contam, até as ações mais recônditas? A ação é cristã; mas é tão rara, como as pérolas.

Por isso digo: achei um homem. O anônimo da Santa Casa é o homem do Evangelho. Imagino-o com dois traços principais: o espírito de caridade, que deve ser e é anônimo, e um certo desdém para com os clarins da Fama, os rufos de tambor, os pífanos da publicidade. Pois bem, esses dois traços característicos são duas forças. Quem as tem possui já de si uma grande riqueza.

E saiba agora o leitor que o ato do benfeitor da Santa Casa inspirou a um amigo meu um ato bonito.

Tinha ele uma escrava de 65 anos, que já lhe havia dado a ganhar, sete ou oito vezes o custo. Fez anos e lembrou-se de libertar a escrava... de graça. De graça! Já isto é gentil. Ora, como só a mão direita soube do caso (a esquerda ignorou-o), travou da pena, molhou-a no tinteiro e escreveu uma notícia singela para os jornais, indicando o fato, o nome da preta, o seu nome, o motivo do benefício, e este único comentário: "Ações destas merecem todo o louvor das almas bem formadas."

Coisas da mão direita!

Vai senão quando, o *Jornal do Commercio* dá notícia do ato anônimo da Santa Casa da Misericórdia, de que foi único confidente o seu ilustre provedor. O meu amigo recuou; não mandou a notícia às gazetas. Somente, a cada conhecido que encontra acha ocasião de dizer que já não tem a Clarimunda.

— Morreu?

— Oh! Não!

— Libertaste-a?

— Falemos de outra coisa, interrompe ele vivamente, vais hoje ao teatro?

Exigir mais seria cruel.

(Machado de Assis, *Crônica/História de 15 dias* in *Obra completa*, Rio de Janeiro, J. Aguilar, 1962, v. III, p.367-8.)

## *Memórias póstumas de Brás Cubas*

### Capítulo I - Óbito do autor

Algum tempo hesitei se devia abrir estas memórias pelo princípio ou pelo fim, isto é, se poria em primeiro lugar o meu nascimento ou a minha morte. Suposto o uso vulgar seja começar pelo nascimento, duas considerações me levaram a adotar diferente método: a primeira é que não sou propriamente um autor defunto, mas um defunto autor, para quem a campa foi outro berço; a segunda é que o escrito ficaria assim mais galante e mais novo. Moisés, que também contou a sua morte, não a pôs no intróito, mas no cabo: diferença radical entre este livro e o Pentateuco.

Dito isto, expirei às duas horas da tarde de uma sexta-feira do mês de agosto de 1869, na minha bela chácara de Catumbi. Tinha uns sessenta e quatro anos, rijos e prósperos, era solteiro, possuía cerca de trezentos contos e fui acompanhado ao cemitério por onze amigos. Onze amigos! Verdade é que não houve cartas nem anúncios. Acresce que chovia — peneirava — uma chuvinha miúda, triste e constante, tão constante e tão triste, que levou um daqueles fiéis da última hora a intercalar esta engenhosa idéia no discurso que proferiu à beira de minha cova: — "Vós, que o conhecestes, meus senhores, vós podeis dizer comigo que a natureza parece estar chorando a perda irreparável de um dos mais belos caracteres que têm honrado a humanidade. Este ar sombrio, estas gotas do céu, aquelas nuvens escuras que cobrem o azul como um crepe funéreo, tudo isso é a dor crua e má que lhe rói à natureza as mais íntimas entranhas; tudo isso é um sublime louvor ao nosso ilustre finado."

Bom e fiel amigo! Não, não me arrependo das vinte apólices que lhe deixei. E foi assim que cheguei à cláusula dos meus dias; foi assim que me encaminhei para o *undiscovered country* de Hamlet, sem as ânsias nem as dúvidas do moço príncipe, mas pausado e trôpego, como quem se retira tarde do espetáculo. Tarde e aborrecido. Viram-me ir umas nove ou dez pessoas, entre elas três senhoras, minha irmã Sabina, casada com o Cotrim, a filha, — um lírio do vale, — e ... Tenham paciência! daqui a pouco lhes direi quem era a terceira senhora. Contentem-se de saber que essa anônima, ainda que não parenta, padeceu mais do que as parentas. É verdade, padeceu mais. Não digo que se carpisse, não digo que se deixasse rolar pelo chão, convulsa. Nem o meu óbito era cousa altamente dramática... Um solteirão que expira aos sessenta e quatro anos, não parece que reúna em si todos os elementos de uma tragédia. E dado que sim, o que menos convinha a essa anônima era aparentá-lo. De pé, à cabeceira da cama, com os olhos estúpidos, a boca entreaberta, a triste senhora mal podia crer na minha extinção.

"Morto! morto!" dizia consigo.

E a imaginação dela, como as cegonhas que um ilustre viajante viu desferirem o vôo desde o Ilisso às ribas africanas, sem embargo das ruínas e dos tempos, — a imaginação dessa senhora também voou por sobre os destroços presentes até às ribas de uma África juvenil... Deixá-la ir; lá iremos mais tarde; lá iremos quando eu me restituir aos primeiros anos. Agora, quero morrer tranqüilamente, metodicamente, ouvindo os soluços das damas , as falas baixas dos homens, a chuva que tamborila nas folhas de tinhorão da chácara, e o som estrídulo de uma navalha que um amolador está afiando lá fora, à porta de um correeiro. Juro-lhes que essa orquestra da morte foi muito menos triste do que podia parecer. De certo ponto em diante chegou a ser deliciosa. A vida estrebuchava-me no peito, com uns ímpetos de vaga marinha, esvaía-se-me a consciência, eu descia à imobilidade física e moral, e o corpo fazia-se-me planta, e pedra, e lodo, e cousa nenhuma.

Morri de uma pneumonia; mas se lhe disser que foi menos a pneumonia, do que uma idéia grandiosa e útil, a causa da minha morte, é possível que o leitor me não creia, e todavia é verdade. Vou expor-lhe sumariamente o caso. Julgue-o por si mesmo.

(Machado de Assis, *Memórias póstumas de Brás Cubas* in *Obra completa*, Rio de Janeiro, J. Aguilar, 1962, v. I, p. 511-2.)

## *Quincas Borba*

### Capítulo XVI

— Quincas Borba! Quincas Borba! eh! Quincas Borba! bradou entrando em casa.

Nada de cachorro. Só então é que ele se lembrou de havê-lo mandado dar à comadre Angélica. Correu à casa da comadre, que era distante. De caminho acudiram-lhe todas as idéias feias, algumas extraordinárias. Uma idéia feia é que o cão tivesse fugido. Outra extraordinária é que algum inimigo, sabedor da cláusula e do presente, fosse ter com a comadre, roubasse o cachorro, e o escondesse ou matasse. Neste caso, a herança... Passou-lhe uma nuvem pelos olhos; depois começou a ver mais claro.

"Não conheço negócios de justiça, pensava ele, mas parece que não tenho nada com isso. A cláusula supõe o cão vivo ou em casa; mas se ele fugir ou morrer, não se há de inventar um cão; logo, a intenção principal... Mas são capazes de fazer chicana os meus inimigos. Não cumprida a cláusula..."

Aqui a testa e as costas das mãos do nosso amigo ficaram em água. Outra nuvem pelos olhos. E o coração batia-lhe rápido, rápido. A cláusula começava a parecer-lhe extravagante. Rubião pegava-se com os santos, prometia missas, dez missas... Mas lá estava a casa da comadre. Rubião picou o passo; viu alguém; era ela? era, era ela, encostada à porta e rindo.

— Que figura que o senhor vem fazendo, meu compadre? Meio tonto, jogando com os braços.

## Capítulo XVII

— Sinhá comadre, o cachorro? perguntou Rubião com indiferença, mas pálido.

— Entre, e abanque-se, respondeu ela. Que cachorro?

— Que cachorro? tornou Rubião cada vez mais pálido. O que lhe mandei. Pois não se lembra que lhe mandei um cachorro para ficar aqui alguns dias, descansando, a ver se... em suma, um animal de muita estimação. Não é meu. Veio para ... Mas não se lembra?

— Ah! Não me fale nesse bicho! Respondeu ela precipitando as palavras.

Era pequena, tremia por qualquer cousa, e quando se apaixonava, engrossavam-lhe as veias do pescoço. Repetiu que lhe não falasse no bicho.

— Mas que lhe fez ele, sinhá comadre?

— Que me fez? Que é que me faria o pobre animal? Não come nada, não bebe, chora que parece gente, e anda só com olho para fora, a ver se foge.

Rubião respirou. Ela continuou a dizer os enfadamentos do cachorro; ele ansioso, queria vê-lo.

— Está lá no fundo, no cercado grande; está sozinho para que os outros não bulam com ele. Mas o compadre vem buscá-lo? Não foi isso o que disseram. Pareceu-me ouvir que era para mim, que era dado.

— Daria cinco ou seis, se pudesse, respondeu Rubião. Este não posso; sou apenas depositário. Mas deixe estar, prometo-lhe um filho. Creia que o recado veio torto.

Rubião ia andando; a comadre, em vez de o guiar, acompanhava-o. Lá estava o cão, dentro do cercado, deitado a distância de um alguidar de comida. Cães, aves, saltavam de todos os lados, cá fora; a um lado havia um galinheiro, mais longe porcos; mais longe ainda uma vaca deitada, sonolenta, com duas galinhas ao pé, que lhe picavam a barriga, arrancando carrapato.

— Olhe o meu pavão! dizia a comadre.

Mas Rubião tinha os olhos no Quincas Borba, que farejava impaciente, e que se atirou para ele, logo que um moleque abriu a porta do cercado. Foi uma cena de delírio; o cachorro pagava as carícias do Rubião, latindo, pulando, beijando-lhe as mãos.

— Meu Deus! que amizade!

— Não imagina, sinhá comadre. Adeus, prometo-lhe um filho.

## Capítulo XVIII

Rubião e o cachorro, entrando em casa, sentiram, ouviram a pessoa e as vozes do finado amigo. Enquanto o cachorro farejava por toda a parte, Rubião foi sentar-se na cadeira, onde estivera quando Quincas Borba referiu a morte da avó com explicações científicas. A memória dele recompôs, ainda que de embrulho e esgarçadamente, os argumentos do filósofo. Pela primeira vez, atentou bem na alegoria das tribos famintas e compreendeu a conclusão: "Ao vencedor, as batatas!" Ouviu distintamente a voz roufenha do finado expor a situação das tribos, a luta e a razão da luta, o extermínio de uma e a vitória da outra, e murmurou baixinho:

— Ao vencedor, as batatas!

Tão simples! tão claro! Olhou para as calças de brim surrado e o rodaque cerzido, e notou que até há pouco fora, por assim dizer, um exterminado, uma bolha; mas que ora não, era um vencedor. Não havia dúvida; as batatas fizeram-se para a tribo que elimina a outra, a fim de transpor a montanha e ir às batatas do outro lado. Justamente o seu caso. Ia descer de Barbacena para arrancar e comer as batatas da capital. Cumpria-lhe ser duro e implacável, era poderoso e forte. E levantando-se de golpe, alvoroçado, ergueu os braços exclamando:

— Ao vencedor, as batatas!

Gostava da fórmula, achava-a engenhosa, compendiosa e eloqüente, além de verdadeira e profunda. Ideou as batatas em suas várias formas, classificou-as pelo sabor, pelo aspecto, pelo poder nutritivo, fartou-se antemão do banquete da vida. Era tempo de acabar com as raízes pobres e secas, que apenas enganavam o estômago, triste comida de longos anos; agora o farto, o sólido, o perpétuo, comer até morrer, e morrer em colchas de seda, que é melhor que trapos. E voltava à afirmação de ser duro e implacável, e a fórmula da alegoria. Chegou a compor de cabeça um sinete para seu uso, com este lema: AO VENCEDOR AS BATATAS.

Esqueceu o projeto do sinete; mas a fórmula viveu no espírito de Rubião, por alguns dias: — Ao vencedor as batatas! Não a compreenderia antes do testamento; ao contrário, vimos que a achou obscura e sem explicação. Tão certo é que a paisagem depende do ponto de vista, e que o melhor modo de apreciar o chicote é ter-lhe o cabo na mão.

(Machado de Assis, *Quincas Borba* in *Obra completa*, Rio de Janeiro, J. Aguilar, 1962, v. I, p. 653-5.)

## *Dom Casmurro*

### Capítulo XXXII — Olhos de ressaca

Tudo era matéria às curiosidades de Capitu. Caso houve, porém, no qual não sei se aprendeu ou ensinou, ou se fez ambas as cousas, como eu. É o que contarei no outro capítulo. Neste direi somente que, passados alguns dias do ajuste com o agregado, fui ver a minha amiga; eram dez horas da manhã. D. Fortunata, que estava no quintal, nem esperou que eu lhe perguntasse pela filha.

— Está na sala penteando o cabelo, disse-me; vá devagarzinho para lhe pregar um susto.

Fui devagar, mas ou o pé ou o espelho traiu-me. Este pode ser que não fosse; era um espelhinho de pataca (perdoai a barateza), comprado a um mascate italiano, moldura tosca, argolinha de latão, pendente da parede, entre as duas janelas. Se não foi ele, foi o pé. Um ou outro, a verdade é que, apenas entrei na sala, pente, cabelos, toda ela voou pelos ares, e só lhe ouvi esta pergunta:

— Há alguma cousa?

— Não há nada, respondi; vim ver você antes que o Padre Cabral chegue para a lição. Como passou a noite?

— Eu bem. José Dias ainda não falou?

— Parece que não.

— Mas então quando fala?

— Disse-me que hoje ou amanhã pretende tocar no assunto; não vai logo de pancada, falará assim por alto e por longe, um toque. Depois, entrará em matéria. Quer primeiro ver se mamãe tem a resolução feita...

— Que tem, tem, interrompeu Capitu. E se não fosse preciso alguém para vencer já, e de todo, não se lhe falaria. Eu já nem sei se José Dias poderá influir tanto; acho que fará tudo, se sentir que você realmente não quer ser padre, mas poderá alcançar?... Ele é atendido; se, porém... É um inferno isto! Você teime com ele, Bentinho.

— Teimo; hoje mesmo ele há de falar.

— Você jura?

— Juro! Deixe ver os olhos, Capitu.

Tinha-me lembrado a definição que José Dias dera deles, "olhos de cigana oblíqua e dissimulada". Eu não sabia o que era oblíqua, mas dissimulada sabia, e queria ver se podiam chamar assim. Capitu deixou-se fitar e examinar. Só me perguntava o que era, se nunca os vira; eu nada achei extraordinário; a cor e a doçura eram minhas conhecidas. A demora da contemplação creio que lhe deu outra idéia do meu intento; imaginou que era um pretexto para mirá-los mais de perto, com os meus olhos longos, constantes, enfiados neles, e a isto atribuo que entrassem a ficar crescidos, crescidos e sombrios, com tal expressão que...

Retórica dos namorados, dá-me uma comparação exata e poética para dizer o que foram aqueles olhos de Capitu. Não me acode imagem capaz de dizer, sem quebra da dignidade do estilo, o que eles foram e me fizeram. Olhos de ressaca? Vá, de ressaca. É o que me dá idéia daquela feição nova. Traziam não sei que fluido misterioso e enérgico, uma força que arrastava para dentro, como a vaga que se retira da praia, nos dias de ressaca. Para não ser arrastado, agarrei-me às outras partes vizinhas, às orelhas, aos braços, aos cabelos espalhados pelos ombros; mas tão depressa buscava as pupilas, a onda que saía delas vinha crescendo, cava e escura, ameaçando envolver-me, puxar-me e tragar-me. Quantos minutos gastamos naquele jogo? Só os relógios do céu terão marcado esse tempo infinito e breve. A eternidade tem as suas pêndulas; nem por não acabar nunca deixa de querer saber a duração das felicidades e dos suplícios. Há de dobrar o gozo aos bem-aventurados do céu conhecer a soma dos tormentos que já terão padecido no inferno os seus inimigos; assim também a quantidade das delícias que terão gozado no céu os seus desafetos aumentará as dores aos condenados do inferno. Este outro suplício escapou ao divino Dante; mas eu não estou aqui para emendar poetas. Estou para contar que, ao cabo de um tempo não marcado, agarrei-me definitivamente aos cabelos de Capitu, mas então com as mãos, e disse-lhe, — para dizer alguma cousa, — que era capaz de os pentear, se quisesse.

— Você?

— Eu mesmo.

— Vai embaraçar-me o cabelo todo, isso sim.

— Se embaraçar, você desembaraça depois.

— Vamos ver.

(Machado de Assis, *Dom Casmurro* in *Obra completa*, Rio de Janeiro, J. Aguilar, 1962, v. I, p. 840-1.)

## Luís Nicolau **Fagundes Varela**

Nasceu em Rio Claro, RJ, em 17/8/1841, e morreu em Niterói, RJ, 18/2/1875. Estudante de Direito, teve uma vida boêmia atormentada pelo álcool, cheia de angústias. Poesia subjetiva, banhada de religiosidade. **Algumas obras**: *Vozes d'América* (1864); *Cantos e fantasias* (1865); *Cantos meridionais* (1869); *Anchieta ou O evangelho nas selvas* (1875); *Cantos religiosos* (1878).

### **Cântico do calvário** (frag.)

*À memória de meu filho morto*
*a 11 de dezembro de 1863.*

Eras na vida a pomba predileta
Que sobre um mar de angústias conduzia
O ramo da esperança. — Eras a estrela
Que entre as névoas do inverno cintilava
Apontando o caminho ao pegureiro.
Eras a messe de um dourado estio.
Eras o idílio de um amor sublime.
Eras a glória, — a inspiração, — a pátria,
O porvir de teu pai! — Ah! no entanto,
Pomba, — varou-te a flecha do destino!
Astro, — engoliu-te o temporal do norte!
Teto, — caíste! — Crença, já não vives!

/..../

A vida parecia ardente e douda
Agarrar-se a meu ser!... E tu tão jovem,
Tão puro ainda, — ainda n'alvorada,
Ave banhada em mares de esperança,
Rosa em botão, crisálida entre luzes,
Foste o escolhido na tremenda ceifa!
Ah! quando a vez primeira em meus cabelos
Senti bater teu hálito suave;
Quando em meus braços te cerrei, ouvindo
Pulsar-te o coração divino ainda;
Quando fitei teus olhos sossegados,
Abismos de inocência e de candura,
E baixo e a medo murmurei: meu filho!

/..../

Como eras lindo! Nas rosadas faces
Tinhas ainda o tépido vestígio
Dos beijos divinais, — nos olhos langues
Brilhava o brando raio que acendera
A bênção do Senhor quando o deixaste!
Sobre teu corpo a chusma dos anjinhos,
Filhos do éter e da luz, voavam,
Riam-se alegres das caçoilas níveas
Celeste aroma te vertendo ao corpo!
E eu dizia comigo: — teu destino
Será mais belo que o cantar das fadas
Que dançam no arrebol, — mais triunfante
Que o sol nascente derribando ao nada
Muralhas de negrume!... Irás tão alto
Como o pássaro-rei do Novo Mundo!

Ai! doudo sonho!... Uma estação passou-se,
E tantas glórias, tão risonhos planos
Desfizeram-se em pó! O gênio escuro
Abrasou com seu facho ensangüentado
Meus soberbos castelos. A desgraça
Sentou-se em meu solar, e a soberana
Dos sinistros impérios de além-mundo
Com seu dedo real selou-te a fronte!
Inda te vejo pelas noites minhas,
Em meus dias sem luz vejo-te ainda,
Creio-te vivo, e morto te pranteio!...

/..../

(Fagundes Varela, *Cantos e fantasia* in *Poesias completas*, São Paulo, Ed. Nacional, 1957, v. II, p. 51-5.)

## Alfredo d´Escragnolle, **Visconde de Taunay**

Nasceu no Rio de Janeiro, RJ, em 22/2/1843 onde morreu em 25/1/1899. Filho de franceses, foi engenheiro militar, político. Romancista, viveu uma fase de transição entre o Romantismo e o Realismo. **Algumas obras**: *Cenas de viagem* (viag. 1868); *A retirada da Laguna* (hist. 1871); *Inocência* (rom. 1872); *Ouro sobre azul* (rom. 1875); *Céus e terras do Brasil* (1882); *Paisagens brasileiras* (s.d.).

## *Inocência*

### Capítulo VI — Inocência (frag.)

*Nesta donzela é que se acham juntas a minha vida e a minha morte.*
Henoch, *O livro da amizade*

*Jamais vira coisa tão perfeita como o seu rosto pálido, os olhos franjados de sedosos cílios muito espessos e o ar meigo e doentio.*
George Sand, *Os mestres gaiteiros*

*Tudo, em Fenela, realçava a idéia de uma miniatura. Além do mais, havia em sua fisionomia e, sobretudo, no olhar extraordinária prontidão, fogo e atilamento.*
Walter Scott, *Peveril do Pico*

Depois das explicações dadas ao seu hóspede, sentiu-se o mineiro mais despreocupado.

— Então, disse ele, se quiser, vamos já ver a nossa doentinha.

— Com muito gosto, concordou Cirino.

E saindo da sala, acompanhou Pereira, que o fez passar por duas cercas e rodear a casa toda, antes de tomar a porta do fundo, fronteira a magnífico laranjal, naquela ocasião todo pontuado das brancas e olorosas flores.

— Neste lugar, disse o mineiro apontando para o pomar, todos os dias se juntam tamanhos bandos de graúnas, que é um barulho dos meus pecados. *Nocência* gosta muito disso e vem sempre coser debaixo do arvoredo. É uma menina esquisita...

Parando no limiar da porta, continuou com expansão:

— Nem o Sr. imagina... Às vezes, aquela criança tem lembranças e perguntas que me fazem *embatucar*... Aqui, havia um livro de horas da minha defunta avó.

...Pois não é que um belo dia ela me pediu que lhe ensinasse a ler?...Que idéia!

...Ainda há pouco tempo me disse que quisera ter nascido princesa...Eu lhe retruquei: E sabe você o que é ser princesa? Sei, me secundou ela com toda a clareza, é uma moça muito boa, muito bonita, que tem uma coroa de diamantes na cabeça, muitos lavrados no pescoço e que manda nos homens... Fiquei meio tonto. E se o Sr. visse os modos que tem com os bichinhos?!...Parece que está falando com eles e que os entende... Uma bicharia, em chegando ao pé de *Nocência*, fica mansa que nem ovelhinha parida de fresco... Se fosse agora a contar -lhe histórias dessa rapariga, seria um não acabar nunca... Entremos, que é melhor...

Quando Cirino penetrou no quarto da filha do mineiro, era quase noite, de maneira que, no primeiro olhar que atirou ao redor de si, só pôde lobrigar, além de diversos trastes de formas antiquadas, uma dessas camas, muito em uso no interior; altas e largas, feitas de tiras de couro engradadas. Estava encostada a um canto, e nela havia uma pessoa deitada.

Mandara Pereira acender uma vela de sebo. Vinda a luz, aproximaram-se ambos do leito da enferma que, achegando ao corpo e puxando para debaixo do queixo uma coberta de algodão de Minas, se encolheu toda, e voltou-se para os que entravam.

— Está aqui o doutor, disse-lhe Pereira, que vem curar-te de vez.

— Boas-noites, dona, saudou Cirino.

Tímida voz murmurou uma resposta, ao passo que o jovem, no seu papel de médico, se sentava num escabelo junto à cama e tomava o pulso à doente.

Caía então luz de chapa sobre ela, iluminando-lhe o rosto, parte do colo e da cabeça, coberta por um lenço vermelho atado por trás da nuca.

Apesar de bastante descorada e um tanto magra, era Inocência de beleza deslumbrante.

Do seu rosto irradiava singela expressão de encantadora ingenuidade, realçada pela meiguice do olhar sereno que, a custo, parecia coar por entre os cílios sedosos a franjar-lhe as pálpebras, e compridos a ponto de projetarem sombras nas mimosas faces.

Era o nariz fino, um bocadinho arqueado; a boca pequena, e o queixo admiravelmente torneado.

Ao erguer a cabeça para tirar o braço de sob o lençol, descera um nada a camisinha de crivo que vestia, deixando nu um colo de fascinadora alvura, em que ressaltava um ou outro sinal de nascença.

Razões de sobra tinha, pois, o pretenso facultativo para sentir a mão fria e um tanto incerta, e não poder atinar com o pulso de tão gentil cliente.

— Então? perguntou o pai.

— Febre nenhuma, respondeu Cirino, cujos olhos fitavam com mal disfarçada surpresa as feições de Inocência.

— E que temos que fazer?

— Dar-lhe hoje mesmo um suador de folhas de laranjeira da terra a ver se transpira bastante e, quando for meia-noite, acordar-me para vir administrar uma boa dose de sulfato.

Levantara a doente os olhos e os cravara em Cirino, para seguir com atenção as prescrições que lhe deviam restituir a saúde.

— Não tem fome nenhuma, observou o pai; há quase três dias que só vive de beberagens. É uma ardência contínua; isto até nem parecem maleitas.

— Tanto melhor, replicou o moço; amanhã verá que a febre lhe sai do corpo, e daqui a uma semana sua filha está de pé com certeza. Sou eu que lho afianço.

— Fale o doutor pela boca de um anjo, disse Pereira com alegria.

— Hão de as cores voltar logo, continuou Cirino.

Ligeiramente enrubesceu Inocência e descansou a cabeça no travesseiro.

— Por que amarrou esse lenço? perguntou em seguida o moço.

— Por nada, respondeu ela com acanhamento.

— Sente dor de cabeça?

— Nhor-não.

— Tire-o, pois: convém não chamar o sangue; solte, pelo contrário, os cabelos.

Inocência obedeceu e descobriu uma espessa cabeleira, negra como o âmago da cabiúna e que em liberdade devia cair abaixo da cintura. Estava enrolado em bastas tranças, que davam duas voltas inteiras ao redor do cocoruto.

— É preciso, continuou Cirino, ter de dia o quarto arejado e pôr a cama na linha do nascente ao poente.

— Amanhã de manhãzinha hei de virá-la, disse o mineiro.

— Bom, por hoje então, ou melhor, agora mesmo, o suador. Fechem tudo, e que a dona sue bem. À meia-noite, mais ou menos, virei aqui darlhe a mezinha. Sossegue o seu espírito e reze duas Ave-Marias para que a quina faça logo efeito.

— Nhor-sim, balbuciou a enferma.

— Não lhe dói a luz nos olhos? perguntou Cirino, achegando-lhe um momento a vela ao rosto.

— Pouco... — um nadinha.

— Isso é bom sinal. Creio que não há de ser nada.

E levantando-se, despediu-se:

— Até logo, sinhá-moça.

Depois do que, convidou Pereira a sair.

/..../

(Visconde de Taunay, *Inocência*, 24. ed., São Paulo, Melhoramentos, p. 51-5.)

## Luís Caetano Pereira **Guimarães Júnior**

Nasceu em 17/2/1845 no Rio de Janeiro, RJ e faleceu em Lisboa, Portugal, em 19/5/1898. Poeta, diplomata, romancista de veia humorística, teatrólogo, precursor do Parnasianismo. **Algumas obras**: *Corimbos* (poes. 1869); *Filigranas* (ficç. 1872); *Noturnos* (1872); *Sonetos e rimas* (poes.1880).

### Visita à casa paterna

*À minha irmã Isabel*

Como a ave que volta ao ninho antigo
Depois de um longo e tenebroso inverno,
Eu quis também rever o lar paterno,
O meu primeiro e virginal abrigo.

Entrei. Um gênio carinhoso e amigo,
O fantasma talvez do amor materno,
Tomou-me as mãos, — olhou-me, grave e terno,
E, passo a passo, caminhou comigo.

Era esta a sala... (Oh! se me lembro! e quanto!)
Em que da luz noturna à claridade,
Minhas irmãs e minha mãe... O pranto

Jorrou-me em ondas... Resistir quem há-de?
Uma ilusão gemia em cada canto,
Chorava em cada canto uma saudade.

Rio - 1876

(Luís Guimarães Júnior, *Sonetos e rimas,* in Manuel Bandeira, org., *Antologia dos poetas brasileiros da fase parnasiana,* Rio de Janeiro, Nova Fronteira, 1996, p. 44-5.)

## Antônio Frederico de **Castro Alves**

Nasceu em 14/3/1847 na Fazenda Cabaceiras, Curralinho, hoje Castro Alves, BA, e morreu em Salvador, BA, em 6/7/1871. Além de lírico e intimista, foi um poeta social e abolicionista exaltado. Caracterizam-no os ideais de liberdade, através de uma fala exaltada que arrebatava multidões. Considerado a última grande expressão do Romantismo brasileiro. **Algumas obras**: *Espumas flutuantes* (1870); *Gonzaga ou a revolução de Minas* (teat. 1875); *A cachoeira de Paulo Afonso* (1876); *Os escravos* (1883) com *Navio negreiro* e *Vozes d'África.* Há várias edições completas, entre as quais a de Afrânio Peixoto, *Obras completas* (1921) e *Obra completa,* org. por Eugênio Gomes (1960).

## O livro e a América

Ao Grêmio Literário

Talhado para as grandezas,
P'ra crescer, criar, subir,
O Novo Mundo nos músculos
Sente a seiva do porvir.
— Estatuário de colossos —
Cansado doutros esboços
Disse um dia Jeová:
"Vai, Colombo, abre a cortina
"Da minha eterna oficina...
"Tira a América de lá".

Molhado inda do dilúvio,
Qual Tritão descomunal,
O continente desperta
No concerto universal.
Dos oceanos em tropa
Um — traz-lhe as artes da Europa,
Outro — as bagas de Ceilão...
E os Andes petrificados,
Como braços levantados,
Lhe apontam para a amplidão.

Olhando em torno então brada:
"Tudo marcha!... Ó grande Deus!
As cataratas — p'ra terra,
As estrelas — para os céus
Lá, do pólo sobre as plagas,
O seu rebanho de vagas
Vai o mar apascentar...
Eu quero marchar com os ventos,
Com os mundos... co'os firmamentos!!!"
E Deus responde — "Marchar!"

"Marchar!... Mas como?... Da Grécia
Nos dóricos Partenons...
A mil deuses levantando
Mil marmóreos Panteons?...

Marchar co'a espada de Roma
— Leoa de ruiva coma
De presa enorme no chão,
Saciando o ódio profundo...
— Com as garras nas mãos do mundo,
— Com os dentes no coração?...

"Marchar!... Mas como a Alemanha
Na tirania feudal,
Levantando uma montanha
Em cada uma catedral?...
Não!... Nem templos feitos de ossos,
Nem gládios a cavar fossos
São degraus do progredir...
Lá brada César morrendo:
"No pugilato tremendo
"Quem sempre vence é o porvir!"

Filhos do séc'lo das luzes!
Filhos da *Grande nação!*
Quando ante Deus vos mostrardes,
Tereis um livro na mão:
O livro — esse audaz guerreiro
Que conquista o mundo inteiro
Sem nunca ter Waterloo...
Eólo de pensamentos,
Que abrira a gruta dos ventos
Donde a Igualdade voou!...

Por uma fatalidade
Dessas que descem de além,
O séc'lo, que viu Colombo,
Viu Guttenberg também.
Quando no tosco estaleiro
Da Alemanha o velho obreiro
A ave da imprensa gerou...
O Genovês salta os mares...
Busca um ninho entre os palmares
E a *pátria da imprensa* achou...

Por isso na impaciência
Desta sede de saber,
Como as aves do deserto —
As almas buscam beber...
Oh! Bendito o que semeia
Livros... livros à mão cheia...
E manda o povo pensar!
O livro caindo n'alma
É germe — que faz a palma,
É chuva — que faz o mar.

Vós, que o templo das idéias
Largo — abris às multidões,
P'ra o batismo luminoso
Das grandes revoluções,
Agora que o trem-de-ferro
Acorda o tigre no cerro
E espanta os caboclos nus,
Fazei desse "rei dos ventos"
— Ginete dos pensamentos,
— Arauto da grande luz!...

Bravo! a quem salva o futuro
Fecundando a multidão!...
Num poema amortalhada
Nunca morre uma nação.
Como Goëthe moribundo
Brada " Luz ! " o Novo Mundo
Num brado de Briaréu...
Luz! pois, no vale e na serra...
Que, se a luz rola na terra,
Deus colhe gênios no céu!...

Bahia.

(Castro Alves, *Espumas flutuantes* in *Obra Completa,* Rio de Janeiro, Aguilar, 1997, p. 76-8.)

## O navio negreiro

(Tragédia no mar)

1ª

'Stamos em pleno mar... Doudo no espaço
Brinca o luar — dourada borboleta —
E as vagas após ele correm... cansam
Como turba de infantes inquieta.

'Stamos em pleno mar... Do firmamento
Os astros saltam como espumas de ouro...
O mar em troca acende as ardentias
— Constelações do líquido tesouro...

'Stamos em pleno mar... Dois infinitos
Ali se estreitam num abraço insano
Azuis, dourados, plácidos, sublimes...
Qual dos dois é o céu? Qual o oceano?...

'Stamos em pleno mar... Abrindo as velas
Ao quente arfar das virações marinhas,
Veleiro brigue corre à flor dos mares
Como roçam na vaga as andorinhas...

Donde vem?... Onde vai?... Das naus errantes
Quem sabe o rumo se é tão grande o espaço?
Neste Saara os corcéis o pó levantam,
Galopam, voam, mas não deixam traço.

Bem feliz quem ali pode nest'hora
Sentir deste painel a majestade!...
Embaixo — o mar... em cima — o firmamento...
E no mar e no céu — a imensidade!

Oh! que doce harmonia traz-me a brisa!
Que música suave ao longe soa!
Meu Deus! Como é sublime um canto ardente
Pelas vagas sem fim boiando à toa!

Homens do mar! Ó rudes marinheiros
Tostados pelo sol dos quatro mundos!
Crianças que a procela acalentara
No berço destes pélagos profundos!

Esperai! Esperai! deixai que eu beba
Esta selvagem, livre poesia...
Orquestra — é o mar que ruge pela proa,
E o vento que nas cordas assobia...

...........................................................................

Por que foges assim, barco ligeiro?
Por que foges do pávido poeta?
Oh! quem me dera acompanhar-te a *esteira*
Que semelha no mar — doudo cometa!

Albatroz! Albatroz! águia do oceano,
Tu, que dormes das nuvens entre as gazas,
Sacode as penas, Leviatã do espaço!
Albatroz! Albatroz! dá-me estas asas...

2ª

Que importa do nauta o berço,
Donde é filho, qual seu lar?...
Ama a cadência do verso
Que lhe ensina o velho mar!
Cantai! que a noite é divina!
Resvala o brigue à bolina
Como um golfinho veloz.
Presa ao mastro da mezena
Saudosa bandeira acena
Às vagas que deixa após.

Do Espanhol as cantilenas
Requebradas de langor,
Lembram as moças morenas,

As andaluzas em flor.
Da Itália o filho indolente
Canta Veneza dormente
— Terra de amor e traição —
Ou do golfo no regaço
Relembra os versos do Tasso
Junto às lavas do Vulcão!

O Inglês — marinheiro frio,
Que ao nascer no mar se achou —
(Porque a Inglaterra é um navio,
Que Deus na Mancha ancorou),
Rijo entoa pátrias glórias,
Lembrando orgulhoso histórias
De Nelson e de Aboukir.
O Francês — predestinado —
Canta os louros do passado
E os loureiros do porvir...

Os marinheiros Helenos,
Que a vaga iônia criou,
Belos piratas morenos
Do mar que Ulisses cortou,
Homens que Fídias talhara,
Vão cantando em noite clara
Versos que Homero gemeu...
...Nautas de todas as plagas!
Vós sabeis achar nas vagas
As melodias do céu...

3ª

Desce do espaço imenso, ó águia do oceano!
Desce mais, inda mais... não pode o olhar humano
Como o teu mergulhar no brigue voador.
Mas que vejo eu ali... Que quadro de amarguras!
Que cena funeral!... Que tétricas figuras!...
Que cena infame e vil!... Meu Deus! meu Deus! Que horror!

4ª

Era um sonho dantesco... O tombadilho
Que das luzernas avermelha o brilho,
Em sangue a se banhar.
Tinir de ferros... estalar do açoite...
Legiões de homens negros como a noite,
Horrendos a dançar...

Negras mulheres, suspendendo às tetas
Magras crianças, cujas bocas pretas
Rega o sangue das mães:
Outras, moças... mas nuas, espantadas,
No turbilhão de espectros arrastadas,
Em ânsia e mágoa vãs.

E ri-se a orquestra, irônica, estridente...
E da ronda fantástica a serpente
Faz doudas espirais...
Se o velho arqueja... se no chão resvala,
Ouvem-se gritos... o chicote estala.
E voam mais e mais...

Presa nos elos de uma só cadeia,
A multidão faminta cambaleia,
E chora e dança ali!

.................................................................

Um de raiva delira, outro enlouquece...
Outro, que de martírios embrutece,
Cantando, geme e ri!

No entanto o capitão manda a manobra
E após, fitando o céu que se desdobra
Tão puro sobre o mar,
Diz do fumo entre os densos nevoeiros:
"Vibrai rijo o chicote, marinheiros!
Fazei-os mais dançar!..."

E ri-se a orquestra irônica, estridente...
E da roda fantástica a serpente
    Faz doudas espirais!
Qual num sonho dantesco as sombras voam...
Gritos, ais, maldições, preces ressoam!
    E ri-se Satanás!...

5ª

Senhor Deus dos desgraçados!
Dizei-me vós, Senhor Deus!
Se é loucura... se é verdade
Tanto horror perante os céus...
Ó mar! por que não apagas
Co'a esponja de tuas vagas
De teu manto este borrão?...
Astros! noite! tempestades!
Rolai das imensidades!
Varrei os mares, tufão!...

Quem são estes desgraçados,
Que não encontram em vós,
Mais que o rir calmo da turba
Que excita a fúria do algoz?
Quem são?... Se a estrela se cala,
Se a vaga à pressa resvala
Como um cúmplice fugaz,
Perante a noite confusa...
Dize-o tu, severa musa,
Musa libérrima, audaz!

São os filhos do deserto
Onde a terra esposa a luz.
Onde voa em campo aberto
A tribo dos homens nus...
São os guerreiros ousados,
Que com os tigres mosqueados
Combatem na solidão...
Homens simples, fortes, bravos...
Hoje míseros escravos
Sem ar, sem luz, sem razão...

São mulheres desgraçadas
Como Agar o foi também,
Que sedentas, alquebradas,
De longe... bem longe vêm...
Trazendo com tíbios passos,
Filhos e algemas nos braços,
Nalma — lágrimas e fel...
Como Agar sofrendo tanto
Que nem o leite do pranto
Têm que dar para Ismael...

Lá nas areias infindas,
Das palmeiras no país,
Nasceram — crianças lindas,
Viveram — moças gentis...
Passa um dia a *caravana*
Quando a virgem na cabana
Cisma da noite nos véus...
...Adeus! ó choça do monte!...
...Adeus! palmeiras da fonte!...
...Adeus! amores... adeus!...

Depois o areal extenso...
Depois o oceano de pó...
Depois no horizonte imenso
Desertos... desertos só...
E a fome, o cansaço, a sede...
Ai! quanto infeliz que cede,
E cai p'ra não mais s'erguer!...
Vaga um lugar na *cadeia*,
Mas o chacal sobre a areia
Acha um corpo que roer...

Ontem a Serra Leoa,
A guerra, a caça ao leão,
O sono dormido à toa
Sob as tendas d'amplidão...
Hoje... o *porão* negro, fundo,
Infecto, apertado, imundo,
Tendo a *peste* por jaguar...
E o sono sempre cortado
Pelo arranco de um finado,
E o baque de um corpo ao mar...

Ontem plena liberdade,
A vontade por poder...
Hoje... cúm'lo de maldade
Nem são livres p'ra... morrer...
Prende-os a mesma corrente
— Férrea, lúgubre serpente —
Nas roscas da escravidão.
E assim roubados à morte,
Dança a lúgubre coorte
Ao som do açoite... Irrisão!...

Senhor Deus dos desgraçados!
Dizei-me vós, Senhor Deus,
Se eu deliro... ou se é verdade
Tanto horror perante os céus...
Ó mar, por que não apagas
Co'a esponja de tuas vagas
De teu manto este borrão?...
Astros! noite! tempestades!
Rolai das imensidades!
Varrei os mares, tufão!...

6ª

E existe um povo que a bandeira empresta
P'ra cobrir tanta infâmia e cobardia!...
E deixa-a transformar-se nessa festa
Em manto impuro de bacante fria!...
Meu Deus! meu Deus! mas que bandeira é esta,
Que impudente na gávea tripudia?!...
Silêncio!... Musa! chora, chora tanto
Que o pavilhão se lave no teu pranto...

Auriverde pendão de minha terra,
Que a brisa do Brasil beija e balança,
Estandarte que a luz do sol encerra,
E as promessas divinas da esperança...
Tu, que da liberdade após a guerra,
Foste hasteado dos heróis na lança,
Antes te houvessem roto na batalha,
Que servires a um povo de mortalha!...

Fatalidade atroz que a mente esmaga!
Extingue nesta hora o *brigue imundo*
O trilho que Colombo abriu na vaga,
Como um íris no pélago profundo!...
...Mas é infâmia de mais... Da etérea plaga
Levantai-vos, heróis do Novo Mundo...
Andrada! arranca este pendão dos ares!
Colombo! fecha a porta de teus mares!

São Paulo, 18 de abril de 1868.

(Castro Alves, *Os escravos* in *Obra completa,* Rio de Janeiro, Aguilar, 1977, p. 277-84.)

## Vozes d'África

Deus! ó Deus! onde estás que não respondes?
Em que mundo, em qu'estrela tu t'escondes
Embuçado nos céus?
Há dois mil anos te mandei meu grito,
Que embalde desde então corre o infinito...
Onde estás, Senhor Deus?...

Qual Prometeu tu me amarraste um dia
Do deserto na rubra penedia
— Infinito: galé!...
Por abutre — me deste o sol candente,
E a terra de Suez — foi a corrente
Que me ligaste ao pé...

O cavalo estafado do Beduíno
Sob a vergasta tomba ressupino
E morre no areal.
Minha garupa sangra, a dor poreja
Quando o chicote do *simoun* dardeja
O teu braço eternal.

Minhas irmãs são belas, são ditosas...
Dorme a Ásia nas sombras voluptuosas
Dos *haréns* do Sultão.
Ou no dorso dos brancos elefantes
Embala-se coberta de brilhantes
Nas plagas do Hindustão.

Por tenda tem os cimos do Himalaia...
O Ganges amoroso beija a praia
Coberta de corais...
A brisa de Misora o céu inflama;
E ela dorme nos templos do Deus Brama,
— Pagodes colossais...

A Europa é sempre Europa, a gloriosa!...
A mulher deslumbrante e caprichosa,
Rainha e cortesã.
Artista — corta o mármor de Carrara;
Poetisa — tange os hinos de Ferrara,
No glorioso afã!...

Sempre a láurea lhe cabe no litígio...
Ora uma *c'roa*, ora o *barrete frígio*
Enflora-lhe a cerviz.
O Universo após ela — doido amante —
Segue cativo o passo delirante
Da grande meretriz.

..........................................................................

Mas eu, Senhor!... Eu triste abandonada
Em meio das areias esgarrada,
Perdida marcho em vão!
Se choro... bebe o pranto a areia ardente;
Talvez... p'ra que meu pranto, ó Deus clemente!
Não descubras no chão...

E nem tenho uma sombra de floresta...
Para cobrir-me nem um templo resta
No solo abrasador...
Quando subo às Pirâmides do Egito
Embalde aos quatro céus chorando grito:
"Abriga-me, Senhor!..."

Como o profeta em cinza a fronte envolve,
Velo a cabeça no areal que volve
O siroco feroz...
Quando eu passo no Saara amortalhada...
Ai! dizem: "Lá vai África embuçada
No seu branco albornoz..."

Nem vêem que o deserto é meu sudário,
Que o silêncio campeia solitário
Por sobre o peito meu.
Lá no solo onde o cardo apenas medra
Boceja a Esfinge colossal de pedra
Fitando o morno céu.

De Tebas nas colunas derrocadas
As cegonhas espiam debruçadas
O horizonte sem fim...
Onde branqueja a caravana errante,
E o camelo monótono, arquejante
Que desce de Efraim...

..........................................................

Não basta inda de dor, ó Deus terrível?!
É pois teu peito eterno, inexaurível
De vingança e rancor?...
E que é que fiz, Senhor? que torvo crime
Eu cometi jamais que assim me oprime
Teu gládio vingador?!...

..........................................................

Foi depois do *dilúvio*... Um viandante,
Negro, sombrio, pálido, arquejante,
Descia do Arará...
E eu disse ao peregrino fulminado:
"Cão!... serás meu esposo bem-amado...
— Serei tua Eloá..."

Desde este dia o vento da desgraça
Por meus cabelos ululando passa
O anátema cruel.
As tribos erram do areal nas vagas,
E o *Nômada* faminto corta as plagas
No rápido corcel.

Vi a ciência desertar do Egito...
Vi meu povo seguir — Judeu maldito —
Trilho de perdição.

Depois vi minha prole desgraçada
Pelas garras d'Europa — arrebatada —
Amestrado falcão!...

Cristo! embalde morreste sobre um monte...
Teu sangue não lavou de minha fronte
A mancha original.
Ainda hoje são, por fado adverso,
Meus filhos — alimária do universo,
Eu — pasto universal...

Hoje em meu sangue a América se nutre
— Condor que transformara-se em abutre,
Ave da escravidão,
Ela juntou-se às mais... irmã traidora
Qual de José os vis irmãos outrora
Venderam seu irmão.

..........................................................................

Basta, Senhor! De teu potente braço
Role através dos astros e do espaço
Perdão p'ra os crimes meus!...
Há dois mil anos... eu soluço um grito...
Escuta o brado meu lá no infinito,
Meu Deus! Senhor, meu Deus!!...

São Paulo, 11 de junho de 1868

(Castro Alves, *Os escravos*, in *Obra completa,* Rio de Janeiro, Aguilar, 1977, p. 290-3.)

## Crepúsculo sertanejo

A tarde morria! Nas águas barrentas
As sombras das margens deitavam-se longas;
Na esguia atalaia das árvores secas
Ouvia-se um triste chorar de arapongas.

A tarde morria! Dos ramos, das lascas,
Das pedras, do líquen, das heras, dos cardos,
As trevas rasteiras com o ventre por terra
Saíam, quais negros, cruéis leopardos.

A tarde morria! Mais funda nas águas
Lavava-se a galha do escuro ingazeiro...
Ao fresco arrepio dos ventos cortantes
Em músico estalo rangia o coqueiro.

Sussurro profundo! Marulho gigante!
Talvez um — silêncio! ... Talvez uma — orquestra...
Da folha, do cálix, das asas, do inseto...
Do átomo — à estrela ... do verme — à floresta! ...

As garças metiam o bico vermelho
Por baixo das asas, — da brisa ao açoite —;
E a terra na vaga de azul do infinito
Cobria a cabeça co'as penas da noite!

Somente por vezes, dos jungles das bordas
Dos golfos enormes, daquela paragem,
Erguia a cabeça surpreso, inquieto,
Coberto de limos — um touro selvagem.

Então as marrecas, em torno boiando,
O vôo encurvavam medrosas, à toa...
E o tímido bando pedindo outras praias
Passava gritando por sobre a canoa! ...

..........................................................................................

(Castro Alves, *A cachoeira de Paulo Afonso* in *Obra Completa,* Rio de Janeiro, Aguilar, 1997, p. 357-8.)

## Não sabes

Quando alta noite n'amplidão flutua
Pálida a lua com fatal palor,
Não sabes, virgem, que eu por ti suspiro
E que deliro a suspirar de amor.

Quando no leito entre sutis cortinas
Tu te reclinas indolente aí,
Ai! Tu não sabes que sozinho e triste
Um ser existe que só pensa em ti.

Lírio dest'alma, sensitiva bela,
És minha estrela, meu viver, meu Deus.
Se olhas — me rio, se sorris — me inspiro,
Choras — deliro por martírios teus.

E tu não sabes deste meu segredo
Ah! tenho medo do teu rir cruel!...
Pois se o desprezo fosse a minha sorte
Bebera a morte neste amargo fel.

Mas dá-me a esp'rança num olhar quebrado,
Num ai magoado, num sorrir do céu,
Ver-me-ás dizer-te na febril vertigem
"Não sabes, virgem? Meu futuro é teu!"

Bahia, 11 de novembro de 1865.

(Castro Alves, *Poesias coligidas /Originais* in *Obra completa*, Rio de Janeiro, Aguilar, 1997, p. 414.)

## Horas de saudade

Tudo vem me lembrar que tu fugiste,
Tudo que me rodeia de ti fala.
Inda a almofada, em que pousaste a fronte
O teu perfume predileto exala

No piano saudoso, à tua espera,
Dormem sono de morte as harmonias.
E a valsa entre aberta mostra a frase
A doce frase que inda há pouco lias.

As horas passam longas, sonolentas...
Desce a tarde no carro vaporoso...
D'Ave-Maria o sino, que soluça,
E' por ti que soluça mais queixoso.

E não vens te sentar perto, bem perto
Nem derramas ao vento da tardinha,
A caçoula de notas rutilantes
Que tua alma entornava sobre a minha.

E, quando uma tristeza irresistível
Mais fundo cava-me um abismo n'alma,
Como a harpa de Davi teu riso santo
Meu acerbo sofrer já não acalma.

E' que tudo me lembra que fugiste.
Tudo que me rodeia de ti fala...
Como o cristal da essência do oriente
Mesmo vazio a sândalo trescala.

No ramo curvo o ninho abandonado
Relembra o pipilar do passarinho.
Foi-se a festa de amores e de afagos...
Eras — ave do céu... minh'alma — o ninho!

Por onde trilhas — um perfume expande-se.
Há ritmo e cadência no teu passo!
És como a estrela, que transpondo as sombras,
Deixa um rastro de luz no azul do espaço...

E teu rastro de amor guarda minh'alma,
Estrela que fugiste aos meus anelos!
Que levaste-me a vida entrelaçada
Na sombra sideral de teus cabelos!...

Curralinho, 2 de abril de 1870.

(Castro Alves, *Poesias coligidas/Originais,* in *Obra completa,* Rio de Janeiro, Aguilar, 1977, p. 452-3.)

## Joaquim Aurélio Barreto **Nabuco** de Araújo

Nasceu no Recife, PE, em 19/8/1849 e morreu em Washington, EUA, em 17/1/1910. Fez Direito em São Paulo e Recife, foi diplomata e historiador, deputado e principal líder parlamentar da campanha abolicionista, grande orador. **Algumas obras**: *O abolicionismo* (Londres 1883); *Um estadista do império* (4 v. 1897-1899); *Minha formação* (1900); *Escritos e discursos literários* (1901); *Pensées detachés et souvenirs* (1906); *Obras completas* (14 v. ed. por Celso Cunha 1947-1949).

## *Minha formação*

Capítulo XX — Massangana (frag.)

/..../

(...) Por ocasião da morte do servo de sua maior confiança, ela escrevia à minha mãe pela mão de outros:

Dou parte a V. Ex.ª e ao meu compadre que morreu o meu Elias, fazendo-me uma falta excessiva aos meus negócios. De tudo tomou conta, e sempre com aquela bondade e humildade sem parelha, e ficou a minha casa com ele no mesmo pé em que era no tempo do meu marido. Nem só fez falta a mim como a nosso filhinho que tinha um cuidado nele nunca visto. Apesar de eu ter parentes a ele era a quem eu o entregava, porque se eu morresse para tomar conta do que eu lhe deixava para entregar a VV. Ex.as... Mas que hei de fazer se Deus quis?

Em outra carta, mais tarde, a última que possuo, ela volta à morte de Elias:

— ... o meu Elias, o qual fez-me uma falta sensível, tanto a mim como ao meu filhinho, porque tinha um cuidado nele maior possível, como pelas festas que ele gosta de passear ia sempre entregue a ele... Deus me dê vida e saúde até o ver mais crescido para lhe dar alguma coisa invisível, como dizia o defunto seu compadre, pois só fiava isso do Elias, apesar de ter ficado o Vítor, mano dele, que faço também toda a fiança nele...

Ah! querida e abençoada memória, o tesouro acumulado parcela por parcela não veio a minhas mãos, nem teria podido vir por uma transmissão destituída das formas legais, como talvez tenhas pensado... mas imaginar-te, durante anos, nessa tarefa agradável aos teus velhos dias de ajuntar para teu afilhado que chamavas teu filho um pecúlio que lhe entregarias quando homem, ou outrem por ti a meu pai, se morresses deixando-me menor; acompanhar-te em tuas conversas com o teu servo fiel, nessa preocupação de amor de teus derradeiros anos, será sempre uma sensação tão inexprimivelmente doce que só ela bastaria para destruir para mim qualquer amargor da vida...

A noite da morte de minha madrinha é a cortina preta que separa do resto de minha vida a cena de minha infância. Eu não imaginava nada, dormia no meu quarto com a minha velha ama, quando ladainhas entrecortadas de soluços me acordaram e me comunicaram o terror de toda a casa. No corredor, moradores, libertos, os escravos, ajoelhados, rezavam, choravam, lastimavam-se em gritos; era a consternação mais sincera que se pudesse ver, uma cena de naufrágio; todo esse pequeno mundo, tal qual se havia formado durante duas ou três gerações em torno daquele centro, não existia mais depois dela: seu último suspiro o tinha feito quebrar-se em pedaços. A mudança de senhor era o que havia mais terrível na escravidão, sobretudo se se devia passar do poder nominal de uma velha santa, que não era mais senão a enfermeira dos seus escravos, para as mãos de uma família até então estranha. E como para os escravos, para os rendeiros, os empregados, os pobres, toda a gente que ela sustentava, a que fazia a distribuição diária de rações, de socorros, de remédios... Eu também tinha que partir de Massangana, deixado por minha madrinha a outro herdeiro, seu sobrinho e vizinho; a mim ela deixava um outro dos seus engenhos, que estava de fogo morto, isto é, sem escravos para o trabalhar... Ainda hoje vejo chegar, quase no dia seguinte à morte, os carros de bois do novo proprietário... Era a minha deposição... Eu tinha oito anos. Meu pai pouco tempo depois me mandava buscar por um velho amigo, vindo do Rio de Janeiro. Distribuí entre a gente da casa tudo que possuía, meu cavalo, os animais que me tinham sido dados, os objetos do meu uso. "O menino está mais satisfeito, escrevia a meu pai o amigo que devia levar-me, depois que eu lhe disse que a sua ama o acompanharia". O que mais me pesava era ter que me separar dos que tinham protegido minha infância, dos que me serviram com a dedicação que tinham por minha madrinha, e sobretudo entre eles os escravos que literalmente sonhavam pertencer-me depois dela. Eu bem senti o contragolpe da sua esperança desenganada, no dia em que eles choravam, vendo-me partir espoliado, talvez o pensassem, da sua propriedade... Pela primeira vez sentiram eles, quem sabe, todo o amargo da sua condição e beberam-lhe a lia.

Mês e meio depois da morte de minha madrinha, eu deixava assim o meu paraíso perdido, mas pertencendo-lhe para sempre... Foi ali que eu cavei com as minhas pequenas mãos ignorantes esse poço da infância, insondável na sua pequenez, que refresca o deserto da vida e faz dele para sempre em certas horas um oásis sedutor. As partes adquiridas do meu ser, o que devi a este ou àquele, hão de dispersar-se em direções diferentes; o que, porém, recebi diretamente de Deus, o verdadeiro eu saído das suas mãos, este ficará preso ao canto de terra onde repousa aquela que me iniciou na vida. Foi graças a ela que o mundo me recebeu com um sorriso de tal doçura que todas as lágrimas imagináveis não mo fariam esquecer. Massangana ficou sendo a sede do meu oráculo íntimo: para impelir-me, para deter-me e, sendo preciso, para resgatar-me, a voz, o frêmito sagrado, viria sempre de lá. *Mors omnia solvit*... tudo, exceto o amor, que ela liga definitivamente.

/..../

(Joaquim Nabuco, *Minha formação*, Brasília, Ed. Univ. de Brasília, 1963, p. 186-90.)

## Rui Barbosa de Oliveira

Nasceu em Salvador, BA, em 5/11/1849 e morreu em Petrópolis, RJ, em 4/3/1923. Político, parlamentar, jornalista, advogado, escritor, orador, foi um dos maiores homens públicos e estadistas do Brasil. Estudou Direito em Recife e São Paulo. A ele se deve a separação da Igreja e do Estado. Seu estilo grandiloqüente foi alvo de ataques dos modernistas. **Algumas obras**: *O Papa e o Concílio* (hist.1877); *Cartas de Inglaterra* (pol. 1896); *Obras completas* (1914); *Páginas literárias* (ens. 1918); *Páginas políticas e literárias* (1919); *Oração aos moços* (orat. 1920); *Escritos e discursos seletos* (1995).

### O estouro da boiada (frag.)

(1910)

Já viste explicar o *estouro da boiada*? Vai o gado na estrada mansamente, rota segura e limpa, chã e larga, batida e tranqüila, ao tom monótono dos *eias!* dos vaqueiros. Caem as patas no chão em bulha compassada. Na vaga doçura dos olhos dilatados transluz a inconsciente resignação das alimárias, oscilantes as cabeças, pendentes à margem dos perigalhos, as aspas no ar em silva rasteira por sobre o dorso da manada. Dir-se-á a paciência em marcha, abstrata de si mesma, ao tintinar dos chocalhos, em pachorrenta andadura, espertada automaticamente pela vara dos boiadeiros. Eis senão quando, não se atina por quê, a um acidente mínimo, um bicho inofensivo que passa a fugir, o grito de um pássaro na capoeira, o estalido de uma rama no arvoredo, se sobressalta uma das reses, abala, desfecha a correr, e após ela se arremessa, em doida arrancada, atropeladamente, o gado todo. Nada mais o reprime. Nem brados, nem aguilhadas o detêm, nem tropeços, voltas ou barrancos por davante. E lá vai, incessantemente, o pânico em desfilada, como se os demônios o tangessem, léguas e léguas até que, exausto o alento, esmorece e cessa, afinal, a carreira, como começou, pela cessação do seu impulso. Eis o *estouro da boiada*. Assim, o movimento político de maio: um baque, um susto, um esparramo, e a desordem geral no mundo político surpreendido.

(Rui Barbosa, *Discurso em Juiz de Fora, 1910* in *Coletânea literária*, 5. ed., São Paulo, Ed. Nacional, 1945, p. 218-9.)

## Palavras à juventude

Pátria (frag.)

/..../

(...) A Pátria é a família amplificada. E a família, divinamente constituída, tem por elementos orgânicos a honra, a disciplina, a fidelidade, a benquerença, o sacrifício. E' uma harmonia instintiva de vontades, uma desestudada permuta de abnegações, um tecido vivente de almas entrelaçadas. Multiplicai a célula, e tendes o organismo. Multiplicai a família, e tereis a Pátria. Sempre o mesmo plasma, a mesma substância nervosa, a mesma circulação sangüínea. Os homens não inventaram, antes adulteraram a fraternidade, de que o Cristo lhes dera a fórmula sublime, ensinando-os a se amarem uns aos outros: *Diliges proximum tuum sicut te ipsum.*

Dilatai a fraternidade cristã, e chegareis das afeições individuais às solidariedades coletivas, da família à Nação, da Nação à humanidade. Objetar-me-eis com a guerra? Eu vos respondo com o arbitramento. O porvir é assaz vasto, para comportar esta grande esperança. Ainda entre as nações, independentes, soberanas, o dever dos deveres está em respeitar nas outras os direitos da nossa. Aplicai-o agora dentro nas raias desta: é o mesmo resultado: benqueiramo-nos uns aos outros, como nos queremos a nós mesmos. Se o casal do nosso vizinho cresce, enrica e pompeia, não nos amofine a ventura, de que não compartimos. Bendigamos, antes, na rapidez da sua medrança, no lustre da sua opulência, o avultar da riqueza nacional, que se não pode compor da miséria de todos. Por mais que os sucessos nos elevem, nos comícios, no foro, no Parlamento, na administração, aprendamos a considerar no poder um instrumento da defesa comum, a agradecer nas oposições as válvulas essenciais de segurança da ordem, a sentir no conflito dos antagonismos descobertos a melhor garantia da nossa moralidade. Não chamemos jamais de "inimigos da Pátria" aos nossos contendores. Não averbemos jamais de "traidores à Pátria" os nossos adversários mais irredutíveis.

A Pátria não é ninguém: são todos; e cada qual tem no seio dela o mesmo direito à idéia, à palavra, à associação. A Pátria não é um sistema, nem uma seita, nem um monopólio, nem uma forma de governo: é o céu, o solo, o povo, a tradição, a consciência, o lar, o berço dos filhos e o túmulo dos antepassados, a comunhão da lei, da língua e da liberdade. Os que a servem são os que não invejam, os que não infamam, os que não conspiram, os que não sublevam, os que não desalentam, os que não emudecem, os que não se acobardam, mas resistem, mas ensinam, mas esforçam, mas pacificam, mas discutem, mas praticam a justiça, a admiração, o entusiasmo. Porque todos os sentimentos grandes são benignos, e residem originariamente no amor. No próprio patriotismo armado o mais difícil da vocação, e a sua dignidade, não está no matar, mas no morrer. A guerra, legitimamente, não pode ser o extermínio, nem a ambição: é simplesmente a defesa. Além desses limites, seria um flagelo bárbaro, que o patriotismo repudia.

/..../

(Rui Barbosa, *Palavras à juventude* in *Escritos e discursos seletos*, Rio de Janeiro, Casa de Rui Barbosa, Nova Aguilar, 1995, p. 633-4.)

## Domingos Olímpio Braga Cavalcante

Nasceu em Sobral, CE, em 18/9/1850 e morreu no Rio de Janeiro, RJ, em 06/10/1906. Formado em Direito, em Recife, PE, foi promotor em Sobral, romancista, jornalista e político. Sua obra exprime os problemas da condição humana, ligados à miséria e ao sofrimento. **Algumas obras**: *A perdição* (drama 1874); *Luzia-Homem* (rom. 1903).

### *Luzia-Homem*

Capítulo XXVIII - (frag.)

O sol repontava no horizonte, como um rubro e enorme disco, surgindo de um lago de ouro incandescente, quando o cortejo do êxodo se pôs em marcha, pela estrada da serra.

Luzia percorreu, com enternecimentos de saudade, os recantos da casa vazia, onde ficavam o pilão, o jirau da latada, a trempe de pedra, os tições extintos, enterrados sob tulhas mornas de cinza, tristes vestígios dos habitantes que a abandonavam. Contemplou, com lágrimas comovidas, o lar apagado, o terreiro, em torno, limpo, varrido, as árvores mortas, os mandacarus carcomidos até ao alcance dos dentes dos animais vorazes, a paisagem triste, coisas mudas e mestas, que se lhe afiguravam companheiros de infortúnio, dos quais se despedia para sempre. E partiu, conduzindo, à cabeça, uma pequena trouxa.

Seis possantes rapazes e Raulino iam à frente, revezando-se na condução da tia Zefa, estirada na rede, amarrada a um caibro longo e flexível. A bagagem, duas malas e os cacarecos de serventia doméstica, foi levada na véspera por outros trabalhadores e Alexandre, que se adiantara para preparar a nova morada, o ninho da ventura sonhada. A família de Marcos também partira com ele.

Ao passar a rede pelas últimas casas da Lagoa do Junco, perguntavam as mulheres debruçadas sobre as janelas.

— Vai vivo ou morto?

— Bem viva, graças a Deus, respondeu Raulino.

— Deus a conserve. Boa viagem!

Luzia lançou demorado olhar ao morro do Curral do Açougue, onde começava de alvejar, de reboco, a penitenciária, enleada na floresta de andaimes, quase pronta para receber a cumeeira. E ocorreu-lhe, como recordação piedosa, a triste sina dos condenados que ali ficavam, por toda a vida, encerrados como em sepultura de pedra e cal. Dentre eles, surgia o espectro minaz de Crapiúna, cujos gritos terríveis de desespero ecoavam ainda no coração dela, por mais que se esforçasse por varrê-los da memória, e libertar-se da implacável obsessão, que lhe toldava a serenidade do amor vitorioso.

Desviando os olhos do morro sinistro, que fora o seu Calvário de vilipêndio, compensado pela florescência dos instintos sagrados e do afeto redentor de Luzia-Homem, ela resfolegou aliviada, como se dentro daquelas paredes maciças, colossais, ficassem encarcerados o passado, as mágoas, os dissabores dos opressivos dias de miséria.

/..../

Interrompeu-a pavoroso grito, e uma voz, que ela, transida de terror, reconheceu, rugiu:

— Foi o diabo que te atravessou no meu caminho. É a última vez que me empatas, peitica do inferno!

Luzia, na confusão da surpresa, tentou recuar, esconder-se nas fendas dos rochedos; mas, vencendo o impulso da cobardia, e avançando, cautelosa, deparou-se-lhe Teresinha, na outra margem da torrente, alucinada de terror, agitando, frenética, os braços, presa a voz na garganta e as pernas paralisadas, chumbadas ao solo. Aquém, arquejava Crapiúna em estos de cólera, tentando galgar as pedras que os separavam.

— Desta vez — grunhia o soldado — nem Deus te acode, ladra ordinária. Fugi, durante a faxina da madrugada, para vir lavar o meu peito... Ah!... Vais ver para quanto presto, cachorra!...

Em convulsão de nervos enrijados, Teresinha estertorava agoniada, agitando, com uns acenos epilépticos, as mãos desarticuladas.

Deixe a rapariga, seu Crapiúna — bradou Luzia, avançando, resoluta e destemida.

O soldado voltou-se como um tigre, ferido pelas costas.

Diante da moça, em postura de firmeza impávida, magnífica de vigor e de beleza, o soldado empalideceu, fez-se lívido, e recuou, como se um prestígio sobre-humano lhe aplacasse os ímpetos incoercíveis de cólera e de vingança.

— Luzia! — murmurou ele, quase súplice. — Não lhe quero fazer mal... Sou um desgraçado, um miserável... Pedi-lhe outro dia, pelo amor de Deus, um instantinho de atenção. Não fez caso: não teve dó de mim... Agora vai se decidir a minha sorte...

— Arrede-se; deixe-me passar!... — intimou Luzia, com força, num tom imperativo, breve e seco.

— Escute-me, meu coração... Nenhum homem neste mundo lhe quer bem como eu.

— Deixe-me passar!...

— Passar!?...

Luzia avançou agressiva.

— Pensas — continuou Crapiúna, recuando, transfigurado o rosto por diabólico sorriso. — Pensas que tenho medo de Luzia-Homem? Desgraça pouca é *bobage*...

E atirou-se de um salto sobre Luzia que, empolgando-o quase no ar, o torceu, e, atirando-o ao chão, subjugado, comprimiu-lhe o peito com os joelhos.

O séquito parara na Cova da Onça, cerca de cem metros de altura, donde se viam, distintamente, os lutadores.

Crapiúna gemia, espumava de raiva, medonho, sob a pressão inexorável que o esmagava.

— Miserável, miserável! — gritava Luzia, rubra de pudor, de cólera, procurando deter as mãos crispadas do soldado a lhe rasgarem o vestido. — Alexandre!... Raulino!...

A voz vibrante de angústia retumbou nas quebradas do boqueirão, como um clangor de clarim, e a de Raulino Uchoa respondeu como um eco.

— Agüente; tenha mão nesse malvado, que já vou!...

Aproveitando um movimento da rapariga para compor o traje, Crapiúna ergueu-se, e recuou de salto. Arquejava de cansaço e da boca lhe borbulhava sangrenta espuma. Os olhos, injetados, fulgiam de volúpia brutal, louca, fixando-se desvairados em Luzia, desgrenhada, o seio nu e as pernas esculturais a surgirem pelos rasgões das saias, caídas em farrapos.

Ébrio de luxúria, exasperado pela invocação de Alexandre, o monstro, recobrando o alento, acometeu-a, rugindo.

Luzia conchegou ao peito as vestes dilaceradas, e, com a destra, tentou lhe garrotear o pescoço; mas, sentiu-se presa pelos cabelos e conchegada ao soldado que, em convulsão horrenda, delirante, a ultrajava com uma voracidade comburente de beijos. Súbito, ela lhe cravou as unhas no rosto para afastá-lo e evitar o contato afrontoso.

Dois gritos medonhos restrugiram na grota. Crapiúna, louco de dor, embebera-lhe no peito a faca, e caía com o rosto mutilado, deforme, encharcado de sangue.

— Mãezinha!... — balbuciou Luzia, abrindo os braços e caindo, de costas, sobre as lajes.

/..../

(Domingos Olímpio, *Luzia-Homem*, São Paulo, Melhoramentos, Brasíla, MEC/INL, 6. ed., 1977, p. 217-24.)

## Herculano Marcos **Inglês de Sousa**

Nasceu em Óbidos, PA, em 28/12/1853 e morreu no Rio de Janeiro, RJ, em 6/9/1918. Romancista, professor de Direito, banqueiro, deputado federal. Sua obra de ficção pertence à fase naturalista. **Algumas obras**: *O cacaulista* (1876); *O coronel sangrado* (1877); *O missionário* (1888).

### *O missionário*

Capítulo III - (frag.)

Chovia. Era um aguaceiro forte de meados de março que lavara as ruas mal cuidadas da vila, ensopando o solo ressequido pelos ardores do verão. O professor Francisco Fidêncio Nunes despedira cedo os rapazes da classe de latim, os únicos que haviam afrontado o temporal; e olhava pela janela aberta, sem vidros, pensando na necessidade que lhe impusera o Regalado de passar aquele dia inteiro dentro de quatro paredes, por causa da umidade, fatal ao seu fígado ingurgitado.

A caseira, uma mulata ainda nova, chamara-o para almoçar. Naquele dia podia oferecer-lhe uma boa posta de pirarucu fresco, e umas excelentes bananas da terra, que lhe mandara de presente a velha Chica da Beira do Lago, cujo filho cursava gratuitamente as aulas do professor. A caseira, a Maria Miquelina, sabendo que o sr. professor não poderia comer as bananas cruas, por causa da dieta homeopática do Regalado, cozera-as muito bem em água e sal, preparara-as com manteiga e açúcar e pusera-as no prato, douradas e apetitosas.

Mas o dono da casa nem sequer as provara. Fizera má cara também ao pirarucu fresco, rosado e cheiroso, preparado com cebolas e tomates, e, por almoço, tomara apenas uma xícara de café forte com uma rosquinha torrada, porque o estômago lhe não permitia alimento de mais sustância. Tivera durante a noite um derramamento de bílis, devido à mudança de tempo, erguera-se de cabeça amarrada, ictérico e nervoso. Fora ríspido com os dois ou três rapazes que compareceram à classe de latim, e despedira-os dizendo que iam ter férias, porque a semana santa se aproximava. Tratassem de decorar bem o *Novo Método*, senão pregava-lhes uma peça.

Depois da saída deles, Chico Fidêncio ficara aborrecido, vagamente arrependido de os ter despachado tão cedo. Que iria fazer agora? A chuva continuara a cair torrencialmente, transformando a rua num regato volumoso que arrastava paus, folhas, velhos paneiros sem préstimo, latas vazias e barcos de papel, feitos pela criançada vadia que não tinha medo à chuva. Não passava ninguém, *para dar uma prosa*. As casas vizinhas estavam fechadas, para evitar que a chuva penetrasse pelas janelas sem vidraça. A flauta do Chico Ferreira, às moscas na alfaiataria, interrompia o silêncio da vila recolhida, casando os sons agudos e picados com o ruído monótono da água repenicando nos telhados.

/..../

(Inglês de Sousa, *O missionário*, 3. ed., Rio de Janeiro, J. Olympio, 1946, p. 70-1.)

## **Artur** Nabantino **Azevedo**

Nasceu em São Luís, MA, em 7/7/1855 e morreu no Rio de Janeiro, RJ, em 22/10/1908. Irmão de Aluísio Azevedo. Teatrólogo, contista, poeta. **Algumas obras**: *Uma véspera de reis* (teat. 1876); *Um dia de finados* (sat. 1880); *O escravocrata* (teat. 1884); *O dote* (teat. 1907); *Contos fora da moda* (cont. 1897); *A capital federal* (teat. 1897).

### Plebiscito

A cena passa-se em 1890.
A família está toda reunida na sala de jantar.

O senhor Rodrigues palita os dentes, repimpado numa cadeira de balanço. Acabou de comer como um abade.

Dona Bernardina, sua esposa, está muito entretida a limpar a gaiola de um canário belga.

Os pequenos são dois, um menino e uma menina. Ela distrai-se a olhar para o canário. Ele, encostado à mesa, os pés cruzados, lê com muita atenção uma das nossas folhas diárias.

Silêncio.

*

De repente, o menino levanta a cabeça e pergunta:

— Papai, que é plebiscito?

O senhor Rodrigues fecha os olhos imediatamente para fingir que dorme.

O pequeno insiste:

— Papai?

Pausa:

— Papai?

Dona Bernardina intervém:

— Ó seu Rodrigues, Manduca está lhe chamando. Não durma depois do jantar que lhe faz mal.

O senhor Rodrigues não tem remédio senão abrir os olhos.

— Que é? que desejam vocês?

— Eu queria que papai me dissesse o que é plebiscito.

— Ora essa, rapaz! Então tu vais fazer doze anos e não sabes ainda o que é plebiscito?

— Se soubesse não perguntava.

O senhor Rodrigues volta-se para dona Bernardina, que continua muito ocupada com a gaiola:

— Ó senhora, o pequeno não sabe o que é plebiscito!

— Não admira que ele não saiba, porque eu também não sei.

— Que me diz?! Pois a senhora não sabe o que é plebiscito?

— Nem eu, nem você; aqui em casa ninguém sabe o que é plebiscito.

— Ninguém, alto lá! Creio que tenho dado provas de não ser nenhum ignorante!

— A sua cara não me engana. Você é muito prosa. Vamos: se sabe, diga o que é plebiscito! Então? A gente está esperando! Diga!...

— A senhora o que quer é enfezar-me!

— Mas, homem de Deus, para que você não há de confessar que não sabe? Não é nenhuma vergonha ignorar qualquer palavra. Já outro dia foi a mesma coisa quando Manduca lhe perguntou o que era proletário. Você falou, falou, falou, e o menino ficou sem saber!

— Proletário, acudiu o senhor Rodrigues, é o cidadão pobre que vive do trabalho mal remunerado.

— Sim, agora sabe porque foi ao dicionário; mas dou-lhe um doce, se me disser o que é plebiscito sem se arredar dessa cadeira!

— Que gostinho tem a senhora em tornar-me ridículo na presença destas crianças!

— Oh! ridículo é você mesmo quem se faz. Seria tão simples dizer: — Não sei, Manduca, não sei o que é plebiscito; vai buscar o dicionário, meu filho.

O senhor Rodrigues ergue-se de um ímpeto e brada:

— Mas se eu sei!

— Pois se sabe, diga!

— Não digo para me não humilhar diante de meus filhos! Não dou o braço a torcer! Quero conservar a força moral que devo ter nesta casa! Vá para o diabo!

E o senhor Rodrigues, exasperadíssimo, nervoso, deixa a sala de jantar e vai para o seu quarto, batendo violentamente a porta.

No quarto havia o que ele mais precisava naquela ocasião: algumas gotas de água de flor de laranja e um dicionário...

*

A menina toma a palavra:

— Coitado de papai! Zangou-se logo depois do jantar! Dizem que é tão perigoso!

— Não fosse tolo, observa dona Bernardina, e confessasse francamente que não sabia o que é plebiscito!

— Pois sim, acode Manduca, muito pesaroso por ter sido o causador involuntário de toda aquela discussão; pois sim, mamãe; chame papai e façam as pazes.

— Sim! sim! façam as pazes! diz a menina em tom meigo e suplicante. Que tolice! duas pessoas que se estimam tanto zangarem-se por causa do plebiscito!

Dona Bernardina dá um beijo na filha, e vai bater à porta do quarto:

— Seu Rodrigues, venha sentar-se; não vale a pena zangar-se por tão pouco.

O negociante esperava a deixa. A porta abre-se imediatamente. Ele entra, atravessa a casa, e vai sentar-se na cadeira de balanço.

*

— E' boa! brada o senhor Rodrigues depois de largo silêncio; é muito boa! Eu! eu ignorar a significação da palavra *plebiscito!* Eu!...

A mulher e os filhos aproximam-se dele.

O homem continua num tom profundamente dogmático:

— Plebiscito...

E olha para todos os lados a ver se há por ali mais alguém que possa aproveitar a lição.

— Plebiscito é uma lei decretada pelo povo romano, estabelecido em comícios.

— Ah! suspiram todos, aliviados.

— Uma lei romana, percebem? E querem introduzi-la no Brasil! E'mais um estrangeirismo!...

(Artur Azevedo, *Contos fora de moda*, 4. ed., Rio de Janeiro, Garnier, p. 65-70.)

## Aluísio Tancredo Gonçalves Azevedo

Nasceu em São Luís, MA, em 14/4/1857 e morreu em Buenos Aires, Argentina, em 21/1/1913. Filho do cônsul português no Maranhão, Davi Gonçalves de Azevedo e irmão mais moço de Artur Azevedo. Considerado o romancista típico do Naturalismo brasileiro. **Algumas obras**: *Uma lágrima de mulher* (1880); *O mulato* (1881); *Casa de pensão* (1884); *O coruja* (1889); *O cortiço* (1890); *A mortalha de Alzira* (1894); *Livro de uma sogra* (1895).

### *O mulato*

Capítulo XII - (frag.)

Voltaram ambos impressionados da tapera. Manuel tentara por duas vezes uma conversa que não vingara o ânimo acabrunhado do companheiro; Raimundo respondia maquinalmente às suas palavras, ia muito preocupado e aborrecido. Na dúvida da sua procedência e com a certeza do seu bastardismo, vinha-lhe agora uma estranha suscetibilidade; não sabia bem por que motivo, mas sentia que precisava, que tinha urgência, de uma explicação cabal do que levou Manuel a recusar-lhe a filha. "Com certeza estava aí a ponta do mistério!"

/..../

— Com certeza há parentesco de irmão entre ela e eu!

— Repare que me está ofendendo...

— Pois defenda-se, declarando tudo por uma vez!

— E o senhor promete não se revoltar com o que eu disser!...

— Juro. Fale!

Manuel sacudiu os ombros e resmungou depois, em ar de confidência:

— Recusei-lhe a mão de minha filha, porque o senhor é... é filho de uma escrava...

— Eu?!

— O senhor é um homem de cor!... Infelizmente esta é a verdade...

Raimundo tornou-se lívido. Manuel prosseguiu, no fim de um silêncio:

— Já vê o amigo que não é por mim que lhe recusei Ana Rosa, mas é por tudo! A família de minha mulher sempre foi muito escrupulosa a esse respeito, e como ela é toda a sociedade do Maranhão! Concordo que seja uma asneira; concordo que seja um prejuízo tolo! o senhor porém não imagina o que é por cá a prevenção contra os mulatos!... Nunca me perdoariam um tal casamento; além do que, para realizá-lo teria de quebrar a promessa que fiz a minha sogra, de não dar a neta senão a um branco de lei, português ou descendente direto de portugueses!... O senhor é um moço muito digno, muito merecedor de consideração, mas... foi forra à pia, e aqui ninguém o ignora.

— Eu nasci escravo?!...

— Sim, pesa-me dizê-lo e não o faria se a isso não fosse constrangido, mas o senhor é filho de uma escrava e nasceu também cativo.

Raimundo abaixou a cabeça. (...)

/..../

(Aluísio Azevedo, *O mulato,* São Paulo, Martins, Brasília, MEC/INL, 20. ed., 1975, p. 203-6.)

## *O cortiço*

Capítulo XVIII - (frag.)

Por esse tempo, o amigo de Bertoleza, notando que o velho Libório, depois de escapar de morrer na confusão do incêndio, fugia agoniado para o seu esconderijo, seguiu-o com disfarce e observou que o miserável, mal deu luz à candeia, começou a tirar ofegante alguma coisa do seu colchão imundo.

Eram garrafas. Tirou a primeira, a segunda, meia dúzia delas. Depois puxou às pressas a coberta do catre e fez uma trouxa. Ia de novo ganhar a saída, mas soltou um gemido surdo e caiu no chão sem força, arrevessando uma golfada de sangue e cingindo contra o peito o misterioso embrulho.

João Romão apareceu, e ele, assim que o viu, redobrou de aflição e torceu-se todo sobre as garrafas, defendendo-as com o corpo inteiro, a olhar aterrado e de esguelha para o seu interventor, como se dera cara a cara com um bandido. E, a cada passo que o vendeiro adiantava, o tremor e o sobressalto do velho recresciam, tirando-lhe da garganta grunhidos roucos de animal batido e assustado. Duas vezes tentou erguer-se; duas vezes rolou por terra moribundo. João Romão objurgou-lhe que qualquer demora ali seria morte certa: o incêndio avançava. Quis ajudá-lo a carregar o fardo. Libório por única resposta, arregaçou os beiços mostrando as gengivas sem dentes e tentando morder a mão que o vendeiro estendia já sobre as garrafas.

Mas, lá de cima, a ponta de uma língua de fogo varou o teto e iluminou de vermelho a miserável pocilga. Libório tentou ainda um esforço supremo, e nada pôde, começando a tremer da cabeça aos pés, a tremer, a tremer, grudando-se cada vez mais à sua trouxa, e já estrebuchava, quando o vendeiro lha arrancou das garras com violência. Também era tempo, porque, depois de insinuar a língua, o fogo mostrou a boca e escancarou afinal a goela devoradora.

O tratante fugiu de carreira, abraçado à sua presa, enquanto o velho sem conseguir pôr-se de pé, rastreava na pista dele, dificultosamente, estrangulado de desespero senil, já sem fala, rosnando uns vagidos de morte, os olhos turvos, todo ele roxo, os dedos enriçados como as unhas de abutre ferido.

João Romão atravessou o pátio de carreira e meteu-se na sua toca para esconder o furto. Ao primeiro exame, de relance, reconheceu logo que era dinheiro em papel o que havia nas garrafas. Enterrou a trouxa na prateleira de um armário velho cheio de frascos e voltou lá fora para acompanhar o serviço dos bombeiros.

/..../

Só lá pelas dez e tanto da noite foi que João Romão, depois de certificar-se de que Bertoleza ferrara num sono de pedra, resolveu dar balanço às garrafas de Libório. O diabo é que ele também quase que não se agüentava nas pernas e sentia os olhos a fecharem-se-lhe de cansaço. Mas não podia sossegar sem saber quanto ao certo apanhara do avarento.

Acendeu uma vela, foi buscar a imunda e preciosa trouxa, e carregou com esta para a casa de pasto ao lado da cozinha.

Depôs tudo sobre uma das mesas, assentou-se, e principiou a tarefa. Tomou a primeira garrafa, tentou despejá-la, batendo-lhe no fundo; foi-lhe, porém, necessário extrair as notas, uma por uma, porque estavam muito socadas e peganhentas de bolor. À proporção que as fisgava, ia logo as desenrolando e estendendo cuidadosamente em maço, depois de secar-lhes a umidade no calor das mãos e da vela. E o prazer que ele desfrutava neste serviço punha-lhe em jogo todos os sentidos e afugentava-lhe o sono e as fadigas. Mas, ao passar à segunda garrafa, sofreu uma dolorosa decepção: quase todas as cédulas estavam prescritas pelo Tesouro; veio-lhe então o receio de que a melhor parte do bolo se achasse inutilizada: restava-lhe todavia a esperança de que fosse aquela garrafa a mais antiga de todas e a pior por conseguinte.

E continuou com mais ardor o seu delicioso trabalho.

Tinha já esvaziado seis, quando notou que a vela, consumida até o fim, bruxuleava a extinguir-se; foi buscar outra nova e viu ao mesmo tempo que horas eram. "Oh! como a noite correra depressa!..."Três e meia da madrugada. "Parecia impossível!"

Ao terminar a contagem, as primeiras carroças passavam lá fora na rua.

— Quinze contos, quatrocentos e tantos mil-réis!... disse João Romão entre dentes, sem se fartar de olhar para as pilhas de cédulas que tinha defronte dos olhos.

Mas oito contos e seiscentos eram em notas já prescritas. E o vendeiro, à vista de tão bela soma, assim tão estupidamente comprometida, sentiu a indignação de um roubado. Amaldiçoou aquele maldito velho Libório por tamanho relaxamento; amaldiçoou o governo porque limitava, com intenções velhacas, o prazo da circulação dos seus títulos; chegou até a sentir remorsos por não se ter apoderado do tesouro do avarento, logo que este, um dos primeiros moradores do cortiço, lhe apareceu com o colchão às costas, a pedir chorando que lhe dessem de esmola um cantinho onde ele se metesse com sua miséria. João Romão tivera sempre uma vidente cobiça sobre aquele dinheiro engarrafado; faiscara-o desde que fitou de perto os olhinhos vivos e redondos do abutre decrépito, e convenceu-se de todo, notando que o miserável dava pronto sumiço a qualquer moedinha que lhe caía nas garras.

— Seria um ato de justiça! concluiu João Romão; pelo menos seria impedir que todo este pobre dinheiro apodrecesse tão barbaramente!

/..../

(Aluísio Azevedo, *O cortiço*, São Paulo, Martins, 1965, p. 206-10.)

## Antônio Mariano **Alberto de Oliveira**

Nasceu em Palmital de Saquarema, RJ, em 28/4/1857, e morreu em Niterói, RJ, em 19/1/1937. Formou-se em Farmácia, estudou Medicina até o 3º ano. Ocupou vários cargos públicos. Poeta, figura de destaque do Parnasianismo, compôs alguns dos mais belos e perfeitos sonetos da língua. **Algumas obras**: *Canções românticas* (1878); *Meridionais* (1884); *Sonetos e poemas* (1885); *Versos e rimas* (1895); *Poesias 1879-1897* (1900); em 1978 foram publicadas as *Poesias completas de Alberto de Oliveira*, em 3 volumes, edição crítica de Marco Aurélio Mello Reis.

### O muro

É um velho paredão, todo gretado,
Roto e negro, a que o tempo uma oferenda
Deixou num cacto em flor ensangüentado
E num pouco de musgo em cada fenda.

Serve há muito de encerro a uma vivenda;
Protegê-la e guardá-la é seu cuidado;
Talvez consigo esta missão compreenda,
Sempre em seu posto, firme e alevantado.

Horas mortas, a lua o véu desata,
E em cheio brilha; a solidão se estrela
Toda de um vago cintilar de prata;

E o velho muro, alta a parede nua,
Olha em redor, espreita a sombra, e vela,
Entre os beijos e lágrimas da lua.

(Alberto de Oliveira, *Alma livre* in *Poesias completas*, Rio de Janeiro, Núcleo Editorial da UERJ, 1978, v. II, p.112.)

### Depois do aguaceiro

Passou a nuvem, desfez-se em lágrimas,
— Soltos diamantes, pérolas soltas
Que o sol agora
Faz cintilar.

Umas das folhas rebrilham no ápice,
Outras, esparsas, lá vêm às voltas,
(Alguém as chora?)
No chão rolar.

Assim num rosto por onde rápida
Passou a sombra que exulcerantes
Mágoas e o afogo
Trai de um pesar,

Brinca um sorriso por entre lágrimas,

— Pérolas soltas, soltos diamantes
Líquidos, logo
Desfeitos no ar.

(Alberto de Oliveira, *Flores da serra* in *Poesias completas*, Rio de Janeiro, Núcleo Editorial da UERJ, 1978, v. II, p. 304.)

## Raimundo da Mota Azevedo **Correia**

Nasceu em Baía de Mogúncia, MA, em 11/5/1859, e morreu em Paris, França, em 13/9/1911. Formado em Direito, membro fundador da Academia Brasileira de Letras. Poeta que, junto com Olavo Bilac e Alberto de Oliveira, formou a conhecida tríade de nosso Parnasianismo. **Algumas obras**: *Primeiros sonhos* (poes. 1879); *Sinfonias* (poes. 1883); *Aleluias* (poes. 1891); *Poesias completas* (2 v. 1948); *Poesia completa e prosa* (1961).

### As pombas

Vai-se a primeira pomba despertada...
Vai-se outra mais... mais outra... enfim dezenas
De pombas vão-se dos pombais, apenas
Raia sangüínea e fresca a madrugada...

E à tarde, quando a rígida nortada
Sopra, aos pombais de novo elas, serenas,
Ruflando as asas, sacudindo as penas,
Voltam todas em bando e em revoada...

Também dos corações onde abotoam,
Os sonhos, um por um, céleres voam,
Como voam as pombas dos pombais;

No azul da adolescência as asas soltam,
Fogem... Mas aos pombais as pombas voltam,
E eles aos corações não voltam mais...

(Raimundo Correia, *Poesias*, 6. ed., Rio de Janeiro, Livraria São José, 1958, p. 8.)

## Anoitecer

A Adelino Fontoura

Esbraseia o Ocidente na agonia
O sol... Aves em bandos destacados,
Por céus de oiro e de púrpura raiados,
Fogem... Fecha-se a pálpebra do dia...

Delineiam-se, além, da serrania
Os vértices de chama aureolados,
E em tudo, em torno, esbatem derramados
Uns tons suaves de melancolia...

Um mundo de vapores no ar flutua...
Como uma informe nódoa, avulta e cresce
A sombra à proporção que a luz recua...

A natureza apática esmaece...
Pouco a pouco, entre as árvores, a lua
Surge trêmula, trêmula... Anoitece.

(Raimundo Correia, *Poesias*, 6. ed., Rio de Janeiro, Livraria São José, 1958, p. 72.)

## A cavalgada

A lua banha a solitária estrada...
Silêncio! ... Mas além, confuso e brando,
O som longínquo vem-se aproximando
Do galopar de estranha cavalgada.

São fidalgos que voltam da caçada;
Vêm alegres, vêm rindo, vêm cantando.
E as trompas a soar vão agitando
O remanso da noite embalsamada...

E o bosque estala, move-se, estremece...
Da cavalgada o estrépito que aumenta
Perde-se após no centro da montanha...

E o silêncio outra vez soturno desce...
E límpida, sem mácula, alvacenta
A lua a estrada solitária banha...

(Raimundo Correia, *Poesias,* 6. ed., Rio de Janeiro, Livraria São José, 1958, p.74.)

## Mal secreto

Se a cólera que espuma, a dor que mora
N'alma, e destrói cada ilusão que nasce,
Tudo o que punge, tudo o que devora
O coração, no rosto se estampasse;

Se se pudesse, o espírito que chora,
Ver através da máscara da face,
Quanta gente, talvez, que inveja agora
Nos causa, então piedade nos causasse!

Quanta gente que ri, talvez, consigo
Guarda um atroz, recôndido inimigo,
Como invisível chaga cancerosa!

Quanta gente que ri, talvez existe,
Cuja ventura única consiste
Em parecer aos outros venturosa!

(Raimundo Correia, *Poesias,* 6. ed., Rio de Janeiro, Livraria São José, 1958, p. 107.)

## B(ernardino) da Costa **Lopes**

Nasceu em Rio Bonito, RJ, em 19/1/1859, e morreu em 18/9/1916 no Rio de Janeiro, RJ. Mestiço, de família humilde, pobre e epiléptico, viveu uma vida boêmia, desregrada, acabando alcoólatra. Poeta de tons simbolistas. **Algumas obras**: *Cromos* (1881); *Brasões* (1895); *Val de lírios* (1900); *Helenos* (1901); *Plumário* (1905); *Poesias completas* (Ed. Andrade Muricy, 1945).

### "Quando eu morrer..."

Quando eu morrer, em véspera tranqüila,
Num pôr-de-sol de goivos e saudade,
Da velha igreja, que a Madona asila,
O sino grande a soluçar Trindade;

Quando o tufão do mal que me aniquila
Soprar minha alma para a Eternidade,
Todas as flores dos jardins da vila,
Certo, eu terei da tua caridade.

E, já na sombra amiga do cipreste,
Há de haver uma lágrima piedosa,
A edênea gota, a pérola celeste,

Para quem desfolhou, terno e a mãos cheias,
O lírio, o bogari, o cravo e a rosa
Pelas estradas brancas das aldeias.

(B. Lopes, *Helenos* in *Poesias completas*, Rio de Janeiro, Zélio Valverde, 1945, v. III, p. 36-7.)

### Berço

Recordo: um largo verde e uma igrejinha,
Um sino, um rio, um pontilhão e um carro
De três juntas bovinas, que ia e vinha
Rinchando alegre, carregando barro.

Havia a escola, que era azul e tinha
Um mestre mau, de assustador pigarro...
(Meu Deus! que é isto, que emoção a minha
Quando estas cousas tão singelas narro?).

*Seu* Alexandre, um bom velhinho rico,
Que hospedara a Princesa; o tico-tico
Que me acordava de manhã, e a serra...

Com seu nome de amor Boa Esperança,
Eis tudo quanto guardo na lembrança
Da minha pobre e pequenina terra!

(B. Lopes, *Helenos* in *Poesias Completas*, Rio de Janeiro, Zélio Valverde, 1945, v. III, p. 47.)

## Manuel de Oliveira Paiva

Nasceu em Fortaleza, CE, em 12/7/1861 onde morreu em 29/9/1892. Foi por alguns meses seminarista do Seminário Menor de Crato, CE, e estudou por três anos na Escola Militar do Rio de Janeiro. Participou da campanha abolicionista. Pode-se considerá-lo um precursor da literatura regional, com a temática do sertão. **Algumas obras**: *Dona Guidinha do Poço* (póstumo 1952); *A afilhada*, saiu em forma de folhetim, em 1889 e em livro em 1962; *Contos* (1976); *Obra completa* (1993).

### *Dona Guidinha do Poço*

Capítulo II — (frag.)

/..../

Fizeram-se todos os remédios para chover. O vigário da freguesia, cuja sede ficava a três léguas e um quarto, além das preces que a Santa Madre Igreja aconselha, consentiu que o povo, em procissão, mudasse a imagem de Santo Antônio da matriz para a capela de Nossa Senhora do Rosário, que era o melhor jeito a dar para Deus Nosso Senhor ensopar a terra com água do céu. Todavia, apesar de as seis pedrinhas de sal, da noite de Santa Luzia, 13 de dezembro, terem marcado inverno para fevereiro, o dito céu permanecia implacável.

Entrou março, novenas de São José.

O calor subira despropositadamente. A roupa vinha da lavadeira grudada do sabão. A gente bebia água de todas as cores; era antes uma mistura de não sei que sais ou não sei de quê. O vento era quente como a rocha nua dos serrotes. A paisagem tinha um aspecto de pêlo de leão, no confuso da galharia despida e empoeirada, a perder de vista sobre as ondulações ásperas de um chão negro de detritos vegetais tostados pela morte e pelo ardor da atmosfera. As serras levantavam-se abruptamente, sem as doces transições dos contrafortes afofados de verdura.

Serrotas pareciam umas cabeças de negro peladas de caspa. Ao meio-dia a cigarra vinha aumentar a impressão ardente. Os bandos de periquitos e maracanãs atravessavam o ar, em busca do verde, espalhando uma gritaria desoladora, sem um acento de úmida harmonia, sem uma doce combinação melódica, no ritmo seco, árido, torrefeito, de golpes de matraca. O viajante, ao caminhar por algum souto de angicos e paus-d'arco, sem uma folha, penetrava instintivamente com o olhar por entre os troncos e garranchos com uma sede, já não de água, mas de uma notazinha vibrada por goela de pássaro cantor. Lá uma rolinha, lá um quenquém, apenas piando.

O pobre emigrava como as aves, que vivem ambos do suor do dia. Eram pelas estradas e pelos ranchos aquelas romarias, cargas de meninos, um pai com o filho às costas, mães com os pequenos a ganirem no bico dos peitos chuchados — tudo pó, tudo boca sumida e olhos grelados, fala tênue, e de vez em quando a cabra, a derradeira cabeça do rebanho, puxada pela corda, a berrar pelos cabritos.

Margarida era extremamente generosa para os retirantes que passavam pela sua fazenda. O que lhes pedia era que não ficassem; dava-lhes com que se fossem caminho fora a procurar salvação nas praias, *que era só para onde a Rainha olhava.* Tinha duas escravas incumbidas unicamente de servi-los, já a dar leite cozido às criancinhas, já a passar na água alguns molambos que as pobres mães não tinham força para lavar, agora a armar-lhes redes no telheiro da casa de farinha, agora a fornecer-lhes carne seca, farinha e rapadura.

Mas que se fossem pelo amor de Deus! Bem sabia ela que dois dias depois o retirante se tornava *agregado.* E agregado para quê?

Em vindo o inverno, arribavam todos para os seus sertões, e adeus minhas encomendas. Além disso, gente de toda a parte, até do Rio Grande do Norte e Paraíba, e quem sabe quantos assassinos?

O marido levava a mal aquela prodigalidade caritativa, mas lho fez ver em muitos bons termos, com umas delicadezas de quem quer bem.

Margarida calou-se; e continuou, na expansão natural de uma vontade sua. Até, pelo contrário, parecia tornar-se mais mãos abertas para com os famintos. Terceira admoestação do marido. Então ela voltou-se-lhe friamente:

— Eu dou do que é meu.

— E agora, senhor Quinquim, que responder-lhe? — murmurou consigo o major. Ela dá do que é seu! Dá do que é seu!

Era a primeira vez que a mulher lhe falava com menos respeito. Se arrependimento salvara... Mas para que a provocou? para que a atacou de frente? Bem lhe conhecia a índole. Margarida era como um palácio cuja fachada principal desse para um abismo. Só havia penetrar-lhe pela insídia, pelas portas travessas.

O homem quando a desposara possuía apenas alguns vinténs de seu. Reconhecia que para viver com a mulher precisava de ter uma certa habilidade, faculdade essa que lhe era porém inacessível. Amara à Margarida em demasia, creio, e o vigor nervudo e musculento da herdeira do *marinheiro* Reginaldo Venceslau era como um moirão a que o Sr. Quinquim se deixara gostosamente sujigar.

(Manuel de Oliveira Paiva, *Dona Guidinha do Poço*, São Paulo, Saraiva, 1952, p. 22-4.)

## João da **Cruz e Sousa**

Nasceu em Desterro, atual Florianópolis, SC, em 24/11/1861, e morreu na Estação de Sítio, MG, em 19/3/1898. Filho de escravos, teve educação assegurada pelos antigos senhores de seus pais. Poeta, jornalista e professor. Indicado para uma promotoria em Laguna, SC, sua nomeação foi barrada pela sua cor. A publicação de *Missal* (prosa 1893) e *Broquéis* (poes. 1893) marca o início do movimento simbolista no Brasil. **Algumas obras**: *Tropos e fantasias* (prosa 1885, em colaboração com Virgílio Várzea); *Broquéis* (poes. 1893); *Missal*, (prosa 1893); *Evocações* (prosa, 1898); *Faróis* (poes. 1900); *Últimos sonetos* (poes. 1905); *Obra completa* (1961, org. Andrade Muricy).

### **Antífona** — (frag.)

Ó Formas alvas, brancas, Formas claras
de luares, de neves, de neblinas!...
Ó Formas vagas, fluidas, cristalinas...
Incensos dos turíbulos das aras...

Formas do Amor, constelarmente puras,
de Virgens e de Santas vaporosas...
Brilhos errantes, mádidas frescuras
e dolências de lírios e de rosas...

/..../

Visões, salmos e cânticos serenos,
surdinas de órgãos flébeis, soluçantes...
Dormências de volúpicos venenos
sutis e suaves, mórbidos, radiantes...

/..../

Cristais diluídos de clarões alacres,
desejos, vibrações, ânsias, alentos,
fulvas vitórias, triunfamentos acres,
os mais estranhos estremecimentos...

Flores negras do tédio e flores vagas
de amores vãos, tantálicos, doentios...
Fundas vermelhidões de velhas chagas
em sangue, abertas, escorrendo em rios...

Tudo! vivo e nervoso e quente e forte,
nos turbilhões quiméricos do Sonho,
passe, cantando, ante o perfil medonho
e o tropel cabalístico da Morte...

(Cruz e Sousa, *Broquéis* in *Obra completa*, 1. ed., Rio de Janeiro, J. Aguilar, 1961, p. 69-70.)

## Violões que choram... (frag.)

Ah! Plangentes violões dormentes, mornos,
soluços ao luar, choros ao vento...
Tristes perfis, os mais vagos contornos,
bocas murmurejantes de lamento.

/..../

E sons soturnos, suspiradas mágoas,
mágoas amargas e melancolias,
no sussurro monótono das águas,
noturnamente, entre ramagens frias.

Vozes veladas, veludosas vozes,
volúpias dos violões, vozes veladas,
vagam nos velhos vórtices velozes
dos ventos, vivas, vãs, vulcanizadas.

Tudo nas cordas dos violões ecoa
e vibra e se contorce no ar, convulso...
Tudo na noite, tudo clama e voa
sob a febril agitação de um pulso.

Que esses violões nevoentos e tristonhos
são ilhas de degredo atroz, funéreo,
para onde vão, fatigadas do sonho,
almas que se abismaram no mistério.

Sons perdidos, nostálgicos, secretos,
finas, diluídas, vaporosas brumas,
longo desolamento dos inquietos
navios a vagar à flor de espumas.

/..../

(Jan. 1897)

(Cruz e Sousa, *Faróis* in *Obra completa,* 1. ed., Rio de Janeiro, J. Aguilar, 1961, p. 124-5.)

## Ressurreição

Alma! Que tu não chores e não gemas,
teu amor voltou agora.
Ei-lo que chega das mansões extremas,
lá onde a loucura mora!

Veio mesmo mais belo e estranho, acaso,
desses lívidos países,
mágica flor a rebentar de um vaso
com prodigiosas raízes.

Veio transfigurada e mais formosa
essa ingênua natureza,
mais ágil, mais delgada, mais nervosa,
das essências da Beleza.

Certo neblinamento de saudade
mórbida envolve-a de leve...
E essa diluente espiritualidade
certos mistérios descreve.

O meu Amor voltou de aéreas curvas,
das paragens mais funestas...
Veio de percorrer torvas e turvas
e funambulescas festas.

As festas turvas e funambulescas
da exótica Fantasia,
por plagas cabalísticas, dantescas,
de estranha selvageria.

Onde carrascos de tremendo aspecto
como astros monstros circulam
e as meigas almas de sonhar inquieto
barbaramente estrangulam.

Ele andou pelas plagas da loucura,
o meu Amor abençoado,
banhado na poesia da Ternura,
no meu Afeto banhado.

Andou! Mas afinal de tudo veio,
mais transfigurado e belo
repousar no meu seio o próprio seio
que eu de lágrimas estréio.

De lágrimas de encanto e ardentes beijos,
para matar, triunfante,
a sede ideal de místico desejo
de quando ele andou errante.

E lágrimas, que enfim, caem ainda
com os mais acres dos sabores
e se transformam (maravilha infinda!)
em maravilhas de flores!

Ah! que feliz um coração que escuta
as origens de que é feito!
e que não é nenhuma pedra bruta
mumificada no peito!

Ah! que feliz um coração que sente
ah! tudo vivendo intenso
no mais profundo borbulhar latente
do seu fundo foco imenso!

Sim! eu agora posso ter deveras
ironias sacrossantas...
Posso os braços te abrir, Luz das esferas,
que das trevas te levantas.

Posso mesmo já rir de tudo, tudo
que me devora e me oprime.
Voltou-me o antigo sentimento mudo
do teu olhar que redime.

Já não te sinto morta na minh'alma
como em câmara mortuária,
naquela estranha e tenebrosa calma
de solidão funerária.

Já não te sinto mais embalsamada
no meu carinho profundo,
nas mortalhas da Graça amortalhada,
como ave voando do mundo.

Não! não te sinto mortalmente envolta
na névoa que tudo encerra...
Doce espectro do pó, da poeira solta
deflorada pela terra.

Não sinto mais o teu sorrir macabro
de desdenhosa caveira.
Agora o coração e os olhos abro
para a Natureza inteira!

Negros pavores sepulcrais e frios
além morreram com o vento...
Ah! como estou desafogado em rios
de rejuvenescimento!

Deus existe no esplendor d'algum Sonho,
lá em alguma estrela esquiva.
Só ele escuta o soluçar medonho
e torna a Dor menos viva.

Ah! foi com Deus que tu chegaste, é certo,
com a sua graça espontânea
que emigraste das placas do Deserto
nu, sem sombra e sol, da Insânia!

No entanto como que volúpias vagas
desses horrores amargos,
talvez recordação daquelas plagas
dão-te esquisitos letargos ...

Porém tu, afinal, ressuscitaste
e tudo em mim ressuscita.
E o meu Amor, que repurificaste,
canta na paz infinita!

(Cruz e Sousa, *Faróis* in *Obra completa*, 1. ed., Rio de Janeiro, J. Aguilar, 1961, p. 137-40.)

## Coração confiante

O coração que sente vai sozinho,
arrebatado, sem pavor, sem medo...
leva dentro de si raro segredo
que lhe serve de guia no Caminho.

Vai no alvoroço, no celeste vinho
da luz, os bosques acordando cedo,
quando de cada trêmulo arvoredo
parte o sonoro e matinal carinho.

E o Coração vai nobre e vai confiante,
festivo como a flâmula radiante,
agitada bizarra pelos ventos...

Vai palpitando, ardente, emocionado,
o velho Coração arrebatado,
preso por loucos arrebatamentos!

(Cruz e Sousa, *Últimos sonetos* in *Obra completa*, 1. ed., Rio de Janeiro, J. Aguilar, 1961, p.190.)

## Sorriso interior

O ser que é ser e que jamais vacila
nas guerras imortais entra sem susto,
leva consigo este brasão augusto
do grande amor, da grande fé tranqüila.

Os abismos carnais da triste argila
ele os vence sem ânsias e sem custo...
Fica sereno, num sorriso justo,
enquanto tudo em derredor oscila.

Ondas interiores de grandeza
dão-lhe esta glória em frente à Natureza,
esse esplendor, todo esse largo eflúvio.

O ser que é ser tranforma tudo em flores...
e para ironizar as próprias dores
canta por entre as águas do Dilúvio!

(Cruz e Sousa, *Últimos sonetos* in *Obra completa*, 1. ed., Rio de Janeiro, J. Aguilar, p. 208.)

# Raul d'Ávila Pompéia

Nasceu em Angra dos Reis, RJ, em 12/4/1863 e faleceu no Rio de Janeiro, RJ, em 25/12/1895. Romancista, contista, cronista, funcionário público. É tido como um dos iniciadores da ficção impressionista no Brasil, unindo a análise psicológica à escrita artística. **Algumas obras**: *Uma tragédia no Amazonas* (nov. 1880); *As jóias da coroa* (1882); *O Ateneu* (1888); *Canções sem metro* (poema em prosa 1900).

## *O Ateneu*

Capítulo I — (frag.)

/..../

Ateneu era o grande colégio da época. Afamado por um sistema de nutrida reclame, mantido por um diretor que de tempos a tempos reformava o estabelecimento, pintando-o jeitosamente de novidade, como os negociantes que liquidam para recomeçar com artigos de última remessa, o Ateneu desde muito tinha consolidado crédito na preferência dos pais; sem levar em conta a simpatia da meninada, a cercar de aclamações o bombo vistoso dos anúncios.

O Dr. Aristarco Argolo de Ramos, da conhecida família do Visconde de Ramos, do Norte, enchia o império com o seu renome de pedagogo. (...) Um benemérito. Não admira que em dias de gala, íntima ou nacional, festas do colégio ou recepções da coroa, o largo peito do grande educador desaparecesse sob constelações de pedraria, opulentando a nobreza de todos os honoríficos berloques.

Nas ocasiões de aparato é que se podia tomar o pulso ao homem. Não só as condecorações gritavam-lhe do peito como uma couraça de grilos: Ateneu! Ateneu! Aristarco todo era um anúncio. Os gestos, calmos, soberanos, eram de um rei — o autocrata excelso dos silabários; a pausa hierática do andar deixava sentir o esforço, a cada passo, que ele fazia para levar adiante, de empurrão, o progresso do ensino público; o olhar fulgurante, sob a crispação áspera dos supercílios de monstro japonês, penetrando de luz as almas circunstantes — era a educação da inteligência; o queixo, severamente escanhoado, de orelha a orelha, lembrava a lisura das consciências limpas — era a educação moral. (...) Em suma, um personagem que, ao primeiro exame, produzia-nos a impressão de um enfermo, desta enfermidade atroz e estranha: a obsessão da própria estátua. Como tardasse a estátua, Aristarco interinamente satisfazia-se com a afluência dos estudantes ricos para o seu instituto. De fato, os educandos do Ateneu significavam a fina flor da mocidade brasileira.

A irradiação da reclame alongava de tal modo os tentáculos através do país, que não havia família de dinheiro, enriquecida pela setentrional borracha ou pela charqueada do sul, que não reputasse um compromisso de honra com a posteridade doméstica mandar dentre seus jovens, um, dois, três representantes abeberar-se à fonte espiritual do Ateneu.

Fiados nesta seleção apuradora, que é comum o erro sensato de julgar melhores famílias as mais ricas, sucedia que muitos, indiferentes mesmo e sorrindo do estardalhaço da fama, lá mandavam os filhos. Assim entrei eu.

/..../

(...) O Ateneu, quarenta janelas, resplendentes do gás interior, davase ares de encantamento com a iluminação de fora. Erigia-se na escuridão da noite como imensa muralha de coral flamante, como um cenário animado de safira com horripilações errantes de sombra, como um castelo fantasma batido de luar verde emprestado à selva intensa dos romances cavalheirescos, despertando um momento da legenda morta para uma entrevista de espectros e recordações. Um jato de luz elétrica, derivado de foco invisível, feria a inscrição dourada

em arco sobre as janelas centrais no alto do prédio. (...)

/..../

## Capítulo XI — (frag.)

/..../

O anfiteatro encheu-se tumultuariamente.

A Princesa Sereníssima, com o augusto esposo, chegou pontual às duas horas, acedendo ao convite que recebera primeiro que ninguém.

Às duas e três minutos, subia à tribuna Aristarco. Não preciso dizer que a caranguejola sofrera mais uma das grandes comoções da malfadada existência. Ali estava, paciente e quadrada, no exercício efetivo de porta-retórica. Ficava à direita do sólio da princesa e diante do *Orpheon*.

Aristarco inclinou-se ligeiramente para a Graciosa Senhora. Passeou um olhar sobre o anfiteatro. Não pôde dizer palavra. Pela primeira vez na vida sentiu-se mal diante de um auditório. A massa de ouvintes apertava-se curiosa na linha das bancadas, em curva de ferradura. A cor preta das casacas e paletós generalizava-se no espaço como uma escuridão desnorteadora; amedrontava-o o semicírculo negro, enorme; embaraçava-o aquela ferradura, como se fossem quatro. A impressão simultânea do público impedia-lhe reconhecer uma fisionomia amiga que o animasse. Mas urgia improvisar alguma coisa antes da eloqüência rabiscada que trazia em tiras de papel... Quando o olhar foi ter a um objeto que o chamou à consciência de si mesmo. Diante da tribuna erigia-se uma peanha de madeira lustrosa; sobre a peanha uma forma indeterminada, misteriosamente envolta numa capa de lã verde. A surpresa! Era ele, que ali estava encapado na expectativa da oportunidade; ele bronze impertérrito, sua efígie, seu estímulo, seu exemplo: mais ele até do que ele próprio, a tremer; porque bronze era a verdade do seu caráter, que um momento absurdo de fraqueza desfigurava e subtraía. Lembrou-se de que o vasto barracão, as alças de flores, o vigamento, a belbutina, a arquitetura dos palanques, os galões alfinetados, todas as sanefas de paninho, o olhar dos discípulos, a presença da população, o busto na capa verde, tudo era o seu triunfo por seu triunfo, e o embaraço desvaneceu-se. A inspiração ferveu-lhe de engulho à goela, vibrou-lhe elétrica na língua, e ele falou. Falou como nunca, esqueceu o calhamaço sobressalente que trouxera, improvisou como Demóstenes, inundou a arena, os degraus do trono, as ordens todas da arquibancada até a oitava, com o mais espantoso chorrilho de facúndia que se tem feito correr na terra.

/..../

O educador é como a música do futuro, que se conhece em um dia para se compreender no outro: a posteridade é que havia de julgar. Quanto ao seu passado, nem falemos! não olhava para trás por modéstia, para não virar monumento, como a mulher de Loth. Com o Ateneu estava satisfeito: uma sementeira razoável; não se fazia rogar para florescer. Corações de terra roxa, onde as lições do bem pegavam vivo. Era cair a semente e a virtude instantânea espipocava. Uma maravilha, aquela horta fecunda! Antes de maldizerem do hortelão, caluniadores e invejosos julgassem-lhe os repolhos, pesassem-lhe os nabós, as tronchudas couves, crespas, modestas, serviçais, as cândidas alfaces, as sensíveis cebolas de lágrimas tão fácil quanto sincera, as instruídas batatas, as delicadas abóboras, que todos vão plantar e ninguém planta, os alhos, tipos eternos, às vezes porros, da vivacidade bem aproveitada; sem contar os arrepiados maxixes, nem as congestas berinjelas, nem os mastruços inomináveis, nem os agriões amargos, nem os espinafres insignificantes, nem o caruru, a bertalha, a trapoiraba dos banhos, que tem uma flor galante, mas que afinal é mato. Horta paradisíaca que ufanava-se de cultivar! A distribuição dos prêmios mostraria.

/..../

(Raul Pompéia, *O Ateneu*, Rio de Janeiro, Francisco Alves, 1993, Cap. I, p. 22-30; Cap. XI, p. 189-91.)

## Henrique Maximiliano **Coelho Neto**

Nasceu em Caxias, MA, em 21/2/1864 e morreu no Rio de Janeiro, RJ, em 28/11/1934. Filho de português e de índia. Foi jornalista ligado à propaganda abolicionista e republicana. Romancista, contista, cronista; foi professor de literatura em Campinas, SP, e no Colégio Pedro II, Rio de Janeiro. Deixou 112 obras publicadas. Condenado pelo Modernismo, como representante da escrita ornamental. **Algumas obras**: *A capital federal* (rom. 1893); *Sertão* (cont. 1896); *O morto* (rom. 1898); *Turbilhão* (rom. 1906); *Treva* (cont. 1906); *Banzo* (cont. 1913); *Rei negro* (1914); *Mano* (1924).

## Ser mãe

Ser mãe é desdobrar fibra por fibra
O coração! Ser mãe é ter no alheio
Lábio, que suga, o pedestal do seio,
Onde a vida, onde o amor cantando vibra.

Ser mãe é ser um anjo que se libra,
Sobre um berço dormido! é ser anseio,
É ser temeridade, é ser receio,
É ser força que os males equilibra!

Todo o bem que mãe goza é bem do filho,
Espelho em que se mira afortunada,
Luz que lhe põe nos olhos novo brilho!

Ser mãe é andar chorando n'um sorriso!
Ser mãe é ter um mundo e não ter nada!
Ser mãe é padecer n'um paraiso!

(Coelho Neto in Laudelino Freire, *Sonetos brasileiros*, Rio de Janeiro, Briguiet, 1913, p. 159.)

## Os pombos (frag.)

Quando Joana apareceu à porta bocejando, fatigada da longa noite passada em claro, à cabeceira do filho, Tibúrcio, de pé no terreiro, firmado à enxada, olhava o pombal alvoroçado.

O sol começava a subir dourando as folhas úmidas; à beira do córrego esvoaçavam rolas e os sanhaços faziam uma alegre algazarra nos ramos altos das árvores das cercanias.

O caboclo, imóvel, não tirava os olhos do pombal que ficava à sombra d'uma copada mangueira. Por vezes franzia a fronte queimada acusando a luta íntima, graves preocupações que lhe trabalhavam o espírito. Um pombo abalava, outro, logo outro — ele voltava a cabeça, seguia-os até perdê-los de vista e tornava à contemplação melancólica.

As aves iam e vinham, entravam, saíam agitadas, arrulhando alto; esvoaçavam em redor da habitação, pousavam nas árvores, no sapé da cabana, baixavam à terra inquietas, fazendo roda, arrufadas.

Algumas pareciam orientar-se buscando rumo — alongavam os olhos pelo claro espaço, aprofundando a vista nos horizontes remotos; outras voavam, descreviam grandes voltas e regressavam ao pombal. Juntavam-se em reboliço turturinando, como se discutissem, combinassem a abalada.

Algumas, indecisas, abriam as asas ameaçando o vôo, mas logo as fechavam; outras arrojavam-se, mas retrocediam sem ânimo e o rumor crescia, na atropelada excitação da faina da partida.

O caboclo não se arredava, olhando. Ele bem sabia que era a vida de seu filho que ali estava em jogo, pendente da resolução das aves. "Quando os pombos desertam, a desgraça vem logo."

Vendo-o, Joana perguntou:

— Que é? O caboclo coçou a cabeça sem responder. Ela insistiu:

— Que é, Tibúrcio?

— A mode que os pombo 'tão arribando, Joana.

/..../

De repente um pombo atravessou os ares, outro, outro logo depois. Tibúrcio pôs-se de pé olhando — lá iam eles, lá iam! Asas estalaram — eram outros. Aqueles não tornariam mais, nunca mais! fugiam espavoridos, sentindo a morte que devia vir perto.

Lançou um olhar largo em torno e só viu a verdura farta ondulando à brisa, sob a claridade cálida. Devia ter levado o filho à vila logo que ele caiu doente; mas quem podia contar com aquilo? De repente um febrão, delírio... Que fazer? Levantou os olhos para o céu e ficou contemplando o azul luminoso. Mais um pombo passou. Ele meneou com a cabeça desanimado e, atirando um murro à coxa, pôs a enxada ao ombro e deu volta tornando à casa. Quando Joana o descobriu no terreiro, como se adivinhasse o seu pensamento, disse:

— Foi mesmo melhor você voltar, meu velho. Eu aqui sozinha nem sei que hei de fazer.

Ele olhou o pombal — estava deserto, em silêncio.

/..../

— Tem paciência, minha velha. A gente fez tudo. Os grilos cantavam estrídulos, um caboré passou com um grito rascante. O caboclo murmurou: Já sei. De repente Joana estremeceu, voltou-se hirta para a cabana, por cuja porta escancarada saia ao terreiro um raio de luz lívida e, depois de olhar um momento, como assombrada, partiu de arranco.

Tibúrcio, imóvel, sem compreender o que fizera a mulher, esperava vê-la reaparecer tranqüila, quando um grito lancinante atravessou o silêncio. O caboclo arrojou-se para a cabana, foi direito ao quarto que uma lamparina alumiava: a mulher, de joelhos junto ao catre, debruçada sobre o filho, soluçava desesperadamente.

— Que é, Joana? Ela rouquejou atirando os braços sobre o corpo da criança.

— Acabou! Vê... Ele inclinou-se: o seu rosto roçou por uma face que ardia, a sua mão trêmula pôs-se a apalpar um corpo abrasado, sentindo o peito magro ripado pelas costelas, o ventre fundo. Vê o coração, Tibúrcio.

Ele apenas disse: Acabou. A mulher ergueu-se de ímpeto, desfigurada, com os cabelos desgrenhados, os olhos flamejantes; quis falar, estendeu os braços para o marido, mas caiu molemente numa canastra e, dobrando-se toda, rompeu a chorar, redizendo o nome do filho com a ternura a coar-se pelos soluços: "Meu Luís! Meu Luisinho! Tão vivo, minha Nossa Senhora!"

Tibúrcio afastou-se e, na sala, diante da mesa em que jazia a candeia, parou com o olhar perdido, os lábios trêmulos e as lágrimas rolando em grossas gotas ao longo da face ossuda. Joana rompeu do quarto cambaleando como ébria e, vendo-o, atirou-se-lhe nos braços; ele amparou-a sem dizer palavra e, abraçados, ficaram largo tempo de pé na estreita sala obscura onde os grilos cantavam.

Joana tornou para o quarto. Tibúrcio ficou encostado à mesa, de olhos fitos na luz da candeia, que oscilava com o vento. O luar entrava alvo, caleando as paredes. Ele moveu-se com um arrancado suspiro, foi até a porta, sentou-se na soleira, acendeu o cachimbo e quedou-se olhando o campo iluminado. De repente pareceu-lhe ouvir arrulhos — levantou a cabeça, olhando. As estrelas cintilavam na altura, a copa das árvores reluzia ao luar. Seria ilusão?

Encolheu-se e, imóvel, atento, ficou à escuta: os arrulhos continuavam. Ergueu-se impetuosamente e caminhou direito ao pombal, colando-se ao tronco da mangueira. Seriam os pombos que voltavam depois da passagem da Morte? Respondendo à sua idéia, pôs-se a resmungar enfurecido: "Agora é tarde! Agora é tarde, malditos!"

/..../

Joana, abraçada ao filho, soluçava quando Tibúrcio entrou no quarto. Quedou-se diante do catre, a olhar. Subitamente a mulher estremeceu e, levantando-se de salto, agarrou o braço do marido, os olhos muito abertos, a boca em hiato, a cabeça inclinada como a ouvir vozes, rumores longínquos.

— Que é, Joana? Que é qu'ocê tem? Ela murmurou apavorada:

— Os pombos, meu velho. Ocê não tá ouvindo? Eram os arrulhos tristes que vinham de cima da casa. Estão voltando. Quem sabe?! ele ainda está quente... E havia uma esperança imensa no coração dolorido da cabocla. Tibúrcio encolheu os ombros:

— É choro deles. Estão chorando como nós. É um casal que ficou por causa dos filhos. Eu derrubei o pombal, matei os borrachos. Olha — e mostrou as mãos ensangüentadas. Eles voaram, estão em cima da casa. Você quer ver? Foi saindo; ela acompanhou-o. Desceram ao terreiro. Tibúrcio mostrou o pombal tombado, depois apanhou os esmagados corpos dos borrachos. Olha aqui... Joana olhava sem dizer palavra. Cessara de chorar, espantada, mirando o marido cujos olhos acesos fulguravam. Ele derreou o busto e atirou o primeiro borracho ao sapé, rugindo: "É bom?!" atirou o segundo: "É bom?!" Os pombos abalaram espavoridos, perderam-se nas galhadas negras. "É bom?!" Joana não tirava os olhos do marido, muda, aterrada, vendo-o chorar aos arrancos, a olhar as mãos espalmadas, tintas de sangue.

— Vamos, meu velho. Foi a vontade de Deus. Está no céu. E vagarosamente o foi levando.

Entraram e, diante do catre em que jazia o filho morto, as lágrimas romperam dos olhos de ambos e sobre o teto da palhoça os pombos, que haviam tornado, arrulhavam doridamente.

(Coelho Neto, *Treva*, 2. ed., Porto, Chardron, 1916, p. 149-60.)

## João **Simões Lopes Neto**

Nasceu em Pelotas, RS, em 9/3/1865 onde morreu em 14/6/1916. Contista, teatrólogo, jornalista, renovou, pela expressividade lingüística, o filão do regionalismo literário. **Algumas obras**: *Os bacharéis* (com. 1896); *Contos gauchescos* (cont. 1912); *Lendas do sul* (folcl. 1913); *Contos gauchescos e Lendas do sul* (1949); *Casos do Romualdo* (cont. 1952).

### O boi velho

Cuê-puxa!... é bicho mau, o homem!

Conte vancê as maldades que nós fazemos e diga se não é mesmo!... Olhe, nunca me esqueço dum caso que vi e que me ficou cá na lembrança, e ficará té eu morrer... como unheiro em lombo de matungo de mulher.

Foi na estância dos Lagoões, duma gente Silva, uns Silvas mui políticos, sempre metidos em eleições e enredos de qualificações de votantes.

A estância era como aqui e o arroio como a umas dez quadras; lá era o banho da família. Fazia uma ponta, tinha um sarandizal e logo era uma volta forte, como uma meia-lua, onde as areias se amontoavam formando um baixo: o perau era do lado de lá. O mato aí parecia plantado de propósito: era quase que pura guabiroba e pitanga, araçá e guabiju; no tempo, o chão coalhava-se de fruta: era um regalo!

Já vê... o banheiro não era longe, podia-se bem ir lá de a pé, mas a família ia sempre de carretão, puxado a bois, uma junta, mui mansos, governados de regeira por uma das senhoras-donas e tocados com uma rama por qualquer das crianças.

Eram dois pais da paciência, os dois bois. Um se chamava Dourado, era baio; o outro, Cabiúna, era preto, com a orelha do lado de laçar, branca, e uma risca na papada.

Estavam tão mestres naquele piquete, que, quando a família, de manhãzita, depois da jacuba de leite, pegava a aprontar-se, que a criançada pulava para o terreiro ainda mastigando um naco de pão e as crioulas apareciam com as toalhas e por fim as senhoras-donas, quando se gritava pelo carretão, já os bois, havia muito tempo que estavam encostados no cabeçalho, remoendo muito sossegados, esperando que qualquer peão os ajoujasse.

Assim correram os anos, sempre nesse mesmo serviço.

Quando entrava o inverno eles eram soltos para o campo, e ganhavam um rincão mui abrigado, que havia por detrás das casas. Às vezes, um que outro dia de sol mais quente, eles apareciam ali por perto, como indagando se havia calor bastante para a gente banhar-se. E mal que os miúdos davam com eles, saíam a correr e a gritar, numa algazarra de festa para os bichos.

— Olha o Dourado! Olha o Cabiúna! Oôch!... oôch!...

E algum daqueles traquinas sempre desencovava uma espiga de milho, um pedaço de abóbora, que os bois tomavam, arreganhando a beiçola lustrosa de baba, e punham-se a mascar, mui pachorrentos, ali à vista da gurizada risonha.

Pois veja vancê... Com o andar do tempo aquelas crianças se tornaram moças e homens feitos, foram-se casando e tendo família, e como *quera,* pode-se dizer que houve sempre senhoras-donas e gente miúda para os bois velhos levarem ao banho do arroio, no carretão.

Um dia, no fim do verão, o Dourado amanheceu morto, mui inchado e duro: tinha sido picado de cobra.

Ficou pois solito, o Cabiúna; como era mui companheiro do outro, ali por perto dele andou uns dias pastando, deitando-se, remoendo. Às vezes esticava a cabeça para o morto e soltava um mugido... Cá pra mim o boi velho — uê! tinha caraca grossa nas aspas! — o boi velho berrava de saudades do companheiro e chamava-o, como no outro tempo, para pastarem juntos, para beberem juntos, para juntos puxarem o carretão...

— Que vancê pensa!... os animais se entendem... eles trocam língua!...

Quando o Cabiúna se chegava mui perto do outro e farejava o cheiro ruim, os urubus abriam-se, num trotão, lambuzados de sangue podre, às vezes meio engasgados vomitando pedaços de carniça...

Bichos malditos, estes encarvoados!...

Pois, como ficou solito o Cabiúna, tiveram que ver outra junta para o carretão e o boi velho por ali foi ficando. Porém começou a emagrecer... e tal e qual como uma pessoa penarosa, que gosta de estar sozinha, assim o carreteiro ganhou o mato, quem sabe, de penaroso também...

Um dia de sol quente ele apareceu no terreiro.

Foi um alvoroto na miuçalha.

— Olha o Cabiúna! O Cabiúna! Oôch! Cabiúna! oôch!...

E vieram à porta as senhoras-donas, já casadas e mães de filhos, e que quando eram crianças tantas vezes foram levadas pelo Cabiúna; vieram os moços, já homens, e todos disseram:

— Olha o Cabiúna! Oôch! Oôch!...

Então, um notou a magreza do boi; outro achou que sim; outro disse que ele não aguentava o primeiro minuano de maio; e conversa vai, conversa vem, o primeiro, que era mui golpeado, achou que era melhor matar-se aquele boi, que tinha caraca grossa nas aspas, que não engordava mais e que iria morrer atolado no fundo dalguma sanga e... lá se ia então um prejuízo certo, no couro perdido...

E já gritaram a um peão, que trouxesse o laço; e veio. À mão no mais o sujeito passou uma volta de meia-cara; o boi cabresteou, como um cachorro...

Pertinho estava o carretão, antigo, já meio desconjuntado, com o cabeçalho no ar, descansado sobre o muchacho.

O peão puxou da faca e dum golpe enterrou-a até o cabo, no sangradouro do boi manso; quando retirou a mão, já veio nela a golfada espumenta do sangue do coração...

Houve um silenciozito em toda aquela gente.

O boi velho sentindo-se ferido, doendo o talho, quem sabe se entendeu que aquilo seria um castigo, algum pregaço de picana, mal dado, por não estar ainda arrumado... — pois vancê creia! — : soprando o sangue em borbotões, já meio roncando na respiração, meio cambaleando, o boi velho deu uns passos mais, encostou o corpo, ao comprido, no cabeçalho do carretão, e meteu a cabeça, certinho, no lugar da canga, entre os dois canzis... e ficou arrumado, esperando que o peão fechasse a brocha e lhe passasse a regeira na orelha branca...

E ajoelhou... e caiu... e morreu...

Os cuscos pegaram a lamber o sangue, por cima dos capins... um alçou a perna e verteu em cima... e enquanto o peão chairava a faca para carnear, um gurizinho, gordote, claro, de cabelos cacheados, que estava comendo uma munhata, chegou-se para o boi morto e meteu-lhe a fatia na boca, batia-lhe na aspa e dizia-lhe na sua língua de trapos:

— *Tome, tabiúna! Nó té... Nô fá bila, tabiúna!...*

E ria-se o inocente, para que os grandes, que estavam por ali, calados, os diabos, cá para mim, com remorsos por aquela judiaria com o boi velho, que os havia carregado a todos, tantas vezes, para a alegria do banho e das guabirobas, dos araçás, das pitangas, dos guabijus!...

— Veja vancê, que desgraçados; tão ricos... e por um mixe couro do boi velho!....

Cuê-puxa!... é mesmo bicho mau, o homem!

(J. Simões Lopes Neto, *Contos gauchescos e Lendas do Sul,* 10. ed., Porto Alegre, Globo, 1978, p. 39-42.)

## Olavo Brás Martins dos Guimarães **Bilac**

Nasceu no Rio de Janeiro, RJ, em 16/12/1865 onde morreu em 28/12/1918. Poeta, dedicou-se também ao jornalismo; ocupou vários cargos públicos. Sua obra é considerada a culminância do Parnasianismo brasileiro. **Algumas obras**: *Poesias* (1888); *Crônicas e novelas* (1894); *Poesias* (ed. defin. 1902); *Crítica e fantasia* (1904); *Tratado de versificação,* (1905, com Guimarães Passos); *Conferências literárias* (1906); *Dicionário de rimas* (1913); *Tarde* (poes. 1919); *Poesias* (1921).

### "Ora (direis) ouvir estrelas! Certo"

"Ora (direis) ouvir estrelas! Certo
Perdeste o senso!" E eu vos direi, no entanto,
Que, para ouvi-las, muita vez desperto
E abro as janelas, pálido de espanto...

E conversamos toda a noite, enquanto
A Via Láctea, como um pálio aberto,
Cintila. E, ao vir do sol, saudoso e em pranto,
Inda as procuro pelo céu deserto.

Direis agora: "Tresloucado amigo!
Que conversas com elas? Que sentido
Tem o que dizem, quando estão contigo?"

E eu vos direi: "Amai para entendê-las!
Pois só quem ama pode ter ouvido
Capaz de ouvir e de entender estrelas."

(Olavo Bilac, *Via Láctea* in *Obra reunida*, org. Alexei Bueno, Rio de Janeiro, Nova Aguilar, 1966, p. 117.)

## Nel mezzo del cammim...

Cheguei. Chegaste. Vinhas fatigada
E triste, e triste e fatigado eu vinha.
Tinhas a alma de sonhos povoada,
E a alma de sonhos povoada eu tinha...

E paramos de súbito na estrada
Da vida: longos anos, presa à minha
A tua mão, a vista deslumbrada
Tive da luz que teu olhar continha.

Hoje, segues de novo... Na partida
Nem o pranto os teus olhos umedece,
Nem te comove a dor da despedida.

E eu, solitário, volto a face, e tremo,
Vendo o teu vulto que desaparece
Na extrema curva do caminho extremo.

(Olavo Bilac, *Sarças de fogo* in *Obra reunida*, org. Alexei Bueno, Rio de Janeiro, Nova Aguilar, 1966, p. 155-6.)

## Inania verba

Ah! quem há-de exprimir, alma impotente e escrava,
O que a boca não diz, o que a mão não escreve?
— Ardes, sangras, pregada à tua cruz, e, em breve,
Olhas, desfeito em lodo, o que te deslumbrava...

O Pensamento ferve, e é um turbilhão de lava:
A Forma, fria e espessa, é um sepulcro de neve...
E a Palavra pesada abafa a Idéia leve,
Que, perfume e clarão, refulgia e voava.

Quem o molde achará para a expressão de tudo?
Ai! quem há-de dizer as ânsias infinitas
Do sonho? e o céu que foge à mão que se levanta?

E a ira muda? e o asco mudo? e o desespero mudo?
E as palavras de fé que nunca foram ditas?
E as confissões de amor que morrem na garganta?!

(Olavo Bilac, *Alma inquieta* in *Obra reunida*, org. Alexei Bueno, Rio de Janeiro, Nova Aguilar, 1966, p. 166.)

## Língua portuguesa

Última flor do Lácio, inculta e bela,
És, a um tempo, esplendor e sepultura:
Ouro nativo, que na ganga impura
A bruta mina entre os cascalhos vela...

Amo-te assim, desconhecida e obscura,
Tuba de alto clangor, lira singela,
Que tens o trom e o silvo da procela,
E o arrolo da saudade e da ternura!

Amo o teu viço agreste e o teu aroma
De virgens selvas e de oceano largo!
Amo-te, ó rude e doloroso idioma,

Em que da voz materna ouvi: "meu filho!"
E em que Camões chorou, no exílio amargo,
O gênio sem ventura e o amor sem brilho!

(Olavo Bilac, *Tarde* in *Obra reunida*, org. Alexei Bueno, Rio de Janeiro, Nova Aguilar, 1966, p. 240-1.)

## Euclides da Cunha

Nasceu em Cantagalo, Santa Rita do Rio Negro, RJ, em 20/1/1866 e morreu no Rio de Janeiro, RJ, em 15/8/1909. Ensaísta, jornalista, historiador, sociólogo, professor. **Algumas obras**: *Os sertões* (1902); *Castro Alves e seu tempo* (crít. 1907); *Contrastes e confrontos* (ens. 1907); *À margem da História* (hist. 1909); *Canudos* (diário, 1939); *Obra completa* (1966, 2 v. org. Afrânio Coutinho).

### Um velho problema (frag.)

Li há tempos alentada dissertação sobre um singularíssimo direito expresso em velhas leis consuetudinárias da Borgonha. Direito do roubo... Recordo-me que, surpreendido com tal antinomia, tão revolucionária, sobretudo para aquela época, ainda mais alarmado fiquei notando que a patrocinava o maior dos teólogos, S. Tomás de Aquino; e com tal brilho e cópia de argumentos, que a perigosa tese repontava com a estrutura inteiriça de um princípio positivo. Realmente a repassava uma nobre e incomparável piedade, fazendo que aquela extravagância resumisse e espelhasse um dos aspectos mais impressionadores da justiça.

Tratava-se, ao parecer, de um código da indigência; e os graves doutores, no avantajarem-se tanto, rompendo com tão nobre rebeldia as barreiras da moral comum, para advogarem a causa da enorme maioria de espoliados, chegavam à conclusão de que a opulência dos ricos se traduzia como um *delitum legale*, um crime legalizado. Impressionava-os o problema formidável da miséria na sua feição dupla — material e filosófica — pois é talvez menos doloroso refletido nos andrajos das populações vitimadas, que na triste inópia de elementos da civilização para o resolver.

E como lhes faleciam, mais do que hoje nos falecem, elementos para a extinção do mal, justificavam aos desvalidos num crudelíssimo título de posse a todos os bens — a fome.

O indigente tornava-se um privilegiado afrontando impune toda a ortodoxia econômica. O roubo trasmudava-se, do mesmo passo, num direito natural de legítima defesa contra a Morte e num dever imperioso para com a Vida.

Mas não foram além deste expediente e dessas declamações os piedosos doutores. Tolhia-os, senão a situação mental da Idade Média, imprópria a uma apreciação exata do conjunto do progresso humano, a mesma ditadura espiritual do catolicismo, na plenitude de força, e para o qual a miséria — eloqüentíssima expressão concreta do dogma do pecado original — era sempre um horroroso e necessário capital negativo, avolumando-se com as provações e com os martírios para a posse anelada da bem-aventurança, nos céus...

Por outro lado, os pensadores leigos do tempo, e os que os encalçaram até ao século XVIII, não partiram esta tonalidade sentimental. Mais sonhadores que filósofos, o que os atraiu era o lado estético do infortúnio, a visão empolgante do sofrimento humano, a que nos associamos sempre pela piedade. Os seus livros, pelos próprios títulos hiperbólicos, à maneira dos das novelas do tempo, retratam uma intervenção brilhante e imaginosa, mas inútil. São como títulos de poemas. De fato, na *Utopia* de Thomás Morus, na *Oceana* de Hallis, ou na *Basilíade* de Morelly, a perspectiva de uma existência melhor, oriunda da riqueza eqüitativamente distribuída e dos privilégios extintos, irrompe num fervor de ditirambos, aos quais não faltam, para maior destaque, prólogos arrepiadores de agruras e tormentas indescritíveis...

/..../

(Euclides da Cunha, *Contrastes e confrontos*, São Paulo, Cultrix, Brasília, INL, 1975, p. 140-1.)

## *Os sertões*

O homem – III – O sertanejo – (frag.)

O sertanejo é, antes de tudo, um forte. Não tem o raquitismo exaustivo dos mestiços neurastênicos do litoral.

A sua aparência, entretanto, ao primeiro lance de vista, revela o contrário. Falta-lhe a plástica impecável, o desempeno, a estrutura corretíssima das organizações atléticas.

É desgracioso, desengonçado, torto. Hércules-Quasímodo, reflete no aspecto a fealdade típica dos fracos. O andar sem firmeza, sem aprumo, quase gingante e sinuoso, aparenta a translação de membros desarticulados. Agrava-o a postura normalmente abatida, num manifestar de displicência, que lhe dá um caráter de humildade deprimente.(...)

/..../

É o homem permanentemente fatigado.

Reflete a preguiça invencível, a atonia muscular perene, em tudo: na palavra remorada, no gesto contrafeito, no andar desaprumado, na cadência langorosa das modinhas, na tendência constante à imobilidade e à quietude.

Entretanto, toda esta aparência de cansaço ilude.

Nada é mais surpreendedor do que vê-la desaparecer de improviso. Naquela organização combalida operam-se, em segundos, transmutações completas. Basta o aparecimento de qualquer incidente exigindo-lhe o desencadear das energias adormecidas. O homem transfigura-se. (...)

/..../

É impossível idear-se cavaleiro mais chucro e deselegante; sem posição, pernas coladas ao bojo da montaria, tronco pendido para a frente e oscilando à feição da andadura dos pequenos cavalos do sertão, desferrados e maltratados, resistentes e rápidos como poucos. Nesta atitude indolente, acompanhando morosamente, a passo, pelas chapadas, o passo tardo das boiadas, o vaqueiro preguiçoso quase transforma o *campeão* que cavalga na rede amolecedora em que atravessa dois terços da existência.

Mas se uma rês *alevantada* envereda, esquiva, adiante, pela caatinga *garranchenta*, ou se uma ponta de gado, ao longe, se trasmalha, ei-lo em momentos transformado, cravando os acicates de rosetas largas nas ilhargas da montaria e partindo como um dardo, atufando-se velozmente nos dédalos inextricáveis das juremas.

Vimo-lo neste *steeple-chase* bárbaro.

Não há contê-lo, então, no ímpeto. Que se lhe antolhem quebradas, acervos de pedras, coivaras, moutas de espinhos ou barrancas de ribeirões, nada lhe impede encalçar o *garrote* desgarrado, porque *por onde passa o boi passa o vaqueiro com o seu cavalo*...

/..../

(Euclides da Cunha, *O homem* in *Os sertões*, 24. ed., Rio de Janeiro, Francisco Alves, 1956, p. 101-2.)

## Estouro da boiada

De súbito, porém, ondula um frêmito sulcando, num estremeção repentino, aqueles centenares de dorsos luzidios. Há uma parada instantânea. Entrebatem-se, enredam-se, trançam-se e alteiam-se fisgando vivamente o espaço, e inclinam-se, e embaralham-se milhares de chifres. Vibra uma trepidação no solo; e a boiada *estoura*...

A boiada arranca.

Nada explica, às vezes, o acontecimento, aliás vulgar, que é o desespero dos campeiros.

Origina-o o incidente mais trivial — o súbito vôo rasteiro de uma aracuã ou a corrida de um mocó esquivo. Uma rês se espanta e o contágio, uma descarga nervosa subitânea, transfunde o espanto sobre o rebanho inteiro. É um solavanco único, assombroso, atirando, de pancada, por diante, revoltos, misturando-se embolados, em vertiginosos disparos, aqueles maciços corpos tão normalmente tardos e morosos.

E lá se vão: não há mais contê-los ou alcançá-los. Acamam-se as caatingas, árvores dobradas, partidas, estalando em lascas e gravetos; desbordam de repente as baixadas num marulho de chifres; estrepitam, britando e esfarelando as pedras, torrentes de cascos pelos tombadores; rola surdamente pelos tabuleiros ruído soturno e longo de trovão longínquo...

Destroem-se em minutos, feito montes de leivas, antigas roças penosamente cultivadas; extinguem-se, em lameiros revolvidos, as ipueiras rasas; abatem-se, apisoados, os pousos; ou esvaziam-se, deixando-os os habitantes espavoridos, fugindo para os lados, evitando o rumo retilíneo em que se despenha a "arribada", — milhares de corpos que são um corpo único, monstruoso, informe, indescritível, de animal fantástico, precipitado na carreira douda. E sobre este tumulto, arrodeando-o, ou arremessando-se impetuoso na esteira de destroços, que deixa após si aquela avalanche viva, largado numa disparada estupenda sobre barrancas, e valos, e cerros, e galhadas — enristado o ferrão, rédeas soltas, soltos os estribos, estirado sobre o lombilho, preso às crinas do cavalo — o vaqueiro!

Já se lhe têm associado, em caminho, os companheiros, que escutaram, de longe, o estouro da boiada. Renova-se a lida: novos esforços, novos arremessos, novas façanhas, novos riscos e novos perigos, a despender, a atravessar e a vencer, até que o boiadão, não já pelo trabalho dos que o encalçam e rebatem pelos flancos senão pelo cansaço, a pouco e pouco afrouxe e estaque, inteiramente abombado.

Reaviam-no à vereda da fazenda; e ressoam, de novo, pelos ermos, entristecedoramente, as notas melancólicas do aboiado.

(Euclides da Cunha, *O homem* in *Os sertões*, 24. ed., Rio de Janeiro, Francisco Alves, 1956, p. 113-4.)

## Vicente Augusto de Carvalho

Nasceu em Santos, SP, em 5/4/1866, e morreu em São Paulo, SP, em 22/4/1924. Poeta lírico, grande cantor do mar, é considerado um parnasiano de nível próximo a Bilac, Raimundo Correia e Alberto de Oliveira. **Algumas obras**: *Ardentias* (poes. 1885); *Relicário* (poes. 1888); *Rosa, rosa de amor* (poes. 1902); *Poemas e canções* (poes. 1908); *Versos da mocidade* (poes. 1909); *Páginas soltas* (ens. 1911); *Luisinha* (rom. 1924).

I

## "Só a leve esperança, em toda a vida"

Só a leve esperança, em toda a vida,
Disfarça a pena de viver, mais nada;
Nem é mais a existência, resumida,
Que uma grande esperança malograda.

O eterno sonho da alma desterrada,
Sonho que a traz ansiosa e embevecida,
É uma hora feliz, sempre adiada
E que não chega nunca em toda a vida.

Essa felicidade que supomos,
Árvore milagrosa que sonhamos
Toda arreada de dourados pomos,

Existe, sim: mas nós não a alcançamos
Porque está sempre apenas onde a pomos
E nunca a pomos onde nós estamos.

(Vicente de Carvalho, *Poemas e Canções*, 17. ed., São Paulo, Saraiva, 1965, p. 33.)

## Palavras ao mar (frag.)

Mar, belo mar selvagem
Das nossas praias solitárias! Tigre
A que as brisas da terra o sono embalam,
A que o vento do largo erriça o pêlo!
Junto da espuma com que as praias bordas,
Pelo marulho acalentada, à sombra
Das palmeiras que arfando se debruçam
Na beirada das ondas — a minha alma
Abriu-se para a vida como se abre
A flor da murta para o sol do estio.

/..../

Ó velho condenado
Ao cárcere das rochas que te cingem!
Em vão levantas para o céu distante
Os borrifos das ondas desgrenhadas.

Debalde! O céu, cheio de sol se é dia,
Palpitante de estrelas quando é noite,
Paira, longínquo e indiferente, acima
Da tua solidão, dos teus clamores...

Condenado e insubmisso
Como tu mesmo, eu sou como tu mesmo
Uma alma sobre a qual o céu resplende
— Longínquo céu — de um esplendor distante.
Debalde, ó mar que em ondas te arrepelas,
Meu tumultuoso coração revolto
Levanta para o céu, como borrifos,
Toda a poeira de ouro dos meus sonhos.

Sei que a ventura existe,
Sonho-a; sonhando a vejo, luminosa,
Como dentro da noite amortalhado
Vês longe o claro bando das estrelas;
Em vão tento alcançá-la, e as curtas asas
Da alma entreabrindo, subo por instantes...
Ó mar! A minha vida é como as praias,
E o sonho morre como as ondas voltam!

/..../

*

Mar, belo mar selvagem!
O olhar que te olha só te vê rolando
A esmeralda das ondas, debruada
Da leve fímbria de irisada espuma...
Eu adivinho mais: eu sinto... ou sonho
Um coração chagado de desejos
Latejando, batendo, restrugindo
Pelos fundos abismos do teu peito.

Ah, se o olhar descobrisse
Quanto esse lençol de águas e de espumas
Cobre, oculta, amortalha!... A alma dos homens
Apiedada entendera os teus rugidos,
Os teus gritos de cólera insubmissa,
Os bramidos de angústia e de revolta
De tanto brilho condenado à sombra,
De tanta vida condenada à morte!

*

Ninguém entenda, embora,
Esse vago clamor, marulho ou versos,
Que sai da tua solidão nas praias,
Que sai da minha solidão na vida...
Que importa? Vibre no ar, acorde os ecos
E embale-nos a nós que o murmuramos...
Versos, marulho! amargos confidentes
Do mesmo sonho que sonhamos ambos!

(Vicente de Carvalho, *Poemas e canções*, 17. ed., São Paulo, Saraiva, 1965, p. 167-72.)

## A flor e a fonte

"Deixa-me, fonte!" Dizia
A flor, tonta de terror.
E a fonte, sonora e fria,
Cantava, levando a flor.

"Deixa-me, deixa-me, fonte!"
Dizia a flor a chorar:
"Eu fui nascida no monte...
"Não me leves para o mar".

E a fonte, rápida e fria,
Com um sussurro zombador,
Por sobre a areia corria,
Corria levando a flor.

"Ai, balanços do meu galho,
"Balanços do berço meu;
"Ai, claras gotas de orvalho
"Caídas do azul do céu!..."

Chorava a flor, e gemia,
Branca, branca de terror,
E a fonte, sonora e fria,
Rolava, levando a flor.

"Adeus, sombra das ramadas,
"Cantigas do rouxinol;
"Ai, festa das madrugadas,
"Doçuras do pôr do sol;

"Carícia das brisas leves
"Que abrem rasgões de luar...
"Fonte, fonte, não me leves,
"Não me leves para o mar!..."

*

As correntezas da vida
E os restos do meu amor
Resvalam numa descida
Como a da fonte e da flor...

(Vicente de Carvalho, *Poemas e canções*, 17. ed., São Paulo, Saraiva, 1965, p. 293-4.)

## José Pereira da **Graça Aranha**

Nasceu em São Luís, MA, em 21/6/1868 e morreu no Rio de Janeiro, RJ, em 26/1/1931. Romancista, ensaísta. Desempenhou papel importante na revolução modernista de 1922, tendo rompido espetacularmente com a Academia Brasileira de Letras. **Algumas obras**: *Canaã* (1902); *Malazarte* (teat. 1911); *Estética da vida* (ens. 1921); *O espírito moderno* (ens. 1924); *A Viagem maravilhosa* (1930).

### *Canaã*

Capítulo III (frag.)

Milkau, sentado à porta da pequena estalagem de Santa Teresa, onde dormira, estava contemplando a vida que se despertava em torno quando Lentz, saindo por sua vez do quarto, veio encontrá-lo com uma expressão repousada e jovial, levemente excitado pela frescura e sutileza do ar. Milkau alegrou-se vendo o seu companheiro de destino e saudou-o com um sorriso de ternura. Pouco depois, iam juntos pela pequena povoação agora acordada e radiante na sua ingênua simplicidade. As pequenas casas, todas brancas e toscas, abriam-se, cheias de luz, como os olhos que acordassem. Assim escancaradas e iguais, se enfileiravam em ordem. O seu conjunto uniforme era o de um pombal suspenso na altura silenciosa da montanha. Em roda, circunscrevendo a povoação, um parque verde assinalado de árvores salteadas, e por onde passavam cantantes fios de água-corrente, que eram a alma da paisagem.

Os dois imigrantes sentiam-se transformados por uma paz íntima, por uma consoladora esperança, diante do quadro que lhes mostrava a população. Viam todo o povo trabalhando às portas e no interior das casas com tranqüilidade, e todas as artes ali renascer na singeleza do seu espontâneo e feliz início. Era um pequeno núcleo industrial da colônia. Enquanto por toda a parte, na mata espessa, outros se batiam com a terra, aquela pouca gente se entretinha nos seus humildes ofícios.

Milkau e Lentz percorriam o lugarejo, notando a música vivaz e alegre formada pelos vários ruídos do trabalho. Na sua oficina, um velho sapateiro de longa barba e mãos muito brancas e esguias batia sola. Lentz achou-o venerável como um santo. Um alfaiate passava a ferro um pano grosso; mulheres fiavam nos seus quartos, cantarolando; outras amassavam o trigo e preparavam o pão, outras, em harmônicos movimentos, peneiravam o milho para o fubá; sempre o pequeno trabalho manual, humilde e doce, sem o grito do vapor e apenas, como única máquina, um pequeno engenho para mover os grandes foles de uma forja de ferreiro, que a água de uma represa fazia rodar com estrépito sonoro. E todo esse ruído era vivo e abençoado, todo ele se entretecia sem violência, e mesmo o malhar do ferro não destoava do metálico clangor de uma clarineta, em que o mestre da banda de música de Santa Teresa dava a lição matinal aos seus discípulos. Havia uma felicidade naquele conjunto de vida primitiva, naquele rápido retrocesso aos começos do mundo. Ao espírito desmedido e repentista de Lentz esse inesperado encontro com o Passado parecia a revelação de um mistério.

/..../

(Graça Aranha, *Canaã* in *Obra completa,* Rio de Janeiro, MEC, INL, 1969, p.82-3.)

## Antônio Tomás de Sales (Padre)

Nasceu em Aracati, CE, em 14/9/1868, e morreu em Fortaleza, CE, em 16/7/1941. Sonetista, não compilou em livro sua obra poética, mas seus poemas podem ser encontrados em diversas antologias e periódicos. Em 1950, Dinorá Tomás Ramos, sua sobrinha, reuniu num livro intitulado *Padre Antônio Tomás — Príncipe dos poetas cearenses*, seus versos publicados em jornais. Foi eleito príncipe dos poetas cearenses em 1925.

## Contraste

Quando partimos no verdor dos anos,
Da vida pela estrada florescente,
As esperanças vão conosco à frente,
E vão ficando atrás os desenganos.

Rindo e cantando, céleres e ufanos,
Vamos marchando descuidosamente...
Eis que chega a velhice de repente,
Desfazendo ilusões, matando enganos.

Então nós enxergamos claramente
Como a existência é rápida e falaz,
E vemos que sucede exatamente

O contrário dos tempos de rapaz:
— Os desenganos vão conosco à frente
E as esperanças vão ficando atrás.

(Dinorá Tomás Ramos, *Padre Antônio Tomás*, Paulina, Ceará, 1950, p. 61.)

# Afonso Henriques da Costa Guimarães, dito **Alphonsus de Guimaraens**

Nasceu em Ouro Preto, MG, em 24/7/1870 e morreu em Mariana, MG, em 15/7/1921. Poeta, jornalista, magistrado, com Cruz e Sousa forma a dupla mais importante do Simbolismo brasileiro. **Algumas obras**: *Setenário das dores de Nossa Senhora e Câmara ardente* (1889); *Dona Mística* (1899); *Kiriale* (1902); *Pastoral aos crentes do amor e da morte* (1923); *Poesias* (1938 e 1955); *Obra completa* (1960).

## Tercetos de amor

Senhora, não pode quem
Sofre assim como sofreis
Querer mal e querer bem.

Bem-querida vós sereis
Por toda a corte do Céu
E pelas cortes dos reis:

Mas querer-vos tal como eu
Ninguém no mundo vos quis,
Nem mostras de amor vos deu.

Ora o vosso olhar me diz
Que nem por sombras me quer,
Com seus olhares sutis,

Ora que não, que mulher
Sendo, amar inda podeis,
Se o vosso peito quiser.

Afortunada sereis
Se vos condoerdes de nós.
Pois o que sofro sofreis.

Atendei à minha voz,
Que sendo minha como é
Não deixa de ser de vós.

Amemo-nos a la fé.

(Alphonsus de Guimaraens, *Pastoral aos crentes do amor e da morte* in *Obra completa,* Rio de Janeiro, J. Aguilar, 1960, p. 225-6.)

## "Hão de chorar por ela os cinamomos"

Hão de chorar por ela os cinamomos,
Murchando as flores ao tombar do dia.
Dos laranjais hão de cair os pomos,
Lembrando-se daquela que os colhia.

As estrelas dirão: — "Ai! nada somos,
Pois ela se morreu, silente e fria..."
E pondo os olhos nela como pomos,
Hão de chorar a irmã que lhes sorria.

A lua, que lhe foi mãe carinhosa,
Que a viu nascer e amar, há de envolvê-la
Entre lírios e pétalas de rosa.

Os meus sonhos de amor serão defuntos...
E os arcanjos dirão no azul ao vê-la,
Pensando em mim: — "Por que não vieram juntos?"

(Alphonsus de Guimaraens, *Pastoral aos crentes do amor e da morte* in *Obra completa,* Rio de Janeiro, J. Aguilar, 1960, p. 258.)

## Zeferino Antônio de Sousa Brazil

Nasceu em Taquari, RS, em 24/4/1870, e morreu em Porto Alegre, RS, em 2/10/1942. Poeta, romancista, teatrólogo, jornalista. **Algumas obras**: *Comédia da vida* (poes.1ª série 1897, 2ª série 1914); *Juca, o letrado* (rom. 1900); *Vovó musa* (poes. 1903); *Visão do ópio* (poes.1906); *O meio* (rom. 1921); *Teias de luar* (poes. 1924); *Alma gaúcha* (poema épico, 1935).

### "Certos dias invade-me o receio"

Certos dias invade-me o receio
De vir a enlouquecer por teu respeito...
Bem sabes que quem ama está sujeito
Aos dissabores de que o mundo é cheio.

Quando vou ver-te, alvoroçado o peito,
E acontecendo andares de passeio
Não te vejo nem ouço o teu gorjeio,
O dia passo em lágrimas desfeito.

Juro então não voltar à tua casa,
E prometo esquecer-te, despeitado,
Apesar da paixão que ainda me abrasa...

Prometo, juro não voltar; mas quando
Dou comigo, de novo eis-me ao teu lado,
Vendo-te e ouvindo e, louco, te adorando!

(Zeferino Brazil, *Palavras ao vento* in *Vovó musa,* 3. ed., Porto Alegre, Divisão Cultural do Sport Clube Internacional, 1973, p. 71.)

## Zelos

De leve, beijo as suas mãos pequenas,
Alvas, de neve, e, logo, um doce, um breve,
Fino rubor lhe tinge a face, apenas
De leve beijo as suas mãos de neve.

Ela vive entre lírios e açucenas,
E o vento a beija, e, como o vento, deve
Ser o meu beijo em suas mãos serenas,
— Tão leve o beijo, como o vento é leve...

Que essa divina flor, que é tão suave,
Ama o que é leve, como um leve adejo
De vento ou como um garganteio de ave,

E já me basta, para meu tormento,
Saber que vento a beija, e que o meu beijo
Nunca será tão leve como o vento...

(Zeferino Brazil, *Palavras ao vento* in *Vovó musa*, 3. ed., Porto Alegre, Divisão Cultural do Sport Clube Internacional, 1973, p. 97.)

# Júlio Mário Salusse

Nasceu em Bom Jardim, RJ, em 30/3/1872, e morreu no Rio de Janeiro, RJ, em 30/1/1948. Poeta. Diplomado em Direito, foi promotor público. Escreveu poesias lírico-amorosas com traços parnasianos. **Algumas obras**: *Nevrose azul* (poes. 1895); *Sombras* (poes. 1901); *A negra e o rei* (nov. 1927).

## Cisnes...

A vida, manso lago azul algumas
Vezes, algumas vezes mar fremente,
Tem sido para nós constantemente
Um lago azul sem ondas, sem espumas...

Sobre ele, quando, desfazendo as brumas
Matinais, rompe um sol vermelho e quente,
Nós dois vagamos indolentemente,
Como dois cisnes de alvacentas plumas!

Um dia um cisne morrerá, por certo:
Quando chegar esse momento incerto,
No lago, onde talvez a água se tisne,

Que o cisne vivo cheio de saudade,
Nunca mais cante, nem sozinho nade,
Nem nade nunca ao lado de outro cisne...

(*Obra poética de Júlio Salusse*, intr. e estab. de texto por Antônio Carlos Secchin, Rio de Janeiro, Anais da Biblioteca Nacional, nº 113, 1993, p. 159).

## Visão

Vi passar num corcel a toda brida,
Nuvens de poeira erguendo pela estrada,
Um Gigante, impassível como o nada,
Indiferente a tudo — à morte e à vida!

Tinha nos braços, como adormecida,
Fantástica mulher, sublime fada:
Lindos cabelos de ilusão dourada,
Pálidas faces de ilusão perdida...

Assombrado, gritei para o Gigante:
"Quem és? a loura fada é tua amante?"
E o cavaleiro — o Tempo — respondeu:

"Eu sou tudo e sou nada nos espaços,
E esta Deusa que levo nos meus braços,
É a tua Mocidade que morreu!"

(*Obra poética de Júlio Salusse*, intr. e estab. de texto por Antônio Carlos Secchin, Rio de Janeiro, Anais da Biblioteca Nacional, nº 113, 1993, p. 187).

## **Francisca Júlia** da Silva Munster

Nasceu em Eldorado, SP, em 31/8/1874 e morreu em São Paulo, SP. em 1/11/1920. Poeta parnasiana, autora de várias obras didáticas, professora. **Algumas obras**: *Mármores* (1895); *Esfinges* (1903).

## Rústica

Da casinha, em que vive, o reboco alvacento
Reflete o ribeirão na água clara e sonora.
Este é o ninho feliz e obscuro em que ela mora;
Além, o seu quintal, este, o seu aposento.

Vem do campo, a correr; e úmida do relento,
Toda ela, fresca do ar, tanto aroma evapora,
Que parece trazer consigo, lá de fora,
Na desordem da roupa e do cabelo, o vento...

E senta-se. Compõe as roupas. Olha em torno
Com seus olhos azuis onde a inocência bóia;
Nessa meia penumbra e nesse ambiente morno,

Pegando da costura à luz da clarabóia,
Põe na ponta do dedo em feitio de adorno,
O seu lindo dedal com pretensão de jóia.

(Francisca Julia, *Esphinges*, São Paulo, Monteiro Lobato Ed., 1903, p. 39-40.)

## Angelus

*A Felinto d'Almeida*

Desmaia a tarde. Além, pouco e pouco, no poente,
O sol, rei fatigado, em seu leito adormece:
Uma ave canta, ao longe; o ar pesado estremece
Do Angelus ao soluço agoniado e plangente.

Salmos cheios de dor, impregnados de prece,
Sobem da terra ao céu numa ascensão ardente.
E enquanto o vento chora e o crepúsculo desce,
A Ave Maria vai cantando, tristemente.

Nest'hora, muita vez, em que fala a saudade
Pela boca da noite e pelo som que passa,
Lausperene de amor cuja mágoa me invade,

Quisera ser o som, ser a noite, ébria e douda
De trevas, o silêncio, esta nuvem que esvoaça,
Ou fundir-me na luz e desfazer-me toda.

(Francisca Julia, *Esphinges*, São Paulo, Monteiro Lobato Ed., 1903, p. 65-6.)

## Auta de Sousa

Nasceu em Macaíba, RN, em 13/9/1876 e morreu em Natal, RN, em 7/2/1901. Poeta de natureza quase exclusivamente religiosa. **Obra**: *Horto* (1900).

### Ao pé do túmulo

(Aos meus)

Eis o descanso eterno... o doce abrigo
Das almas tristes e despedaçadas;
Eis o repouso, enfim... e o sono amigo
Já vem cerrar-me as pálpebras cansadas.

Amarguras da terra! eu me desligo
Para sempre de vós... Almas amadas
Que soluçais por mim, eu vos bendigo,
O' almas de minh'alma abençoadas!

Quando eu daqui me for, anjos da guarda,
Quando vier a morte que não tarda
Roubar-me a vida para nunca mais,

Em pranto escrevam sobre a minha lousa:
"Longe da mágoa, enfim, no Céu repousa
Quem sofreu muito e quem amou demais".

(Auta de Sousa in Laudelino Freire, *Sonetos brasileiros*, Rio de Janeiro, Briguiet, 1913, p. 276.)

## João Paulo Emílio Cristóvão dos Santos Coelho Barreto, pseud. **João do Rio**

Nasceu no Rio de Janeiro, RJ, em 5/8/1880 onde morreu em 23/6/1921. Cronista, contista, jornalista, repórter. **Algumas obras**: *Rosário da ilusão* (s.d.); *As religiões no Rio* (report. 1906); *Cinematógrafo* (1909); *O momento literário* (report. s.d.); *Eva* (teat. s.d.); *A mulher e os espelhos* (cont. s.d.); *A alma encantadora das ruas* (crôn. 1918); *Rosário da ilusão* (s.d.).

## O homem da cabeça de papelão (frag.)

Velho Conto

/..../

Precisamente por isso, Antenor, apesar de não ter importância alguma, era exceção mal vista. Esse rapaz, filho de boa família (tão boa que até tinha sentimentos), agira sempre em desacordo com a norma dos seus concidadãos.

Desde menino, a sua respeitável progenitora descobriu-lhe um defeito horrivel: Antenor só dizia a verdade. Não a sua verdade, a verdade útil, mas a verdade verdadeira. Alarmada, a digna senhora pensou em tomar providências. Foi-lhe impossível. Antenor era diverso no modo de comer, na maneira de vestir, no jeito de andar, na expressão com que se dirigia aos outros. Enquanto usara calções, os amigos da família consideravam-no um *enfant terrible*, porque no País do Sol todos falavam francês com convicção, mesmo falando mal. Rapaz, entretanto, Antenor tornou-se alarmante. Entre outras coisas, Antenor pensava livremente por conta própria. Assim, a família via chegar Antenor como a própria revolução; os mestres indignavam-se por que ele aprendia ao contrário do que ensinavam; os amigos odiavam-no; os transeuntes, vendo-o passar, sorriam.

Uma só coisa descobriu a mãe de Antenor para não ser forçada a mandá-lo embora: Antenor nada do que fazia, fazia por mal. Ao contrário. Era escandalosamente, incompreensívelmente bom. Aliás, só para ela, para os olhos maternos. Porque quando Antenor resolveu arranjar trabalho para os mendigos e corria a bengala os parasitas na rua, ficou provado que Antenor era apenas doido furioso. Não só para as vítimas da sua bondade como para a esclarecida inteligência dos delegados de polícia a quem teve de explicar a sua caridade.

Com o fim de convencer Antenor de que devia seguir os trâmites legais de um jovem solar, isto é: ser bacharel e depois empregado público nacionalista, deixando à atividade da canália estrangeira o resto — os interesses congregados da família em nome dos princípios organizaram vários *meetings* como aqueles que se fazem na inexistente democracia americana para provar que a chave abre portas e a faca serve para cortar o que é nosso para nós e o que é dos outros também para nós. Antenor, diante da evidência, negou-se.

— Ouça! bradava o tio. Bacharel é o princípio de tudo. Não estude. Pouco importa! Mas seja bacharel! Bacharel você tem tudo nas mãos. Ao lado de um político-chefe, sabendo lisonjear, é a ascensão: deputado, ministro.

— Mas não quero ser nada disso.

— Então quer ser vagabundo?

— Quero trabalhar.

— Vem dar na mesma coisa. Vagabundo é um sujeito a quem faltam três coisas: dinheiro, prestígio e posição. Desde que você não as tem, mesmo trabalhando — é vagabundo.

— Eu não acho.

— É pior. É um tipo sem bom senso. É bolchevique. Depois, trabalhar para os outros é uma ilusão. Você está inteiramente doido.

/..../

(João do Rio, *Rosário de ilusão*, Lisboa, Portugal-Brasil, s.d., p. 8-11.)

## Afonso Henrique de **Lima Barreto**

Nasceu no Rio de Janeiro, RJ, em 13/5/1881 onde morreu em 1/11/1922. Romancista, contista, funcionário público. Mestiço de origem humilde, pobre, padeceu ainda de distúrbios psíquicos. Seu romance se caracteriza pela crítica social num tom que oscila entre a sátira e a indignação. **Algumas obras**: *Recordações do escrivão Isaías Caminha* (1909); *Triste fim de Policarpo Quaresma* (1915); *Numa e a ninfa* (1915); *Vida e morte de M. J. Gonzaga de Sá* (1919); *Histórias e sonhos* (cont. 1920); *Os bruzundangas* (diversos 1922); *Bagatelas* (jornal, 1923); *Clara dos Anjos* (rom. 1923-1924).

### No gabinete do Ministro

— O senhor quer ser diretor do Serviço Geológico da Bruzundanga? pergunta o ministro.

— Quero, Excelência.

— Onde estudou geologia?

— Nunca estudei, mas sei o que é vulcão.

— Que é?

— Chama-se vulcão a montanha que, de uma abertura, em geral no cimo, jorra turbilhões de fogo e substâncias em fusão.

— Bem. O senhor será nomeado.

*   *   *

Pancome, quando se deu uma vaga de amanuense na sua secretaria de Estado, de acordo com o seu critério não abriu concurso, como era de lei, e esperou o acaso para preenchê-la convenientemente.

Houve um rapaz que, julgando que o poderoso visconde queria um amanuense *chic* e lindo, supondo-se ser tudo isso, requereu o lugar, juntando os seus retratos, tanto de perfil como de frente. Pancome fê-lo vir à sua presença. Olhou o rapaz e disse:

— Sabe sorrir?

— Sei, Excelentíssimo Senhor Ministro.

— Então mostre.

Pancome ficou contente e indagou ainda:

— Sabe cumprimentar?

— Sei, Senhor Visconde.

— Então, cumprimente ali o Major Marmeleiro.

Este major era o seu secretário e estava sentado, em outra mesa, ao lado da do Ministro, todo ele embrulhado em uma vasta sobrecasaca.

O rapaz não se fez de rogado e cumprimentou o Major com todos os "ff" e "rr" diplomáticos.

O visconde ficou contente e perguntou ainda:

— Sabe dançar?

— Sei, Excelentíssimo Senhor Visconde.

— Dance.

— Sem música?

O visconde não se atrapalhou. Determinou ao secretário:

— Marmeleiro, ensaia aí uma valsa.

— Só sei "Morrer sonhando"(exemplo).

— Serve.

O candidato dançou às mil maravilhas e o visconde não escondia o grande contentamento de que sua alma exuberava.

Indagou afinal.

— Sabe escrever com desembaraço?

— Ainda não, doutor.

— Não faz mal. O essencial, o senhor sabe. O resto o senhor aprenderá com os outros.

E foi nomeado, para bem documentar, aos olhos dos estranhos, a beleza dos homens da Bruzundanga.

(Lima Barreto, *Os Bruzundangas*, 2. ed., São Paulo, Brasiliense, 1961, p.166-7.)

## *Recordações do escrivão Isaías Caminha*

Capítulo IV (frag.)

/..../

O Hotel Términus estava ainda fechado. Esperei junto a um café aberto. Daí a instantes, aproximou-se da porta a carrocinha que vai ao mercado. Da boléia, saltou um rapazinho vivaz, simpático e ligeiro. Trocou umas palavras com o cocheiro e veio em direção ao café. Tomei-lhe os passos e perguntei pelo doutor Castro.

— O deputado?

— Sim! O deputado...

— Mora, não há dúvidas; mas quase nunca dorme no hotel. Lá é sua residência oficial; mas de fato onde ele mora, é na Rua dos Irmãos Araújos, 27, Vila Isabel.

— Ué! Por quê?

— O senhor é do Rio? fez, sem responder-me diretamente, o criado.

— Não.

— Está se vendo, se não não se admirava. O senhor sabe: esses homens tem seus arranjos e não querem que ninguém saiba. É por isso. Agora, não vá dizer que eu... Veja lá!

Eu não conhecia bem os bairros da cidade. Não lhes sabia a importância, o valor, nem as suas vias de comunicações com o centro, donde não me tinha afastado até ali, se não para fazer um passeio de pragmática a Botafogo, de que não gostei. Tive que indagar o caminho e o bonde, depois então corri ao ponto respectivo. Viajei cheio de ansiedade, com o sangue a correr aceleradamente pelas artérias, repetindo mentalmente o nome da rua e o número da casa do doutor Castro. Houve uma vez que me saltaram pela boca fora, com grande espanto do meu vizinho da esquerda. As ruas estavam animadas, havia um grande trânsito de veículos, criadas com cestos, quitandeiros, vendedores de peixe. Aqui e ali, com os cestos arriados, à porta de uma ou outra casa, discutiam a venda das suas mercadorias com as donas das casas ainda quase em traje de dormir. Pelas esquinas, as vendas estavam cheias. O condutor ensinou-me a rua e eu segui a pé na direção indicada. Não seriam ainda nove horas quando bati no número vinte e sete, uma casa apalacetada, afastada da rua, no centro do terreno, entrada do lado e varanda, jardim na frente e bojudas compoteiras no telhado. A casa erguia-se do solo sobre um porão de boa altura, com mezaninos gradeados e as janelas, de sacadas a olhar para os pequenos canteiros do jardim, a essa hora povoados de flores que desabrochavam, murchas por aquela manhã quente.

Bati. Quem é? — perguntou uma senhora do alto da escada, à soleira da porta de entrada. Que podia responder?! Quem era eu? Sei lá... Dizer o meu nome?... Como responder?... Afinal, disse bem idiotamente: Sou eu. Suba, respondeu-me ela. Entrei e subi. Que deseja? Era uma rapariga moça, entre vinte e cinco ou trinta anos, de grandes quadris e seios altos; vinha envolta num roupão rosado e tinha o cabelo, curto e pouco abundante, desnastrado por sobre uma toalha alvadia. Toda ela deu-me uma impressão de veludo, de pelúcia, de coxim macio e acariciante. Logo que me aproximei, de novo, me perguntou languidamente, deixando ver os dentes imaculados: — Que deseja? Expliquei-lhe rapidamente que vinha do distrito do deputado e lhe queria falar. Fez-me entrar na sala, descansou o jornal que até então conservara na mão esquerda, e explicou-me com bondade:

— O doutor ainda não se levantou; mas não tarda... Esteve trabalhando até tarde... O senhor sabe: são pareceres sobre pareceres... Há de esperá-lo um pouco, sim?

— Pois não, minha senhora.

Não disse a resposta com naturalidade, esforcei-me por fazê-la polida e amável, e saiu-me por isso completamente desajeitada. Sempre fui assim diante das senhoras, qualquer que seja a sua condição; desde que as veja num ambiente de sala, são todas para mim marquesas e grandes damas. É um sentimento perfeitamente imbecil, de que até hoje não me pude libertar. Certa ocasião mesmo fui por isso de um ridículo sem nome. Gregoróvitch ceava comigo num restaurante da moda. Era da meia-noite para uma hora; a sala estava cheia de raparigas de vida airada. Tendo esbarrado a minha cadeira na de uma delas, pedi com grande humildade cortesã: — Desculpe-me Vossa Excelência. A mulher, uma grande espanhola cheia de rugas e pó de arroz, olhou-me cheia de raiva e desandou-me uma descompostura julgando que eu a troçava. Gregoróvitch, porém, interveio e deu-lhe explicações cabais na sua língua de origem. Ela riu-se muito, contou à companheira e em breve a sala toda me olhava, com uma risota nos lábios.

Diante daquela mulher, na casa *particular* do deputado, cuja situação nela era fácil de descobrir, eu fiquei nessa atitude de menino tímido que me invade, sempre que estou em presença de mulheres, numa sala qualquer. Não lhe falei; não pude provocar a palestra; ela fatigou-se de olhar, levantou-se desculpando-se: — "O senhor há de me desculpar... Tenho que fazer, vou até lá dentro e o doutor não há de tardar".

Ainda hoje, depois de tantos anos de desgostos dessa ralação contínua pela minha luta íntima, precocemente velho pelo entrechoque de forças da minha imaginação desencontrada, desproporcionada e monstruosa, lembro-me — com que saudade! com que frenesi! — do inebriamento que essa mulher deu aos meus sentidos, com o seu perfume violentamente sexual, acre e estonteante, espécie de requeime das especiarias das Índias... Ergueu-se e foi lentamente pelo corredor em fora; e eu segui com o olhar a sua nuca tentadora com tonalidade de bronze novo.

Eu conhecia a legítima esposa do Castro. Que diferença! Era quase uma velha encarquilhada, cheia de pelancas e fatuidade...

Quando perdi de vista a moça pus-me a reparar na sala, com umas oleogravuras sentimentais e uns *bibelots* de pacotilha. Demorei-me assim uma meia hora; por fim, o homem veio. Entreguei-lhe a carta. Leu-a num instante, tendo na testa uma ruga de aborrecimento; depois perguntou-me:

— É o senhor?

— Sim senhor.

— Você (mudou logo de tratamento) sabe perfeitamente como as cousas vão: o país está em crise, em apuros financeiros, estão extinguindo repartições, cortando despesas; é difícil arranjar qualquer cousa; entretanto...

— Mas doutor eu não queria grande cousa... Cem mil-réis por mês me bastava... Todos por aí arranjam e eu...

— Sim... Sim... Mas têm grandes recomendações, poderosos padrinhos — eu, o que valho? nada! Ainda agora o Ministro do Interior não nomeou o meu candidato para juiz do júri...

— Se Vossa Excelência quisesse...

— Você por que não faz um concurso?

— Não posso, não os há anunciados e eu preciso qualquer cousa já...

E assim fomos conversando: ele falsamente paternal e eu, à medida que o diálogo se prolongava, caloroso e eloqüente. Houve ocasião em que ele exprobou essa nossa mania de empregos e doutorado, citando os ingleses e os americanos. — Todo o mundo quer ser doutor... Corei indignado e respondi com alguma lógica, que me era impossível romper com ela; se os fortes e aparentados, os relacionados para a formatura apelavam, como havia eu, mesquinho, semi-aceito, de fazer exceção? Recomendou-me que o procurasse no escritório, que havia de ver...

Se bem que me tivesse acolhido com polidez, senti que o coronel nada decidia no ânimo do deputado. Julguei que mais do que pela carta o seu acolhimento fora ditado por uma frouxidão de caráter, por certa preguiça de vontade e desejo de mentir a si mesmo. A sua fisionomia empastada, o seu olhar morto e a sua economia de movimentos deram-me essa impressão. Demais aquela ruga na testa quando deu comigo...

No bonde, comprei um jornal. O veículo ia-se enchendo: meninas da Escola Normal, cheias de livros, de lápis e réguas; funcionários de roupas surradas; pequenos militares com uniformes desbotados...

Conversavam; discutiam os casos políticos e os de polícia, enquanto eu lia. Num dado momento, na segunda página, dei com esta notícia: "Parte hoje para São Paulo, onde vai estudar a cultura do café, o doutor H. de Castro Pedreira, deputado federal. Sua Excelência demorar-se-á..."

Patife! Patife! A minha indignação veio encontrar os palestradores no máximo de entusiasmo. O meu ódio, brotando naquele meio de satisfação, ganhou mais força. Num relâmpago, passaram-me pelos olhos todas as misérias que me esperavam, a minha irremediável derrota, a minha queda aos poucos — até onde? até onde? (...)

/..../

(Lima Barreto, *Recordações do escrivão Isaías Caminha*, 3. ed., São Paulo, Brasiliense, 1968, p. 97-102.)

## *Triste fim de Policarpo Quaresma*

No sossego (frag.)

/..../

— Boas tardes, major.

— Boas tardes. Faça o favor de entrar.

O desconhecido entrou e sentou-se. Era um tipo comum, mas o que havia nele de estranho, era a gordura. Não era desmedida ou grotesca, mas tinha um aspecto desonesto. Parecia que a fizera de repente e comia, a mais não poder, com medo de a perder de um dia para outro. Era assim como a de um lagarto que entesoura enxúndia para o inverno ingrato. Através da gordura de suas bochechas, via-se perfeitamente a sua magreza natural, normal, e se devia ser gordo não era naquela idade, com pouco mais de trinta anos, sem dar tempo que todo ele engordasse; porque, se as duas faces eram gordas, as suas mãos continuavam magras com longos dedos fusiformes e ágeis. O visitante falou:

— Eu sou o Tenente Antonino Dutra, escrivão da coletoria...

— Alguma formalidade? indagou medroso Quaresma.

— Nenhuma, major. Já sabemos quem o senhor é; não há novidade nem nenhuma exigência legal.

O escrivão tossiu, tirou um cigarro, ofereceu outro a Quaresma e continuou:

— Sabendo que o major vem estabelecer-se aqui, tomei a iniciativa de vir incomodá-lo... Não é cousa de importância... Creio que o major...

— Oh! Por Deus, tenente!

— Venho pedir-lhe um pequeno auxílio, um óbulo, para a festa da Conceição, a nossa padroeira, de cuja irmandade sou tesoureiro.

— Perfeitamente. É muito justo. Apesar de não ser religioso, estou...

— Uma cousa nada tem com a outra. É uma tradição do lugar que devemos manter.

— É justo.

— O senhor sabe, continuou o escrivão, a gente daqui é muito pobre e a irmandade também, de forma que somos obrigados a apelar para a boa vontade dos moradores mais remediados. Desde já, portanto, major...

— Não. Espere um pouco...

— Oh! major, não se incomode. Não é p'ra já.

Enxugou o suor, guardou o lenço, olhou um pouco lá fora e acrescentou:

— Que calor! Um verão como este nunca vi aqui. Tem-se dado bem, major?

— Muito bem.

— Pretende dedicar-se à agricultura?

— Pretendo, e foi mesmo por isso que vim para a roça.

— Isto hoje não presta, mas noutro tempo!... Este sítio já foi uma lindeza, major! Quanta fruta! Quanta farinha! As terras estão cansadas e...

— Qual cansadas, Seu Antonino! Não há terras cansadas... A Europa é cultivada há milhares de anos, entretanto...

— Mas lá se trabalha.

— Porque não se há de trabalhar aqui também?

— Lá isso é verdade; mas há tantas contrariedades na nossa terra que...

— Qual, meu caro tenente! Não há nada que não se vença.

— O senhor verá com o tempo, major. Na nossa terra não se vive senão de política, fora disso, babau! Agora mesmo anda tudo brigado por causa da questão da eleição de deputados...

Ao dizer isto, o escrivão lançou por baixo das suas pálpebras gordas um olhar pesquisador sobre a ingênua fisionomia de Quaresma.

— Que questão é? indagou Quaresma.

O tenente parecia que esperava a pergunta e logo fez com alegria:

— Então não sabe?

— Não.

— Eu lhe explico: o candidato do governo é o doutor. Castrioto, moço honesto, bom orador; mas entenderam aqui certos presidentes de Câmaras Municipais do Distrito que se hão de sobrepor ao governo, só porque o Senador Guariba rompeu com o governador; e — zás — apresentaram um tal Neves que não tem serviço algum ao partido e nenhuma influência... Que pensa o senhor?

— Eu... Nada!

O serventuário do fisco ficou espantado. Havia no mundo um homem que, sabendo e morando no Município de Curuzu, não se incomodasse com a briga do Senador Guariba com o governador do Estado! Não era possível! Pensou e sorriu levemente. Com certeza, disse ele consigo, este malandro quer ficar bem com os dois, para depois arranjar-se sem dificuldade. Estava tirando sardinha com mão de gato... Aquilo devia ser um ambicioso matreiro; era preciso cortar as asas daquele "estrangeiro", que vinha não se sabe donde!

— O major é um filósofo, disse ele com malícia.

— Quem me dera? fez com ingenuidade Quaresma.

Antonino ainda fez rodar um pouco a conversa sobre a grave questão, mas, desanimado de penetrar nas tenções ocultas do major, apagou a fisionomia e disse em ar de despedida:

— Então o major não se recusa a concorrer para a nossa festa, não é?

— Decerto.

Os dois se despediram. Debruçado na varanda, Quaresma ficou a vê-lo montar no seu pequeno castanho, luzidio de suor, gordo e vivo. O escrivão afastou-se, desapareceu na estrada, e o major ficou a pensar no interesse estranho que essa gente punha nas lutas políticas, nessas tricas eleitorais, como se nelas houvesse qualquer coisa de vital e importante. Não atinava porque uma rezinga entre dois figurões importantes vinha pôr desarmonia entre tanta gente, cuja vida estava tão fora da esfera daqueles. Não estava ali a terra boa para cultivar e criar? Não exigia ela uma árdua luta diária? Por que não se empregava o esforço que se punha naqueles barulhos de votos, de atas, no trabalho de fecundá-la, de tirar dela seres, vidas — trabalho igual ao de Deus e dos artistas? Era tolo estar a pensar em governadores e guaribas, quando a nossa vida pede tudo à terra e ela quer carinho, luta, trabalho e amor...

/..../

(Lima Barreto, *Triste fim de Policarpo Quaresma*, 7. ed., São Paulo, Brasiliense, 1969, p. 126-9.)

## José de Abreu Albano

Nasceu em Fortaleza, CE, em 12/4/1882 e morreu em Paris em 11/7/1923. Poeta e sonetista de sabor camoniano. **Obra**: *Rimas* (1912).

### "Amar é desejar o sofrimento"

Amar é desejar o sofrimento
E contentar-se só de ter sofrido,
Sem um suspiro vão, sem um gemido,
No mal mais doloroso e mais cruento.

É vagar desta vida tão isento
É deste mundo enfim tão esquecido,
É pôr o seu cuidar num só sentido
E todo o seu sentir num só tormento.

É nascer qual humilde carpinteiro,
De rudes pescadores rodeado,
Caminhando ao suplício derradeiro.

É viver sem carinho nem agrado,
É ser enfim vendido por dinheiro,
E entre ladrões morrer crucificado.

(José Albano, *Rimas*, 3. ed., Rio de Janeiro, Graphia, 1993 p. 58.)

## José Bento Monteiro Lobato

Nasceu em Taubaté, SP, em 18/4/1882 e morreu em São Paulo, SP, em 4/4/1948. Contista e romancista, vigilante na defesa dos valores nacionais, é considerado o grande renovador da literatura infantil brasileira. **Algumas obras**: *Urupês* (cont. 1918); *Cidades mortas* (cont.1919); *Idéias de Jeca Tatu* (1919); *Negrinha* (cont. 1920); *Lúcia, ou A menina do narizinho arrebitado* (lit. inf. 1921); *O choque das raças ou O presidente negro* (rom. 1926); *Novas reinações de Narizinho* (lit. inf. 1933); *História do mundo para crianças* (lit. inf. 1933); *Memórias da Emília* (lit. inf. 1936); *O escândalo do petróleo* (1936); *O sítio do picapau amarelo* (lit. inf. 1939).

## **Negrinha** (frag.)

/..../

A excelente dona Inácia era mestra na arte de judiar de crianças. Vinha da escravidão, fora senhora de escravos — e daquelas ferozes, amigas de ouvir cantar o bolo e estalar o bacalhau. Nunca se afizera ao regime novo — essa indecência de negro igual a branco e qualquer coisinha: a polícia! “Qualquer coisinha”: uma mucama assada ao forno porque se engraçou dela o senhor; uma novena de relho[1] porque disse: “Como é ruim, a sinhá!”...

O 13 de Maio tirou-lhe das mãos o azorrague, mas não lhe tirou da alma a gana. Conservava Negrinha em casa como remédio para os frenesis. Inocente derivativo.

— Ai! Como alivia a gente uma boa roda de cocres bem fincados!...

Tinha de contentar-se com isso, judiaria miúda, os níqueis da crueldade. Cocres: mão fechada com raiva e nós de dedos que cantam no coco do paciente. Puxões de orelha: o torcido, de despegar a concha (bom! bom! bom! gostoso de dar!) e o a duas mãos, o sacudido. A gama inteira dos beliscões: do miudinho, com a ponta da unha, à torcida do umbigo, equivalente ao puxão de orelha. A esfregadela: roda de tapas, cascudos, pontapés e safanões a uma — divertidíssimo! A vara de marmelo, flexível, cortante: para “doer fino” nada melhor!

Era pouco, mas antes isso do que nada. Lá de quando em quando vinha um castigo maior para desobstruir o fígado e matar as saudades do bom tempo. Foi assim com aquela história do ovo quente.

Não sabem? Ora! Uma criada nova furtara do prato de Negrinha — coisa de rir — um pedacinho de carne que ela vinha guardando para o fim. A criança não sofreou a revolta — atirou-lhe um dos nomes com que a mimoseavam todos os dias.

— “Peste?” Espere aí! Você vai ver quem é peste — e foi contar o caso à patroa.

Dona Inácia estava azeda, necessitadíssima de derivativos. Sua cara iluminou-se.

— Eu curo ela! disse — e desentalando do trono as banhas foi para a cozinha, qual perua choca, a rufar as saias.

— Traga um ovo.

Veio o ovo. Dona Inácia mesma pô-lo na água a ferver; e de mãos à cinta, gozando-se na prelibação da tortura, ficou de pé uns minutos, à espera. Seus olhos contentes envolviam a mísera criança que, encolhidinha a um canto, aguardava trêmula alguma coisa de nunca visto. Quando o ovo chegou a ponto, a boa senhora chamou:

— Venha cá!

Negrinha aproximou-se.

— Abra a boca!

Negrinha abriu a boca, como o cuco, e fechou os olhos. A patroa, então, com uma colher, tirou da água "pulando"o ovo e *zás!* na boca da pequena. E antes que o urro de dor saísse, suas mãos amordaçaram-na até que o ovo arrefecesse. Negrinha urrou surdamente, pelo nariz. Esperneou. Mas só. Nem os vizinhos chegaram a perceber aquilo. Depois:

— Diga nomes feios aos mais velhos outra vez, ouviu, peste?

E a virtuosa dama voltou contente da vida para o trono, a fim de receber o vigário que chegava.

— Ah, monsenhor! Não se pode ser boa nesta vida... Estou criando aquela pobre órfã, filha da Cesária — mas que trabalheira me dá!

— A caridade é a mais bela das virtudes cristãs, minha senhora, murmurou o padre.

— Sim, mas cansa...

— Quem dá aos pobres empresta a Deus.

A boa senhora suspirou resignadamente.

— Inda é o que vale...

Certo dezembro vieram passar as férias com *Santa* Inácia duas sobrinhas suas, pequenotas, lindas meninas louras, ricas, nascidas e criadas em ninho de plumas.

Do seu canto na sala do trono Negrinha viu-as irromperem pela casa como dois anjos do céu — alegres, pulando e rindo com a vivacidade de cachorrinhos novos. Negrinha olhou imediatamente para a senhora, certa de vê-la armada para desferir contra os anjos invasores o raio dum castigo tremendo.

Mas abriu a boca: a sinhá ria-se também... Quê? Pois não era crime brincar? Estaria tudo mudado — e findo o seu inferno — e aberto o céu? No enlevo da doce ilusão, Negrinha levantou-se e veio para a festa infantil, fascinada pela alegria dos anjos.

Mas a dura lição da desigualdade humana lhe chicoteou a alma. Beliscão no umbigo, e nos ouvidos o som cruel de todos os dias: "Já para o seu lugar, pestinha! Não se enxerga?"

Com lágrimas dolorosas, menos de dor física que de angústia moral — sofrimento novo que se vinha acrescer aos já conhecidos — a triste criança encorujou-se no cantinho de sempre.

— Quem é, titia? perguntou uma das meninas, curiosa.

— Quem há de ser? disse a tia num suspiro de vítima. Uma caridade minha. Não me corrijo, vivo criando essas pobres de Deus... Uma órfã. Mas brinquem, filhinhas, a casa é grande, brinquem por aí afora.

"Brinquem!" Brincar! Como seria bom brincar! — refletiu com suas lágrimas, no canto, a dolorosa martirzinha, que até ali só brincara em imaginação com o cuco.

(Monteiro Lobato, *Negrinha*, 14. ed., São Paulo, Brasiliense, 1968, p. 5-8.)

## Augusto de Carvalho Rodrigues dos Anjos

Nasceu no Engenho do Pau d' Arco, PB, em 20/4/1884 e morreu em Leopoldina, MG, em 12/11/1914. Poeta e professor. Seu livro de poesias *Eu*, de 1912, mescla elementos parnasianos e simbolistas. **Algumas obras**: *Eu* (1912); *Obra completa* (1994).

### II

A meu Pai morto

Madrugada de Treze de Janeiro.
Rezo, sonhando, o ofício da agonia.
Meu Pai nessa hora junto a mim morria
Sem um gemido, assim como um cordeiro!

E eu nem lhe ouvi o alento derradeiro!
Quando acordei, cuidei que ele dormia,
E disse à minha Mãe que me dizia:
"Acorda-o!" deixa-o, Mãe, dormir primeiro!

E saí para ver a Natureza!
Em tudo o mesmo abismo de beleza,
Nem uma névoa no estrelado véu...

Mas pareceu-me, entre as estrelas flóreas,
Como Elias, num carro azul de glórias,
Ver a alma de meu Pai subindo ao Céu!

(Augusto dos Anjos, *Eu* in *Obra completa*, Rio de Janeiro, Nova Aguilar, 1995, p. 269-70.)

## Versos íntimos

Vês! Ninguém assistiu ao formidável
Enterro de tua última quimera.
Somente a Ingratidão — esta pantera —
Foi tua companheira inseparável!

Acostuma-te à lama que te espera!
O Homem, que, nesta terra miserável,
Mora entre feras, sente inevitável
Necessidade de também ser fera.

Toma um fósforo. Acende teu cigarro!
O beijo, amigo, é a véspera do escarro,
A mão que afaga é a mesma que apedreja.

Se a alguém causa inda pena a tua chaga,
Apedreja essa mão vil que te afaga,
Escarra nessa boca que te beija!

Pau d'Arco - 1901

(Augusto dos Anjos, *Eu* in *Obra completa*, Rio de Janeiro, Nova Aguilar, 1995, p. 280.)

## Eterna mágoa

O homem por sobre quem caiu a praga
Da tristeza do Mundo, o homem que é triste
Para todos os séculos existe
E nunca mais o seu pesar se apaga!

Não crê em nada, pois nada há que traga
Consolo à Mágoa, a que só ele assiste.
Quer resistir, e quanto mais resiste
Mais se lhe aumenta e se lhe afunda a chaga.

Sabe que sofre, mas o que não sabe
É que essa mágoa infinda assim, não cabe
Na sua vida, é que essa mágoa infinda

Transpõe a vida do seu corpo inerme;
E quando esse homem se transforma em verme
É essa mágoa que o acompanha ainda!

Pau d'Arco - 1904

(Augusto dos Anjos, *Eu* in *Obra completa*, Rio de Janeiro, Nova Aguilar, 1995, p. 290.)

## Humberto de Campos Veras

Nasceu em Miritiba, atualmente Humberto de Campos, MA, em 25/10/1886 e morreu no Rio de Janeiro, RJ, em 5/12/1934. Contista, romancista, poeta, crítico, biógrafo memorialista, jornalista. **Algumas obras**: *Poeira....* (1ª série 1911); *Poeira....* (2ª. Série 1917); *A serpente de bronze* (cont. 1921); *O Brasil anedótico* (aned. 1927); *Alcova e salão* (cont. 1927); *Memórias* (1933); *Poesias completas* (1933); *Sombras que sofrem* (crôn. 1934); *Memórias inacabadas* (1935).

### *Memórias*

Capítulo XXXII — Um amigo de infância (frag.)

/..../

Aos treze anos da minha idade, e três da sua, separamo-nos, o meu cajueiro e eu. Embarco para o Maranhão, e ele fica. Na hora, porém, de deixar a casa, vou levar-lhe o meu adeus. Abraçando-me ao seu tronco, aperto-o de encontro ao meu peito. A resina transparente e cheirosa corre-lhe do caule ferido. Na ponta dos ramos mais altos abotoam os primeiros cachos de flores miúdas e arroxeadas como pequeninas unhas de crianças com frio.

— Adeus, meu cajueiro! Até a volta!

Ele não diz nada, e eu me vou embora.

Da esquina da rua, olho ainda, por cima da cerca, a sua folha mais alta, pequenino lenço verde agitado em despedida. E estou em S. Luís, homem-menino, lutando pela vida, enrijando o corpo no trabalho bruto e fortalecendo a alma no sofrimento, quando recebo uma comprida lata de folha acompanhando uma carta de minha mãe: "Receberás com esta uma pequena lata de doce de caju, em calda. São os primeiros cajus do teu cajueiro. São deliciosos, e ele te manda lembranças..."

Há, se bem me lembro, uns versos de Kipling em que, o Oceano, o Vento e a Floresta palestram e blasfemam. E o mais desgraçado dos três é a Floresta, porque, enquanto as ondas e as rajadas percorrem terras e costas, ela, agrilhoada ao solo com as raízes das árvores, braceja, grita, esgrime com os galhos furiosos, e não pode fugir nem viajar... Recebendo a carta de minha mãe, choro, sozinho. Choro, pela delicadeza da sua idéia. E choro, sobretudo, com inveja do meu cajueiro. Por que não tivera eu, também, raízes como ele, para me não afastar nunca, jamais, do quintal em que havíamos crescido juntos, da terra em que eu, ignorando que o era, havia sido feliz?

Volto, porém. O meu cajueiro estende, agora, os braços, na ânsia cristã de dar sombra a tudo. A resina corre-lhe do tronco mas ele se embala, contente, à música dos mesmos ventos amigos. Os seus galhos mais baixos formam cadeiras que oferece às crianças. Tem flores para os insetos faiscantes e frutos de ouro pálido para as pipiras morenas. É um cajueiro, moço, e robusto. Está em toda a força e em toda a glória ingênua da sua existência vegetal.

Um ano mais, e parto novamente. Outra despedida; outro adeus mais surdo, e mais triste:

— Adeus, meu cajueiro!

O mundo toma-me nos seus braços titânicos, arrepiados de espinhos. Diverte-se comigo como a filha do rei de Brobdingnag com a fragilidade do capitão Gulliver. O monstro maltrata-me, fere-me, tortura-me. E eu, quase morto, regresso a Parnaíba, volto a ver minha casa, e a rever o meu amigo.

— Meu cajueiro, aqui estou!

Mas ele não me conhece mais. Eu estou homem: ele está velho. A enfermidade cava-me o rosto, altera-me a fisionomia, modifica-me o tom da voz. Ele está imenso e escuro. Os seus galhos ultrapassam a cerca e vão dar sombra, na rua, às cabras cansadas, aos mendigos sem pouso, às galinhas sem dono... Quero abraçá-lo, e já não posso. Em torno ao seu tronco fizeram um cercado estreito. No cercado imundo, mergulhado na lama, ressona um porco... Ao perfume suave da flor, ao cheiro agreste do fruto, sucederam, em baixo, a vasa e a podridão!

— Adeus, meu cajueiro!

E lá me vou outra vez e para sempre, pelo mundo largo, onde hoje vivo, como ele, com os pés na lama, dando, às vezes, sombra aos porcos mas, também, às vezes, doirado de sol lá em cima, oferecendo frutos aos pássaros e pólen ao vento, e, no milagre divino do meu sonho, sangrando resina cheirosa, com o espírito enfeitado de flores que o vento leva, e o coração, aqui dentro, cheio de mel, e todo ressoante de abelhas...

(Humberto de Campos, *Memórias, Primeira parte (1886— 1900)*, Rio de Janeiro, Jackson, 1954, p. 239-42.)

## **Manuel** Carneiro de Souza **Bandeira** Filho

Nasceu no Recife, PE, em 19/4/1886 e morreu no Rio de Janeiro, RJ, em 13/10/1968. Poeta, cronista, crítico, antologista. Começou sua carreira literária ligado ao Simbolismo, mas depois foi denominado, por Mário de Andrade "o São João Batista do Modernismo brasileiro". Poesia com linguagem de extrema simplicidade e valorizadora da infância e das coisas miúdas do cotidiano. **Algumas obras**: *A cinza das horas* (1917); *Carnaval* (1919); *O ritmo dissoluto* (1924); *Libertinagem* (1930); *Estrela da manhã* (1936); *Antologia de poetas brasileiros da fase romântica* (ant. 1937); *Noções de História da Literatura* (1940); *Mafuá do malungo* (poemas de circunstância 1948); *Literatura hispano-americana* (ens. 1949); *Itinerário de Pasárgada* (mem. 1954); *Flauta de papel* (crôn. 1957); *Poesia e Prosa* (1958); *Estrela da vida inteira* (1966).

### Desencanto

Eu faço versos como quem chora
De desalento... de desencanto...
Fecha o meu livro, se por agora
Não tens motivo nenhum de pranto.

Meu verso é sangue. Volúpia ardente...
Tristeza esparsa... remorso vão...
Dói-me nas veias. Amargo e quente,
Cai, gota a gota, do coração.

E nestes versos de angústia rouca
Assim dos lábios a vida corre,
Deixando um acre sabor na boca.
— Eu faço versos como quem morre.

Teresópolis, 1912.

(Manuel Bandeira, *A cinza das horas* in *Poesia completa e prosa,* Rio de Janeiro, J. Aguilar, 1967, p. 153-4.)

### "Vou-me embora pra Pasárgada"

Vou-me embora pra Pasárgada
Lá sou amigo do rei
Lá tenho a mulher que eu quero
Na cama que escolherei
Vou-me embora pra Pasárgada

Vou-me embora pra Pasárgada
Aqui eu não sou feliz
Lá a existência é uma aventura
De tal modo inconseqüente
Que Joana a Louca de Espanha
Rainha e falsa demente
Vem a ser contraparente
Da nora que nunca tive

E como farei ginástica
Andarei de bicicleta
Montarei em burro brabo
Subirei no pau-de-sebo
Tomarei banhos de mar!
E quando estiver cansado
Deito na beira do rio
Mando chamar a mãe-d'água
Pra me contar as histórias
Que no tempo de eu menino
Rosa vinha me contar
Vou-me embora pra Pasárgada

Em Pasárgada tem tudo
É outra civilização
Tem um processo seguro
De impedir a concepção
Tem telefone automático
Tem alcalóide à vontade
Tem prostitutas bonitas
Para a gente namorar

E quando eu estiver mais triste
Mas triste de não ter jeito
Quando de noite me der
Vontade de me matar
— Lá sou amigo do rei —
Terei a mulher que eu quero
Na cama que escolherei
Vou-me embora pra Pasárgada.

(Manuel Bandeira, *Libertinagem* in *Poesia completa e prosa,* Rio de Janeiro, J. Aguilar, 1967, p. 264-5.)

## Trem de ferro

Café com pão
Café com pão
Café com pão

Virge Maria que foi isso maquinista?

Agora sim
Café com pão
Agora sim
Voa, fumaça
Corre, cerca
Ai seu foguista
Bota fogo
Na fornalha
Que eu preciso
Muita força
Muita força
Muita força

Oô...
Foge, bicho
Foge, povo
Passa ponte
Passa poste
Passa pasto
Passa boi
Passa boiada
Passa galho
De ingazeira
Debruçada
No riacho
Que vontade
De cantar!

Oô...
Quando me prendero
No canaviá
Cada pé de cana

Era um oficiá
Oô...
Menina bonita
Do vestido verde
Me dá tua boca
Pra matá minha sede
Oô...
Vou mimbora vou mimbora
Não gosto daqui
Nasci no sertão
Sou de Ouricuri
Oô...

Vou depressa
Vou correndo
Vou na toda
Que só levo
Pouca gente
Pouca gente
Pouca gente...

(Manuel Bandeira, *Estrela da manhã* in *Poesia completa e prosa*, Rio de Janeiro, J. Aguilar, 1967, p. 281-2.)

## Do milagre

Perguntou-me o amigo se eu acreditava em milagre. Pelo jeito, ele não acreditava. Respondi-lhe que sim, que acreditava. Que em mim mesmo via, a muitos aspectos, um exemplo de milagre.

— Como assim? — indagou-me com espanto.

Abri o dicionário de Larousse e li: "Milagre (do latim *miraculu*, prodígio) — efeito cuja causa ou processo escapa à razão do homem". E ele: — Que efeito vês em ti cuja causa e processo escape à tua razão?

Então contei:

— Antes de deixar o sanatório suíço, onde passara um ano, quis saber do médico-em-chefe, que pela última vez me examinava, quanto tempo de vida poderia eu ainda esperar. O homem ergueu levemente os braços, um tanto perplexo, e explicou em seguida a sua perplexidade:

— É difícil dizer. O senhor tem lesões teoricamente incompatíveis com a vida, e no entanto está passando muito bem. Há doentes aqui, portadores de pequenas infiltrações, e não sei se estarão vivos o ano que vem. O senhor pode viver cinco, dez...

Hesitou um pouco, concluiu, concessivo: — ... quinze anos!

Passou-se esse diálogo em 1914, quer dizer há 46 anos. Quinze anos era o máximo que a razão humana podia conceder-me de vida. Logo, sou um milagre.

Meu amigo sorriu. Não estava convencido.

Tentei explicar-lhe que para mim o milagre não estava tanto na intervenção de um agente livre, de uma causa livre, no funcionamento das leis naturais. O milagre — o espanto, o assombro — está na própria lei natural.

Para o comum dos homens milagre era Jesus dizer uma palavra e os cegos verem, os paralíticos andarem, os surdos ouvirem, os leprosos curarem-se, os mortos ressuscitarem. Mas para mim o milagre por excelência é a simples existência do Universo, fato evidentemente absurdo, e todavia temos que acreditar nele, pois aí está.

Do encontro de duas células forma-se um óvulo e esse óvulo evolui, diferenciando-se em vários sistemas complicadíssimos, regulados com a maior precisão. Milagre. Cada organismo vivo, animal ou vegetal, é um milagre. Organismo vivo? Todo cristal não é um milagre? O privilégio da razão humana está na consciência desse assombro que é a vida. A vida é realmente uma maravilha, no seu conjunto e em cada um dos seus detalhes.

Sim, mas o prazer de admirar paga-se demasiado caro. Acabamos um dia cansados de tantos assombros, de tantos milagres. Acabamos cansados do Universo.

Pois foi num momento desses, momento de fadiga, de abnegação, de renúncia, que resumi minhas muitas horas de barata filosofia neste poema, que só tem de sinistro o título:

### PREPARAÇÃO PARA A MORTE

A vida é um milagre.
Cada flor,
Com sua forma, sua cor, seu aroma,
Cada flor é um milagre.
Cada pássaro,
Com sua plumagem, seu vôo, seu canto,
Cada pássaro é um milagre.
O espaço, infinito,

O espaço é um milagre.
O tempo, infinito,
O tempo é um milagre.
A memória é um milagre.
A consciência é um milagre.
Tudo é milagre.
Tudo, menos a morte.

— Bendita a morte, que é o fim de todos os milagres!

(*Quadrante*, crônicas, Rio de Janeiro, Ed. Autor, 1962, p. 91-4.)

## Adelino Magalhães

Nasceu em Niterói, RJ, em 2/9/1887 e morreu no Rio de Janeiro, RJ, em 16/7/1969. Diplomou-se em Direito. Exerceu o magistério e dedicou-se ao conto. Representante do Impressionismo. Foi um dos primeiros escritores brasileiros a utilizar o monólogo interior. **Algumas obras**: *Casos e impressões* (1916); *Visões, cenas e perfis* (1918); *Tumulto da vida* (1920); *Inquietude* (1922); *A hora veloz* (1926); *Os violões* (1927); *Câmera* (1928); *Os marcos da emoção* (1933); *Íris* (1937); *Plenitude* (1938); *Obras completas* (1946); *Obra completa* (1963).

### A festa familiar na casa do Teles (frag.)

/..../

A mesa foi-se esvaziando, com acompanhamento de sons secos e arranhantes de cadeiras arrastadas; alguns heróis do prato e do copo persistiam contudo na grandiosidade de seus feitos, incrementando ao mesmo tempo a indústria e a agricultura e a pecuária no País.

E com que patriotismo o faziam... aqueles funcionários públicos!

E com que elegância!

As garrafas segredavam aos copos um fulvo e escorreito segredo; os garfos voavam numa rapidez ascensorial de águia, com bons nacos, para os rubros e macios ninhos das mucosas; e, às vezes, os dedos conduziam, mais sumariamente, blocos grandes, como as grandes idéias, como os grandes sentimentos... como as grandes coisas boas lá, para aquele epílogo orgânico das coisas boas ou más...

— Ao tango! Aí gente! Viva a pândega!

Isso era lá... Aqui, pela nossa sala, ainda havia quem, de olhos injetados e de cara vermelha, inchada... gritava:

— Olha o peru! Traz o peru! — E metia o garfo na "baba-de-moça" do vizinho, do Almeidinha da 4ª seção.

— Aí, Zezé! Requebra, meu bem! não relaxa!

— Mas, senhores, isso é uma casa séria, de família!...

O Zezé dançava tão bem, retesava tão bem as pernas e tão bem saltava para a frente tais passos, como um polichinelo; e tão bem empernava a dama, depois, no volteio, espremendo nada perfunctoriamente as coxas da gentil cuja entre as suas; e tão bem achatava-lhe os peitinhos de uma rigidez abatidamente semi-virginal que todos, todinhos, batiam palmas, ofegantes, espumantes, gozosos, numa ânsia masturbadora:

— Aí Zezé! Aí Zezé, bom no tango! Mais, Zezinho. Aí! Ah! Zezé!...

— Aí Dodoca! Ui Dodoca, que passo bonito! Do... do....

Dodoca e Zezé eram os líderes do "desejo" de toda aquela rapaziada e de toda aquela raparigada.

Feroz desejo ansiado, espumante de ir já... funcionando! E a música, e a luz, e a embriaguez, e o ruído e a desordem dos móveis... pareciam também mãos invisíveis, meio fechadas, para uns, com tubulura ao centro; e para outros, mãos de índice ereto, em atitude de feroz serventia copuladora!...

E sublinhando tudo isso, a voz fanhosa:

— Mas isso é casa de família!

/..../

A sala de visitas esteve fechada desde trasanteontem!

Era a mulher do Teles que se expandia senhoramente no meio da sala, muito rubra e gesticulante, à vista da desordem que se tentaculizava por toda parte.

Nhá-Nácia fora resmungando, o maxixe continuou, a lingüiça desapareceu e... o violão do Roque surgiu!

Foi um quase geral:

— Ah! agora sim!

— Quase geral — porque um rapazelho ficou-se entristecido ao canto, perto da porta do jardim: era um "romântico" a quem a namorada, uma deliciosa figurinha branca, muito deliciosa, como visão de infância — noutras ocasiões muito recatada e virginal — depois de ter dado pela sala umas gargalhadas um tanto atoleimadas, lhe viera perguntar:

— Vamos dançar o tango, Raul?

— Você sabe que eu não danço o tango!

— Pois fique sabendo que você não é homem!

Uma careta de sincero desprezo acentuara essas palavras, e o rapaz olhou para o jardim... para o espaço, com uma asfixiante dor de atordoado e desiludido! de quem vê incendiar, em momentos, um seu longo trabalho.

— Ao violão.

— Pára esse "São Paulo-futuro", aí, ó Carlinhos!

O Roque que já se aprumara muito, entediado, superiormente hesitante, ficara todo queimado, todo beiçola-grande e olhões vermelhos e mulatonas bochechas inchadas quando vira três ou quatro pares tangando, sem ligarem ao violão que ele já o tinha entre os dedos...

Essas futriquinhas amarelentas e chupadas que nem chegam aos pés das nossas caboclas, hein, Roque!, assim falou o Chico Arruda para consolar e distrair o ameaçador despeito do protagonista da segunda e interessantíssima seção daquela festa familiar em casa do Teles.

* * *

/..../

(Adelino Magalhães, *Visões, cenas e perfis* in *Obra completa*, Rio de Janeiro, J. Aguilar, 1963, p. 206-9.)

## José Américo de Almeida

Nasceu em Areia, PB, em 1/10/1887 e morreu em João Pessoa, PB, em 10/3/1980. Formou-se em Direito. Foi promotor, procurador geral e ocupou outros cargos públicos. Seu romance *A bagaceira* é considerado um marco na literatura nordestina de caráter social, antecipando as principais linhas do chamado "romance de 30". **Algumas obras**: *A bagaceira* (1928); *O boqueirão* (rom. 1935); *Coiteiros* (rom. 1936); *Ocasos de sangue* (ens.1954).

### *A bagaceira*

Sombras redivivas (frag.)

/..../

*

O ano de 1915 reproduzia os quadros lastimosos da seca.

Eram os mesmos azares do êxodo. A mesma debandada patética. Lares desmantelados; os sertanejos desarraigados do seu sedentarismo.

Passavam os retirantes dessorados, ocos de fome, cabisbaixos como quem vai contando os passos.

Lúcio sentia gritar-lhe no sangue a solidariedade instintiva da raça.

E organizou a assistência aos mais necessitados.

Abeirou-se, certa vez, uma retirante com o ar de mistério. Trazia um rapazinho pela mão. E recusou a esmola com a fala quebrada:

— Eu só queria saber de quem é este engenho...

— Pois não sabe que é do dr. Lúcio?!

Ela empalideceu como se fosse possível ficar mais branca. E deixou caírem os molambos entrouxados.

Apresentou-se na casa-grande sem falar. E, sem nada perguntar, aguardava a resposta.

Intrigado com esse silêncio, o senhor de engenho indagou:

— Que deseja, mulher?

— Eu por mim nada quero, mas este menino está morrendo de fome...

— Pois vá dar de comer ao seu filho! Não precisava vir a mim.

— Ele tem seu sangue...

Cada vez mais enleado, Lúcio não se acusava de um desses contatos fortuitos, de beijos avulsos que frutificam, do único pecado que deixa o remorso vivo.

E não conteve a repulsa:

— Mulher embusteira, se queres que eu te mate a fome...

— O senhor faz isso porque não é seu filho!...

— Pois, se não é meu filho, que quer que lhe faça?

— Quero que dê o que é dele... Esmola eu pediria aos estranhos...

Chegou Pirunga e quase rasgou os olhos de espanto:

— Credo em cruz!...

Reconhecera Soledade pelos cabelos brancos, como a cabeça polvilhada, no dia do crime de Valentim, pela cinza do borralho.

Explicou-se ainda meio assombrado:

— Eu fazia ela morta porque não dava acordo de si...

Ocorreu-lhe a circunstância da praga ouvida à última hora.

Soledade representava todos os gravames da seca. Não conservara, sequer, aquele acento de beleza murcha da primeira aparição romântica. As olheiras funéreas alastravam-se como a máscara violácea de todo o rosto. Encrespava-se a pele enegrecida nas longas ossaturas. E trazia as faces tão encovadas que parecia ter três bocas.

Examaminava tudo com um olhar comprido que alongava o nariz.

Encostou-se, afinal, para não cair. E semelhava uma sombra na parede.

Lúcio compreendeu como a beleza era pérfida.

A lembrança do amor ou é saudade ou remorso. Nesse caso, era vergonha.

Arrepender-se é punir-se a si mesmo.

Ele chamou o rapazinho a si e tomou-lhe o rosto entre as mãos. Beijou-lhe a testa suja e requeimada.

Depois apresentou-o à esposa:

— Este é meu irmão.

Mostrou ainda Soledade:

— Essa é... minha prima.

E, a custo, com um grande esforço sobre si:

É a mãe de meu irmão...

*

/..../

(José Américo de Almeida, *A bagaceira*, 16. ed., Rio de Janeiro, J. Olympio, 1978, p. 135-6.)

## **Álvaro** Maria da Soledade Pinto da Fonseca Velhinho Rodrigues **Moreyra** da Silva

Nasceu em Porto Alegre, RS, em 23/11/1888 e morreu no Rio de Janeiro, RJ, em 12/9/1964. Jornalista, cronista, teatrólogo, poeta, membro da Academia Brasileira de Letras. **Algumas obras**: *Degenerada* (poes. 1909); *Um sorriso para tudo* (crôn. 1915); *A cidade mulher* (crôn. 1923); *A boneca vestida de arlequim* (crôn. 1927); *Adão, Eva, e outros membros da família* (teat. 1929); *Circo* (poes. 1929); *As amargas, não...* (mem. 1954); *O dia nos olhos* (crôn. 1955); *Havia uma oliveira no jardim* (lembranças, 1958); *Cada um carrega seu deserto* (mem. 1994).

### Cada um carrega o seu deserto

(A eterna anedota)

Em algum lugar do mundo.

A hora é antiga. O dia se desfez na tarde. A tarde se desfaz na noite. Sim. Do lado de cá a noite chega. Do lado de lá, também. O rio passa no meio.

Sobre o rio alonga-se uma ponte. Uma mulher está do lado de lá. Um homem está do lado de cá. Parece que ela não sente nada. Parece que ele não pensa nada. Nenhum ar de esperança. Nenhuma idéia de desejo. Nela e nele, a mesma serenidade, o mesmo alheamento.

De repente, ela vem para cá. De repente, ele vai para lá.

Como uma mulher vem por uma ponte. Como um homem vai por uma ponte. Sem destino. Porque a noite que chega, é uma noite bonita.

Encontram-se. Espantam-se. Pára, — a sombra que envolve a mulher, envolve o homem. Uma fascinação igual os aproxima. Mais perto. Mais perto. Os olhos da mulher, que lindos! Que encantados, os olhos do homem! Últimos passos, que já nem são passos. Estendem as mãos. Puxam-se. Caem nos braços um do outro. Olhos nos olhos. Boca na boca. Tontura. Embriaguez.

A noite chegou. O rio anda agora com cuidado, para não apagar as estrelas que se acendem na ponta da água.

A mulher enfim pode dizer:

— Como sou feliz!

O homem repete, em êxtase:

— Como eu sou feliz!

(Dois desgraçados...)

(Álvaro Moreyra, *Cada um carrega o seu deserto*, Porto Alegre, EDIPUCRS, 1994, p. 63.)

## Olegário Mariano Carneiro da Cunha

Nasceu em Recife, PE, em 24/3/1889 e morreu no Rio de Janeiro, RJ, em 28/11/1958. Escritor brasileiro que apresenta em sua obra traços parnasianos e simbolistas. Eleito "Príncipe dos poetas" em sucessão a Alberto de Oliveira, ficou também conhecido como o "poeta das cigarras". **Algumas obras**: *Angelus* (poes. 1911); *XIII sonetos* (poes. 1912); *Últimas cigarras* (poes.1915); *Água corrente* (poes. 1918); *Canto de minha terra* (poes.1930); *Destino* (poes. 1931); *Teatro* (1932); *O enamorado da vida* (poes. 1937); *A vida que já vivi* (poes. 1945); *Cantigas de encurtar caminho* (poes. 1949); *Toda uma vida de poesia* (poes. 1957).

### As duas sombras

Na encruzilhada silenciosa do Destino,
Quando as estrelas se multiplicaram,
Duas Sombras errantes se encontraram.

A primeira falou: — "Nasci de um beijo
De luz; sou força, vida, alma, esplendor.
Trago em mim toda a sede do Desejo,
Toda a ânsia do Universo... Eu sou o Amor.

O mundo sinto exânime a meus pés...
Sou Delírio... Loucura... E tu, quem és?"

— "Eu nasci de uma lágrima. Sou flama
Do teu incêndio que devora...
Vivo, dos olhos tristes de quem ama,
Para os olhos nevoentos de quem chora.

Dizem que ao mundo vim para ser boa,
Para dar do meu sangue a quem me queira.
Sou a Saudade, a tua companheira
Que punge, que consola e que perdoa..."

Na encruzilhada silenciosa do Destino,
As duas Sombras comovidas se abraçaram
E de então, nunca mais se separaram.

(Olegário Mariano, *Água corrente* in *Toda uma vida de poesia,* Rio de Janeiro, J. Olympio, v. 1, 1957, p. 119.)

## Conselho de amigo

Cigarra! Levo a ouvir-te o dia inteiro,
Gosto da tua frívola cantiga,
Mas vou dar-te um conselho, rapariga:
Trata de abastecer o teu celeiro.

Trabalha, segue o exemplo da formiga,
Aí vêm o inverno, as chuvas, o nevoeiro,
E tu, não tendo um pouso hospitaleiro,
Pedirás... e é bem triste ser mendiga!

E ela, ouvindo os conselhos que eu lhe dava
(Quem dá conselhos sempre se consome...)
Continuava cantando... continuava...

Parece que no canto ela dizia:
— Se eu deixar de cantar morro de fome...
Que a cantiga é o meu pão de cada dia.

(Olegário Mariano, *Últimas cigarras* in *Toda uma vida de poesia,* Rio de Janeiro, J. Olympio, v. 1, 1957, p. 170.)

## Ana Lins dos Guimarães Peixoto Bretas, pseud. **Cora Coralina**

Nasceu em Goiás, GO, em 20/8/1889 e faleceu em Goiânia, GO, em 10/4/1985. Notabilizou-se por uma poesia ingênua. **Algumas obras**: *O cântico da volta* (crôn. 1956); *Poemas dos becos de Goiás e estórias mais* (1977); *Vintém de cobre, Meias confissões de Aninha* (1982); *Meu livro de cordel* (poes. 1982); *Estórias da casa velha da ponte* (1985); *O tesouro da casa velha* (1989); *Os meninos verdes* (1990); *A moeda de ouro que um pato engoliu* (1997).

### Oração do milho

Introdução ao Poema do milho

Senhor, nada valho.
Sou a planta humilde dos quintais pequenos e das lavouras pobres.
Meu grão, perdido por acaso,
nasce e cresce na terra, descuidada.
Ponho folhas e haste, e se me ajudardes, Senhor,
mesmo planta de acaso, solitária,
dou espigas e devolvo em muitos grãos,
o grão perdido inicial, salvo por milagre,
que a terra fecundou.
Sou a planta primária da lavoura.
Não me pertence a hierarquia tradicional do trigo,
de mim não se faz o pão alvo universal.
O Justo não me consagrou Pão de Vida, nem lugar me foi dado
[nos altares.
Sou apenas o alimento forte e substancial dos que trabalham
[ a terra onde não vinga o trigo nobre.
Sou de origem obscura e de ascendência pobre,
alimento de rústicos e animais do jugo.

Quando os deuses da Hélade corriam pelos bosques,
coroados de rosas e de espigas,
quando os hebreus iam em longas caravanas,
buscar na terra do Egito o trigo dos faraós,
quando Rute respigava cantando nas searas de Booz
e Jesus abençoava os trigais maduros,
eu era apenas o bró nativo das tabas ameríndias.

Fui o angu pesado e constante do escravo na exaustão do eito.
Sou a broa grosseira e modesta do pequeno sitiante.
Sou a farinha econômica do proletário.
Sou a polenta do imigrante e a miga dos que começam a vida
em terra estranha.
Alimento de porcos e do triste mu de carga.
O que me planta não levanta comércio, nem avantaja dinheiro.
Sou apenas a fartura generosa e despreocupada dos paióis.
Sou o cocho abastecido donde rumina o gado.
Sou o canto festivo dos galos na glória do dia que amanhece.
Sou o cacarejo alegre das poedeiras à volta dos seus ninhos.
Sou a pobreza vegetal agradecida a Vós, Senhor,
que me fizestes necessário e humilde.
Sou o Milho.

(Cora Coralina, *Poemas dos becos de Goiás e estórias mais*, 18. ed., São Paulo, Global, 1993, p. 163-4.)

## José **Oswald** de Sousa **Andrade**

Nasceu em São Paulo, SP, em 11/1/1890 onde morreu em 22/10/1954. Um dos protagonistas da Semana de Arte Moderna, poeta, teatrólogo, romancista, jornalista, ensaísta, crítico, memorialista. Figura importante e polêmica do Modernismo brasileiro, sua obra passou por recente processo de revalorização. **Algumas obras**: *Memórias sentimentais de João Miramar* (1924); *Pau Brasil* (poes.1925); *Primeiro caderno do aluno de poesia* (1927); *Serafim Ponte Grande* (rom. 1933); *O rei da vela* (teat. 1937); *Um homem sem profissão* (mem. 1945); *Poesias reunidas* (1966).

### Balada do Esplanada

A Gofredo

Ontem à noite
Eu procurei
Ver se aprendia
Como é que se fazia
Uma balada
Antes d'ir
Pro meu hotel

É que este
Coração
Já se cansou
De viver só
E quer então
Morar contigo
No Esplanada

Eu qu'ria
Poder
Encher
Este papel
De versos lindos
É tão distinto
Ser menestrel

No futuro
As gerações
Que passariam
Diriam
É o hotel
Do menestrel

Pra m'inspirar
Abro a janela
Como um jornal
Vou fazer
A balada
Do Esplanada
E ficar sendo
O menestrel
De meu hotel

Mas não há poesia
Num hotel
Mesmo sendo
'Splanada
Ou Grand-Hotel

Há poesia
Na dor
Na flor
No beija-flor
No elevador

Oferta

Quem sabe
Se algum dia
Traria
O elevador
Até aqui
O teu amor

(Oswald de Andrade, *Primeiro caderno do aluno de poesia*, São Paulo, Globo, 1991, p. 35-6.)

## Poema de fraque

A Ribeiro Couto

No termômetro azul
Da cidade comovida
Faze as pazes
Com a vida
Saúda respeitosamente
As famílias
Das janelas

Um balão vivo
Se destaca
Das primeiras estrelas
Lamparina às avessas
Do santuário da terra
Faze as pazes
As crianças brincam

(Oswald de Andrade, *Primeiro caderno do aluno de poesia*, São Paulo, Globo, 1991, p. 42.)

## *Um homem sem profissão* (frag.)

/..../

O professor Gervásio de Araújo veio decidir da minha vida intelectual. Talvez deva realmente a ele ser escritor.

Encaminhado como estava em seguir as pegadas de meu tio Herculano, eu me senti caladamente ofendido quando vi que minhas composições escolares sobre incêndios, tempestades e taperas não causavam o menor efeito em meu professor de português, Batista Pereira. Ao contrário, me dava notas baixas e exaltava em classe o nome de um colega — Pedro de Alcântara Lopes e Silva. Batista Pereira fazia um espalhafato com o tal de Pedro, profetizando para ele até uma cadeira na Academia Brasileira de Letras. Isso caía pesadamente sobre mim e meus anseios. Agora mudados a classe e o professor, ouvi com surpresa calorosas referências ao meu nome pela boca do velho Gervásio de Araújo. Ele declarava, mostrando as minhas composições, que eu possuía uma decidida vocação literária e que, como escritor, saberia honrar meu país. Tomado de estímulo, ampliei minha intimidade com o professor, que me aconselhou logo a ler "Os Miseráveis", de Victor Hugo. Isso, aliás, bateu na tecla íntima que eu alimentava em relação à questão social. Comecei a fazer minha tímida biblioteca, onde coloquei um volume de Júlio Dinis intitulado "Uma família inglesa", que aliás nunca li. Meu pai passando uma época de restrições teve, no entanto, que atender aos rogos de minha mãe, que apontava a necessidade de eu ler para vir a escrever. Breve estava comprando na grande livraria da cidade, que era a Casa Garraux, na Rua 15. Enveredei por tragédias gregas, peças de Shakespeare e Maeterlinck. Foi aí que conheci, menino de loja, vivo, moreno, de negros cabelos, meu amigo e editor José Olympio.

Por outro lado, tendo atingido os quinze anos, descobri fora do Ginásio os primeiros amigos intelectuais. Foi meu guia espiritual nesse momento o estudante boêmio Indalécio de Aguiar, que me apresentou o poeta Ricardo Gonçalves, moreno, bonito, de capa ao ombro. Indalécio tinha a originalidade de ser surdo e usar barba. Com alguns outros, reuníamonos à noite num bar amplo e popular do Largo da Sé. Deixávamos de lado o "Progrédior", vasto e elegante local que se abria na Rua 15, para onde passara, ampliando-se, a freguesia distinta da antiga Confeitaria Castelões, na Praça Antônio Prado, que se chamava então Largo do Rosário.

/..../

(Oswald de Andrade, *Um homem sem profissão*, 2. ed., São Paulo, Globo, 1990, p.55-6.)

## Guilherme de Almeida

Nasceu em Campinas, SP, em 24/7/1890 e morreu em São Paulo, SP, em 11/ 7/1969. Poeta, advogado, jornalista, funcionário público. Participou da Semana de Arte Moderna, integrou a ala nacionalista dentro do Modernismo. **Algumas obras**: *A dança das horas* (1919); *Messidor* (1919); *Livro de horas de Sóror Dolorosa* (1920); *Era uma vez...* (1922); *A frauta que eu perdi* (1924); *Meu* (1925); *Raça* (1925).

### "Essa que eu hei de amar..."

Essa que eu hei de amar perdidamente um dia,
será tão loura, e clara, e vagarosa, e bela,
que eu pensarei que é o sol que vem, pela janela,
trazer luz e calor a esta alma escura e fria.

E, quando ela passar, tudo o que eu não sentia
da vida há de acordar no coração que vela...
E ela irá como o sol, e eu irei atrás dela
como sombra feliz... — Tudo isso eu me dizia,

quando alguém me chamou. Olhei: um vulto louro,
e claro, e vagaroso, e belo, na luz de ouro
do poente, me dizia adeus, como um sol triste...

E falou-me de longe: "Eu passei a teu lado,
mas ias tão perdido em teu sonho dourado,
meu pobre sonhador, que nem sequer me viste!"

(Guilherme de Almeida, *Messidor*, 7. ed., São Paulo, Nacional, 1947, p. 161.)

### Amor, felicidade

Infeliz de quem passa pelo mundo,
procurando no amor felicidade!
A mais linda ilusão dura um segundo,
e dura a vida inteira uma saudade.

Taça repleta, o amor, no mais profundo
íntimo, esconde a jóia da verdade:
só depois de vazia mostra o fundo,
só depois de embriagar a mocidade...

Ah! quanto namorado descontente,
escutando a palavra confidente
que o coração murmura e a voz não diz,

percebe que, afinal, por seu pecado,
tanto lhe falta para ser amado,
quanto lhe basta para ser feliz!

(Guilherme de Almeida, *Messidor*, 7. ed., São Paulo, Nacional, 1947, p. 182.)

## Eduardo Guimaraens

Nasceu em Porto Alegre, RS, em 30/3/1892, e morreu no Rio de Janeiro, RJ, em 13/12/1928. Poeta simbolista. **Algumas obras**: *Caminho da vida* (1908); *A divina quimera* (1916).

### Na tarde morta

Na tarde
morta,
que sino
chora?

Não chora,
canta,
repica,
tine...

Dos matos
vago
perfume
sobe.

Na tarde
morta,
que sino
dobra?

Não dobra...
Canta
por simples
gozo

das coisas
belas
que apenas
vivem,

a esta hora
triste,
divina-
mente.

Das águas
mortas,
dos campos
quietos,

dos bosques
murchos,
dos charcos
secos,

dos cerros
claros
que se erguem
longe,

dos ninhos
no alto
dos galgos
tortos...

E sobre-
tudo
das cria-
turas!

(Eduardo Guimaraens, *Cantos da terra natal* in *A divina quimera*, Porto Alegre, Globo, 1944, p. 312-3)

## Graciliano Ramos

Nasceu em Quebrangulo, AL, em 27/10/1892 e morreu no Rio de Janeiro, RJ, em 20/3/1953. Romancista, contista, cronista, voltado para os problemas sociais do Nordeste. Sua prosa, de cunho aparentemente coloquial, simples, direta é das mais expressivas da literatura brasileira. **Algumas obras**: *Caetés* (rom. 1933); *São Bernardo* (rom. 1934); *Angústia* (rom. 1936); *Vidas secas* (rom. 1938); *Infância* (mem. 1945); *Insônia* (cont. 1947); *Memórias do cárcere* (1953 2v.); *Viagem* (1954); *Linhas tortas* (crôn. 1962); *Viventes das Alagoas* (crôn. 1962); *Alexandre e outros heróis* (cont. 1962).

### *São Bernardo*

Capítulo XXXVI (frag.)

Faz dois anos que Madalena morreu, dois anos difíceis. E quando os amigos deixaram de vir discutir política, isto se tornou insuportável.

Foi aí que me surgiu a idéia esquisita de, com o auxílio de pessoas mais entendidas que eu, compor esta história. A idéia gorou, o que já declarei. Há cerca de quatro meses, porém, enquanto escrevia a certo sujeito de Minas, recusando um negócio confuso de porcos e gado zebu, ouvi um grito de coruja e sobressaltei-me.

/..../

O que estou é velho. Cinqüenta anos pelo S. Pedro. Cinqüenta anos perdidos, cinqüenta anos gastos sem objetivo, a maltratar-me e a maltratar os outros. O resultado é que endureci, calejei, e não é um arranhão que penetra esta casca espessa e vem ferir cá dentro a sensibilidade embotada.

Cinquenta anos! Quantas horas inúteis! Consumir-se uma pessoa a vida inteira sem saber para quê! Comer e dormir como um porco! Como um porco! Levantar-se cedo todas as manhãs e sair correndo, procurando comida! E depois guardar comida para os filhos, para os netos, para muitas gerações. Que estupidez! Que porcaria! Não é bom vir o diabo e levar tudo?

Sol, chuva, noites de insônia, cálculos, combinações, violências, perigos — e nem sequer me resta a ilusão de ter realizado obra proveitosa. O jardim, a horta, o pomar — abandonados; os marrecos-de-pequim — mortos; o algodão, a mamona — secando. E as cercas dos vizinhos, inimigos ferozes, avançam.

/..../

Coloquei-me acima da minha classe, creio que me elevei bastante. Como lhes disse, fui guia de cego, vendedor de doce e trabalhador alugado. Estou convencido de que nenhum desses ofícios me daria os recursos intelectuais necessários para engendrar esta narrativa. Magra, de acordo, mas em momentos de otimismo suponho que há nela pedaços melhores que a literatura do Gondim. Sou, pois, superior a mestre Caetano e a outros semelhantes. Considerando, porém, que os enfeites do meu espírito se reduzem a farrapos de conhecimentos apanhados sem escolha e mal cosidos, devo confessar que a superioridade que me envaidece é bem mesquinha.

Além disso estou certo de que a escrituração mercantil, os manuais de agricultura e pecuária, que forneceram a essência da minha instrução, não me tornaram melhor que o que eu era quando arrastava a peroba. Pelo menos naquele tempo não sonhava ser o explorador feroz em que me transformei.

/..../

Com um estremecimento, largo essa felicidade que não é minha e encontro-me aqui em S. Bernardo, escrevendo.

As janelas estão fechadas. Meia-noite. Nenhum rumor na casa deserta.

Levanto-me, procuro uma vela, que a luz vai apagar-se. Não tenho sono. Deitar-me, rolar no colchão até a madrugada, é uma tortura. Prefiro ficar sentado, concluindo isto. Amanhã não terei com que me entreter.

Ponho a vela no castiçal, risco um fósforo e acendo-a. Sinto um arrepio. A lembrança de Madalena persegue-me. Diligencio afastá-la e caminho em redor da mesa. Aperto as mãos de tal forma que me firo com as unhas, e quando caio em mim estou mordendo os beiços a ponto de tirar sangue.

De longe em longe sento-me fatigado e escrevo uma linha. Digo em voz baixa:

— Estraguei a minha vida, estraguei-a estupidamente.

A agitação diminui.

— Estraguei a minha vida estupidamente.

Penso em Madalena com insistência. Se fosse possível recomeçarmos... Para que enganar-me? Se fosse possível recomeçarmos, aconteceria exatamente o que aconteceu. Não consigo modificar-me, é o que mais me aflige.

/..../

(Graciliano Ramos, *São Bernardo*, 66. ed., Rio de Janeiro, Record, 1996, p. 183-8.)

## *Vidas secas*

Baleia (frag.)

A cachorra Baleia estava para morrer. Tinha emagrecido, o pêlo caíra-lhe em vários pontos, as costelas avultavam num fundo róseo, onde manchas escuras supuravam e sangravam, cobertas de moscas. As chagas da boca e a inchação dos beiços dificultavam-lhe a comida e a bebida.

Por isso Fabiano imaginara que ela estivesse com um princípio de hidrofobia e amarrara-lhe no pescoço um rosário de sabugos de milho queimados. Mas Baleia, sempre de mal a pior, roçava-se nas estacas do curral ou metia-se no mato, impaciente, enxotava os mosquitos sacudindo as orelhas murchas, agitando a cauda pelada e curta, grossa na base, cheia de moscas, semelhante a uma cauda de cascavel.

Então Fabiano resolveu matá-la. Foi buscar a espingarda de pederneira, lixou-a, limpou-a com o saca-trapo e fez tenção de carregá-la bem para a cachorra não sofrer muito.

Sinha Vitória fechou-se na camarinha, rebocando os meninos assustados, que adivinhavam desgraça e não se cansavam de repetir a mesma pergunta:

— Vão bulir com a Baleia?

Tinham visto o chumbeiro e o polvarinho, os modos de Fabiano afligiam-nos, davam-lhes a suspeita de que Baleia corria perigo.

Ela era como uma pessoa da família: brincavam juntos os três, para bem dizer não se diferençavam, rebolavam na areia do rio e no estrume fofo que ia subindo, ameaçava cobrir o chiqueiro das cabras.

Quiseram mexer na taramela e abrir a porta, mas sinha Vitória levou-os para a cama de varas, deitou-os e esforçou-se por tapar-lhes os ouvidos: prendeu a cabeça do mais velho entre as coxas e espalmou as mãos nas orelhas do segundo. Como os pequenos resistissem, aperreou-se e tratou de subjugá-los, resmungando com energia.

Ela também tinha o coração pesado, mas resignava-se: naturalmente a decisão de Fabiano era necessária e justa. Pobre da Baleia.

Escutou, ouviu o rumor do chumbo que se derramava no cano da arma, as pancadas surdas da vareta na bucha. Suspirou. Coitadinha da Baleia.

Os meninos começaram a gritar e a espernear. E como sinha Vitória tinha relaxado os músculos, deixou escapar o mais taludo e soltou uma praga:

— Capeta excomungado.

Na luta que travou para segurar de novo o filho rebelde, zangou-se de verdade. Safadinho. Atirou um cocorote ao crânio enrolado na coberta vermelha e na saia de ramagens.

Pouco a pouco a cólera diminuiu, e sinha Vitória, embalando as crianças, enjoou-se da cadela achacada, gargarejou muxoxos e nomes feios. Bicho nojento, babão. Inconveniência deixar cachorro doido solto em casa. Mas compreendia que estava sendo severa demais, achava difícil Baleia endoidecer e lamentava que o marido não houvesse esperado mais um dia para ver se realmente a execução era indispensável.

/..../

(Graciliano Ramos, *Vidas secas*, 61. ed., Rio de Janeiro, Record, 1991, p. 85-6.)

## *Infância*

Um cinturão (frag.)

As minhas primeiras relações com a justiça foram dolorosas e deixaram-me funda impressão. Eu devia ter quatro ou cinco anos, por aí, e figurei na qualidade de réu. Certamente já me haviam feito representar esse papel, mas ninguém me dera a entender que se tratava de julgamento. Batiam-me porque podiam bater-me, e isto era natural.

Os golpes que recebi antes do caso do cinturão, puramente físicos, desapareciam quando findava a dor. Certa vez minha mãe surrou-me com uma corda nodosa que me pintou as costas de manchas sangrentas. Moído, virando a cabeça com dificuldade, eu distinguia nas costelas grandes lanhos vermelhos. Deitaram-me, enrolaram-me em panos molhados com água de sal — e houve uma discussão na família. Minha avó, que nos visitava, condenou o procedimento da filha e esta afligiu-se. Irritada, ferira-me à toa, sem querer. Não guardei ódio à minha mãe: o culpado era o nó. Se não fosse ele, a flagelação me haveria causado menor estrago. E estaria esquecida. A história do cinturão, que veio pouco depois, avivou-a.

Meu pai dormia na rede armada na sala enorme. Tudo é nebuloso. Paredes extraordinariamente afastadas, rede infinita, os armadores longe, e meu pai acordando, levantando-se de mau humor, batendo com os chinelos no chão, a cara enferrujada. Naturalmente não me lembro da ferrugem, das rugas, da voz áspera, do tempo que ele consumiu rosnando uma exigência. Sei que estava bastante zangado, e isto me trouxe a covardia habitual. Desejei vê-lo dirigir-se à minha mãe e a José Baía, pessoas grandes, que não levavam pancada. Tentei ansiosamente fixar-me nessa esperança frágil. A força de meu pai encontraria resistência e gastar-se-ia em palavras.

Débil e ignorante, incapaz de conversa ou defesa, fui encolher-me num canto, para lá dos caixões verdes. Se o pavor não me segurasse, tentaria escapulir-me: pela porta da frente chegaria ao açude, pela do corredor acharia o pé de turco. Devo ter pensado nisso, imóvel, atrás dos caixões. Só queria que minha mãe, sinha Leopoldina, Amaro e José Baía surgissem de repente, me livrassem daquele perigo.

Ninguém veio, meu pai me descobriu acocorado e sem fôlego, colado ao muro, e arrancou-me dali violentamente, reclamando um cinturão. Onde estava o cinturão? Eu não sabia, mas era difícil explicar-me: atrapalhava-me, gaguejava, embrutecido, sem atinar com o motivo da raiva. Os modos brutais, coléricos, atavam-me; os sons duros morriam, desprovidos de significação.

Não consigo reproduzir toda a cena. Juntando vagas lembranças dela a fatos que se deram depois, imagino os berros de meu pai, a zanga terrível, a minha tremura infeliz. Provavelmente fui sacudido. O assombro gelava-me o sangue, escancarava-me os olhos.

Onde estava o cinturão? Impossível responder. Ainda que tivesse escondido o infame objeto, emudeceria, tão apavorado me achava. Situações deste gênero constituíram as maiores torturas da minha infância, e as conseqüências delas me acompanharam.

/..../

Junto de mim, um homem furioso, segurando-me um braço, açoitando-me. Talvez as vergastadas não fossem muito fortes: comparadas ao que senti depois, quando me ensinaram a carta de A B C, valiam pouco. Certamente o meu choro, os saltos, as tentativas para rodopiar na sala como carrapeta, eram menos um sinal de dor que a explosão do medo reprimido. Estivera sem bulir, quase sem respirar. Agora esvaziava os pulmões, movia-me, num desespero.

O suplício durou bastante, mas, por muito prolongado que tenha sido, não igualava a mortificação da fase preparatória: o olho duro a magnetizar-me, os gestos ameaçadores, a voz rouca a mastigar uma interrogação incompreensível.

Solto, fui enroscar-me perto dos caixões, coçar as pisaduras, engolir soluços, gemer baixinho e embalar-me com os gemidos. Antes de adormecer, cansado, vi meu pai dirigir-se à rede, afastar as varandas, sentar-se e logo se levantar, agarrando uma tira de sola, o maldito cinturão, a que desprendera a fivela quando se deitara. Resmungou e entrou a passear agitado. Tive a impressão de que ia falar-me: baixou a cabeça, a cara enrugada serenou, os olhos esmoreceram, procuraram o refúgio onde me abatia, aniquilado.

Pareceu-me que a figura imponente minguava — e a minha desgraça diminuiu. Se meu pai se tivesse chegado a mim, eu o teria recebido sem o arrepio que a presença dele sempre me deu. Não se aproximou: conservou-se longe, rondando, inquieto. Depois se afastou.

Sozinho, vi-o de novo cruel e forte, soprando, espumando. E ali permaneci, miúdo, insignificante, tão insignificante e miúdo como as aranhas que trabalhavam na telha negra.

Foi esse o primeiro contato que tive com a justiça.

(Graciliano Ramos, *Infância*, 31. ed., Rio de Janeiro, Record, 1995, p. 29-32.)

## Jorge Mateus de Lima

Nasceu em União, AL, em 23/4/1893 e morreu no Rio de Janeiro, RJ, em 15/11/1953. Poeta, romancista, contista, ensaísta, jornalista, crítico. Começou como parnasiano, aderindo ao Modernismo. Escreveu poesia de caráter religioso, poesia negra, depois poesia metafísica, retornando ao verso metrificado. **Algumas obras**: *XIV alexandrinos* (1914); *Salomão e as mulheres* (rom. 1927): *Calunga* (rom. 1935); *Tempo e eternidade* (1935, com Murilo Mendes); *A túnica inconsútil* (poes. 1938); *A mulher obscura* (rom. 1939); *Livro de sonetos* (1949); *Invenção de Orfeu* (poes. 1952); *Obra completa* (poes. 1958).

### O acendedor de lampiões

Lá vem o acendedor de lampiões da rua!
Este mesmo que vem infatigavelmente,
Parodiar o sol e associar-se à lua
Quando a sombra da noite enegrece o poente!

Um, dois, três lampiões, acende e continua
Outros mais a acender imperturbavelmente,
À medida que a noite aos poucos se acentua
E a palidez da lua apenas se pressente.

Triste ironia atroz que o senso humano irrita: —
Ele que doira a noite e ilumina a cidade,
Talvez não tenha luz na choupana em que habita.

Tanta gente também nos outros insinua
Crenças, religiões, amor, felicidade,
Como este acendedor de lampiões da rua!

(Jorge de Lima, *XIV Alexandrinos* in *Poesia completa*, Rio de Janeiro, Nova Aguilar, 1997, p. 192.)

## Essa negra Fulô

Ora, se deu que chegou
(isso já faz muito tempo)
no bangüe dum meu avô
uma negra bonitinha
chamada negra Fulô.

Essa negra Fulô!
Essa negra Fulô!

Ó Fulô! Ó Fulô!
(Era a fala da Sinhá)
— Vai forrar a minha cama,
pentear os meu cabelos,
vem ajudar a tirar
a minha roupa, Fulô!

Essa negra Fulô!

Essa negrinha Fulô
ficou logo pra mucama,
para vigiar a Sinhá
pra engomar pro Sinhô!

Essa negra Fulô!
Essa negra Fulô!

Ó Fulô! Ó Fulô!
(Era a fala da Sinhá)
vem me ajudar, ó Fulô,
vem abanar o meu corpo
que eu estou suada, Fulô!
vem coçar minha coceira,
vem me catar cafuné,
vem balançar minha rede,
vem me contar uma história,
que eu estou com sono, Fulô!

Essa negra Fulô!

"Era um dia uma princesa
que vivia num castelo
que possuía um vestido
com os peixinhos do mar.
Entrou na perna dum pato
saiu na perna dum pinto
o Rei-Sinhô me mandou
que vos contasse mais cinco."

Essa negra Fulô!
Essa negra Fulô!

Ó Fulô? Ó Fulô?
Vai botar para dormir
esses meninos, Fulô!
"Minha mãe me penteou
minha madrasta me enterrou
pelos figos da figueira
que o Sabiá beliscou."

Essa negra Fulô!
Essa negra Fulô!

Fulô? Ó Fulô?
(Era a fala da Sinhá
chamando a Negra Fulô.)
Cadê meu frasco de cheiro
que teu Sinhô me mandou

— Ah! foi você que roubou!
Ah! foi você que roubou!

O Sinhô foi ver a negra
levar couro do feitor
A negra tirou a roupa.
O Sinhô disse: Fulô!
(A vista se escureceu
que nem a negra Fulô.)

Essa negra Fulô!
Essa negra Fulô!

Ó Fulô? Ó Fulô?
Cadê meu lenço de rendas
cadê meu cinto, meu broche,
cadê meu terço de ouro
que teu Sinhô me mandou?
Ah! foi você que roubou.
Ah! foi você que roubou.

Essa negra Fulô!
Essa negra Fulô!

O Sinhô foi açoitar
sozinho a negra Fulô.
A negra tirou a saia
e tirou o cabeção,
de dentro dele pulou
nuinha a negra Fulô.

Essa negra Fulô!
Essa negra Fulô!

Ó Fulô? Ó Fulô?
Cadê, cadê teu Sinhô
que nosso Senhor me mandou
Ah! foi você que roubou,
foi você, negra Fulô

Essa negra Fulô!

(Jorge de Lima, *Novos poemas* in *Poesia completa*, Rio de Janeiro, Nova Aguilar, 1997, p. 255-7.)

## Cantigas

As cantigas lavam a roupa das lavadeiras.
As cantigas são tão bonitas, que as lavadeiras
ficam tão tristes, tão pensativas!

As cantigas tangem os bois dos boiadeiros! —
Os bois são morosos, a carga é tão grande!

O caminho é tão comprido que não tem fim.
As cantigas são leves...
E as cantigas levam os bois, batem a roupa
das lavadeiras.

As almas negras pesam tanto, são
tão sujas como a roupa, tão pesadas
como os bois...
As cantigas são tão boas...
Lavam as almas dos pecadores!
Levam as almas dos pecadores!

(Jorge de Lima, *Novos poemas* in *Poesia completa,* Rio de Janeiro, Nova Aguilar, 1997, p. 273-4.)

## **Aníbal** Monteiro **Machado**

Nasceu em Sabará, MG, em 9/12/1894 e morreu no Rio de Janeiro, RJ, em 20/1/1964. Formou-se em Direito e foi promotor público. Novelista, contista, romancista, teatrólogo. Sua ficção é de tom coloquial-irônica e, às vezes, incorpora traços surrealistas. **Algumas obras**: *A morte da porta-estandarte* (1931); *Vila feliz* (nov. 1944); *a morte da porta-estandarte e outras histórias* (cont. 1946); *Cadernos de João* (1957); *Histórias reunidas* (1959); *João Ternura* (rom. 1965); *Parque de diversões* (crôn. 1994).

### **A morte da porta-estandarte** (frag.)

Que adianta ao negro ficar olhando para as bandas do Mangue ou para os lados da Central?

Madureira é longe e a amada só pela madrugada entrará na praça, à frente do seu cordão.

O que o está torturando é a idéia de que a presença dela deixará a todos de cabeça virada, e será a hora culminante da noite.

Se o negro soubesse que luz sinistra estão destilando seus olhos e deixando escapar como as primeiras fumaças pelas frestas de uma casa onde o incêndio apenas começou!...

Todos percebem que ele está desassossegado, que uma paixão o está queimando por dentro. Mas só pelo olhar se pode ler na alma dele, porque, em tudo mais, o preto se conserva misterioso, fechado em sua própria pele, como numa caixa de ébano.

Por que não se incorporou ao seu bloco? E por que não está dançando? Há pouco não passou uma morena que o puxou pelo braço, convidando-o? Era a rapariga do momento, devia tê-la seguido... Ah, negro, não deixes a alegria morrer... É a imagem da outra que não tira do pensamento, que não lhe deixa ver mais nada. Afinal, a outra não lhe pertence ainda, pertence ao seu cordão; não devia proibi-la de sair. Pois ela já não lhe dera todas as provas? Que tenha um pouco de paciência: aquele corpo já lhe foi prometido, será dele mais tarde...

Andar na praça assim, todos desconfiam... Quanto mais agora, que estão tocando o seu samba... Está sombrio, inquieto, sem ouvir a sua música, na obsessão de que a amada pode ser de outrem, se abraçar com outro... O negro não tem razão. Os navais não são mais fortes que ele, nem os estivadores... Nem há nenhum tão alinhado. E Rosinha gosta é dele, se reserva para ele. Será medo do vestido com que ela deve sair hoje, aquele vestido em que fica maravilhosa, "rainha da cabeça aos pés"? Sua agonia vem da certeza de que é impossível que alguém possa olhar para Rosinha sem se apaixonar. E nem de longe admite que ela queira repartir o amor.

O negro fica triste.

/..../

E está sofrendo, o preto. Os felizes estão se divertindo. Era preferível ser como os outros, qualquer dos outros a quem a morena poderá pertencer ainda, do que ser alguém como ele, de quem ela pode escapar. Uma rapariga como Rosinha, a felicidade de tê-la, por maior que seja, não é tão grande como o medo de perdê-la. O negro suspira e sente uma raiva surda do Geraldão, o safado. Era este, pelos seus cálculos, quem estaria mais próximo de arrebatar-lhe a noiva. O outro era o Armandinho, mas esse era direito; seu amigo, de fato, incapaz de traí-lo. Sentiu um reconhecimento inexplicável pelo Armandinho.

/..../

O negro está hesitante. As horas caminham e o bloco de Madureira é capaz de não vir mais. Os turistas ingleses contemplam o espetáculo à distância, e combinam o medo com a curiosidade. (...)

/..../

(...) Mas os turistas agora se assustam. No fundo da Praça, uma correria e começo de pânico. Ouvem-se apitos. As portas de aço descem com fragor. As canções das Escolas de Samba prosseguem mais vivas, sinfonizando o espaço poeirento. A inglesa velha está afobada, puxa a família, entra por uma porta semicerrada.

— Mataram uma moça!

A notícia, que viera da esquina da Rua Santana, circulou depois em torno da Escola Benjamim Constant, corria agora por todos os lados alarmando as mães.

— Mataram uma moça! — comentava-se dentro dos bares. — Mataram, sim, mataram uma moça!...

— Que maldade matarem uma moça assim, num dia de alegria! Será possível?...

/..../

(Aníbal Machado, *A morte da porta-estandarte e outras histórias*, 2. ed., Rio de Janeiro, J. Olympio, 1969, p. 223-8.)

## Raul de Leoni Ramos

Nasceu em em Petrópolis, RJ, em 30/10/1895, e morreu em Itaipava, RJ, em 21/11/1926. Poeta da fase sincrética do início do século XX, com mistura de elementos simbolistas e parnasianos. **Algumas obras**: *Ode a um poeta morto* (1918); *Luz mediterrânea* (1922); *Luz mediterrânea* (Edição comemorativa do centenário de Raul de Leoni, pela Academia Petropolitana de Poesia Raul de Leoni, 1993).

### Ingratidão

Nunca mais me esqueci!... Eu era criança
E em meu velho quintal, ao sol-nascente,
Plantei, com a minha mão ingênua e mansa,
Uma linda amendoeira adolescente.

Era a mais rútila e íntima esperança...
Cresceu... cresceu... e, aos poucos, suavemente,
Pendeu os ramos sobre um muro em frente
E foi frutificar na vizinhança...

Daí por diante, pela vida inteira,
Todas as grandes árvores que em minhas
Terras, num sonho esplêndido semeio,

Como aquela magnífica amendoeira,
Eflorescem nas chácaras vizinhas
E vão dar frutos no pomar alheio...

(Raul de Leoni, *Luz mediterrânea*, 3. ed., Rio de Janeiro, Civilização Brasileira, 1940, p. 65.)

## Argila

Nascemos um para o outro, dessa argila
De que são feitas as criaturas raras;
Tens legendas pagãs nas carnes claras
E eu tenho a alma dos faunos na pupila...

Às belezas heróicas te comparas
E em mim a luz olímpica cintila,
Gritam em nós todas as nobres taras
Daquela Grécia esplêndida e tranqüila...

É tanta a glória que nos encaminha
Em nosso amor de seleção, profundo,
Que (ouço de longe o oráculo de Elêusis),

Se um dia eu fosse teu e fosses minha,
O nosso amor conceberia um mundo
E do teu ventre nasceriam deuses...

(Raul de Leoni, *Luz mediterrânea*, Rio de Janeiro, Academia Petropolitana de Poesia Raul de Leoni, 1993, p. 98.)

# Ascenso Ferreira

Nasceu em Palmares, PE, em 9/5/1895 e morreu no Recife, PE, em 5/5/1965. Poeta de feição regionalista. **Algumas obras**: *Sertão* (1922); *Catimbó* (1927); *Cana caiana* (1939); *Poemas* (1951).

## Filosofia

(A José Pereira de Araújo
"Doutorzinho de Escada")

Hora de comer — comer!
Hora de dormir — dormir!
Hora de vadiar — vadiar!

Hora de trabalhar?
— Pernas pro ar que ninguém é de ferro!

(Ascenso Ferreira, *Cana caiana* in *Poemas*, Recife, Nordestal, 1995, p.110.)

## Trem de Alagoas

O sino bate,
o condutor apita o apito,
solta o trem de ferro um grito,
põe-se logo a caminhar...

— Vou danado pra Catende,
vou danado pra Catende,
vou danado pra Catende
com vontade de chegar...

Mergulham mocambos
nos mangues molhados,
moleques mulatos,
vêm vê-lo passar.

— Adeus!
— Adeus!

Mangueiras, coqueiros,
cajueiros em flor,
cajueiros com frutos
já bons de chupar...

— Adeus, morena do cabelo cacheado!

— Vou danado pra Catende,
vou danado pra Catende,
vou danado pra Catende
com vontade de chegar...

Mangabas maduras,
mamões amarelos,
mamões amarelos
que amostram, molengos,
as mamas macias
pra a gente mamar...

— Vou danado pra Catende,
vou danado pra Catende,
vou danado pra Catende
com vontade de chegar...

Na boca da mata
há furnas incríveis
que em coisas terríveis
nos fazem pensar:

— Ali dorme o Pai-da-Mata!
— Ali é a casa das caiporas!

— Vou danado pra Catende,
vou danado pra Catende,
vou danado pra Catende
com vontade de chegar...

Meu Deus! Já deixamos
a praia tão longe...
No entanto, avistamos
bem perto outro mar...

Danou-se! Se move,
se arqueia, faz onda...
Que nada! É um partido
já bom de cortar...

— Vou danado pra Catende,
vou danado pra Catende,
vou danado pra Catende
com vontade de chegar...

Cana-caiana,
cana-roxa,
cana-fita,
cada qual a mais bonita,
todas boas de chupar...

— Adeus, morena do cabelo cacheado!

— Ali dorme o Pai-da-Mata!
— Ali é a casa das caiporas!

— Vou danado pra Catende,
vou danado pra Catende,
vou danado pra Catende
com vontade de chegar...

(Ascenso Ferreira, *Cana caiana* in *Poemas* , Recife, Nordestal, 1995, p.116-9.)

## Cassiano Ricardo Leite

Nasceu em São José dos Campos SP, em 26/7/1895 e faleceu em São Paulo, SP, em 14/1/1974. Poeta, historiador, crítico, jornalista. Incorporou-se aos grupos Verdamarelo e Anta. Inicialmente sua poesia se ligou ao Parnasianismo. Mais tarde assumiu uma posição nacionalista no movimento de 22. **Algumas obras**: *A frauta de Pã* (1917); *Vamos caçar papagaios* (1926); *Borrões de verde e amarelo* (1926); *Martim Cererê* (1928); *Marcha para oeste* (ens. 1942); *Poesias completas* (1957); *A difícil manhã* (1960); *Jeremias sem chorar* (1964); *Antologia poética* (1964).

### Competição

O mar é belo.
Muito mais belo é ver um barco
no mar.

O pássaro é belo.
Muito mais belo é hoje o homem
voar.

A lua é bela.
Muito mais bela é uma viagem
lunar.

Belo é o abismo.
Muito mais belo o arco da ponte
no ar.

A onda é bela.
Muito mais belo é uma mulher
nadar.

Bela é a montanha.
Mais belo é o túnel para alguém
passar.

Bela é uma nuvem.
Mais belo é vê-la de um último
andar.

Belo é o azul.
Mais belo o que Cézanne soube
pintar.

Porém mais belo
que o de Cézanne, o azul do teu
olhar.

O mar é belo.
Muito mais belo é ver um barco
no mar.

(Cassiano Ricardo, *Montanha-russa* in *Antologia poética*, Rio de Janeiro, Ed. do Autor, 1964, p. 180-1.)

## Poética

1

Que é a Poesia?

uma ilha
cercada
de palavras
por todos
os lados.

2

Que é o Poeta?

um homem

que trabalha o poema

com o suor do seu rosto.

Um homem

que tem fome

como qualquer outro

homem.

(Cassiano Ricardo, *Jeremias sem-chorar* in *Antologia Poética*, Rio de Janeiro, Ed. do Autor, 1964, p. 208-9)

## Exortação

Ó louro imigrante, que trazes
a enxada ao ombro e na roupa em remendos
azuis e amarelos
o mapa de todas as pátrias!

Sobe comigo a este píncaro
e olha a manhã brasileira
que vem despontando, na serra,
qual braçada de flores jogada da Terra.

... e homens, filhos do sol ( os índios)
homens filhos do luar (os lusos)
homens filhos da noite (os pretos)
aqui vieram sofrer, aqui vieram sonhar.

Naquele palmar tristonho
que vês muito ao longe os primeiros profetas
da liberdade, vestidos de negro,
anteciparam o meu sonho.

Mais longe descansa o sertão imortal.
A voz da araponga até hoje desata
o seu grito, transfundido em metal.
Foi onde o paulista, que nunca descansa,
fundou o país da Esperança.

Naquele rio encantado
mora uma linda mulher, de cabelos bem verdes
e boca de amora.

Naquele mato distante nasceu Iracema,
a virgem dos lábios de mel.

Lá ao longe, ao fulgor do trópico,
o cearense indomável
segura o sol pelas crinas
no chão revel.

Lá em baixo, o gaúcho
vigia a fronteira, montado
no seu corcel.
Na paisagem escampa.

Sim, o gaúcho que viu, ao nascer,
a bandeira da pátria estendida no pampa.

Ó louro imigrante,
agarra-te à enxada,
semeia o grão de ouro
na terra de esmeralda.

E — semeador —
ó meu irmão louro,
terás a sensação, terás a graça
de um descobridor!

(Cassiano Ricardo, *Vamos caçar papagaios* in *Poesias completas,* Rio de Janeiro, J. Olympio, 1957, p. 74-5.)

## Cornélio de Oliveira Penna

Nasceu em Petrópolis , RJ, em 20/2/1896 e morreu no Rio de Janeiro, RJ, em 12/2/1958. Romancista, contista, jornalista, advogado. É um ficcionista de linha intimista. **Algumas obras**: *Fronteira* (rom. 1936); *Dois romances de Nico Horta* (rom. 1939); *Repouso* (rom. 1948); *A menina morta* (rom. 1954); *Romances completos* (1958).

## *A menina morta*

Capítulo VII (frag.)

A porta do quarto de vestir dos senhores estava entreaberta, e quando D.ª Virgínia quis bater com o nó dos dedos, ouviu de novo a voz grave que a chamara dizer em tom mais baixo:

— Espere um instante, que já vou.

E pouco depois ela entreviu um vulto alto, envolvido em pesado roupão escuro, e percebeu sua mão apoiada na maçaneta. De onde estava, sem se mostrar de todo, na luz do corredor, o dono da fazenda, que pressentira estar a parenta à sua espera, pelo ruído de seus passos e do seu vestido, ali, em pé, sem dar sinal de que viera, com receio de que o tomassem como indicativo de impaciência, deu ele suas ordens, na mesma voz ligeiramente velada. O enterro devia-se fazer sem grande acompanhamento das pessoas que tivessem vindo, e não se devia tomar qualquer iniciativa nesse sentido.

— Não quero gritos nem manifestações excessivas — acrescentou, depois de curta pausa — e a senhora levará no carro, com Celestina, o... corpo.

— Primo Comendador — disse D.ª Virgínia, com timidez — não sei se deva dizer, mas as negrinhas pediram licença para carregar o caixão, a pé, da casa ao cemitério...

E ajuntou rapidamente, como para se desculpar, pois sabia que o Senhor atendia sempre aos pedidos manhosos do cocheiro:

— Foi o Bruno que me veio dizer isso, e insistiu que transmitisse ao primo esse recado...

Houve silêncio do outro lado da porta, depois algumas palavras pronunciadas lentamente, e a velha ouviu, vinda do outro aposento, a voz da Senhora, que dizia com irritação:

— Coisas de moleque!

Mas, prima Virgínia não pôde afirmar a si mesma que pudera realmente distinguir o sentido da frase, tal a perturbação sentida, pois imaginara de novo a Sinhá deitada na cama, doente de dor sofreada, e só percebera raiva e desprezo no que ouvira. Mas, logo em seguida sentiu que o Senhor se aproximava de novo da meia folha, e quase em segredo lhe dizia:

— A menina irá como eu já disse à prima. Queira mandar aqui o administrador.

Voltando sobre si mesma, depois de murmurar rapidamente o devido — Sim senhor — ela dirigiu-se à sala do oratório, onde logo avistou a figura pesada do administrador, que se ajoelhara a um canto, e mantinha-se a custo sobre os dois joelhos, pois era muito gordo, quase disforme. O grande lenço preto que passara no pescoço, cujas largas pontas escondiam a camisa aberta, formava uma espécie de colete, que dava ainda maior estranheza ao seu aspecto. D.ª Virgínia fitou-o, com insistência, mas o pobre homem mantinha os seus olhos baixos e de seus espessos cílios corriam fartas lágrimas reluzentes, que iam cair sobre suas mãos muito vermelhas e calosas, de campônio português, e não sentiu, decerto devido à grossura de sua pele suarenta, os eflúvios do olhar intenso que o fixava. Depois de alguns momentos, ela entrou de vez na sala grande, onde já estavam muitas pessoas vindas das redondezas, entre elas alguns senhores e senhoras das fazendas próximas.

— Não sei como essa gente teve coragem de vir aqui para ser tratada tão mal — pensou ela, depois de observar em seu sofá o grupo das senhoras, todas de preto com grandes véus negros sobre os chapeuzinhos. Uma delas era titular, e o marido presidia, nessa ocasião, o Ministério, mas justamente era a mais simples delas, e mantinha o rosto oculto entre as mãos magras, sem luvas. — Como poderei dispensá-las de acompanhar o enterro? Não posso dizer-lhes que o primo não quer... e que, além disso, ninguém virá à sala para atendê-las...

/..../

(Cornélio Penna, *A menina morta* in *Romances completos*, Rio de Janeiro, J. Aguilar, 1958, p. 754-5.)

## Joaquim Maria Moreira Cardozo

Nasceu no Recife, PE, em 26/8/1897 onde morreu em 4/11/1978. Poeta, engenheiro, teatrólogo, desenhista, professor universitário. Em 1923 fez contato com os modernistas do Recife, colaborando em várias revistas. Transferiu-se para o Rio de Janeiro, participou como calculista dos principais projetos arquitetônicos de Oscar Niemeyer. **Algumas obras**: *Poemas* (1947); *Prelúdio e elegia de uma despedida* (1952); *Signo estrelado* (1960); *O coronel de Macambira* (1963); *De uma noite de festa* (teat. 1971); *Poesias completas* (1971); *Um livro aceso e nove canções sombrias* (1981).

## Três sonetos positivos

I

Eu te direi de amor em frase nova:
Verbo que em si conduz as singulares
Emanações fatais da escura prova
Que é força de ambições crepusculares.

Eu te direi da flor que se renova
Em frondes de segredos seculares,
Surgindo da clausura de uma cova
Em mutações tranqüilas e lunares.

Direi também de folhas, de aventuras
Levadas velozmente nas alturas
Dos ventos e das asas vencedoras:

Mas de tanto dizer fique o silêncio
Que é cinza de palavras e que vence
O surto de inverdades tentadoras.

II

Por senda escura uma visão me leva...
Em vez dos claros rumos da manhã
Sigo um caminho, um chão feito de treva,
De légua, de colina e de rechã.

Em vez do alvor das nuvens que me enleva,
Das nuvens de que a tarde é tecelã
Olho o vulto da noite que se eleva,
Ouço o vento do mar na telha-vã.

Da noite preta que me estende os ubres
De onde sorvo os meus sonhos insalubres
E o leite sugo de imprecisas mágoas

Do mar que ao fim de tudo há de me ter
Se o meu ferido corpo merecer
O encerro, o encanto e o cântico das águas.

III

Sobre o meu coração dedos de luvas,
Dedos sutis de mãos consoladoras,
Roçaram leves num roçar de chuvas
De vento e de verão sobre lavouras.

Mas se um vinho mortal de eternas uvas
A embriaguez me trouxe, e, aterradoras,
Fulgurações de rútilas saúvas
Meu sangue percorreram, salvadoras,

As tuas mãos lacustres me envolveram,
E de águas matinais frescor me deram...
Mãos e que mãos tão lúbricas e brandas!

As cores das manhãs que me inundaram
Enfim bruma e fantasmas dispersaram
De noites brancas, lívidas, nefandas.

(Joaquim Cardozo, *Signo estrelado* in *Poesias completas*, Rio de Janeiro, Civilização Brasileira, MEC, 1971, p. 60-2.)

## Soneto da vinda

És a Vida? És a Morte? Ninguém sabe.
Ninguém! Mas sei que és bela, e sei, sorrindo;
Tão bela e feita para que surgindo
O mundo louve e a Natureza gabe.

Vida! Se és vida, a dor em ti não cabe.
Morte? Morte serias fim infindo.
Presumo que hás de vir antes do fim
Do dia, antes que o dia todo acabe.

Se queres vir, não tardes, sim, se queres...
Se de mim pretendes, se a mim preferes
Não há mais razões, nem há mais confronto...

Esta é a hora de vir, a que convém;
Sem sombra, sem luar, sem sonhos, vem...
— É dia claro, claro, é azul em ponto.

(Joaquim Cardozo, *Sonetosson* in *Poesias completas*, Rio de Janeiro, Civilização, MEC, 1971, p. 195.)

### Versos reversos
(poemas quase herméticos)

5

Eu quero chamar o tempo
Limpá-lo bem muito limpo
Deixá-lo como um lustral,
Com ele faço os espelhos
Onde durmo de joelhos
Num sono só de cristal.

Ao longe vejo um navio
Que marcha sempre em desvio
Das coisas mortas no mal
Navega o chão da planície
Onde estão na superfície
Sol e azul, azul e sol.

No entanto quem me descobre
Eu que sou triste e sou pobre
Vai me achar bem desigual
Quando morrer, com certeza
Terei silêncio e riqueza
E a terra é meu pedestal.

(Joaquim Cardozo, *Um livro aceso e nove canções sombrias*, Rio de Janeiro, Civilização Brasileira, São Paulo, Massao Ohno, Recife, Fundarpe, 1981, s.p.)

## Rui **Ribeiro Couto**

Nasceu em Santos, SP, em 12/3/1898 e morreu em Paris, França em 30/5/1963. Poeta, promotor público, diplomata. Ligou-se a uma ala moderada dos primórdios do Modernismo e que ficou conhecida como penumbrista. **Algumas obras**: *O jardim das confidências* (nov. 1921); *Um homem na multidão* (poes. 1926); *Cabocla* (rom. 1931); *Clube das esposas enganadas* (cont. 1933); *Prima Belinha* (rom. 1940); *Cancioneiro do ausente* (poes. 1943); *O crime do estudante Batista* (cont. s.d.); *Poesias reunidas* (1960).

## A revelação

Na hora suave do morrer do dia
As mãos presas, de súbito, gelaram.
Calam-se as bocas... Que melancolia
Nessas bocas que tanto se beijaram!

(Há nas águas nevoentas da baía
A saudade das naus que naufragaram,
Alto mar, à mercê da ventania,
E nem mesmo os seus náufragos voltaram!)

Olhos vagos... Tão tristes que ficaram,
Espalhados na tarde fugidia,
Tão tristes que parece que choraram.

E a noite envolve tímida, macia,
Aqueles vultos que se desgraçaram
Na hora suave do morrer do dia.

(Ribeiro Couto, *O jardim das confidências* in *Poesias reunidas,* Rio de Janeiro, J. Olympio, 1960, p. 28.)

## O herói que matara o reizinho inimigo

Volto da guerra magoado.
O povo diz-me: "Soldado,
És o mais bravo da terra."
Como o povo anda enganado!
Volto magoado da guerra...

"Glória às tuas cicatrizes!
Nos mais remotos países,
Feliz! teu nome é aclamado."
Ah! sou dos mais infelizes!
Volto da guerra magoado...

Venci a maior batalha
E deram-me esta medalha
Cobiçada em toda a terra.
Meu Deus, por mais que ela valha...
Volto magoado da guerra.

Foi minha sorte e castigo
Ver o reizinho inimigo
Nestas mãos, ensangüentado,
Morrer chorando comigo...
Volto da guerra magoado.

(Ribeiro Couto, *O jardim das confidências* in *Poesias reunidas*, Rio de Janeiro, J. Olympio, 1960, p. 45.)

## Diálogo sobre a felicidade

— "Bendito seja o teu país."

— "Estrangeiro que vieste encontrar no meu país
O bem que em vão no teu mesmo procuraste,
Obrigado, estrangeiro."

— "Aqui vim ser feliz.
Aqui é a terra da abundância e da fortuna.
Aqui vim ser forte, rico e feliz."

— "Obrigado, estrangeiro."

— "Aqui ficarão vivendo os meus filhos.
Aqui nascerão os meus netos.
Aqui, saudoso embora do meu país,
Fecharei os meus olhos.
Deus abençoe o teu país."

— "Estrangeiro, ainda uma vez, obrigado.
Eu sei que é verdade tudo quanto dizes.
Mas, ah! ensina-me:
Qual é o caminho que leva ao teu país?
Qual é o caminho? Dize, estrangeiro...
Eu quero ir-me! Eu quero ir-me!
Eu também quero ser feliz, estrangeiro!"

(Ribeiro Couto, *Um homem na multidão* in *Poesias reunidas*, Rio de Janeiro, J. Olympio, 1960, p. 128.)

## Raul Bopp

Nasceu em Pinhal, RS, em 4/8/1898, e morreu no Rio de Janeiro, RJ, em 2/6/1984. Tomou parte no movimento modernista ao lado de Oswald de Andrade e Tarsila do Amaral. Poeta, ensaista e memorialista. **Algumas obras**: *Cobra Norato* (poes. 1931); *Urucungo* (poemas negros 1932); *Notas de viagem* (1960); *Memórias de um embaixador* (1968).

### Negro

Pesa em teu sangue a voz de ignoradas origens
As florestas guardaram na sombra o segredo da tua história

A tua primeira inscrição em baixo-relevo
foi uma chicotada no lombo

Um dia
atiraram-te no bojo de um navio negreiro
E durante longas noites e noites
vieste escutando o rugido do mar
como um soluço no porão soturno

O mar era um irmão da tua raça

Uma madrugada
baixaram as velas do convés
Havia uma nesga de terra e um porto
Armazéns com depósitos de escravos
e a queixa dos teus irmãos amarrados em coleiras de ferro

Principiou aí a tua história

O resto
a que ficou pra trás
o Congo as florestas e o mar
continuam a doer na corda do urucungo

(Raul Bopp, *Cobra Norato e outros poemas*, 12. ed., Rio de Janeiro, Civilização, 1978, p. 127-8.)

## Dante Milano

Nasceu no Rio de Janeiro, RJ, em 16/6/1899 onde morreu em 15/4/1991. Poeta à margem das facções modernistas, apegado ao diálogo com a tradição clássica. Foi também escultor. **Algumas obras**: *Poesias* (1948); *Poesia e prosa* (1979); *Poesias* (1994).

## "Sentir aceso dentro da cabeça"

Sentir aceso dentro da cabeça
Um pensamento quase que divino,
Como raio de luz frágil e fino
Que num cárcere escuro resplandeça.
Seguir-lhe o rastro branco em noite espessa,
Ter de uma inútil glória o vão destino,
Ser de si mesmo vítima e assassino,
Tentar o máximo, ainda que enlouqueça.
Provar palavras de sabor impuro
Que a boca morde e cospe porque é suja
A água que bebe e o pão que come é duro,
E deixar sobre a página da vida
Um verso essa terrível garatuja
Que parece um bilhete de suicida.

(Dante Milano, *Sonetos e fragmentos* in *Poesias*, Petrópolis, Ed. Firmo, 1994, p. 28)

## "O amor de agora é o mesmo amor de outrora"

O amor de agora é o mesmo amor de outrora
Em que concentro o espírito abstraído,
Um sentimento que não tem sentido,
Uma parte de mim que se evapora.
Amor que me alimenta e me devora,
E este pressentimento indefinido
Que me causa a impressão de andar perdido
Em busca de outrem pela vida afora.
Assim percorro uma existência incerta
Como quem sonha, noutro mundo acorda,
E em sua treva um ser de luz desperta.
E sinto, como o céu visto do inferno,
Na vida que contenho mas transborda,
Qualquer coisa de agora mas de eterno.

(Dante Milano, *Sonetos e Fragmentos* in *Poesias*, Petrópolis, Ed. Firmo, 1994, p. 29.)

## Imagem

Uma coisa branca,
Eis o meu desejo.

Uma coisa branca
De carne, de luz,

Talvez uma pedra,
Talvez uma testa,

Uma coisa branca.
Doce e profunda,

Nesta noite funda,
Fria e sem Deus.

Uma coisa branca,
Eis o meu desejo,

Que eu quero beijar,
Que eu quero abraçar,

Uma coisa branca
Para me encostar

E afundar o rosto.
Talvez um seio,

Talvez um ventre,
Talvez um braço,

Onde repousar.
Eis o meu desejo,

Uma coisa branca
Bem junto de mim,

Para me sumir,
Para me esquecer,

Nesta noite funda,
Fria e sem Deus.

(Dante Milano, *Reflexos* in *Poesias*, Ed. Firmo, 1994, p. 56.)

## Antônio Castilho de Alcântara Machado de Oliveira

Nasceu em São Paulo, SP, em 25/5/1901 e morreu no Rio de Janeiro, RJ, em 14/4/1935. Ficcionista, cronista, advogado, jornalista, participou ativamente do movimento de 1922. **Algumas obras**: *Brás, Bexiga e Barra Funda* (cont. 1927); *Laranja da China* (cont. 1928); *Mana Maria* (rom. inac. 1936); *Cavaquinho e saxofone* (crôn. 1940); *Novelas paulistanas* (1959).

### Gaetaninho

— Xi, Gaetaninho, como é bom!

Gaetaninho ficou banzando bem no meio da rua. O Ford quase o derrubou e ele não viu o Ford. O carroceiro disse um palavrão e ele não ouviu o palavrão.

— Eh! Gaetaninho! Vem pra dentro.

Grito materno sim: até filho surdo escuta. Virou o rosto tão feio de sardento, viu a mãe e viu o chinelo.

— *Subito!*

Foi-se chegando devagarinho, devagarinho. Fazendo beicinho. Estudando o terreno. Diante da mãe e do chinelo parou. Balançou o corpo. Recurso de campeão de futebol. Fingiu tomar a direita. Mas deu meia volta instantânea e varou pela esquerda porta adentro.

Eta salame de mestre!

Ali na Rua Oriente a ralé quando muito andava de bonde. De automóvel ou carro só mesmo em dia de enterro. De enterro ou de casamento. Por isso mesmo o sonho de Gaetaninho era de realização muito difícil. Um sonho.

O Beppino por exemplo. O Beppino naquela tarde atravessara de carro a cidade. Mas como? Atrás da Tia Peronetta que se mudava para o Araçá. Assim também não era vantagem.

Mas se era o único meio? Paciência.

Gaetaninho enfiou a cabeça embaixo do travesseiro.

Que beleza, rapaz! Na frente quatro cavalos pretos empenachados levavam a Tia Filomena para o cemitério. Depois o padre. Depois o Savério noivo dela de lenço nos olhos. Depois ele. Na boléia do carro. Ao lado do cocheiro. Com a roupa marinheira e o gorro branco onde se lia: ENCOURAÇADO SÃO PAULO. Não. Ficava mais bonito de roupa marinheira mas com a palhetinha nova que o irmão lhe trouxera da fábrica. E ligas pretas segurando as meias. Que beleza, rapaz! Dentro do carro o pai, os dois irmãos mais velhos (um de gravata vermelha, outro de gravata verde) e o padrinho Seu Salomone. Muita gente nas calçadas, nas portas e nas janelas dos palacetes, vendo o enterro. Sobretudo admirando o Gaetaninho.

Mas Gaetaninho ainda não estava satisfeito. Queria ir carregando o chicote. O desgraçado do cocheiro não queria deixar. Nem por um instantinho só.

Gaetaninho ia berrar mas a Tia Filomena com a mania de cantar o "Ahi, Mari!" todas as manhãs o acordou.

Primeiro ficou desapontado. Depois quase chorou de ódio.

Tia Filomena teve um ataque de nervos quando soube do sonho de Gaetaninho. Tão forte que ele sentiu remorsos. E para sossego da família alarmada com o agouro tratou logo de substituir a tia por outra pessoa numa nova versão de seu sonho. Matutou, matutou, e escolheu o acendedor da Companhia de Gás, Seu Rubino, que uma vez lhe deu um cocre danado de doído.

Os irmãos (esses) quando souberam da história resolveram arriscar de sociedade quinhentão no elefante. Deu a vaca. E eles ficaram loucos de raiva por não haverem logo advinhado que não podia deixar de dar a vaca mesmo.

O jogo na calçada parecia de vida ou morte. Muito embora Gaetaninho não estava ligando.

— Você conhecia o pai do Afonso, Beppino?

— Meu pai deu uma vez na cara dele.

— Então você não vai amanhã no enterro. Eu vou!

O Vicente protestou indignado:

— Assim não jogo mais! O Gaetaninho está atrapalhando!

Gaetaninho voltou para o seu posto de guardião. Tão cheio de responsabilidades.

O Nino veio correndo com a bolinha de meia. Chegou bem perto. Com o tronco arqueado, as pernas dobradas, os braços estendidos, as mãos abertas, Gaetaninho ficou pronto para a defesa.

— Passa pro Beppino!

Beppino deu dois passos e meteu o pé na bola. Com todo o muque. Ela cobriu o guardião sardento e foi parar no meio da rua.

— Vá dar tiro no inferno!

— Cala a boca, palestrino!

— Traga a bola!

Gaetaninho saiu correndo. Antes de alcançar a bola um bonde o pegou. Pegou e matou.

No bonde vinha o pai do Gaetaninho.

A gurizada assustada espalhou a notícia na noite.

— Sabe o Gaetaninho?

— Que é que tem?

— Amassou o bonde!

A vizinhança limpou com benzina suas roupas domingueiras.

Às dezesseis horas do dia seguinte saiu um enterro da Rua do Oriente e Gaetaninho não ia na boléia de nenhum dos carros do acompanhamento. Ia no da frente dentro de um caixão fechado com flores pobres por cima. Vestia a roupa marinheira, tinha as ligas, mas não levava a palhetinha.

Quem na boléia de um dos carros do cortejo mirim exibia soberbo terno vermelho que feria a vista da gente era o Beppino.

(Antônio de Alcântara Machado, *Novelas paulistanas*, 2. ed., Rio de Janeiro, J. Olympio, 1971, p. 11-3.)

## João Alphonsus de Guimaraens

Nasceu em Conceição do Mato Dentro, MG, em 6/4/1901 e morreu em Belo Horizonte, MG, em 23/5/1944. Contista, filho do poeta Alphonsus de Guimaraens, formado em Direito, foi Promotor de Justiça. Pertenceu à Academia Mineira de Letras. **Algumas obras**: *Galinha cega* (cont. 1931); *Totonho Pacheco* (rom. 1934); *Rola-moça* (1938); *Pesca da baleia* (1941); *Eis a noite* (1943).

### Uma história de Judas

Como Sexta-feira da Paixão fosse dia santo, um dia santo extraordinário em todo o mundo cristão, o homem teve a primeira contrariedade do dia quando a mulher lhe comunicou que não havia café com leite. Só café. O leiteiro anunciara de véspera que ele descansaria sexta-feira, que os ubres de suas vacas descansariam, isto é, que não haveria distribuição de leite. Sizenando, como burocrata que era, achava naturalíssimo não trabalhar de Quarta-feira de Trevas a Domingo da Ressurreição. Mas o leiteiro não tinha esse direito. Deixar de tirar o leite de suas vacas!

Bebeu o café simples. O líquido lhe fez certo bem ao estômago, tanto assim que sentiu uma disposição não para a alegria franca, que não era do seu feitio, mas para o humorismo. Brotou-lhe na cabeça um pensamento humorístico: — os bezerros hoje vão ter indigestão de leite; que festa para eles... Lembrou porém que a medida não era geral: haveria outros leiteiros que não respeitavam a santidade máxima do dia. Uma lástima. E um pecado. Os bezerros, afinal de contas, são dignos de uma certa consideração.

Depois que sua mulher saiu para a igreja, Sizenando tirou um cigarro do bolso do pijama de zefir estampado e caminhou para o alpendre florido de sua casa, um bangalô como outros muitos, suburbano e tranqüilo. Caminhou para a espreguiçadeira: fumar sossegado, gozar a paisagem da manhã, ler jornal, produzir outros pensamentos iguais ao dos bezerros, filosofar. Fica entendido que o seu filosofar não passava além daquilo: humorismo simples em torno das vacas, da repartição pública, das mulheres alheias, com sal e pimenta. Seria um homem feliz, se não houvesse um motivo para o contrário. O jornal anunciava bailes à fantasia para Sábado de Aleluia, o que o fez recordar um companheiro de repartição, seu rival na candidatura à promoção iminente. Tal colega era um sujeito carnavalesco, chefe de foliões, e safado como poucos! Perito em traições, como Judas... Mas logo teve pena de Judas: por que comparar o traidor de Jesus àquele sujeito, se o pobre Judas não devia ser tão mau assim, coitado?

Mal formulara essa pergunta sem resposta, viu aproximar-se do portão de sua casa, olhando-a atentamente com o ar de quem almejasse lhe penetrar os umbrais, um desconhecido vestido de preto, luto por algum parente, ou respeito à tradição de se enlutar a pessoa, quando religiosa, naquele dia. Sizenando deslizou ligeiro da espreguiçadeira para dentro de casa, agachado atrás da jardineira que circulava o alpendre.

— Tem um sujeito aí. Já está batendo palmas... Pergunte o nome e venha saber se estou em casa.

A criada cumpriu a recomendação e voltou com os olhos muito abertos, cara de espanto:

— Ele disse que é Judas. Judas Iscariotes.

— É?!

O homem teve um minuto de hesitação, depois do que ordenou calmamente à criada que introduzisse o sujeito na sala. Nova hesitação, depois da qual resolveu aparecer-lhe mesmo de pijama e barba de dois dias. Para que cerimônias? Pediria desculpas. O visitante matutino devia ser algum pândego. Ou doido? Entrou na sala com uma certa inquietude.

— Bom dia.

— Bom dia. O senhor como vai?

— Regularmente. Às ordens.

O estranho era banal e comum, embora grave e solene; nem alto, nem baixo; nem gordo, nem magro. Parecia sentir calor dentro do terno preto; mesmo cansaço, desânimo. Os olhos, no entanto, brilhavam com animação, de um modo esquisito, como se não fossem da mesma pessoa.

— Às ordens, insistiu Sizenando. Peço desculpas pela falta de cerimônia do pijama.

— E eu, peço desculpas pela importunação matutina. Sou Judas Iscariotes, ou de Kerioth, que é mais erudito e pedante. Sou e não sou. Sou o espírito de Judas invocado pelo sujeito que está sentado nesta cadeira. Fui invocado no Domingo de Ramos; tenho que permanecer no corpo dele a semana inteira...

Sizenando notou que a voz era pura, franca, simpática: como os olhos, não parecia pertencer ao mesmo indivíduo; não sendo espírita, nenhuma conclusão tirou do fenômeno presente; continuou calado, cortesmente incrédulo, sorrindo.

— Quer provas? Para um espírito, não era necessário que o senhor fizesse o homem invisível, pois se entrei aqui foi porque talvez tenha sido o senhor a única pessoa que nesta emergência anual me dedicou um pensamento de relativa simpatia. O senhor acha mesmo que não sou tão traidor como aquele seu colega de repartição?

O espanto de Sizenando foi imenso. Era verdade! Um fato real... E tão natural, com discrição e polidez, à luz do dia, que não lhe causava medo nenhum, aquela alma do outro mundo, Judas...

— A minha encarnação neste indivíduo foi divertida. A técnica é diferente: nunca apareci em sessão espírita nenhuma; quando um sujeito está realizando uma traição, nas proximidades do meu dia de cada ano, eu entro no corpo dele. Por uns dias. Este meu hospedeiro foi visitar um amigo no último domingo. Visitar a mulher do amigo, que estava sozinha em casa. No momento em que externava o seu desejo à mulher, me apossei do corpo dele, dei uma desculpa esfarrapada para não continuar o assunto e fui saindo. A esposa do outro ficou surpresa e contrariada, porque já se ia no embalo; e tive uma tentação de apanhar pedras na rua para apedrejar a adúltera, biblicamente, como no meu tempo. Mas, como dizia o Mestre, quem é que pode atirar a primeira pedra? Além disso, o calçamento era de asfalto, e eu tinha pressa de perambular, perambular, perambular... Isto faz parte dos castigos impostos a Judas Iscariotes. Mas penso que qualquer dessas traições que há por aí é muito pior que a minha.

— Eu também penso.

— O senhor assim pensa quando é o traído. E quando é o traidor? Aquela sua intriga foi mal sucedida. E o seu colega tinha pistolões mais fortes... Quanto a mim, prefiro encarnar nos traidores políticos (quis variar, este ano). O terreno é fértil e simpático, pois a minha traição foi eminentemente política. Do meu beijo perjuro dependia a redenção da humanidade. Ora, eu conhecia as profecias, acreditava no Divino Mestre, sabia que era o momento de surgir o traidor. Se eu explicasse tudo isso aos perseguidores do Nazareno? Talvez lhes tivesse aberto os olhos. Preferi aceitar os trinta dinheiros, que perdi no jogo, e fazer o papel profetizado, estabelecido, benemérito. Benemérito pelas suas conseqüências. Sofri muito ao aceitar a imposição da profecia. Estou sofrendo ainda.

— Tenho pena do senhor.

— Que é que me adianta a sua pena? A minha tese é esta: pode alguém ficar eternamente responsável por um ato que já estava divinamente pré-estabelecido numa cadeia de acontecimentos inadiáveis?

— Não pode não. É um absurdo!

— Pode. Tanto pode, que estou responsável. Eu podia ter recusado o papel. E o senhor acredita no livre arbítrio... Falou — não pode não! — quando pensava o contrário: que seria incapaz de trair como eu, com um beijo... Traidor! O senhor sabe que vai ser processado por calúnia? Jurou que o seu competidor na vaga da repartição havia feito desaparecer o processo referente ao desfalque. O processo foi encontrado no segundo escaninho da estante quarta do arquivo, lá onde o senhor o tinha escondido... O competidor vitorioso quer processá-lo judicialmente.

— Sei disso. Já procurei saber qual é a pena de prisão. Mas o processo não pega.

— Pega sim. Para mim, não existe passado, nem presente, nem futuro. Tudo é a mesma coisa. A eternidade. O senhor será condenado. E perderá o emprego, além da reputação, pois a falta é também funcional. Perderá tudo. Ficará na miséria. MISÉRIA!

O estranho visitante, de pé, se debruçou brutalmente sobre Sizenando, e os seus olhos ardentes olhavam tanto, tão agudamente, que o nosso homem sentiu no corpo uma impressão irremediável de punhais que lhe estraçalhassem as vísceras, de acabamento integral: não tinha cor no rosto, e tremia. A voz quente de Judas ciciou no seu ouvido esquerdo:

— O senhor não tem no quintal uma figueira?

— Não, mas tenho no quarto um revólver.

— Então, adeus. Até à eternidade.

Passou a porta, o portão. Na rua, parecia um homem como outro qualquer. Mas não era. Tanto não era que Sizenando foi automaticamente à gaveta onde guardava o revólver. Não, pensou; vou esperar minha mulher voltar da missa e lhe conto tudo. Os olhos eternos de Judas não saíam da sua memória; a impressão, do corpo. Será possível que eu seja a vítima escolhida para tanta perseguição, por causa de uma caluniazinha? E os outros, os outros que pululam por aí, sem processo e sem miséria!

Sua perturbação era extrema. Raciocinou: estas coisas estão absurdas, tão absurdas que só podem ser sonho; se não estou acordado e se não tenho revólver real na mão, vou dar um tiro na cabeça com este revólver de mentira, pois despertarei com o estampido. Raciocinando desse modo, com todo o seu bom senso, Sizenando puxou o gatilho. A criada, que estava na cozinha, saiu correndo como louca na direção do quarto, ouvindo a detonação, e o baque do corpo.

(João Alphonsus, *Pesca da baleia,* Belo Horizonte, Paulo Bluhm, 1941, p. 39-46.)

## José Lins do Rêgo Cavalcanti

Nasceu em Engenho Corredor, Pilar, PB, em 3/6/1901 e morreu no Rio de Janeiro, RJ, em 12/9/1957. Romancista, juiz, funcionário público. Sua obra literária discute o sistema econômico patriarcal, o trabalho escravo e o cangaço. **Algumas obras**: O autor manifestou o desejo de ver sua obra dividida em: **ciclo da cana de açúcar** — *Menino de engenho* (rom. 1932); *Doidinho* (rom. 1933); *Bangüê* (rom. 1934); *Moleque Ricardo* (rom. 1935); *Usina* (rom. 1936); *Fogo morto* (rom. 1943); **ciclo do cangaço, misticismo e seca** — *Pedra bonita* (rom. 1938); *Cangaceiros* (rom. 1953); **obras vinculadas aos dois ciclos anteriores** — Pureza (rom. 1937); *Riacho doce* (rom. 1939); **obras desligadas dos ciclos** — *Água* mãe (rom. 1941); *Eurídice* (rom. 1947); *Histórias da velha Totônia* (lit. inf. 1936); *Meus verdes anos* (mem. 1956).

### *Fogo morto*

O Capitão Vitorino — Capítulo IV (frag.)

/..../

Mas quando ia mais adiantada a destruição das grandezas do Santa Fé, parou um cavaleiro na porta. Os cangaceiros pegaram os rifles. Era o Coronel José Paulino, do Santa Rosa. O chefe chegou na porta.

— Boa noite, Coronel.

— Boa noite, Capitão. Soube que estava aqui no engenho do meu amigo Lula e vim até cá.

E olhando para o piano, os quadros, a desordem de tudo:

— Capitão, aqui estou para saber o que quer o senhor, do Lula de Holanda.

E vendo D. Amélia aos soluços, e o velho estendido no marquesão:

— Quer dinheiro, Capitão?

A figura do Coronel José Paulino encheu a sala de respeito.

— Coronel, este velho se negou ao meu pedido. Eu sabia que ele guardava muito ouro velho, dos antigos, e vim pedir com todo o jeito. Negou tudo.

— Capitão, me desculpe, mas esta história de ouro é conversa do povo. O meu vizinho não tem nada. Soube que o senhor estava aqui e aqui estou para receber as suas ordens. Se é dinheiro que quer, eu tenho pouco, mas posso servir.

Vitorino apareceu na porta. Corria sangue de sua cabeça branca.

— Estes bandidos me pagam.

— Cala a boca, velho malcriado. Pega este velho Cobra Verde.

— Capitão, o meu primo Vitorino não é homem de regular. O senhor não deve dar ouvido ao que ele diz.

— Não regula, coisa nenhuma. Vocês dão proteção a estes bandidos e é isto o que eles fazem com os homens de bem.

D. Olívia gritava:

— Oh, Madalena, traz água para lavar os meus pés.

— Coronel, eu me retiro. Aqui eu não vim com o intento de roubar a ninguém. Vim pedir. O velho negou o corpo.

— Pois eu lhe agradeço, capitão.

A noite já ia alta. Os cangaceiros se alinharam na porta. Vitorino, quase que se arrastando, chegou-se para o chefe e lhe disse:

— Capitão Antônio Silvino, o senhor sempre foi da estima do povo. Mas deste jeito se desgraça. Atacar um engenho como este do Coronel Lula, é mesmo que dar surra num cego.

— Cala a boca velho.

— Esta que está aqui só se cala com a morte.

Quase que não podia falar. E quando os cabras se foram, o Coronel José Paulino voltou para a sala para confortar os vizinhos. D. Amélia chorava como uma menina. Toda a casa-grande do Santa Fé parecia revolvida por um furacão. Só o quarto dos santos estava como dantes. A lâmpada de azeite iluminava os santos quietos. O negro Floripes chegara-se para rezar. Seu Lula, como um defunto, tinha os braços cruzados no peito. Tudo era de fazer dó. Os galos começaram a cantar. A madrugada insinuava-se no vermelho da barra. Um trem de carga apitou de muito longe. O bueiro surgia da névoa branca, e se podiam ver ainda no céu as últimas estrelas que se apagavam.

/..../

(José Lins do Rêgo, *Fogo morto,* 7. ed., Rio de Janeiro, J. Olympio, 1968, p. 258-9.)

## Cecília Meireles

Nasceu no Rio de Janeiro, RJ, aos 7/11/1901 onde morreu em 9/11/1964. Poeta, folclorista, professora, ligou-se à corrente espiritualizada do Modernismo. **Algumas obras**: *Viagem* (1939); *Vaga música* (1942); *Mar absoluto* (1945); *Retrato natural* (1949); *O romanceiro da Inconfidência* (1953); *Obra poética* (1958); *Vozes da cidade* (crôn. 1965); *Ou isto ou aquilo* (1969); *Escolha o seu sonho* (crôn. 1970).

### Canção

Pus o meu sonho num navio
e o navio em cima do mar;
— depois, abri o mar com as mãos,
para o meu sonho naufragar.

Minhas mãos ainda estão molhadas
do azul das ondas entreabertas,
e a cor que escorre dos meus dedos
colore as areias desertas.

O vento vem vindo de longe,
a noite se curva de frio;
debaixo da água vai morrendo
meu sonho, dentro de um navio...

Chorarei quanto for preciso,
para fazer com que o mar cresça,
e o meu navio chegue ao fundo
e o meu sonho desapareça.

Depois, tudo estará perfeito:
praia lisa, águas ordenadas,
meus olhos secos como pedras
e as minhas duas mãos quebradas.

(Cecília Meireles, *Viagem* in *Obra poética*, Rio de Janeiro, J. Aguilar, 1967, p. 110-1.)

## A quinhentos metros

A quinhentos metros, os vossos belos olhos desaparecem; e essa claridade do vosso rosto; e a fascinação da vossa palavra. É uma pena (eu também acho que é uma pena!), mas, a quinhentos metros, tudo se torna muito reduzido: sois uma pequena figura sem pormenores; vossas amáveis singularidades fundem-se numa sombra neutra e vulgar. Ao longe, caminhais como qualquer pessoa — e até como certas aves: é o que resta de vós: esse ritmo, na imensa estrada que também se vai projetando, estreita e indistinta, sobre o horizonte.

Bem sei que tendes muitas inquietações: há um mês de maio na vossa memória, e um campo em flor, e um arroio que cantava numas pedrinhas, e depois muitas, muitas cidades grandiosas e indiferentes, e teatros acesos, ramos de flores, ceias, risos, vozes, adereços de turquesa, — bem sei, bem sei. Bem sei que tudo isso ficou a mais de quinhentos metros, e ainda de longe continuais a sofrer. Mas para quem vos olha a uma distância de quinhentos metros, essas dimensões que levais convosco deixam de existir. As canções que aprendestes e a dor que sabeis, nada se avista daqui. Sois uma sombra muito pequenina, prestes a perder mesmo o ritmo do passo, a parecer parada como o próprio chão. Podereis ir para um lado ou para outro: daqui a pouco nem saberemos para onde fostes: e as vossas decisões estarão fora do nosso alcance, como vós estareis fora da nossa vista.

É bem triste tudo isso, porque nós vos amamos, e gostaríamos de responder, se por acaso nos chamásseis: mas, a quinhentos metros, é bem difícil ouvirmos a vossa voz. Mandamos pelo ar nossos bons pensamentos: mas que acontece aos pensamentos, mesmo aos melhores, desde que partem, desde que se desprendem de nós? Onde vão pousar os nossos bons pensamentos? E as pessoas a quem os dirigimos serão exatamente aquelas que os encontram?

Tenho muita pena de tudo isso: mas a pena vai ficando também menor, cada vez menor, à medida que avançais para longe: o sofrimento acompanha seu dono; nós apenas o vemos, e algumas vezes o compreendemos, sem, no entanto, o podermos tomar para nós, desfazê-lo ou darlhe outra direção. E ele também vai ficando pequenino, diminuindo, com a distância, para nós que não o carregamos, que apenas ouvimos dizer que existe. É como, nos mapas, o desenho de um rio que jamais encontramos: é certo que passa por ali, mas não sabemos nada de suas histórias, reflexos e ecos.

A quinhentos metros, na verdade, há muita ausência, vamos acabando muito depressa. Pensai que, geralmente, neste mundo, há sempre cerca de quinhentos metros de uma pessoa para outra! Somos só desaparecimento. E apenas quando conseguimos ficar, também, a uns quinhentos metros de nós mesmos, encontramos algum sossego. Porque, então, é a vez dos nossos tormentos mudarem de proporções e aspecto. De serem vistos só de longe, sem pormenores, sem voz, sem ritmo: nem mês de maio, nem flores, nem arroio. Talvez a memória serenada. Talvez nem a memória... — É assim em quinhentos metros!

(Cecília Meireles, *Ilusões do mundo*, 4. ed., Rio de Janeiro, Nova Fronteira, 1982, p. 101-2.)

## Murilo Mendes

Nasceu em Juiz de Fora, MG, em 13/5/1901 e morreu em Lisboa em 15/8/1975. Funcionário público. Lecionou em Roma a convite do Itamaraty. Poeta e crítico de arte. Sua poesia mescla Surrealismo, religiosidade e humor. **Algumas obras**: *Poemas* (1930); *História do Brasil* (1932); *A poesia em pânico* (1938); *O visionário* (1941); *Mundo enigma* (1945); *A idade do serrote* (mem. 1969); *Poesia completa e prosa* (1994).

### Estrelas

Há estrelas brancas, azuis, verdes, vermelhas.
Há estrelas-peixes, estrelas-pianos, estrelas-meninas,
Estrelas-voadoras, estrelas-flores, estrelas-sabiás.
Há estrelas que vêem, que ouvem,
Outras surdas e outras cegas.
Há muito mais estrelas que máquinas, burgueses e operários:
Quase que só há estrelas.

(Murilo Mendes, *Os quatro elementos* in *Poesia completa e prosa*, Rio de Janeiro, Nova Aguilar, 1994, p. 269.)

### O mau samaritano

Quantas vezes tenho passado perto de um doente,
Perto de um louco, de um triste, de um miserável
Sem lhes dar uma palavra de consolo.

Eu bem sei que minha vida é ligada à dos outros,
Que outros precisam de mim que preciso de Deus.
Quantas criaturas terão esperado de mim
Apenas um olhar — que eu recusei.

(Murilo Mendes, *A poesia em pânico* in *Poesia completa e prosa*, Rio de Janeiro, Nova Aguilar, 1994, p. 297.)

## A mulher visível

Algo de enigmático e indeciso
Durante anos existiu entre nós,
Uma antemanhã de amor, uma vida sem marco.

Amavas Vermeer de Delft, os gatos e as mazurcas.
Sempre estiveste à espera da doçura,
Mas veio a violência em rajadas,
Vieram o pânico e a febre.

Não te pude ver doente nem morta:
Recebi a obscura notícia
Depois que as roseiras começavam a crescer
Sobre tua estreita sepultura.

Hoje existes para mim
De uma vida mais forte, em plenitude,
Daquela vida que ninguém pode arrebatar
— Nem o tempo, nem a espessura, nem os anjos maus
Que torturam tua infância árida.

Hoje vives em mim
Com a doçura que sempre desejaste:
Alcanças enfim tua visibilidade.

(Murilo Mendes, *Mundo Enigma* in *Poesia completa e prosa*, Rio de Janeiro, Nova Aguilar, 1994, p. 383-4.)

### Os pobres

Chegam nus, chegam famintos
À grade dos nossos olhos.
Expulsos da tempestade de fogo
Vêm de qualquer parte do mundo,
Ancoram na nossa inércia.

Precisam de olhos novos, de outras mãos,
Precisam de arados e sapatos,
De lanternas e bandas de música,
Da visão do licorne
E da comunidade com Jesus.

Os pobres nus e famintos
Nós os fizemos assim.

(Murilo Mendes, *Poesia liberdade* in *Poesia completa e prosa*, Rio de Janeiro, Nova Aguilar, 1994, p. 429.)

## Emílio Guimarães Moura

Nasceu em Dores do Indaiá, MG, em 14/8/1902 e morreu em Belo Horizonte, MG, em 28/9/1971. Foi redator de *A Revista*. Sua poesia é simples, e aborda temas do cotidiano, tratados com nostalgia e melancolia. **Algumas obras**: *Ingenuidade* (1931); *Canto da hora amarga* (1936); *Cancioneiro* (1943); *O espelho e a musa* (1949); *O instante e o eterno* (1953); *Poesia* (1953); *A casa* (1961); *Itinerário poético* (1969); *Poesias* (org. Fábio Lucas 1991).

### À musa

Nunca te exaltei, porque estás acima do tempo.
Não sei que mito se humanizou em ti para que pudesses realizar
esse equilíbrio de realidade e de irrealidade.
Só sei que és a paz ou o desespero dos poetas que te conheceram
ou que te desconhecem.

Vieste tão do alto!
Ainda estavas infinitamente longe e já o ruído de teus passos
ressoava vivamente dentro de meu sonho.

És anterior a ti mesma
e eu te esperei desde o princípio.
E foi para te descobrir que minha poesia veio alimentando pelos
tempos afora a sua infinita sede de plenitude
E parou em ti que és a própria poesia.

Na verdade, eu já te esperava desde o princípio.

(Emílio Moura, *Poesias*, org. de Fábio Lucas, São Paulo, Art, 1991, p.47.)

## Poema

É estranho que ainda te reconheça e te acene desesperadamente
como um náufrago.

Renasces a cada instante
— nenhuma revelação te destrói ou te diminui, —
e te apresentas a mim
como se eu só te visse em sonho.

Ainda que fosses um mito eu não te amaria tanto.

(Emílio Moura, *Poesias*, org. de Fábio Lucas, São Paulo, Art, 1991, p. 76.)

## Adolescência

O que havia nas horas que passavam
e ardia, ardia, no ar, imensamente;
o que havia (era tanto!) e já formava
um ser que se buscava e se não via,

era um mas, ou um talvez, era a incerteza
do que, sendo, não sendo, se furtava
à vista que, no entanto, a si se dava
o que, essência do sonho, já floria.

Eram germes de mitos que nasciam,
o amor sorrindo, absurdo, à eternidade
de um momento, não mais, talvez nem isso.

Era a voz das distâncias sem limites,
a alma boiando, fluida, sobre o mundo,
era o medo da morte, sempre a morte.

(Emílio Moura, *Poesias*, org. de Fábio Lucas, São Paulo, Art, 1991, p. 136.)

## Carlos Drummond de Andrade

Nasceu em Itabira, MG. aos 31/10/1902, e morreu no Rio de Janeiro, RJ, em 17/8/1987. Formado em Farmácia, foi professor, jornalista, funcionário público. Poeta, contista, cronista. Integra o grupo mineiro do Modernismo. Sua poesia transita entre a emoção e a ironia. **Algumas obras:** *Alguma poesia* (1930); *Brejo das almas* (1934); *Sentimento do mundo* (poes. 1940); *Confissões de Minas* (crôn. 1944); *A rosa do* povo (1945); *Fazendeiro do ar* (1954); *Fala, amendoeira* (crôn. 1957); *Lição de coisas* (1962); *Poesia e Prosa* (1988).

### Poema de sete faces

Quando nasci, um anjo torto
desses que vivem na sombra
disse: Vai, Carlos! ser *gauche* na vida.

As casas espiam os homens
que correm atrás de mulheres.
A tarde talvez fosse azul,
não houvesse tantos desejos.

O bonde passa cheio de pernas:
pernas brancas pretas amarelas.
Para que tanta perna, meu Deus, pergunta meu coração.
Porém meus olhos
não perguntam nada.

O homem atrás do bigode
é sério, simples e forte.
Quase não conversa.
Tem poucos, raros amigos
o homem atrás dos óculos e do bigode.

Meu Deus, por que me abandonaste
se sabias que eu não era Deus
se sabias que eu era fraco.

Mundo mundo vasto mundo,
se eu me chamasse Raimundo
seria uma rima, não seria uma solução.
Mundo mundo vasto mundo,
mais vasto é meu coração.

Eu não devia te dizer
mas essa lua
mas esse conhaque
botam a gente comovido como o diabo.

(Carlos Drummond de Andrade, *Alguma poesia* in *Poesia e prosa*, Rio de Janeiro, Nova Aguilar, 1988, p. 4.)

## Facultativo

Estatuto dos Funcionários, artigo 240: "O dia 28 de outubro será consagrado ao Servidor Público"(com maiúsculas).

Então é feriado, raciocina o escriturário que, justamente, tem um "programa" na pauta para essas emergências. Não, responde-lhe o Governo, que tem o programa de trabalhar; é consagrado, mas não é feriado.

É, não é, e o dia se passou na dureza, sem ponto facultativo. Saberão os groenlandeses o que seja ponto facultativo? (Os brasileiros sabem.) É descanso obrigatório, no duro. João Brandão, o de alma virginal, não entendia assim, e lá um dia em que o Departamento Meteorológico anunciava: "céu azul, praia, ponto facultativo", não lhe apetecendo a casa nem as atividades lúdicas, deliberou usar de sua "faculdade" de assinar o ponto no Instituto Nacional da Goiaba, que, como é do domínio público, estuda as causas da inexistência dessa matéria-prima na composição das goiabadas.

Hoje deve haver menos gente por lá, conjeturou; ótimo, porque assim trabalho à vontade. Nossas repartições atingiram tal grau de dinamismo e fragor, que chega a ser desejável o não comparecimento de 90 por cento dos funcionários, para que os restantes possam, na calma, produzir um bocadinho. E o inocente João via no ponto facultativo essa virtude de afastar os menos diligentes, ou os mais futebolísticos, que cediam o lugar à turma dos "caxias".

Encontrou cerradas as grandes portas de bronze, ouro e pórfiro, e nenhum sinal de vida nos arredores. Nenhum — a não ser aquele gato que se lambia à sombra de um tinhorão. Era, pela naturalidade da pose, o dono do jardim que orna a fachada do Instituto, mas — sentia-se pela ágata dos olhos — não possuía as chaves do prédio.

João Brandão tentou forçar as portas, mas as portas mantiveram-se surdas e nada facultativas. Correu a telefonar de uma confeitaria para a residência do chefe, mas o chefe pescava em Mangaratiba, jogava pingue-pongue em Correias, estudava holandês com uma nativa, na Barra da Tijuca; o certo é que o telefone não respondeu. João decidiu-se a penetrar no edifício, galgando-lhe a fachada e utilizando a vidraça que os serventes sempre deixam aberta, na previsão de casos como esse, talvez. E começava a fazê-lo, com a teimosia calma dos Brandões, quando um vigia brotou da grama e puxou-o pela perna.

— Desce daí, moço. Então não está vendo que é dia de descansar?

— Perdão, é dia em que se pode ou não descansar, e eu estou com o expediente atrasado.

— Desce — repetiu o outro, com tédio. — Olha que te encanam se você começa a virar macaco pela parede acima.

— Mas, e o senhor por que então está vigiando, se é dia de descanso?

— Estou aqui porque a patroa me escaramuçou, dizendo que não quer vagabundo em casa. Não tenho para onde ir, tá bem?

João Brandão aquiesceu, porque o outro, pelo tom de voz, parecia disposto a tudo, inclusive a trabalhar de braço, a fim de impedir que ele trabalhasse de pena. Era como se o vigia lhe dissesse: "Veja bem, está estragando meu dia. Então não sabe o que quer dizer facultativo?" João pensava saber, mas nesse momento teve a intuição de que o verdadeiro sentido das palavras não está no dicionário; está na vida, no uso que delas fazemos. Pensou na Constituição e nos milhares de leis que declaram obrigatórias milhares de coisas, e essas coisas, na prática, são facultativas ou inexistentes. Retirou-se, digno, e foi decifrar palavras cruzadas.

(Carlos Drummond de Andrade, *Fala, amendoeira* in *Poesia e prosa*, Rio de Janeiro, Nova Aguilar, 1988, p.1495-6.)

## Pedro da Silva Nava

Nasceu em Juiz de Fora, MG, em 5/6/1903 e faleceu no Rio de Janeiro, RJ, em 13/5/1984. Médico ilustre dedicou-se à reumatologia. Participou do grupo de *A Revista*, primeiro órgão modernista de Minas Gerais, em 1925, sob a égide de Carlos Drummond de Andrade, Emílio Moura, entre outros. Participou, também, do grupo *Verde*, do Modernismo mineiro. Memorialista, poeta, médico. Estreou tardiamente como memorialista, mas com uma obra de impacto que já o situou entre os grandes cultores do gênero no país. **Algumas obras**: *O defunto* (poes. 1938); *Baú de ossos* (mem. 1972); *Balão cativo* (mem. 1973); *Chão de ferro* (mem. 1976); *Beira mar* (mem. 1978); *Poliedro* (sel. 1980); *Galo-das-trevas* (mem. 1981); *O círio perfeito* (mem. 1983).

## *Baú de ossos*

Capítulo I — Setentrião (frag.)

/..../

Meu avô, negociante e dono de casa comissária, provavelmente nem sabia desses brasões. Sua grandeza, como se verá, vinha das qualidades — de que basta o homem ter uma — para tornar-se merecedor da vida. A retidão, a bondade, a inteligência. O maranhense Pedro da Silva Nava tinha as três. E outra mais, que não legou aos seus descendentes — uma harmoniosa beleza física.

Do tataravô Francisco ficaram o nome, a nacionalidade e o ponto-de-partida para a hipótese genealógica. Do bisavô Fernando, o que se pode tirar da certidão de batismo de meu avô. Esse documento dá a seu pai uma esposa — Dona Raimunda Antônia da Silva; um local de residência — a freguesia de Nossa Senhora da Conceição de São Luís do Maranhão; uma confissão religiosa — a de católico, apostólico, romano; um sentimento nacional e uma admiração política. De fato, num tempo em que o batismo vinha logo depois do nascimento, meu avô esperou quase um ano para receber os santos óleos e ser chamado Pedro num dia 7 de setembro. E o Pedro, patrono do catecúmeno, não seria o nosso segundo monarca, que à época ainda não dissera muito ao que tinha vindo, mas, certamente, o primeiro ( homenagem ao Príncipe da Independência e demonstração de antagonismo — velha de duas décadas — às truculentas juntas provisórias do Norte e ao odioso Sargento-Mor Fidié). Mostra ainda espírito de família e compostura, pois a escolha dos padrinhos do filho não foi feita buscando compadrios importantes, mas, vinculando mais, gente de sua família e próxima do seu coração. Já do avô Pedro da Silva Nava possuo retratos, cartas e as reminiscências que colhi de minha avó, de tios, tios-avós e de um seu caixeiro — José Dias Pereira, pai de conhecido médico do Rio de Janeiro, o Dr. Adolfo Herbster Pereira.

Ficaram dele quatro retratos. Um, feito no "estabelecimento fotográfico" de L. Cypriano (que era à Rua dos Ourives 34), indica uma viagem à Corte pelos 1862 a 64. Representa um rapaz de 18 a 20 anos, cabeleira à Castro Alves, barbicha e bigodes nascentes, sobrecasaca de mangas bufantes, punhos pregueados e a mão direita segurando a cartola clara contra o peito. Outro, óleo de Vienot, é de circunstância e de casamento, pois faz par com quadro congênere da mulher. Deve datar de 1871. O terceiro será de 1875, pois é fotografia feita durante sua viagem à Europa. Curiosa fotografia, diferente das convencionais que se usavam então. Ele, minha avó e o casal Ennes de Souza aí estão posando ao ar livre e à neve. O último, muito nítido, mostra-o na força do homem, os cabelos ondeados, a testa alta e sem nuvens, o oval perfeito do rosto, os olhos rasgados, o nariz direito, bigodes e barba curta à Andó, boca bem traçada, expressiva e forte. (...)

/..../

Adivinho a vida de minha avó pelo que eu vi na casa de suas filhas — que eram exímias na arte de terem seus dias cheios, como são cheias as horas nos conventos. Porque trabalho ordenado, obrigações em hora certa, deveres cronometrados e labutas pontuais prendem o corpo mais fortemente que cadeados e trancas. Sujeitam o pensamento solto. Anulam a divagação preguiçosa. Previnem a descida dos três degraus sucessivos da abominação: pensamento, palavra e obra. Essa virtude pelo horário é disciplina meio mozárabe, meio portuguesa, fixada nos costumes da boa burguesia do Norte. (...)

/..../

A vida começava com o sol, na casa de Dona Nanoca. Segundo o velho costume de Fortaleza, as visitas afluíam de manhã. Havia que darlhes atenção, ao mesmo tempo que estar de olho na freguesia das mulheres e homens que vinham de Caucaia, Mucuripe, Porangaba e Mecejana com suas atas, cajus, mangabas e pitombas, com seus legumes e ovos, com seus beijus e carimãs, com seus caranguejos, camarões e peixes, com as cascas do juá, com o carvão e mais as cordas, fieiras, urupemas, quengas, abanos, cera e vassouras de carnaúba e as rendas, as redes, os crochés e os labirintos. Muita coisa não se comprava porque era feita em casa — até melhor. Mas os vendedores tinham de abrir seus cestos, seus baús, seus amarrados, seus embornais e suas aratacas para mostrar o que tinham, para as donas de casa apreçarem, para conversar e contar novidades, para trocá-las com outros mexericos.

/..../

(Pedro Nava, *Baú de ossos*, 5. ed., Rio de Janeiro, J. Olympio, 1978, p.20-33.)

## Henriqueta Lisboa

Nasceu em Lambari, MG, em 15/7/1903 e morreu em Belo Horizonte, MG, em 10/10/1985. Poeta, iniciou-se como simbolista aderindo depois ao Modernismo, integrando a "geração de 30". **Algumas obras**: *Fogo fátuo* (1925); *Enternecimento* (1929); *Velário* (1936); *Prisioneira da noite* (1941); *O menino poeta* (1943); *A face lívida* (1945); *Alphonsus de Guimaraens* (ens. 1945); *Flor da morte* (1949); *Convívio poético* (ens. 1955); *Vigília poética* (ens. 1968); *Obras completas* (1985).

## É estranho

É estranho que, após o pranto
vertido em rios sobre os mares,
venha pousar-te no ombro
o pássaro das ilhas, ó náufrago.

É estranho que, depois das trevas
semeadas por sobre as valas,
teus sentidos se adelgacem
diante das clareiras, ó cego.

É estranho que, depois de morto,
rompidos os esteios da alma
e descaminhado o corpo,
homem, tenhas reino mais alto.

(Henriqueta Lisboa, *Obras completas - I - poesia geral 1929-1983*, São Paulo, Duas Cidades, 1985, p. 180-1.)

## Canção grave

Sobe do vale um soluço
que desde sempre conheço.
Com que nostalgia o escuto
por entre as fontes e o vento!
Quando parece acabado
de tristeza na penumbra,
paira de leve no espaço
preso aos fios de outra lua.

De acaso não ter amado
ou de ter amado muito?

Basta escutar para ouvir
entre todos os murmúrios
da natureza e da graça
o irremediável soluço
que das grotas para a várzea
foge com as névoas de envolta
e com voz tênue de choro
queda na relva pisada.

De ter amado sem causa
ou de ter causado amor?

Tantos muros balouçantes
ao toque das trepadeiras,
tantos cristais em faceta
para a conserva da flor,
quantos soluços discretos
sob turbilhão de sons.

De estar de posse do amor
ou de por ele morrer?

Naves pelos céus escampos,
barcas ao longo dos rios,
rios pelo mar adentro,
mar as terras circundando,
cidades, ruas, canções,
ai! soluços que não findam.

De andar amor procurando
ou de a ele haver fugido?...

(Henriqueta Lisboa, *Obras completas - I - poesia geral 1929-1983*, São Paulo, Duas Cidades, 1985, p. 263-4.)

## Érico Veríssimo

Nasceu em Cruz Alta, RS, em 17/12/1905 e morreu em Porto Alegre, RS, em 28/11/1975. Romancista, seus temas são tipicamente gaúchos. **Algumas obras**: Sua obra se divide em dois ciclos; o primeiro com cinco livros: *Clarissa* (1933); *Música ao longe* (1935); *Caminhos cruzados* (1935); *Um lugar ao sol* (1936); *Saga* (1940). O segundo, de três partes, com cinco volumes, com o título geral de *O tempo e o vento*: *O continente* (1949); *O retrato* (1951); *O arquipélago* (3 v. 1962). E ainda: *As aventuras de Tibicuera* (literatura infantil 1937); *Olhai os lírios do campo* (1938); *Senhor embaixador* (1965); *Um certo capitão Rodrigo* (1970); *Incidente em Antares* (1971); *Ana Terra* (1971).

## *O tempo e o vento*

I. O continente — Capítulo XXVIII (frag.)

/..../

Os mortos foram sepultados naquele mesmo dia. Quase toda a população de Santa Fé foi ao enterro do capitão Rodrigo Cambará, levando-lhe o caixão a pulso até o cemitério. Pedro e Juvenal Terra ajudaram a descê-lo à cova, e todos fizeram questão de atirar um punhado de terra em cima dele.

De volta do cemitério, por longo tempo Pedro Terra caminhou em silêncio ao lado do filho. De vez em quando seu olhar se perdia campo em fora.

— Este ia ser um bom ano para o trigo — disse ele, brincando com a corrente do relógio.

Ele não se esquece — pensou Juvenal, sacudindo a cabeça. Quis falar em Rodrigo, mas não teve coragem.

— Até quando irá durar esta guerra? — perguntou.

— Só Deus sabe.

Juvenal olhava para o casario de Santa Fé, do qual aos poucos se aproximavam. Os telhados escuros estavam lavados de sol. Havia no ar um cheiro de folhas secas queimadas. Ao redor da vila estava tudo tão verde, tão claro e tão alegre que nem parecia que a guerra continuava. Juvenal não podia tirar da cabeça a imagem do cunhado. E não conseguia convencer-se de que ele estava morto, não podia mais rir, nem comer, nem amar, nem falar, nem brigar. Morto, apodrecendo debaixo da terra... Lembrou-se do primeiro dia em que o vira. "Buenas e me espalho, nos pequenos dou de prancha, nos grandes dou de talho." E se viu a si mesmo saltar dum canto, de faca em punho: "Pois dê." Aqueles olhos de águia, insolentes e simpáticos... O mundo era bem triste!

Pedro fez alto e olhou para uma grande paineira florida que se erguia na boca duma das ruas.

— Tinha mais gente no enterro do capitão Rodrigo que no do Cel. Ricardo — observou ele como se estivesse falando com a árvore.

— Rei morto, rei posto — refletiu Juvenal.

Retomaram a marcha e Pedro Terra foi dizendo:

— Mas tenho pena é desses soldados dos Amarais que morreram e foram enterrados de cambulhada num valo, sem caixão nem nada. Eram uns pobres coitados. Muitos até ninguém sabe direito como se chamam. Não podem nem avisar as famílias. Foram enterrados como cachorros.

— É a guerra.

— Eu só queria saber quantas guerras mais ainda tenho que ver.

Um quero-quero soltou o seu guincho agudo e repetido, que deu a Pedro Terra uma súbita vontade de chorar.

Quando o Dia de Finados chegou Bibiana foi pela manhã ao cemitério com os dois filhos. Estava toda de preto e agora, passado o desespero dos primeiros tempos, sentia uma grande tranqüilidade. Ficou por muito tempo sentada junto da sepultura do marido, enquanto Bolivar e Leonor brincavam correndo por entre as cruzes ou então se acocoravam e se punham a esmagar formigas com as pontas dos dedos. Mentalmente Bibiana conversava com Rodrigo, dizia-lhe coisas. Seus olhos estavam secos. Às vezes parecia que ela toda estava seca por dentro e seria incapaz de qualquer sentimento. No entanto a vida continuava, e a guerra também. (...)

/..../

(Érico Veríssimo, *O tempo e o vento*.- I - O Continente, Porto Alegre, Globo, 1956, t. I, p. 477-9.)

## Augusto Frederico Schmidt

Nasceu no Rio de Janeiro,RJ, em 20/4/1906 onde morreu em 8/2/1965. Poeta, editor, jornalista, empresário, diplomata. Caracteriza-se por um intimismo neo-romântico; sua poesia é representativa da segunda fase do Modernismo. Influenciado por Péguy, Schmidt canta o amor, a morte etc. **Algumas obras**: *Navio perdido* (1930); *Pássaro cego* (1930); *Canto da noite* (1934); *Mar desconhecido* (1942); *Poesias escolhidas* (1946); *O galo branco* (prosa 1948); *Poesias completas* (1956); *As florestas* (prosa 1959); *Poesia completa — 1928-1965* (1995).

### Felicidade

Felicidade de estar vivo agora,
Deste dia de sol tão claro e lindo!
Felicidade de viver este momento
E espalhar o olhar alegremente pela paisagem que não tem fim!

Um vento fresco afaga os bambuais enormes...
Ah! poder ouvir cantar assim a passarada!

Pelos caminhos claros passam namorados
De mãos dadas, felizes, a sorrir...

As flores me parecem bem mais lindas
E as mulheres também mais lindas são.
Felicidade de estar vivo neste instante:
Os meus olhos vêem a vida serenamente...

(Augusto Frederico Schmidt, *Navio perdido* in *Poesia completa*, Rio de Janeiro, TOPBOOKS, 1995, p. 75.)

## Voz

Deus apagará tua voz
Deus apagará todas as vozes
As da natureza e as do amor
As dos tristes e as dos monges
As que chamam no silêncio
E as que se elevam majestosas
As que choram e as que acordam os males.
As feiticeiras caminharão nas ruas velhas
Os teus pés nus pisarão a areia branca da praia.
Tua voz porém morrerá de súbito.
O orvalho não molhará as rosas abertas.
Canta agora que a tua voz está viva!
Canta porque tua voz se apagará!

(Augusto Frederico Schmidt, *Canto da noite* in *Poesia completa*, Rio de Janeiro, TOPBOOKS, 1995, p. 149.)

## Soneto ao adormecido

Como não te sorrir, ó adormecido,
E como não chorar sobre nós mesmos!
Como não se alegrar ao contemplar-te,
E não entristecer em nós pensando?

Como não perceber que a vida impura
Se conservou de ti distante e ausente
E em nós vingou seus ásperos desejos,
Seus caprichos terríveis e suas mágoas?

Como não te sorrir, morto e inocente
Cansado de brincar, se estás liberto
Do destino de ter nosso destino?

Como não se alegrar com a tua sorte,
Se nunca hás de chorar sobre ti mesmo,
Sobre a tua inocência e os teus brinquedos?

(Augusto Frederico Schmidt, *Mar desconhecido* in *Poesia completa*, Rio de Janeiro, TOPBOOKS, 1995, p. 257.)

## *O galo branco*

Carnaval (frag.)

Cada vez mais os pobres tomam conta do carnaval, a raça dos humildes, dos desprotegidos, dos que sofrem as grandes dores como se não fossem grandes, mas o próprio pão de cada dia; os que formam a legião anônima, os escravos da cidade — são esses os maiores e na verdade os únicos carnavalescos.

O carnaval de trinta anos atrás era diferente. Era uma festa mais clara e alegre, uma festa da burguesia, dos remediados, dos abastados. Esses é que enchiam as avenidas, que faziam o corso, que formavam os cordões, que brincavam e cantavam de preferência. Havia os *sujos*, os populares, mas o povo, pelo menos o povo carioca, não tinha esse caráter profundamente *marcado*, trágico de hoje. Os morros, as favelas, as massas batidas vieram depois, depois se revelaram como um poder, esse poder que ameaça tudo agora, que a tudo enfrenta, a principiar pela indiferença e o egoísmo dos homens.

*

O carnaval antigo era alegre; o de hoje é denso, profundamente vincado pela necessidade de purgar os sofrimentos nos ritmos variados, nos cantos, nas evoluções corais. A política, a exploração política meteu-se no coração dos cordões, das escolas de samba, nos grandes e nos pequenos clubes, politizando ou tentando politizar a festa mais brasileira de todas. Ainda há resistências a essas tentativas deformadoras e, apesar das incursões indevidas, assume o carnaval agora um caráter expiatório e religioso.

No tempo da minha meninice os foliões eram alegres, hoje são violentos ou irônicos. Falam em mendicância, como não há pouco ouvi de um que se antecipara às datas carnavalescas e, depois de tocar pandeiro e estender a mão para a propina, disse que estava praticando a *pura mendicância.*

As próprias canções outrora eram mais delicadas, mais brejeiras, mais leves. Eram canções que não profanavam como as de hoje, como a *Negra Maluca*, ou o *Balança que cai* (*General da Banda*). A fonte de inspiração popular mantinha-se mais perto do sentimento familiar, tão arraigado mesmo nos pobres, nos humildes. O tempo era outro, o coração dos homens menos ameaçado pelas devoradoras paixões; as moças e os rapazes tinham uma outra maneira de sentir as florações, as alegrias dessa primavera hoje trágica.

/..../

(Augusto Frederico Schmidt, *O galo branco*, 2. ed. aumentada, Rio de Janeiro, J. Olympio, 1957, p. 152-3.)

## Cyro Versiani dos Anjos

Nasceu em Montes Claros, MG, em 5/10/1906 e morreu no Rio de Janeiro, RJ, em 4/8/1994. Formou-se em Direito. Exerceu várias funções públicas. Romancista, ensaísta, poeta, memorialista, jornalista, professor universitário. Membro da Academia Brasileira de Letras. Sua obra é marcada por um tom introspectivo; trata-se de um ficcionista analítico de linhagem machadiana. **Algumas obras** — *O amanuense Belmiro* (rom. 1937); *Abdias* (rom. 1945); *A criação literária* (ens. 1954); *A montanha* (rom. 1956); *Poemas coronários* (poes. 1964); *A menina do sobrado* (mem. 1979).

### *O amanuense Belmiro*

§ 33. Ritornelo (frag.)

Escapou-me, ontem, à noite, esta lamentação: acham-se no tempo, e não no espaço, as caras paisagens. Verifiquei esse doloroso fenômeno quando, em 1924, fui à Vila pela última vez. O velho Borba já havia morrido, a fazenda passara a outras mãos e as velhas já aqui estavam com sua extravagante bagagem.

Camila ainda vivia. Lembra-me quão penoso foi o encontro com o passado. Lembra-me o dia em que só, na varanda da velha fazenda, numa hora por si mesma de intensa melancolia — a hora rural do pôr-do-sol — fiquei a percorrer, com um vago olhar, as colinas e os vales que se desdobravam até ao azul longínquo da serra, recuado limite do meu mundo antigo.

Na verdade, os olhos apenas recebiam imagens e as devolviam para o exterior, porque algo impedia uma comunicação entre o mundo de fora e meu mundo de dentro, rico de uma paisagem mais numerosa, que só tinha de comum com a paisagem exterior os traços esfumados de coisas que se vão extinguindo, ao morrer da luz, e um sinal de sofrimento ou de tristeza, sofrimento e tristeza que, em certas oportunidades, nos parecem estar no fundo e na forma de cada coisa, em vez de se localizarem em nós mesmos.

Em vão busquei nas linhas, cores e aromas de cada objeto ou de cada perspectiva, que se apresentavam aos meus olhos, as linhas, cores e aromas de outros dias, já longínquos e mortos.

Inútil tentativa de viajar o passado, penetrar no mundo que já morreu e que, ai de nós, se nos tornou interdito, desde que deixou de existir, como presente, e ficou para trás. Vila Caraíbas, a montanha, o rio, o buritizal, a fazenda, a gameleira isolada no monte — que viviam em mim, iluminados por um sol festivo de 1910, ou apenas esboçados por um luar inesquecível que caiu sobre as coisas, naquela noite de 1907 — ali já não estavam. Onde pretendi encontrar a alma das épocas idas, não encontrei senão pobres espectros. A namorada, a lagoa.

/..../

Na verdade, as coisas estão é no tempo, e o tempo está é dentro de nós. A essência das coisas, em certa manhã de abril, no ano de 1910, ou em determinada noite primaveril, doce, inesquecível noite, fugiu nas asas do tempo e só devemos buscá-la na duração do nosso espírito.

(Cyro dos Anjos, *O amanuense Belmiro*, Belo Horizonte, Os Amigos do Livro, 1937, p. 113-6.)

## Mário de Miranda Quintana

Nasceu em Alegrete, RS, em 30/7/1906 e morreu em 5/5/1994. Participou da Revolução de 1930, morou algum tempo no Rio de Janeiro e em 1936 voltou ao Rio Grande ao Sul. Trabalhou com Érico Veríssimo, como tradutor, na Globo. Poesia de grande despojamento e comunicabilidade. **Algumas obras**: *Rua dos cata-ventos* (1940); *Canções* (1946); *Sapato florido* (1948); *Espelho mágico* (1948); *O aprendiz de feiticeiro* (1950); *Poesias* (1962); *Antologia poética* (1966); *Apontamentos de história sobrenatural* (1976).

## Noturno

Este silêncio é feito de agonias
E de luas enormes, irreais,
Dessas que espiam pelas gradarias
Nos longos dormitórios de hospitais.

De encontro à Lua, as hirtas galharias
Estão paradas como nos vitrais
E o luar decalca nas paredes frias
Misteriosas janelas fantasmais...

Ó silencio de quando, em alto mar,
Pálida, vaga aparição lunar,
Como um sonho vem vindo essa Fragata...

Estranha Nau que não demanda os portos!
Com mastros de marfim, velas de prata,
Toda apinhada de meninos mortos...

(Mário Quintana *Nova antologia poética*, 2. ed., Porto Alegre, Globo, 1987, p. 25.)

## "Dorme ruazinha..."

Dorme, ruazinha... É tudo escuro...
E os meus passos, quem é que pode ouvi-los?
Dorme o teu sono sossegado e puro,
Com teus lampiões, com teus jardins tranqüilos...

Dorme... Não há ladrões, eu te asseguro...
Nem guardas para acaso persegui-los...
Na noite alta, como sobre um muro,
As estrelinhas cantam como grilos...

O vento está dormindo na calçada,
O vento enovelou-se como um cão...
Dorme, ruazinha... Não há nada...

Só os meus passos... Mas tão leves são
Que até parecem, pela madrugada,
Os da minha futura assombração...

(Mário Quintana, *Nova antologia poética*, 2. ed., Porto Alegre, Globo, 1987, p. 39.)

### "Este quarto..."

Para Guilhermino César

Este quarto de enfermo, tão deserto
de tudo, pois nem livros eu já leio
e a própria vida eu a deixei no meio
como um romance que ficasse aberto...

que me importa este quarto, em que desperto
como se despertasse em quarto alheio?
Eu olho é o céu! imensamente perto,
o céu que me descansa como um seio.

Pois só o céu é que está perto, sim,
tão perto e tão amigo que parece
um grande olhar azul pousado em mim.

A morte deveria ser assim:
um céu que pouco a pouco anoitecesse
e a gente nem soubesse que era o fim...

(Mário Quintana, *Nova antologia poética*, 2. ed., Porto Alegre, Globo, 1987, p. 171.)

## Eddy Dias da Cruz, pseud. **Marques Rebelo**

Nasceu no Rio de Janeiro, RJ, em 6/1/1907, onde morreu em 26/8/1973. Membro da Academia Brasileira de Letras. Contista, romancista, cronista, memorialista, crítico de arte. Sua obra descreve os dramas cotidianos das classes sociais mais baixas, em especial do Rio de Janeiro. **Algumas obras**: *Oscarina* (cont. 1931); *Vejo a lua no céu* (nov. 1933); *Marafa* (rom. 1935); *A casa das três rolinas* (lit. inf. 1937, com Arnaldo Tabaiá); *Stela me abriu a porta* (cont. 1942); *Cenas da vida brasileira* (crôn. 1944); *A estrela sobe* (rom. 1949); *Cortina de ferro* (crôn. 1956); O *trapicheiro* (rom. 1959); *A guerra está em nós* (rom. 1968).

## *Marafa*

Capítulo I (frag.)

/..../

O sol ia alto — passava das duas — quando o homem acordou. Acordou com sede e com fome, estranhando o quarto calorento. Estirou os braços, passeou os olhos injetados pelo cômodo. Onde estaria? Que quarto era aquele? A parede era azul, o biombo no canto era de chita florida, havia um perfume de sabonete. Rizoleta deu-lhe como bom-dia:

— Andava um bocado ruinzinho ontem, hem, mano!...

Ele aclarou-se, sentou-se na cama dura, empurrando com os pés a colcha adamascada. A cabeça pesava-lhe um tanto, mas aquilo era estômago vazio, fraqueza, e com desembaraço pediu "qualquer troféu que enchesse o buxo".

— Vá lavar a boca primeiro, seu porco! ralhou Rizoleta, mostrando a dentadura forte.

Ele aí olhou-a bem. Era carnuda, tinha os seios fartos, as axilas raspadas, cabelo sedoso e negro. Achou-a linda, batendo os chinelos de arminho e salto alto no soalho sonoro. Estava ali há pouco mais de dois anos. Perdera-se com um soldado que a largara, não achou jeito de voltar novamente para ama-seca, dormiu com um e com outro — caíra na vida. Era esta a sua história. Foi para o espelho e prendeu os cabelos com uma fita verde. Que linda! A polaca de pincenê meteu a cara pela cortina, perguntando "onde estava o anjinho". O homem mostrou um lugar obsceno:

— Aqui!

Foi um pagode. Perguntaram-lhe o nome. Era conhecido por Teixeirinha.

Almoçou bife com batatas fritas, mandado vir do botequim defronte, com um ovo a cavalo para reforçar.

— Você quer uma salada, filho? Eles têm.

Recusou com rispidez:

— Não sou coelho.

Tomava era uma cerveja bem gelada para quebrar a ressaca:

— Preta, ouviu?

Veio a cerveja suando de fria. Serviu com o gargalo no fundo do copo para não fazer galão:

— Um pouco?

— Mete lá! aceitou Rizoleta.

Frida fez um gesto delicado de escusa:

— Não posso.

— Os pêsames!

— Não é pelo que você pensa! protestou a polaca.

Ele, então, riu e pôs-se a contar a farra da véspera — puxa, fora infernal! Começara na casa do Otílio, que fazia anos, com um parati de Angra especial, presente do povo dele, que era de lá. Otílio é o tal do violão, explicou. Bom camarada, topador de qualquer parada e um braço no instrumento. Quando estava um pouco tocado, então, não tinha igual, era uma coisa louca! Ainda haveria de trazê-lo ali para ouvirem — era de fechar o comércio!

/..../

(Marques Rebelo, *Marafa*, 3. ed., São Paulo, Martins, 1955, p. 14-6.)

## Rachel de Queiroz

Nasceu em Fortaleza, CE, em 17/11/1910. Romancista, teatróloga, cronista. Muito jovem, foi uma das iniciadoras do "romance de 30" nordestino, com *O quinze*. Foi a primeira mulher eleita para a Academia Brasileira de Letras em 1977. **Algumas obras**: *O quinze* (1930); *João Miguel* (1932); *As três Marias* (1939); *100 crônicas escolhidas* (1958); *A beata Maria do Egito* (teat. 1958); *O brasileiro perplexo* (crôn. 1964); *O jogador de sinuca* (cont.1980); *Memorial de Maria Moura* (1992).

### *O quinze*

Capítulo VII (frag.)

/..../

*

Na primeira noite, arrancharam-se numa tapera que apareceu junto da estrada, como um pouso que uma alma caridosa houvesse armado ali para os retirantes.

O vaqueiro foi aos alforjes e veio com uma manta de carne de bode, seca, e um saco cheio de farinha, com quartos de rapadura dentro.

Já as mulheres tinham improvisado uma trempe e acendiam o fogo. E a carne foi assada sobre as brasas, chiando e estalando o sal. Pondo na boca o primeiro pedaço, Chico Bento cuspiu:

— Ih! sal puro! Mesmo que pia!

Mocinha explicou:

— Não tinha água mode lavar...

Sem se importarem com o sal, os meninos metiam as mãos na farinha, rasgavam lascas de carne, que engoliam, lambendo os dedos.

Cordulina pediu:

— Chico, vê se tu arranja uma agüinha pro café...

Apesar da fadiga do longo dia de marcha, Chico Bento levantou-se e saiu; a garganta seca e ardente, parecendo ter fogo dentro, também lhe pedia água.

Os meninos, passado o furor do apetite, exigiam com força o que beber; gemiam, pigarreavam, engoliam mais farinha, ou lambiam algum taco de rapadura, entretendo com o doce a garganta sedenta.

Pacientemente, a mãe os consolava:

— Esperem aí, seu pai já vem...

Em meia hora, realmente, ele chegou, com a cabaça cheia duma água salobra que arranjara a quase um quilômetro de distância.

O Josias, que era o que mais se lastimava e mais tossia, correu para o pai, tomou-lhe a vasilha da mão e colando às bordas a boca sôfrega, em sorvos lentos, deliciados, sugou a água tão esperada; mas os outros, avançando, arrebataram-lhe a cabaça.

Aflita, Cordulina interveio:

— Seus desesperados! Querem ficar sem café?

*

/..../

(Rachel de Queiroz, *O quinze*, 41. ed., Rio de Janeiro, José Olympio, 1988, p. 26-7.)

## **Mauro** Ramos da **Mota** e Albuquerque

Nasceu no Recife, PE, em 16/8/1911 onde morreu em 22/11/1984. Poeta, jornalista, ensaísta, geógrafo, integrante da "geração de 45", membro da Academia Brasileira de Letras. **Algumas obras**: *Elegias* (1952); *O cajueiro nordestino* (ens. 1954); *A tecelã* (1956); *Paisagem das secas* (ens. 1958); *Os epitáfios* (1959); *Capitão de fandango* (mem. 1960); *Geografia literária* (ens. 1961); *O galo e o cata-vento* (1962); *Canto ao meio* (1964); *Antologia poética* (1968).

### O viajante

A si mesmo desconhece
no mundo sem superfície,
onde nem a sombra encontra
lugar para refletir-se.

Lembrança das madrugadas
no espaço e no tempo neutros.
Chegou à beira do abismo,
quis recuar: outro abismo.

O caminho se enrolara
como um tapete de nave,
apenas deixando livre
o vácuo para o regresso
e a exígua pedra onde cabem
dois passos rudimentares.

Dispara as últimas setas
verticais para a mansão
dos fantasmas que não ficam
nem o levam para onde estão.
Chegou um anjo menino,
nesse anjo se reconhece
e também no adolescente
que mal pousa vai embora
ante a palidez da face
que ainda mais se descolora
e o desespero em que ele
ficaria se ficasse.
Angústia longa e cinzenta
de não partir nem ficar.

Transeunte na ponte entre
o cais e o barco no mar,
o barco dos emigrantes,
todos de mãos amputadas,
que as mãos ficaram no ar
e é um só gesto coletivo
de despedida e chamar.

(Mauro Mota, *Elegias,* Rio de Janeiro, Jornal de Letras, 1952, p. 59-60.)

## Balada do vento frio

Vem vindo o violento vento,
zunindo ziguezagueia,
frio, frígido, friorento,
vara o vidro das vidraças,
geme, gargalha, golpeia.

Corre do sul para o norte
o vento frio da morte.

Vem vindo o vento violento
praticar infanticídios.
Mata as rosas em botão,
rosas cobrem outras rosas
deixadas mortas no chão.

Corre do sul para o norte
o vento frio da morte.

Vem vindo o violento vento,
geme, gargalha, golpeia,
zangado, zonzo na zoada,
o corisco chicoteia
a noite despedaçada.

Corre do sul para o norte
o vento frio da morte.

Recua e ruge raivoso
o vento vertiginoso.
Percebe o terror dos ninhos,
fuzila feroz famílias
inteiras de passarinhos.

Corre do sul para o norte
o vento frio da morte.

Suicídio das águas virgens
que se jogam na amplidão,

pulam corpos das cachoeiras
nas duras pedras do chão.
As águas noivas vestidas
de espumas para casar
o vento violento afoga
nas profundezas do mar.

Corre do sul para o norte
o vento frio da morte.

Violento vento veloz
passou pelo cemitério,
que, entre os longos dedos frios,
o vento veloz transporta
os feridos fios finos
da cabeleira da morta.

Corre do sul para o norte
o vento frio da morte.

(Mauro Mota, *Elegias,* Rio de Janeiro, Jornal de Letras, 1952, p. 75-7.)

## Maria Cacimira de Albuquerque Cordovil Vicente de Carvalho, dita **Cacy Cordovil**

Nasceu em Ribeirão Preto, SP, em 17 de dezembro de 1911. Colaborou para o Suplemento Literário do Correio de Manhã e nos Diários Associados. **Obras**: *A raça* (cont. 1932); *Ronda de fogo* (cont.) (2. ed., São Paulo, Musa, 1998).

### **O homem bom** (frag.)

/..../

Bom homem, o Joaquim! Na redondeza, não há quem não lhe saiba o nome. Não há casório a que não sirva de padrinho. Não há batizado a que não compareça. Mas ninguém, desde que Joaquim é Joaquim, fechou nestas paragens os olhos, sem a sua presença.

Por quê? Eis uma revelação misteriosa e difícil. Toda gente há de pensar que o velho camarada, o amigo que domou o Moreno, é um feiticeiro vulgar, sombrio e crédulo como outro qualquer. Não, não é feiticeiro o meu bom Joaquim: Tem mesmo uma birra teimosa de todo objeto de feitiçaria. Gato preto, nascido da bichana que há anos corcoveia à carícia da sua mão, vai logo para a tina; da mesma cor, não há frango que crie esporão: a panela o recebe, logo que sirva para engrossar um caldo. Mas Joaquim tem um dom precioso: ajuda a morrer. Com uma prece, sem que ninguém perturbe esse último colóquio, abre para os agonizantes mais teimosos as portas da Eternidade.

Mentira? Qual nada! Verdade, verdade, que eu vi! Desde que vi, tenho fé cega no Joaquim, do mesmo modo que esse povo ignorante que o endeusa.

Foi quando adoeceu Manuel Capitão. Capitão só no nome, por ser filho natural de um capitão. Nem a mãe sabia outra coisa sobre o pai de Manuel. Mas isso é história velha, história morta. Que ele nasceu assim, não tem importância. Quero contar é que, trinta anos depois, o Manuel estava para morrer. Aquela criatura que viera à vida apressadamente, sem perder a oportunidade do primeiro idílio materno, agarrava-se ao mundo, relutando em deixá-lo. Uma semana inteira passara. Esverdeado, espichado no jirau coberto de palha, com os olhos escancarados, meio paralítico, Manuel Capitão estertorava. Era um dó ver aquela cena! A mulher e os filhos cansavam de olhá-lo, mudos, esperando o último suspiro. Mas a alma do Manuel não abandonava o molambo de carne, devastado pela doença.

Veio o Joaquim. O enfermo já não o conheceu. Vidravam-se os olhos, postos no vácuo. Toda a gente saiu do quarto minúsculo e abafado. A reza só podia ser a dois: o redentor e o moribundo.

/..../

Bateu-me o coração. Andando, pusera-me, num alto, em frente à janelinha escancarada do quarto, onde o doente sofria. Ia surpreender o segredo. Contive a respiração, em emocionada expectativa.

O velho caboclo ajoelhou diante do jirau. Rezou, qual um bom cristão. Depois, ergueu-se, trepou para o pobre leito do amigo, e... — oh, cena imprevista e incrível! — eu vi o homem bondoso, o homem amado de toda a região, enfiar o joelho, com todo o peso do corpo, sobre o peito ofegante do doente! Gesto instantâneo... alguns segundos... O ar faltou. Manoel não fez movimento. Lá ficou, sereno, com os olhos vidrados, postos no vácuo.

Sem o menor constrangimento, Joaquim de novo abriu a porta, com pasmo da família e um gesto condoído para o que se fora...

/..../

(Transcrito de Cacy Cordovil, *Ronda de fogo* , Rio de Janeiro, J. Olympio, 1941, p. 189-93.)

## Joaquim Lúcio Cardoso Filho

Nasceu em Curvelo, MG, em 14/8/1913 e morreu no Rio de Janeiro, RJ, em 24/9/1968. Romancista, teatrólogo, poeta, cineasta. Sua obra se caracteriza pela subjetividade, grande vigor descritivo, introspecção, e uma certa presença do sobrenatural. **Algumas obras**: *Maleita* (rom. 1934); *Salgueiro* (rom. 1935); *Luz no subsolo* (rom. 1936); *Mãos vazias* (nov. 1938); *O desconhecido* (nov. 1940); *Poesias* (1941); *Dias perdidos* rom. 1943); *Novas poesias* (1944); *Inácio* (nov. 1944); *O escravo* (teat. 1945); *A professora Hilda* (nov. 1946); *Anfiteatro* (nov. 1946); *O filho pródigo* (teat. 1947); *O enfeitiçado* (nov. 1954); *Crônica da casa assassinada* (rom.1959); *O viajante* (rom. 1973); *Poemas inéditos* (1982).

### *Crônica da casa assassinada*

34

Diário de Betty V (frag.)

3 - Há muitos dias eu não via a patroa, ocupada em restabelecer certa ordem na despensa, úmida e assaltada pelos ratos. Ontem, no entanto, passando pelo corredor, escutei que ela me chamava do quarto. Deixei de lado as ratoeiras e os objetos que trazia e apressei-me a atendê-la: Dona Nina achava-se sentada na cama, uma porção de roupas dispersas em volta dela. Era eu, conforme já disse, a encarregada de orientar a limpeza da casa, e julguei no primeiro instante, vendo-a com as portas do guarda-roupa abertas, que fosse reclamar de mim algum descuido. Mas não, apenas me apontou o que se achava sobre a cama. Eram seus famosos vestidos, todos feitos no Rio de Janeiro e que, ali na Chácara, não tinham grande serventia. No amontoado, distingui dois ou três que não me eram estranhos — não a vira usá-los em determinado jantar, quando lhe assaltava o capricho de vestir-se segundo a "gente do Rio", ou em determinada manhã de satisfação, quando se exibia em passeio pelas alamedas do jardim? — mas confesso que via a maior parte pela primeira vez. Nunca entendi de modas, encerrada como sempre estive a atender as necessidades desta casa, mas era impossível deixar de reconhecer que eram vestidos bonitos e caros, com enfeites que brilhavam à luz do sol. Calada, ela sacudia a poeira de um ou de outro, erguendo-os — e logo sua mão tombava, num gesto de evidente desânimo.

— Não valem mais nada, Betty, estão completamente fora da moda. Está vendo este? — e erguia um, azul, com bordados que rebrilhavam — custou-me uma pequena fortuna. Posso garantir que no primeiro baile em que apareci com ele...

— Também a patroa não tem necessidade dessas coisas aqui — atalhei.

Ela olhou-me quase escandalizada:

— Para que é que você pensa que são os vestidos, Betty? Uma pessoa deve sempre se vestir bem. No dia em que não usasse mais desses trapos, garanto que não me sentiria mais eu mesma.

— Mas eu a vejo usá-los tão pouco...

— É que já nada disto importa — afirmou, e havia uma singular tristeza em sua voz.

— Não devia falar assim — disse eu. — Ainda é moça, e bonita. Não existe mesmo por estes lados quem lhe leve a palma.

Ela sorriu, abraçou-se ao vestido num gesto de inesperado ardor:

— Se fosse verdade, Betty... Ah, se fosse verdade!

Não, nunca a ouvira falar daquele modo. É verdade que muitas vezes me dissera coisas graves, e recordava naquele instante uma ou outra conversa anotada neste diário, mas sempre em tom desprevenido, como quem zomba das coisas. Agora, no entanto, havia um tom inédito e pungente em sua voz. Ela não brincava mais, lamentava-se apenas, e aquilo me surpreendia desagradavelmente.

— Se gosta assim de se vestir, por quê...

Havia me inclinado sobre a borda da cama, procurando estabelecer entre nós uma intimidade que garantisse a força do conselho. Vendo-me tão próxima, atirou longe o vestido, pôs-se de pé com um suspiro:

— Há um tempo para tudo, Betty. Creio que a minha época de vestidos bonitos já passou.

/..../

(Lúcio Cardoso, *Crônica da casa assassinada*, Rio de Janeiro, Nova Fronteira, 1979, p. 327-8.)

## Marcus **Vinicius** de Melo **Moraes**

Nasceu no Rio de Janeiro, RJ, em 19/10/1913 onde morreu em 9/7/1980. Poeta, letrista, cronista, diplomata. Inicialmente místico, depois sensual, sem deixar de lado a temática engajada. **Algumas obras**: *O caminho para a distância* (1933); *Cinco elegias* (1943); *Poemas, sonetos e baladas* (1946); *Orfeu da Conceição* (peça musicada 1956); *Livro de sonetos* (1957); *Para viver um grande amor* (1962); *A arca de Noé* (poesia infantil 1970); *Poesia completa e prosa* (v. único, Aguilar, 1986); *Antologia poética* (1992).

### Soneto de fidelidade

De tudo, ao meu amor serei atento
Antes, e com tal zelo, e sempre, e tanto
Que mesmo em face do maior encanto
Dele se encante mais meu pensamento.

Quero vivê-lo em cada vão momento
E em seu louvor hei de espalhar meu canto
E rir meu riso e derramar meu pranto
Ao seu pesar ou seu contentamento.

E assim, quando mais tarde me procure
Quem sabe a morte, angústia de quem vive
Quem sabe a solidão, fim de quem ama

Eu possa me dizer do amor (que tive):
Que não seja imortal, posto que é chama
Mas que seja infinito enquanto dure.

Estoril, outubro de 1939.

(Vinícius de Moraes, *Antologia poética*, 5. reimp., São Paulo, Companhia das Letras, 1994, p. 93-4.)

## Soneto de separação

De repente do riso fez-se o pranto
Silencioso e branco como a bruma
E das bocas unidas fez-se a espuma
E das mãos espalmadas fez-se o espanto.

De repente da calma fez-se o vento
Que dos olhos desfez a última chama
E da paixão fez-se o pressentimento
E do momento imóvel fez-se o drama.

De repente, não mais que de repente
Fez-se de triste o que se fez amante
E de sozinho o que se fez contente.

Fez-se do amigo próximo o distante
Fez-se da vida uma aventura errante
De repente, não mais que de repente.

Oceano Atlântico, a bordo do *Highland Patriot*,
a caminho da Inglaterra, setembro de 1938.

(Vinícius de Moraes, *Antologia poética*, 5. reimp., São Paulo, Companhia das Letras, 1994, p. 138.)

## Rubem Braga

Nasceu em Cachoeiro de Itapemirim, ES, em 12/01/1913 e morreu no Rio de Janeiro, RJ, em 19/12/1990. Diplomou-se em Direito. Foi jornalista. Ficou célebre por cultivar exclusivamente a crônica num tom de amena ironia. **Algumas obras**: *O conde e o passarinho* (1936); *Um pé de milho* (1948); *A borboleta amarela* (1956); *A cidade e a roça* (1957); *Ai de ti, Copacabana* (1960); *A traição das elegantes* (1967); *200 crônicas escolhidas* (1977); *Recado de primavera* (1984); *As boas coisas da vida* (1988); *Um cartão de Paris* (1997).

### Um pé de milho

Os americanos, através do radar, entraram em contato com a Lua, o que não deixa de ser emocionante. Mas o fato mais importante da semana aconteceu com o meu pé de milho.

Aconteceu que no meu quintal, em um monte de terra trazido pelo jardineiro, nasceu alguma coisa que podia ser um pé de capim — mas descobri que era um pé de milho. Transplantei-o para o exíguo canteiro na frente da casa. Secaram as pequenas folhas, pensei que fosse morrer. Mas ele reagiu. Quando estava do tamanho de um palmo veio um amigo e declarou desdenhosamente que na verdade aquilo era capim. Quando estava com dois palmos veio outro amigo e afirmou que era cana.

Sou um ignorante, um pobre homem de cidade. Mas eu tinha razão. Ele cresceu, está com dois metros, lança as suas folhas além do muro — e é um esplêndido pé de milho. Já viu o leitor um pé de milho? Eu nunca tinha visto. Tinha visto centenas de milharais — mas é diferente. Um pé de milho sozinho, em um canteiro, espremido, junto do portão numa esquina de rua — não é um número numa lavoura, é um ser vivo e independente. Suas raízes roxas se agarram no chão e suas folhas longas e verdes nunca estão imóveis. Detesto comparações surrealistas — mas na glória de seu crescimento, tal como o vi em uma noite de luar, o pé de milho parecia um cavalo empinado, as crinas ao vento — e em outra madrugada parecia um galo cantando.

Anteontem aconteceu o que era inevitável, mas que nos encantou como se fosse inesperado: meu pé de milho pendoou. Há muitas flores belas no mundo, e a flor de milho não será a mais linda. Mas aquele pendão firme, vertical, beijado pelo vento do mar, veio enriquecer nosso canteirinho vulgar com uma força e uma alegria que fazem bem. É alguma coisa de vivo que se afirma com ímpeto e certeza. Meu pé de milho é um belo gesto da terra. E eu não sou mais um medíocre homem que vive atrás de uma chata máquina de escrever: sou um rico lavrador da Rua Júlio de Castilhos.

Dezembro, 1945

(Rubem Braga, *Um pé de milho*, 5. ed., Rio de Janeiro, Record, 1993, p. 47-8.)

## José Cândido de Carvalho

Nasceu em Campos, RJ, em 15/8/1914 e morreu no Rio de Janeiro, RJ, em 9/8/1989. Diplomou-se em Direito. Foi jornalista, funcionário público e membro da Academia Brasileira de Letras. Romancista, contista, cronista. **Algumas obras**: *Olha para o céu, Frederico* (rom. 1939); *O coronel e o lobisomem* (1964); *Ninguém mata o arco-íris* (crôn. 1972).

### *O coronel e o lobisomem*

Capítulo 3 (frag.)

Bem não tinha esquentado o assento na cadeira de meu avô veio o caso da onça-pintada. O zunzum trazido pelo vento dos pastos dizia grandezas da aparecida, que era onça sem medida e sem cautela. Entrava nos currais de dia que fosse e seu dente carnicento escolhia, nas barbas do dono, a rês que bem quisesse. Mandei que João Ramalho, marcador de gado do Sobradinho, sujeito andeiro e de muita ponderação, vasculhasse a verdade e dela fizesse relato:

— Dou prazo de mês ou mais se quiser.

Esperei nada — João Ramalho, num sopro, voltou de missão desincumbida. A onça, uma pintada de pata grossa, dava carta e jogava de mão, almoçando e jantando garrote e mais garrote:

— É bicha de grande porte, daninha como os capetas, aparecida nas posses do Major Badejo dos Santos.

Ao ouvir o nome do vizinho, cortei o relato na nascença:

— Seu Ramalho, já não está presente quem mandou pedir notícia da onça.

Como sou de matar cobra e mostrar o pau, antes que o marcador de rês caísse em espanto, troquei em miúdo os porquês da medida. Não podia eu, sem deslustrar a patente, levar a guerra aos pastos de Badejo dos Santos, um parceiro de armas, muito capaz de tomar a providência como afronta ao seu galão. A pintada, em matas do major, fugia ao meu tiro mortal. Descaí nos pormenores:

— É da pragmática militar, Seu João Ramalho. É dos regulamentos da guerra, seu compadre.

João Ramalho, em risco de ver seu serviço derrotado, ainda ponderou que o major não fazia caso de tão alta regalia — no primeiro ronco da pintada deixou os pastos em carro de boi, na segurança de vinte capangas, cada qual mais apetrechado de armas. Que eu podia passar por cima da patente dele, sabido que o major dava meia boiada ao cristão que limpasse os seus ermos de tamanha imundície:

— É homem capaz de rezar missa e matar cabrito de louvor, meu patrão.

Fui severo, avivei a voz. Ninguém ("Ninguém, Seu João Ramalho, ninguém!") ensinava ao neto de Simeão regra de bom proceder. Que ele fosse marcar rês, ofício que conhecia de cor e salteado. De regulamento e lei de guerra entendia eu. Não foi à toa que cursei escola de padre e em anos recuados pratiquei em cartório de tabelião. Muito doutor veio tirar consulta comigo quando tive pendência na Justiça. Que João Ramalho perguntasse a Pernambuco Nogueira quem era eu, a azoada que fazia nos ouvidos dos desembargadores do Foro. Por isso, por ser homem de instrução, é que podia dizer, sem medo de embargo, que a onça presente era da alçada do Major Badejo dos Santos. E arrematativo:

— Dele e de mais ninguém!

Quintanilha, chegado no mesmo dia, ficou a par da lição ministrada a João Ramalho e do impedimento que retirava do meu poder a exterminação da onça:

— Essa, e mais nenhuma, é a justa causa, Seu Quintanilha.

Mostrando o dente de ouro e piscando o olho mateiro, o mulato ponderou:

— Em regulamento de guerra e lei do Foro não tem como o coronel.

Francisquinha, que andava perto na limpeza da sala, na certeza de que Juquinha vinha em missão da onça, soltou a língua. Como é que ele navegava tanto chão de pastos para vir trazer ao Sobradinho invencionice dos matos? Um milho verde, uma partida de farinha, uma caça fresca nunca que ele trazia. Mas aligeirava a perna em viagem de diz-que-diz:

— Carece de tino, carece de cabeça.

Tive de pular em auxílio de Quintanilha — já o dedinho de graveto da velha raspava o nariz do mulato. Jurei por São Jorge e São José, padroeiros de minha devoção, que ninguém no Sobradinho ia travar arruaça de sangue contra a onça, que Juquinha sabia do meu embaraço militar, em vista da maldosa estar debaixo da bandeira de Badejo dos Santos. E de braço passado no ombrinho da velha:

— É o que salva a pintada, minha madrinha. É o que salva.

/..../

(José Cândido de Carvalho, *O coronel e o lobisomem*, 13. ed., Rio de Janeiro, J. Olympio, 1974, p. 27-9.)

## Geraldo França de Lima

Nasceu em Araguari, MG, em 24/4/1914. Romancista, poeta, contista, advogado, professor, funcionário público, membro da Academia Brasileira de Letras. **Algumas obras**: *Serras Azuis* (1961); *Brejo Alegre* (1964); *Branca Bela* (1965); *Jazigo dos vivos* (1968); *O nó cego* (1973); *A pedra e a pluma* (1979); *A herança de Adão* (1983); *Naquele Natal* (rom. 1988); *Folhas ao léu* (cont. 1994); *Sob a curva do sol* (rom. 1997).

### *Serras Azuis*

O garimpeiro

Serras Azuis está situada a 935 metros de altitude, na entrada de um planalto imenso — atapetado de meloso — que dois rios formam, ao juntar-se na Ponta Baixa, fora do perímetro urbano, na barra remansosa e pelviforme do Taquaralzinho com o Itambé.

Em junho, antes do rigor das geadas, o jaraguá enfeita-se com pendões cônicos, simétricos, enquanto no barranco lutulento viceja a samambaia.

Os cipós entrelaçados tecem um cortinado sobre as águas, com as folhas desprendidas, por onde coa a luz que se projeta em focos argênteos na malacacheta espalhada pelas margens.

Acima, além da foz, estendia-se um palmital — o machado, porém, tombou, uma por uma, as guarirobas. O gordura, soltando cachos cor de pelúcia violácea, acompanha as ondulações do terreno e fica tauxiado de amarelo, quando o ipê solta as flores luxuosas da estação. Nas grimpas das árvores, uma ou outra orquídea sobrevivente.

É ao lado da floresta que se ergue Serras Azuis.

Batera certa noite nesses ermos um faiscador errante e desiludido.

Suas mãos nervosas já tinham cavado lavrinhas
na terra virgem;
remexido o cascalho de muitos córregos;
revolvido a areia de muitas águas
e conhecido o desengano de todas as esperanças!

Cansado e perdido, pousou debaixo de uma grande árvore e dormiu embalado pelo múrmur de um fio fluindo e cantando próximo. De manhã, ao acordar, o seu arrebatamento foi total: raios de sangue, entremeados por faixas de oiro, irradiavam do sol, e caíam em cheio sobre o capim, aquecendo o orvalho que fumegava em espirais policrômicas até o cobalto do céu diáfano e aberto. O garimpeiro, já tão acostumado com deslumbramentos imaginários, não se conteve, e vendo a cadeia de colinas, amontoadas umas sobre as outras, sustentando o horizonte, exclamou em êxtase: "Serras Azuis, mais belas do que mil diamantes juntos!"

Refeito, prosseguiu viagem com a beleza do panorama gravada na cabeça. Voltou mais tarde, acompanhado de uma trigueirinha destemida: fincaram pé na terra e ergueram, com vontade e amor, uma morada de buriti.

À noite ouviam-se os lobos e de manhã achavam-se pegadas de onças pelo chão.

Pioneiros sedentos de terras virgens, tropeiros expansionistas não tardaram, indo além, ligando distâncias, varando o sertão sem dono, sem limites, sem preceito e sem lei.

Um trilho surgiu: chamaram-lhe estradinha das Serras Azuis. O lugar principiou a movimentar-se: ranchinhos de sapé, casas de taipa começaram a despontar. A capelinha tosca, com ofícios espaçados, sagrou definitivamente o povoado.

Ruas novas, serpenteando tanto como o caudal de um rio, enriqueceram-se de meiáguas e abrigaram forasteiros exaustos de nomadismo. Finalmente, depois do chalezinho de pau-a-pique, veio o sobrado austero e veio a casa abastada de sete janelas.

(Geraldo França de Lima, *Serras Azuis*, 4. ed., Rio de Janeiro, J. Olympio, 1976, p. 3-4.)

## Adonias Aguiar Filho

Nasceu em Itajuípe, BA, em 27/11/1915 onde morreu em 2/8/1990. Jornalista, romancista, crítico literário. Membro da Academia Brasileira de Letras. Suas personagens mostram um sentimento trágico da vida. Sua preocupação está em registrar não apenas o pitoresco mas também o drama existencial de suas personagens. **Algumas obras**: *Os servos da morte* (rom. 1946); *Memórias de Lázaro* (rom. 1952); *Corpo vivo* (rom. 1963); *O forte* (rom. 1965); *Léguas da promissão* (nov. 1968); *As velhas* (rom. 1965).

### *Corpo vivo*

Primeira parte (frag.)

/..../

O mundo, vocês sabem, é uma rede. As estradas se trançam, umas nas outras, como os fios da rede. Receei a princípio que se interrompessem e terminassem as matas. Quase trilhas de antas, como uma corda imensa deitada na terra, levaram a mim, ao menino e ao burro às brenhas do Camacã. Levantei a tapera e, confiado na sorte, comecei a procurar o tio de Cajango. Ele, mais cedo ou mais tarde, daria com o corpo naquelas bandas. Era esperar que impossível seria encontrá-lo na selva que vinha dos princípios do mundo. Quando a invernada desceu, a chuva de dilúvio apodrecendo o chão, os rios enchendo, percorria com o menino os caminhos enlameados. Em uma dessas incursões, na tarde em sombras, eu vi Inuri.

Eu vi o mais esperto dos homens, é preciso que diga. Aproximando-se, mostrou a fisionomia de índio, com os cabelos cortados na testa, os dentes miúdos, os pés descalços, a chuva lavando o busto inteiramente nu. Usava um calção de couro de carneiro e, apesar dos braços musculosos, era pouco mais alto que o menino. Deteve-se para colocar os olhos parados dentro dos meus. Via, a mim e ao menino, com certo espanto. "Este aqui é seu sobrinho", eu disse mostrando o menino. E, antes que falasse, acrescentei: "Mataram Januário, a mulher e os filhos. Apenas este menino, meu afilhado, escapou. Chama-se Cajango". Fitou-me, sem que um só músculo se movesse, durante alguns minutos. Afinal, pediu: "Conte-me como foi".

Na tapera, horas depois, narrei todo o acontecido. O pequeno fogo permitia que visse a curiosidade nos olhos duros. Quando concluí, sua pergunta foi imprevista: "Onde estão as armas?" Levantei-me e, mostrando os panacus, deles retirei os rifles e as caixas de balas. Examinou os rifles, um a um, manejando-os sem pressa. Foi depois, muito tempo depois, que me perguntou quando voltaria. Internar-se-ia na selva, com o menino, logo a invernada acabasse. E, deixando-me surpreso, preveniu que, como ao menino, os assassinos também me caçariam. Enorme sorte a minha se conseguisse alcançar Ilhéus. "Sempre há olhos vendo" ele disse. Que voltasse, mas estivesse vigilante. Os ribeirões transbordando e os rios enraivecidos não me deixariam passar. E ali ficamos — ele, o menino e eu — à espera de que a invernada acabasse.

/..../

(Adonias Filho, *Corpo vivo*, 25. ed., Rio de Janeiro, Bertrand Brasil, 1993, p. 18-9.)

## Carmo Bernardes da Costa

Nasceu em Patos, MG, em 2/12/1915 e morreu em Goiânia, GO, em 25/4/1996. Contista, cronista, romancista, jornalista, funcionário público, membro da Academia Goiânia de Letras. **Algumas obras**: *Vida mundo* (rom. 1966); *Rememórias I* e *Rememórias II* (cron. 1969); *Jurubatuba* (rom. 1972); *Reçaga* (cont. 1972); *Areia branca* (cont. 1976); *Idas e vindas* (cont. e "causos" 1977); *Nunila* (rom. 1984); *Memórias do vento* (rom. 1986); *Perpetinha* (rom. 1991); *Santa Rita* (rom. 1995).

## *Jurubatuba*

Capítulo XI (frag.)

/..../

Combinei com seo-Simeão e Tiá Bruna que ia ficar, visto que uns bezerros ainda estavam dependendo de zelo. O enjeitado pouco pastava, umas vacas de peito muito grosso dificultavam o filho mamar. Ia ficar olhando, mas quando fosse no outro dia podiam me esperar. Concordaram e eu perguntei a Tiá Bruna se convinha entregar as ferramentas de seo-Jacó. Ela abanou a cabeça que não, enrugou a testa e ficou saindo. Lá adiante, virou pra trás, com a cara dura, e falou assim que seo-Jacó devia uma conta na fazenda e que, do saco a embira, as ferramentas iam ficar por conta.

Calei a boca. Não convinha ficar com conversa comprida, mas eu é que sei o quanto aquela proposta me contrariou. Excomungada... Como é que pode haver uma gente tão malvada assim? Avalia que degraça: tomo as ferramentas emprestadas do outro, os ferros com que ele mal ganha o seu sustento, depois a cadela velha aproveita pau arcado para deitar a foice: segura, em penhora, o que é alheio e ainda me fazendo de cabo de chicote. Carecia que eu fosse um sujeito muito baixo para dar meu consentimento a um absurdismo desse.

Essa parte me veio em lembrança e o ódio que de novo tive, amenizou qualquer tanto a coceira de canela que me atormentava. Recaí em mim e me veio a inteligência de pregar uma peta naquela caceba velha. Chamei Belamor, determinei e ele obedeceu com humildade: foi arrear um cavalo e eu trelei as ferramentas de seo-Jacó. Separei quatro rapaduras e, quando o menino veio dar conta de que o cavalo estava arreado, eu acabava de ajoujar a carga: um costal com as ferramentas e o outro com as rapaduras e um lanho de toucinho regulando umas cinco libras.

— Fala assim para seo-Jacó que não repare a fartura.

Que ele desculpasse eu ter tirado o ferro da juntora e feito outro cepo, mas que o cepo dele lá ia intato.

O caso é que seo-Jacó era canhoto e mal eu pude me ajeitar com a enxó, encavada para trabalhar com a mão canhota. Já com a juntora não houve meio, tive que fazer outro cepo.

Belamor amontou, ergui a carga na garupa dele e fiquei todo ancho, me considerando vingado.

"Toma, jararaca de peste!..."

Quando Tiá Bruna chegasse e visse que eu havia entregado a ferramenta alheia, iria enfiar os dedos no rabo e rasgar. Mas eu, lavrando longe, conforme eram meus planos, nem minhas orelhas iriam queimar.

Lá se avenha.

Belamor saiu e eu, mais que depressa, aproveitei sua ausência para me aviar. Soltei os porcos, que eles fossem cavar a vida, levei as vacas com os bezerros pro encosto e arrumei meus troços, deixei tudo em condições de viajar. Quando ele retornou, eu já estava com tudo pronto para sair, abrir fora de vez e para nunca mais daquela situação infame.

/..../

(Carmo Bernardes, *Jurubatuba*, Goiânia, UFG, 1997, p. 138-40.)

## Bernardo Élis Fleury de Campos Curado

Nasceu em Corumbá de Goiás, GO, em 15/11/1915 e morreu em Goiânia, GO, em 30/11/97. Ficcionista, ensaísta, poeta. É membro da Academia Brasileira de Letras. **Algumas obras**: *Ermos e gerais* (cont.1944); *O tronco* (rom. 1956); *Caminhos e descaminhos* (cont. 1965); *Veranico de janeiro* (cont.1966); *Seleta* (1974); *Caminhos dos gerais* (cont.1975); *Chegou o governador* (rom. hist. 1987); *Obra reunida* (1987); *Onde canta a siriema* (cont. no prelo).

### O papagaio (frag.)

De manhãzinha, quando Sinhana acordava, o papagaio já estava remedando joão-congo na cozinha. Ela então abria a porta e ele subia pra cumeeira do telhado e danava a cantar, a imitar galinha, corrida de veado — au, au, au, pei — matou o veado, o couro é meu!

O louro tomava um grande lugar na vidinha molenga da lavadeira. Conversava horas a fio com ele, coçando-lhe libidinosamente o piolho. O papagaio arrepiava as penas do cocuruto e fechava os olhos numa delícia sem-vergonha que encantava Sinhana. Por último, porém, ele vinha ficando tristonho, sisudamente ajuizado. Já não fazia aquela algazarra brejeira de menino sem propósito.

Nessa derradeira entrada de águas então ele se encorujou de uma vez no poleiro, alongando as pupilas verdolengas pelo céu cinzento. Tinha hora que reagia, sacudia as asas, dava uns gritos enérgicos, dilatava a íris, mas não passava disso. Recaía na sua embriaguez de responsabilidades e preconceitos poleirais, triste, sem graça, desapontado por aquela demonstração idiota de alegria.

Foi um dia de quinta-feira. Sinhana voltou do corgo, chamou o louro e ele não respondeu. Fugira. De primeiro, quando isso acontecia, Nossa Senhora! era aquele Deus nos acuda. Sinhana saía de casa em casa avisando que, se vissem o louro, tivessem a bondade de o pegar e levar para ela. Fazia até promessas para guardar o papagaio das pedradas infalíveis dos estilingues dos meninos da Rua da Palha. Se os meninos iam entregar o louro no rancho de Sinhana, ela fazia um festão: — Ques menino bão, gente. Entra, fio. — Dava pé-de-moleque, dava ovos, fazia farofa com rapadura pros meninos — era aquele agrado sem limite.

O Bebé, filho do defunteiro, descobriu isso e, quando estava carecendo duns ovos assim para fazer uma fritada, esperava Sinhana sair para a fonte e furtava o papagaio, escondendo-o debaixo dum jacá no bamburral do fundo do quintal.

Com mais um pouco, olha o banzé na Rua da Palha:

— Sá Chiquinha, a senhora num dá notiça do louro não? Chiquinha era uma baiana gorducha que morava em frente de Sinhana, fazedeira de renda.

— Vi não, Sinhana. Tenho tempo de vê nenhuns papagaio nada. Embora tivesse muito trabalho e estivesse apertada de costura, largava os bilros enfezada e saía também procurando o louro.

— Louro, ó, louro. Cá o pé, nego — era a voz de Sinhana atroando a rua. Todo mundo saía procurando o louro, revirando as vassourinhas, os ora-pro-nobis das cercas.

— Parece que eu vi um papagaio falano lá pras bandas do Taquari, Sinhana — vinha informar Bebé, muito sem-vergonha, para aumentar o tormento de Sinhana, pois pras bandas do Taquari morava o sargento, inimigo número um do louro.

De tarde, lá vinha Bebé com o louro no dedo entregá-lo pra Sinhana e receber o dinheiro, pois esses agrados de bobagem ele não aceitava mais. Sinhana não desconfiava de nada. Tinha um querer bem danado com o moleque e permitia que ele — e somente ele, hein! — entrasse no quintal dela para apanhar lima, laranja, abacate, manga, cana. Era um quintalão bem cuidado, cercado a mandacaru e a pinhão. Naquele dia, porém, ela ficou conformada. Não perguntou nada a Chiquinha baiana, não gritou o louro — nada. Resignou-se egoisticamente. Achava que, se ele não fugisse, iria certamente morrer de tristeza. Perdido por perdido, que morresse livre.

"— É melhor assim, soltar a gente tem dó."

/..../

De noite, a vizinha fora conversar com Sinhana. Sentadas no batente da porta da rua, ela falou que vira na limeira um papagaio que imitava muito o louro:

— Ele num fugiu?

Sinhana teve vergonha de contar a fuga da ave: — "eu mesmo sortei o bichinho. Coitado, tava tão jururu. Esses bicho a gente num é de prendê".

/..../

Sábado, quando ela abriu a porta do terreiro, viu penas verdes espalhadas pelo chão. Mais longe um pouquinho, perto do canteiro de cebolas, estava o cadáver de um papagaio, quase que pelado de todo, sujo de lama, com a cabeça mascada. A lavadeira sentiu muito e um remorso áspero começou a roê-la, com as histórias da vizinha zunindo na sua cabeça: "Era uma viadinha mansa toda a vida. Um dia meu pai sortô ela de dó. Num conto nada: daí a coisa de uma sumana óia urubu fazeno roda perto do currá. Fumo vê o qui era e lá estava a viadinha morta. Coitadinha, ficô com sodade de casa, mas tinha medo de vortá. Morreu de fome." Sinhana, para lavar sua culpa na morte do papagaio, resolveu vingá-la. Pegou o xale, rebuçou a cabeça e foi à farmácia comprar um pouco de veneno para botar na carniça, pois assim, quando o bicho que pegara a ave voltasse para o banquete, morreria fatalmente.

O farmacêutico, entretanto, não podia vender tóxicos, a não ser com indicação médica: — É a senhora que vai suicidar-se, Sinhana?

Sinhana voltou amolada e contou para Chiquinha Baiana que encontrara o papagaio morto no fundo do rancho. E ficaram ali conversando, quando chegaram outras pessoas — a mulher do defunteiro, a Bilinha — e todo o mundo da rua, em fúnebre comissão, foi com Sinhana ver o cadáver da ave. Ante o corpo pelado do louro, Sinhana já ia dando ao focinho as pregas e dobras estilizadas para um choro gritado, dos brabos mesmo, desses que a gente reserva para os filhos. A vizinha, porém, se lembrou em tempo:

— Será que é o louro mesmo? Óia lá que é outro, Sinhana!

E podia muito bem ser outro, de verdade. Sinhana adiou o choro para depois de identificar o cadáver.

(Bernardo Élis, *Ermos e gerais* in *Seleta*, Rio de Janeiro, J. Olympio, 1974, p. 41-5.)

## **Domingo, três horas da tarde** (frag.)

No começo, o menino esperneava, dava arrancos e pinotes, tentando libertar-se da mão que, feito uma garra de ferro, prendia-o pelo punho direito. O menino chegou até a dar dois ou três pontapés violentos nas canelas do titular da mão, mas os dedos dessa mão apertaram com tal força o pulso mirrado do menino, que ele pegou a gritar, a torcer-se, e caiu de joelhos no chão, implorando: — me largue, me largue!

Nisso, chegaram outras pessoas, formando uma pequena roda em torno do homem enorme, fortíssimo, barrigudo, moreno e de cara feroz, vestido de brim cáqui e de chapéu na cabeça, o qual sustinha pela manopla musculosa e cabeluda o fiapo de braço da criança já tombada no ladrilho do Bar, em cujo interior se passava essa cena. Devia ser três horas de domingo. A tarde bocejava a digestão pesada do ajantarado de frango e macarrão. A rua estava deserta, o sol escaldava, com homens empijamados de cigarro ao queixo, nas sombras das alcovas futucando no rádio o início de alguma partida de futebol.

— Que foi, hein?

— Que foi?

— Roubando.

— Como? Roubando? — perguntava entre aflito e duvidoso um estudante jovem, em mangas de camisa, estampando uma grande ansiedade no rosto espinhento, onde uma discreta penugem riscava traços imprecisos de futuro bigode.

— Pois é, de dião e esse sem-vergonha roubando — disse de lá o subjugador da criança. Com os arrancos, já bem débeis, que a criança lhe dava ao corpo, tentando sempre desvencilhar-se das garras de ferro, a frase saía ridiculamente entrecortada. Enquanto explicava, passeava seu olhar sobranceiro sobre a pequena multidão que se ia formando ao redor. A fisionomia dele era fechada, grave, com as sobrancelhas sinistras (suas sobrancelhas eram feito duas descomunais taturanas) sombreando facinorosamente os olhos baços e inexpressivos. Escorria de todo seu porte uma compenetrada solenidade de quem estivesse salvando a espécie humana.

Por trás do balcão do Barzinho, o dono tinha um ar indiferente e doentio, na sua barba meio crescida e ruiva como o cobre areado, que, de tanto roçar, puíra o colarinho sujo da camisa. O dono olhava a cena indiferentemente, como se ela se passasse em outro planeta, ou numa tela de cinema.

— Mas, roubando onde? — perguntou outro homem também gordo, de uma gordura mal repartida, dessas de deixar pernas e braços finos e engrossar demasiadamente o ventre, o pescoço e as bochechas.

O estudante olhou para o novo interlocutor e sentiu um certo mal-estar. O estudante achava, numa suposição destituída de qualquer fundamento, que esse sujeito era polícia secreta. E tinha um asco temeroso a policiais, lembrança confusa de medos infantis, sabe-se lá!

— Aí na barraca do Tico — informava o homem que segurava a criança, sempre com a voz entrecortada pelos solavancos da presa. (...)

/..../

— Ah, tem um caminhãozinho na mão! — disse uma mulher magra, que se acercara da cena, trazendo numa mão a sombrinha e na outra uma sacola de compras. Usava óculos amarrados com linha por trás da cabeça, onde se equilibrava um coque miudinho. A velha era desdentada. Ali por trás dos outros, só agora via ela o brinquedo na mão do menino. — Decerto foi o que roubou, — concluiu ela. Sua exclamação chamou a atenção do estudante que se virou para ela, mas nada disse porque o tal sujeito de gordura mal repartida aproximou seu rosto do da velha e lhe disse ao ouvido: — história. Esse menino não roubou nada! — a velha ergueu muito as sobrancelhas, virou a cara para fitar o gordo e seus olhos velhacos dançavam de um lado para outro.

— Que besta — pensou consigo o estudante. — Em que fato se estribaria aquele suposto policial para dizer que o menino não roubara?

— Ele é da polícia? — interrogou a velha; e indicou com um relampagueante erguer de sobrancelhas o Brutamontes que sustinha o menino.

— Sit! Que mané polícia — respondeu o pseudopolicial dando ao rosto um ar de tamanho escárnio, que o estudante passou a pensar que o aprisionador da criança não merecia tamanho crédito: seria o menino, de fato, um ladrão?! Como uma cortina sonora, escorria a choramingação do pequeno — me solta, me solta...

— Soltá, hein — rosnou o homem, sempre com palavras entrecortadas por alguns solavancos. — Soltá nada. Vou te levá pra polícia, seu ladrãozinho. — Aqui, passeou novamente seu olhar baço por sobre os assistentes, dando à fisionomia um ar de indomabilidade completa. O estudante quis fitar o Brutamontes nos olhos, mas os olhos dele eram de um embaciado incomodativo.

O pseudopolicial nesse momento dizia à velha: — Olha, eu vou olhar essa barraca e vou chamar esse tal Tico. Isso não está certo, esse... — aqui o homem contraiu os lábios como se quisesse cuspir e não proferiu palavra nenhuma; deu um daqueles olhares do mais completo desprezo ao detentor do menino que também de lá dizia: — Olha, a polícia vai te pegá e vai te metê o couro, viu.

/..../

— Ó Tico, olha aqui este ladrão — disse o Brutamontes por cima de todo o vozerio, dirigindo-se a alguém que vinha entrando pela porta da frente do bar. Os olhares voltaram-se para Tico que entrava. Era um homem pequenino, com a roupinha muito bem passada, com a camisa esporte muito limpa, uma penca de chaves na cintura, a manga com uma prega para diminuir-lhe o comprimento: — boa tarde, boa tarde — dizia a torto e a direito, rindo-se.

— O ladrão — gritava o Brutamontes, sacudindo o menino, erguendo-o do solo pelo bracinho. Olhe aqui o caminhão que roubou na sua barraca! — por baixo do casaco metera a faca que inexplicavelmente ficava oculta, sem embargo de seu porte alentado.

Seu Tico tinha um riso limpo, de dentes certinhos, e dizia coisas que ninguém, por mais que quisesse, conseguia ouvir. Somente o Brutamontes é que tinha ouvidos para as palavras de Seu Tico e, ouvindo-as, respondia com ódio:

— Ah, então você não deu falta de nada! Não notou nada?

/..../

— Roubou, Tico. Você é porque não olhou direito pelas caixas, pelas malas... Você ainda vai dar por falta de um caminhãozinho... E será tarde, hein! E será tarde! — afirmava espumando convicção.

Tico de lá ria seu riso de dentes muito certinhos, emitindo uns sons somente audíveis para o Brutamontes, muito miudinho na sua camisa esporte bem passada e limpa, com as chaves do cinto tilitando festivamente.

De repente, o Brutamontes deixou o interior do bar, deixou o Tico com sua vozinha apagada, foi até à frente do bar, na calçada, e dali pôde ver o pequenino que lá ia mais embaixo, na rua, num passinho incerto, drapejando ao vento seus molambos de roupa. Aí o Brutamontes enfunou o peito, e ao mesmo tempo que sapateava no cimento da calçada, gritava a plenos pulmões: — Peguem o ladrão! Peguem o ladrão!

Lá adiante, o menino nem se virou. Largou um pincho e saiu na mais veloz das carreiras, enquanto estrondava por ali a risada de alguns molecotes. Nesse instante, de dentro do bar, o locutor esgoelou o primeiro gol da tarde: gol do Flamengo! Goooooolll!

(Bernardo Élis, *Caminhos e descaminhos* in *Seleta*, Rio de Janeiro, J. Olympio, 1974, p. 68-74.)

## José J(acinto) Veiga

Nasceu em Corumbá, GO, em 2/2/1915. Contista, novelista, romancista, tradutor, situado entre os mais notáveis de nossos escritores contemporâneos. **Algumas obras**: *Os cavalinhos de Platipanto* (cont. 1959); *A hora dos ruminantes* (rom. 1966); *A máquina extraviada* (cont. 1968); *Sombras de reis barbudos* (rom. 1972); *Os pecados da tribo* (rom. 1976); *Aquele mundo de vasabarros* (rom. 1982).

### *A hora dos ruminantes*

A chegada (frag.)

/..../

O primeiro contato foi feito por Pe. Prudente de volta de uma viagem eucarística. O padre e o ajudante vinham descendo a estrada pelo meio da manhã, as mulas de cabeça baixa para resguardar os olhos do sol, que vinha de frente. Já de vista da ponte encontraram dois homens com um surrão de água pendurado de um pau, cada um com uma ponta ao ombro, o surrão no meio, água escorrendo pelas costuras. Pelo hábito de ser tratado com deferência na estrada, Pe. Prudente virou-se para eles esperando o cumprimento e eles nem tocaram no chapéu — o que podiam ter feito sem dificuldade porque não iam com as duas mãos ocupadas. O padre então cumprimentou, não para ensinar mas para não passar por orgulhoso. Eles responderam? Fizeram como se não tivessem ouvido. O ajudante do padre, que vinha mais atrás e viu bem o desrespeito, cumprimentou alto, provocando. Os homens nem olharam, e como ensaiados começaram a assoviar uma toada muito sem graça, vai ver que inventada por eles mesmos. O ajudante alcançou o padre e comentou:

— Viu essa, monsenhor?

— É, Balduíno. Esses parece que não gostaram de nós — disse o padre, conformado.

Contando o caso depois, Balduíno diz que olhou para trás justamente quando um dos homens fazia um gesto feio na direção deles, com a mão direita erguida acima da cabeça.

— O que me segurou de dar uma lição naqueles cornicocos foi eu saber que monsenhor não gosta de valentias.

/..../

Com essa fria certeza, e com a pouca disposição que os homens mostravam de se chegar, o povo voltou a suas atividades fazendo de conta que não havia gente estranha ali a dois passos de suas casas. À noite, quando iam fechar as janelas para dormir e davam com os olhos no clarão do acampamento, as pessoas procuravam se convencer de que não estavam vendo nada e evocavam aquele trecho de pasto como ele era antes, uma clareira azulada na vasta extensão da noite rural. A vizinhança incômoda, os perigos que pudessem vir dela, eram eliminados por abstração. Mais tarde podia haver sonhos com os homens figurando como inimigos, mas eram apenas sonhos, vigorantes somente na escuridão dos quartos, solúveis na claridade do dia.

Mas acampados tão perto, e fazendo grandes obras nos terrenos da velha chácara de Júlio Barbosa, era natural que os homens de vez em quando esbarrassem com alguém da cidade. Isso aconteceu com Geminiano Dias, proprietário de uma carroça de aluguel. Geminiano estava carreando estrume para horta, numa das viagens foi interpelado na cerca do pasto por um homem alto, queixudo, de cabelo cortado à escovinha:

— Negociar a carroça, caboclo?

Geminiano não gostou dos modos, e para mostrar que não tinha gostado continuou viagem, sem parar nem olhar. O homem avançou para o lanço seguinte da cerca, insistiu:

— Negociar a carroça? Pago bem.

— Nhor não — respondeu Geminiano por muito favor.

O homem não desistia. Avançou mais um lanço, falou mandando:

— Pare um pouco. Pode parar não?

/..../

— Ora vá caçar coberta — disse Geminiano e chicoteou o burro com raiva, deixando o homem apatetado na beira da estrada.

A história espalhou-se depressa, e Geminiano recebeu elogios gerais por ter sabido pôr o homem em seu lugar. Então aquilo era maneira de tratar negócio, falando de cima, e metendo a mão, e dando ordem, como se eles fossem donos de tudo? Mas quando a notícia chegou na venda de Amâncio Mendes houve discordância. Falando gritado, como era seu costume, Amâncio roncou para ser ouvido até na rua:

— Esse tição é muito é besta. Só porque arranjou uma carroça pensa que virou gente. Havera de ser comigo.

/..../

(José J. Veiga, *A hora dos ruminantes*, Rio de Janeiro, Bertrand Brasil, 31. ed., 1996, p. 5-8.)

## Murilo Eugênio Rubião

Nasceu em Carmo de Minas, MG, em 1/6/1916 e morreu em 16/9/1991 em Belo Horizonte. Contista, foi jornalista, como advogado exerceu várias funções públicas, algumas ligadas ao jornalismo e à radiodifusão. É um grande nome da literatura fantástica do Brasil. **Algumas obras**: *O ex-mágico* (cont. 1947); *A estrela vermelha* (cont. 1953); *Os dragões e outros contos* (1965); *O pirotécnico Zacarias* (cont. 1974); *O convidado* (cont. 1974); *A casa do girassol vermelho* (cont. 1978); *O homem de boné cinzento e outras histórias* (1990).

### A flor de vidro

*"E haverá um dia conhecido do Senhor que não será dia nem noite, e na tarde desse dia aparecerá a luz"*
*(Zacarias, XIV, 7)*

Da flor de vidro restava somente uma reminiscência amarga. Mas havia a saudade de Marialice, cujos movimentos se insinuavam pelos campos — às vezes verdes, também cinzentos. O sorriso dela brincava na face tosca das mulheres dos colonos, escorria pelo verniz dos móveis, desprendia-se das paredes alvas do casarão. Acompanhava o trem de ferro que ele via passar, todas as tardes da sede da fazenda. A máquina soltava fagulhas e o apito gritava: Marialice, Marialice, Marialice. A última nota era angustiante.

— Marialice!

Foi a velha empregada que gritou e Eronides ficou sem saber se o nome brotara da garganta de Rosária ou do seu pensamento.

— Sim, ela vai chegar. Ela vai chegar!

Uma realidade inesperada sacudiu-lhe o corpo com violência. Afobado, colocou uma venda negra na vista inutilizada e passou a navalha no resto do cabelo que lhe rodeava a cabeça.

Lançou-se pela escadaria abaixo, empurrado por uma alegria desvairada. Correu entre aléias de eucaliptos, atingindo a várzea.

Marialice saltou rápida do vagão e abraçou-o demoradamente:

— Oh, meu general russo! Como está lindo!

Não envelhecera tanto como ele. Os seus trinta anos, ágeis e lépidos, davam a impressão de vinte e dois — sem vaidade, sem ânsia de juventude.

Antes que chegassem a casa, apertou-a nos braços, beijando-a por longo tempo. Ela não opôs resistência e Eronides compreendeu que Marialice viera para sempre.

Horas depois (as paredes conservavam a umidade dos beijos deles), indagou o que fizera na sua ausência.

Preferiu responder à sua maneira:

— Ontem pensei muito em você.

* * *

A noite surpreendeu-os sorrindo. Os corpos unidos, quis falar em Dagô, mas se convenceu de que não houvera outros homens. Nem antes nem depois.

* * *

As moscas de todas as noites, que sempre velaram a sua insônia, não vieram.

* * *

Acordou cedo, vagando ainda nos limites do sonho. Olhou para o lado e, não vendo Marialice, tentou reencetar o sono interrompido. Pelo seu corpo, porém, perpassava uma seiva nova. Jogou-se fora da cama e encontrou, no espelho, os cabelos antigos. Brilhavam-lhe os olhos e a venda negra desaparecera.

Ao abrir a porta, deu com Marialice:

— Seu preguiçoso, esqueceu-se do nosso passeio?

Contemplou-a maravilhado, vendo-a jovem e fresca. Dezoito anos rondavam-lhe o corpo esbelto. Agarrou-a com sofreguidão, desejando lembrar-lhe a noite anterior. Silenciou-o a convicção de que doze anos tinham-se esvanecido.

O roteiro era antigo, mas algo de novo irrompia pelas suas faces. A manhã mal despontara e o orvalho passava do capim para os seus pés. Os braços dele rodeavam os ombros da namorada e, amiúde, interrompia a caminhada para beijar-lhe os cabelos. Ao se aproximarem da mata — termo de todos os seus passeios — o sol brilhava intenso. Largou-a na orla do cerrado e penetrou no bosque. Exasperada, ela acompanhava-o com dificuldade:

— Bruto! Ó bruto! Me espera!

Rindo, sem voltar-se, os ramos arranhando seu rosto, Eronides desapareceu por entre as árvores. Ouvia, a espaços, os gritos dela:

— Tomara que um galho lhe fure os olhos, diabo!

* * *

De lá, trouxe-lhe uma flor azul.

Marialice chorava. Aos poucos, acalmou-se, aceitou a flor e lhe deu um beijo rápido. Eronides avançou para abraçá-la, mas ela escapuliu, correndo pelo campo afora.

Mais adiante tropeçou e caiu. Ele segurou-a no chão, enquanto Marialice resistia, puxando-lhe os cabelos.

A paz não tardou a retornar, porque neles o amor se nutria da luta e do desespero.

* * *

Os passeios sucediam-se. Mudavam o horário e acabavam na mata. Às vezes, pensando ter divisado a flor de vidro no alto de uma árvore, comprimia Marialice nos braços. Ela assustava-se, olhava-o silenciosa, à espera de uma explicação. Contudo, ele guardava para si as razões do seu terror.

* * *

O final das férias coincidiu com as últimas chuvas. Debaixo de tremendo aguaceiro, Eronides levou-a à estação.

Quando o trem se pôs em movimento, a presença da flor de vidro revelou-se imediatamente. Os seus olhos se turvaram e um apelo rouco desprendeu-se dos seus lábios.

O lenço branco, sacudido da janela, foi a única resposta. Porém os trilhos, paralelos, sumindo-se ao longe, condenavam-no a irreparável solidão.

Na volta, um galho cegou-lhe a vista.

(Murilo Rubião, *Contos reunidos,* São Paulo, Ática, 1998, p.129-32.)

## Antonio Callado

Nasceu em Niterói, RJ, em 26/01/1917, e faleceu no Rio de Janeiro, RJ, em 28/01/1997. Formado em Direito. Romancista, contista, teatrólogo, jornalista. Com profunda vivência dos problemas brasileiros, foi um intelectual que conheceu outras culturas e foi por elas reconhecido, através de condecorações ou de traduções de suas obras. No Brasil, teve textos adaptados para o cinema e a televisão. **Algumas obras**: *Assunção de Salviano* (rom. 1954); *A madona de cedro* (rom. 1957); *Quarup* (rom.1967); *Bar Don Juan* (rom. 1971); *Reflexos do baile* (1976); *Sempreviva* (rom. 1981); *Expedição Montaigne* (rom. 1982); *Concerto carioca* (rom. 1985); *Memórias de Aldenham House* (rom. 1989).

## *Quarup*

A maçã (frag.)

/..../

A porta do avião foi aberta, o piloto saltou. Nando saltou atrás dele.

— Engraçado — disse Nando — pensei que os índios mansos dos Postos corressem ao encontro de aviões chegados.

— Homem, olha que correm mesmo — disse Olavo. — Nunca tive uma recepção dessas na minha vida. Vêm os índios e vem gente do Posto também. Que diabo! não é todo dia que chega avião neste cu do mundo não. Faz o seguinte, Padre Nando. Vai andando até a casa do Posto e vê quem está lá. Os doidos dos índios são capazes de estar pescando em massa para o quarup ou coisa parecida. Mas há de ter alguém no Posto. Eu vou desembalando a carga.

— Está certo — disse Nando — vou. Mas as mulheres também saem para pescar?

— Não. Nem as crianças. Isto é que está me intrigando, este silêncio. O Posto tem estado sem rádio. Mas não há de ser nada.

— Não há possibilidade de alguma violência aqui, há? Os índios estão em contato com os brancos há bem uns dez anos e...

— Estão, estão — disse Olavo. — Mas nunca se sabe. Mato é mato. Por isso é que é importante ter sempre o rádio funcionando bem. Eu trouxe peças para consertar a instalação.

Olavo ia tirando do fundo do avião caixas e pacotes que passava a Nando.

— Há quanto tempo está o Posto sem rádio? — disse Nando.

— Ah, coisa de uns dez ou doze dias que saiu do ar. Bobagem. Não há de ter morrido todo o mundo em tão pouco tempo — riu Olavo. — Deixe o trabalho aqui comigo. Vá andando na frente.

O campinho se comunicava com a aldeia por um belo estradão de uns oitocentos metros de comprimento, ladeado de grandes árvores de frondes manchadas de ipê roxo. Nando, mala na mão, meteu o pé no caminho, ansioso por ver os primeiros curumins correndo ao seu encontro, atirando-se aos seus braços. Queria apertá-los contra o peito para sentir o cheirinho que sabia que tinham, de terra, de água do rio, de jenipapo e de urucum. Enquanto aguardava ia engolindo pelos olhos e pelo nariz as várzeas, as manchas de mato. E aquilo? Jatobá de índio fazer canoa? E adiante? Os buritis de índio fazer tudo? Monstro de pau linheiro. A hiléia crescendo medonha para o equador. Agora, quebrando à esquerda rumo à casa do Posto, as malocas, abauladas, acocoradas no chão, com sua porta móvel, de varas e de palha. A um canto, na sua gaiola de varas, a grande harpia melancólica que dá plumas à tribo.

Mas ninguém. Ninguém no terreiro. Ninguém à beira do rio. Ninguém diante de qualquer maloca que fosse. Ninguém em parte nenhuma. Nando foi andando para a construção do Posto com o coração batendo fundo, a longos intervalos. Que castigo seria aquele, Senhor? Que poderia ter acontecido? Que esconderia a porta do telheiro, por trás da sua varanda onde havia redes? Redes mas vazias. Todas vazias.

Estava Nando a uns vinte metros quando de dentro da casa saiu um casal de índios. Um belo casal de índios. Seu primeiro casal de índios. Nus. Ela apenas com seu uluri, ele apenas com um fio de miçangas na cintura. Deram dois passos para fora da casa. Voltaram-se um para o outro. Nando, que estacara, viu então que a mulher tinha na mão direita uma maçã, que oferecia ao companheiro. O índio fez que não com a cabeça. Ela mordeu a maçã. E então, virando-se para Nando, foi lentamente andando em sua direção, a maçã na mão estendida em oferta. Nando, confuso, pôs a mala no chão, estirou a mão.

Uma risada estourou atrás de Nando, outra ao seu lado, e das malocas saíram em chusma índios rindo e gritando, homens e mulheres e crianças. Agora, sim, Nando se viu no meio de uns cinqüenta índios.

A mão de Olavo, que rira por trás dele, caiu-lhe afetuosa no ombro.

— Desculpe o mau jeito. Mas o Fontoura me fez prometer que eu ajudava a lhe pregar uma peça. A peça aliás foi encomendada pela Lídia, do Otávio.

Nando riu e deu um assobio de alívio.

/..../

(Antonio Callado, *Quarup*, 5. ed., Rio de Janeiro, Civilização Brasileira, 1971, p. 121-3.)

## Afonso Henriques de Guimaraens, dito **Alphonsus de Guimaraens Filho**

Nasceu em Mariana, MG, em 03/06/1918. Poeta, jornalista, filho do poeta Alphonsus de Guimaraens. **Algumas obras**: *Lume de estrelas* (1940); *Poesias* (1946); *O irmão* (1950); *O mito e o criador* (1954); *Sonetos com dedicatória* (1956); *Poemas reunidos* (1960); *Antologia poética* (1963); *Novos poemas* (1968); *Poemas da ante-hora* (1971); *Água do tempo* (poemas escolhidos e versos inéditos, 1976); *Discurso no deserto* (1982); *Nó* (1984); *Luz de agora* (1991) e *Todos os sonetos*.

## "Em meio aos gritos, quando a lua uiva"

Em meio aos gritos, quando a lua uiva
na noite ardendo sobre a dor marinha,
é que te sinto chama e fogo, ó ruiva
treva de sangue que a loucura aninha.

Quero-te minha, para sempre minha,
ó pássaro de febre, ó corpo aceso,
ó voz da morte na madrugadinha
do ingênuo sonho a que me vejo preso.

Quero-te em risos, quero-te nas brasas,
ansiosa e febril, quero-te em rios,
em céus, em flores, sufocando o cego.

Varre a esperança! Desmorona as casas!
Mata a saudade dos silêncios frios!
Renego a paz! o amor! Sangro e renego!

(Alphonsus de Guimaraens Filho, *Sonetos da ausência* in *Água do tempo*, Rio de Janeiro, Nova Aguilar, Brasília, MEC/INL, 1976, p. 27.)

## Nascituro

Que direi eu ao nascituro?
Dar-lhe-ei um pouco do escuro
sentimento que vem da vida?
Ou direi antes da impressentida

estrela que existe no fundo
do mais amargo sofrimento?
Dar-lhe-ei um pouco do sentimento
escuro, de que é feito o mundo?

Ou direi antes da aflitiva
certeza — humílima certeza —
de que a maior, divina beleza,
não consola esta coisa viva,

esta pobre, inquieta argila,
que é o homem, com o seu destino?
Ou direi antes ao pequenino
que dorme na antecâmara tranqüila

palavras de uma primavera
que os deuses reservam para o que vem?
Que direi eu ao que está sem
pecado ou culpa, ao que não era

senão na minha esperança, e agora
claro e preciso se anuncia?
Dar-lhe-ei um pouco do meu dia
ou viverei de sua aurora?

(Alphonsus Guimaraens Filho, *O mito e o criador* in Água *do tempo*, Rio de Janeiro, Nova Aguilar, Brasília, MEC/INL, 1976, p. 84.)

## Dora Mariana Ribeiro Ferreira da Silva

Nasceu em Conchas, SP, em 01/07/1918. Poeta, ensaísta, tradutora, professora. Fundou, com o filósofo Vicente Ferreira da Silva, com quem foi casada, a Revista Diálogo (1955-1963) e, após a morte do marido, a Revista Cavalo Azul (1964). **Algumas obras**: *Andanças* (1970); *Uma via de ver as coisas* (1973); *Meninaseumundo* (1976); *Jardins/esconderijos* (1979); *Retratos da origem* (1988); *Poemas da estrangeira* (1995); *Tauler e Jung — o caminho para o centro* (1997); *Poemas em fuga* (1997).

### O cão

É ele e seu dono. Se não o chamam
definha em contraído
abandono.
Vive no afago no salto
na carícia em que se cumpre.
Tem nome.
Busca no outro
a razão do seu dia
sua língua quase fala
do amor
que o alucina.

Conhece a morte
se a inaudível se aproxima
do que — amando — guarda.

O plenilúnio o aborrece
pois nele cresce o mundo
e o gosto estranho
da distância.

(Dora Ferreira da Silva, *Meninaseumundo*, São Paulo, Massao Ohno, 1976, p. 35.)

## A criança

Começo do divino
perto do chão das coisas
infinita pois começas.

És perto de tudo
e mais além.
Recolhes o grão pequeno
semeadura e brinquedo.

Transitas. Mas persistes
na raiz.
És o que foi e o que será.
Habitas o Jardim.
E na tenda que freme páras
um momento
para prosseguir.

(Dora Ferreira da Silva, *Meninaseumundo*, São Paulo, Massao Ohno, 1976, p. 40.)

## Quando

II

No silêncio do coração contrito
tantas palavras que não foram ditas,
amores incompletos: tão aflitas
vagas não entendidas no seu grito.

E se consolo esse rebanho aflito
de sentimentos, coisas, eis que gritas
tu mesmo, coração, sem que permitas
a paz do que, incompleto, foi perdido.

E deste poema vivo e por escrito,
rolado em pedras duras, não reflitas
que consome o não dito, agora dito.

Continua a cantar. E não persistas
de coração calado no seu grito
e ao muro do silêncio enfim resistas.

(Dora Ferreira da Silva, *Uma via de ver as coisas*, São Paulo, Duas Cidades, 1973, p.78.)

## Clarice Lispector

Nasceu em Tchetchelnik, Ucrânia, na então URSS, em 10/12/1920 e morreu no Rio de Janeiro, RJ, em 9/12/1977. Diplomou-se em Direito. Romancista, contista, cronista. Utilizou em sua obra recursos narrativos como a análise psicológica, o monólogo interior etc. **Algumas obras**: *Perto do coração selvagem* (rom. 1944); *O lustre* (rom. 1946); *A cidade sitiada* (rom. 1949); *Laços de família* (cont.1960); *A maçã no escuro* (rom.1961); *A paixão segundo G.H.* (rom. 1964); *A legião estrangeira* (cont. e crôn. 1964); *Uma aprendizagem ou O livro dos prazeres* (rom. 1969).

### Uma galinha

Era uma galinha de domingo. Ainda viva porque não passava de nove horas da manhã.

Parecia calma. Desde sábado encolhera-se num canto da cozinha. Não olhava para ninguém, ninguém olhava para ela. Mesmo quando a escolheram, apalpando sua intimidade com indiferença, não souberam dizer se era gorda ou magra. Nunca se adivinharia nela um anseio.

Foi pois uma surpresa quando a viram abrir as asas de curto vôo, inchar o peito e, em dois ou três lances, alcançar a murada do terraço. Um instante ainda vacilou — o tempo da cozinheira dar um grito — e em breve estava no terraço do vizinho, de onde, em outro vôo desajeitado, alcançou um telhado. Lá ficou em adorno deslocado, hesitando ora num, ora noutro pé. A família foi chamada com urgência e consternada viu o almoço junto de uma chaminé. O dono da casa lembrando-se da dupla necessidade de fazer esporadicamente algum esporte e de almoçar vestiu radiante um calção de banho e resolveu seguir o itinerário da galinha: em pulos cautelosos alcançou o telhado onde esta hesitante e trêmula escolhia com urgência outro rumo. A perseguição tornou-se mais intensa. De telhado a telhado foi percorrido mais de um quarteirão da rua. Pouco afeita a uma luta mais selvagem pela vida a galinha tinha que decidir por si mesma os caminhos a tomar sem nenhum auxílio de sua raça. O rapaz, porém, era um caçador adormecido. E por mais ínfima que fosse a presa o grito de conquista havia soado.

Sozinha no mundo, sem pai nem mãe, ela corria, arfava, muda, concentrada. Às vezes, na fuga, pairava ofegante num beiral de telhado e enquanto o rapaz galgava outros com dificuldade tinha tempo de se refazer por um momento. E então parecia tão livre.

Estúpida, tímida e livre. Não vitoriosa como seria um galo em fuga. Que é que havia nas suas vísceras que fazia dela um ser? A galinha é um ser. É verdade que não se poderia contar com ela para nada. Nem ela própria contava consigo, como o galo crê na sua crista. Sua única vantagem é que havia tantas galinhas que morrendo uma surgiria no mesmo instante outra tão igual como se fora a mesma.

Afinal, numa das vezes em que parou para gozar sua fuga, o rapaz alcançou-a. Entre gritos e penas, ela foi presa. Em seguida carregada em triunfo por uma asa através das telhas e pousada no chão da cozinha com certa violência. Ainda tonta, sacudiu-se um pouco, em cacarejos roucos e indecisos.

Foi então que aconteceu. De pura afobação a galinha pôs um ovo. Surpreendida, exausta. Talvez fosse prematuro. Mas logo depois nascida que fora para a maternidade parecia uma velha mãe habituada. Sentou-se sobre o ovo e assim ficou respirando abotoando e desabotoando os olhos. Seu coração tão pequeno num prato solevava e abaixava as penas enchendo de tepidez aquilo que nunca passaria de um ovo. Só a menina estava perto e assistiu a tudo estarrecida. Mal porém conseguiu desvencilhar-se do acontecimento despregou-se do chão e saiu aos gritos:

— Mamãe, mamãe, não mate mais a galinha, ela pôs um ovo! ela quer o nosso bem!

Todos correram de novo à cozinha e rodearam mudos a jovem parturiente. Esquentando seu filho, esta não era nem suave nem arisca, nem alegre nem triste, não era nada, era uma galinha. O que não sugeria nenhum sentimento especial. O pai, a mãe e a filha olhavam já há algum tempo, sem propriamente um pensamento qualquer. Nunca ninguém acariciou uma cabeça de galinha. O pai afinal decidiu-se com certa brusquidão:

— Se você mandar matar esta galinha nunca mais comerei galinha na minha vida!

— Eu também! jurou a menina com ardor.

A mãe, cansada, deu de ombros.

Inconsciente da vida que lhe fora entregue, a galinha passou a morar com a família. A menina, de volta do colégio, jogava a pasta longe sem interromper a corrida para a cozinha. O pai de vez em quando ainda se lembrava: "E dizer que a obriguei a correr naquele estado!"A galinha tornara-se a rainha da casa. Todos, menos ela, o sabiam. Continuou entre a cozinha e o terraço dos fundos, usando suas duas capacidades: a de apatia e a do sobressalto.

Mas quando todos estavam quietos na casa e pareciam tê-la esquecido, enchia-se de uma pequena coragem, resquícios da grande fuga — e circulava pelo ladrilho, o corpo avançando atrás da cabeça, pausado como num campo, embora a pequena cabeça a traísse: mexendo-se rápida e vibrátil, com o velho susto de sua espécie já mecanizado.

Uma vez ou outra, sempre mais raramente, lembrava de novo a galinha que se recortara contra o ar à beira do telhado, prestes a anunciar. Nesses momentos enchia os pulmões com ar impuro da cozinha e, se fosse dado às fêmeas cantar, ela não cantaria mas ficaria muito mais contente. Embora nem nesses instantes a expressão de sua vazia cabeça se alterasse. Na fuga, no descanso, quando deu à luz ou bicando milho — era uma cabeça de galinha, a mesma que fora desenhada no começo dos séculos.

Até que um dia mataram-na, comeram-na e passaram-se anos.

(Clarice Lispector, *Laços de família*, 3. ed., Rio de Janeiro, Ed. do Autor, 1965, p. 26-9.)

## João Cabral de Melo Neto

Nasceu no Recife, PE, em 9/1/1920. Poeta, cronologicamente situado na chamada "geração de 45". Sua poesia caracteriza-se pela linguagem enxuta e pelas imagens visuais. Considerado o maior poeta vivo da literatura brasileira. **Algumas obras**: *Pedra do sono* (1942); *Os três mal-amados* (1943); *O engenheiro* (1945); *Psicologia da composição com a fábula de Anfion e Antiode* (1947); *O cão sem plumas* (1950); *Poemas reunidos* (1954); *Duas águas* (1956); *Quaderna* (1960); *Terceira feira* (1961); *Morte e vida severina* (1965); *A educação pela pedra* (1966); *Poesias completas — 1940-1965* (1968); *Museu de tudo* (1975); *Escola das facas* (1980); *Auto do frade* (1984); *Agrestes* (1985); *Poesia completa* (1986); *Museu de tudo e depois* (*Poesia completa II* 1988); *Primeiros poemas* (1990); *Sevilha andando* (1990); *Obra completa* (1995).

## Pequena ode mineral

Desordem na alma
que se atropela
sob esta carne
que transparece.

Desordem na alma
que de ti foge,
vaga fumaça
que se dispersa,

informe nuvem
que de ti cresce
e cuja face
nem reconheces.

Tua alma foge
como cabelos,
unhas, humores,
palavras ditas

que não se sabe
onde se perdem
e impregnam a terra
com sua morte.

Tua alma escapa
como este corpo
solto no tempo
que nada impede.

Procura a ordem
que vês na pedra:
nada se gasta
mas permanece.

Essa presença
que reconheces
não se devora
tudo em que cresce.

Nem mesmo cresce
pois permanece
fora do tempo
que não a mede,

pesado sólido
que ao fluido vence,
que sempre ao fundo
das coisas desce.

Procura a ordem
desse silêncio
que imóvel fala:
silêncio puro,

de pura espécie,
voz de silêncio,
mais do que a ausência
que as vozes ferem.

(João Cabral de Melo Neto, *O engenheiro* in *Obra completa*, 1. ed., 2. reimp., Rio de Janeiro, Nova Aguilar, 1995, p. 83-4.)

## Pregão turístico do Recife

A Otto Lara Resende

Aqui o mar é uma montanha
regular redonda e azul,
mais alta que os arrecifes
e os mangues rasos ao sul.

Do mar podeis extrair,
do mar deste litoral,
um fio de luz precisa,
matemática ou metal.

Na cidade propriamente
velhos sobrados esguios
apertam ombros calcários
de cada lado de um rio.

Com os sobrados podeis
aprender lição madura:
um certo equilíbrio leve,
na escrita, da arquitetura.

E neste rio indigente,
sangue-lama que circula
entre cimento e esclerose
com sua marcha quase nula,

e na gente que se estagna
nas mucosas deste rio,
morrendo de apodrecer
vidas inteiras a fio,

podeis aprender que o homem
é sempre a melhor medida.
Mais: que a medida do homem
não é a morte mas a vida.

(João Cabral de Melo Neto, *Paisagens com figuras* in *Obra completa*, 1. ed., 2. reimp., Rio de Janeiro, Nova Aguilar, 1995, p.147.)

## A educação pela pedra

Uma educação pela pedra: por lições;
para aprender da pedra, freqüentá-la;
captar sua voz inenfática, impessoal
(pela de dicção ela começa as aulas).
A lição de moral, sua resistência fria
ao que flui e a fluir, a ser maleada;
a de poética, sua carnadura concreta;
a de economia, seu adensar-se compacta:
lições da pedra (de fora para dentro,
cartilha muda), para quem soletrá-la.

*

Outra educação pela pedra: no Sertão
(de dentro para fora, e pré-didática).
No Sertão a pedra não sabe lecionar,

e se lecionasse não ensinaria nada;
lá não se aprende a pedra: lá a pedra,
uma pedra de nascença, entranha a alma.

(João Cabral de Melo Neto, *A educação pela pedra* in *Obra completa*, 1. ed., 2. reimp., Rio de Janeiro, Nova Aguilar, 1995, p. 338.)

## Tecendo a manhã

Um galo sozinho não tece uma manhã:
ele precisará sempre de outros galos.
De um que apanhe esse grito que ele
e o lance a outro; de um outro galo
que apanhe o grito que um galo antes
e o lance a outro; e de outros galos
que com muitos outros galos se cruzem
os fios de sol de seus gritos de galo,
para que a manhã, desde uma teia tênue,
se vá tecendo, entre todos os galos.

2

E se encorpando em tela, entre todos,
se erguendo tenda, onde entrem todos,
se entretendendo para todos, no toldo
(a manhã) que plana livre de armação.
A manhã, toldo de um tecido tão aéreo
que, tecido, se eleva por si: luz balão.

(João Cabral de Melo Neto, *A educação pela pedra* in *Obra completa*, 1. ed., 2. reimp., Rio de Janeiro, Nova Aguilar, 1995, p. 345.)

# Paulo Mendes Campos

Nasceu em Belo Horizonte, MG, em 28/2/1922 e morreu no Rio de Janeiro, RJ, em 1/7/1991. Poeta, cronista, pertenceu à "geração de 45". Sua produção final, esparsa em jornais, revela uma dramaticidade raras vezes alcançada em nossa lírica. **Algumas obras**: *O domingo azul do mar* (poes. 1958); *O cego de Ipanema* (crôn. 1960); *O cronista do morro* (crôn. 1962); *Homenzinho na ventania* (crôn. 1962); *O anjo bêbado* (crôn. 1969); *Poemas* (1979); *Crônicas escolhidas* (1981).

## Um domingo

Diante da Lagoa Rodrigo de Freitas, eu nada tinha a fazer, nem a pensar, nem a sofrer. Era domingo. Reconhecia as coisas. A cor da água, que parece olho baço, a cor da relva, a cor do eucalipto, a cor do firmamento, que era uma cor de líquido azul. Estava sentado com os olhos abertos, num banco de pedra. Se um pardal esvoaçava, virava o rosto para vê-lo e amá-lo melhor. Acompanhava a marcha comercial das formigas. Sorria às crianças que passavam com amas pretas vestidas de branco. Um peixe resvalou à flor da água: do céu baixou um raio de sol e feriu o dorso do animal; o reflexo veio em linha reta até meus olhos, e inventei, então, a teoria dos triângulos: há triângulos radiosos em todos os espaços. Sol, peixe, homem. Pois nunca ninguém está só diante duma coisa, existindo sempre a testemunha que, participando do nosso oaristo, completa o nosso diálogo. Tudo no mundo é trindade.

É bom que um homem, vez por outra deixe o litoral misterioso e grande, querendo contemplar uma lagoa. O mar, este é terrível e resiste à nossa sede com seu sal profundo. Sim, são belas as palavras do mar: hipocampo, sargaço, calmaria. Oceanus. No entanto, uma lagoa, muda e fechada, compreende as nossas pequeninas desventuras, o efêmero que nos fere. Nenhum poeta seria tonto a tal ponto de escrever ao lago uma epopéia, uma saga. Nele podemos esquecer apenas os nossos naufrágios.

Do lugar em que estava, o Cristo se erguia de perfil. As montanhas formam um alcantilado que os aviões de São Paulo cruzam com uma elegância moderna. Amo essas montanhas uma a uma, com exceção apenas do Morro do Cantagalo, cujo volume é desagradável e pesado.

O domingo se aquietara, quando passou zunindo um automóvel vermelho. O ar continha cubos translúcidos e dentro dele revoavam urubus. São as aves mais feias do céu mas têm um belo vôo alçado e tranqüilo.

Um pequeno barco a vela seguia o caminho invisível do vento. Depois, surgiram outros barcos, todos brancos e silenciosos. Acrescento que nada mais bonito existe do que um barco a vela. E havia também as casas dos pobres do outro lado, construções admiráveis, no ar. O milagre da pobreza é sempre o mais novo e o mais cálido de todos os milagres. Todas as palavras já foram ditas sobre a miséria mas a alma dos ricos é cheia de doenças.

O sol foi acabando. Levantei-me do banco e fui embora. Pensando: há domingos que cheiram a claustros brunidos pelo esforço dos noviços. Aquele, entretanto, tinha um perfume de outono.

(*Quadrante*, crônicas, Rio de Janeiro, Ed. do Autor, 1962, p. 95-7.)

## Otto de Oliveira **Lara Resende**

Nasceu em São João del Rei, MG, em 1/5/1922 e faleceu no Rio de Janeiro, RJ, em 28/12/1992. Cronista e ficcionista, adido cultural em Bruxelas e Lisboa. Sua prosa límpida o insere na linhagem dos machadianos. **Algumas obras**: *O lado humano* (cont. 1952); *Boca do Inferno* (cont. 1957); *O retrato na gaveta* (cont. 1962); *O braço direito* (rom. 1963); *As pompas do mundo* (cont. 1975); *O elo partido e outras histórias* (cont. 1992).

### Todos os homens são iguais

Viu João três vezes. João não a viu. No quarto encontro, achou jeito de lhe falar a sós.

— Você é um homem diferente — disse ela, debruçando-se sobre a máquina de escrever.

João, julgando ver-se, viu-a pela primeira vez: o nariz fremente, o cabelo vulgarmente castanho, toda a sua fisionomia reclamando a atenção que não lhe dera. Uma moça como tantas outras. João escutou-a com benevolência, depois com interesse.

— É uma questão de fluido, entende? Você não tomou conhecimento de minha presença, mas eu sei quem você é — ela sorriu de boca fechada, os lábios ansiosos filtrando um esforço de comunicação.

— Uma questão de fluido — disse João, vagamente.

— Por que é que você nunca me deu a menor bola? Sei que não sou bonita, mas me considero uma moça interessante. Não tem importância se você não acha. Quando vi você pela primeira vez, entendi tudo. Tudo! Sei direitinho o que você é.

— Então me diga, pitonisa — João interrompe-a, bem humorado.

Evidentemente, ela estava um pouquinho encabulada. Tinha o que lhe dizer, e não se animava, submissa ao pudor ou às conveniências.

— Sou um homem a quem tudo se pode dizer — João encorajou-a, satisfeito com a fórmula.

— Eu sei. Olhe: isto nunca me aconteceu.

Pausa. Suas mãos de dedos longos — mãos bonitas — estariam impacientes, enfáticas. E seus olhos naturalmente apagados eram agora expectantes e lisonjeadores.

— Diga. Não tenha medo — João animou-a.

Ela:

— Medo, eu? De você? Nunca. Não sei não, mas eu gostaria tanto! Bom, é melhor não falar. Você vai fazer mau juízo de mim.

De pé, João a observava com espanto. Evitou olhá-la nos olhos. Fixou-se nas mãos, que pediram um cigarro e, nervosas, o acenderam.

— Se quiser, faça mau juízo. Vou dizer. Digo? Digo, sim. Você é diferente de todos os homens que já vi, dos que me cortejam. Outro dia, sabe? Foi outro dia mesmo. Sonhei com você, não é engraçado?

— Freud explica isso — João perturbou-se.

— Pois é. No dia seguinte, botei um vestido novo — aquele amarelinho — para comemorar a minha felicidade. Preparei-me toda, e você não apareceu.

Ela baixou os olhos, amuada.

— Minha filha — disse João — cavalheirescamente —, eu não mereço. É muita honra para um pobre Marquês. — Depois, curioso: — Mas diferente como?

— Ora! Não é como os outros. Eu sinto — entende? — que não é. Seu jeito, seu olhar, tudo me diz. Pelo amor de Deus, não vá pensar que sou uma mulher leviana. Pode ser loucura minha, mas eu não agüentava mais, precisava lhe dizer essas coisas. Estavam aqui — e, erguendo a cabeça, apontou a garganta nua, o pescoço de tendões esticados. — Isso nunca me aconteceu. Pode pensar o que quiser de mim — tinha de dizer. Você jura que não vai contar a ninguém?

— Juro — João estendeu a mão sobre uma bíblia imaginária.

— Está jurado hem! Agora, você pode fazer de mim a mais infeliz de todas as mulheres. Está em suas mãos. Mas meu coração não se engana: você é diferente.

O contínuo entrou na sala carregando um monte de pastas para o arquivo. Ela recomeçou a bater à máquina. Dez minutos depois, sem mais nenhuma palavra, João retirou-se. Tinha que sair à rua, o dever o chamava. Discretamente, passou o pente no cabelo. João, o diferente. À porta do café, olhou-se no espelho com amizade e confiança. Saiu andando de passo firme. Uma brisa carinhosa atirou sua gravata para cima do ombro esquerdo. Deixou ficar e começou a assobiar uma ária improvisada, mas tão alegre que inundava toda a rua de felicidade.

Sentada diante da máquina de escrever, ela interrompeu o trabalho para escovar os cabelos vulgarmente castanhos. Molhou a ponta do dedo na língua e passou-o sobre as sobrancelhas depiladas. Interrogou-se ao espelhinho que trazia na gaveta: não se achou nem feia, nem bonita. Uma mulher, todavia interessante. Secretária de profissão; estado civil: solteira; idade: 27 anos. E à noite, trancada no quarto, chorava sem saber por quê. Uma mulher entre tantas: um pouco dentuça, os olhos superficiais e sem segredo. A cor da sua tez não a encorajava — e sobretudo a boca quase inexistente, devorada por uns lábios ávidos. A testa alta demais, pouco feminina.

Recomeçava a bater à máquina, quando entrou Pedro, que há quinze dias ela viu pela primeira vez, no escritório em que contratara o novo emprego. Pedro apanhou no armário algumas folhas de papel, deu com o olhar dela, não vago, mas cobiçoso.

— Então? — fez Pedro, que era extrovertido.

Ela empinou o busto, ajeitou a blusa na cintura, olhou-o bem nos olhos, animando-o a sentar-se na poltrona ao lado.

— Pedro — disse ela, com um leve toque de emoção na voz. — Posso dizer uma coisa? Sei que não devo dizer. Você vai fazer mau juízo de mim.

— Diga — pediu Pedro, alegremente.

— Você é um homem diferente — disse ela.

(Otto Lara Resende, *O elo partido e outras histórias,* São Paulo, Ática, 1992, p. 9-11.)

## Fernando Sabino

Nasceu em Belo Horizonte, MG, em 12/10/1923. Formado em Direito, exerceu função pública até 1957. Cronista, contista, romancista, jornalista. **Algumas obras**: *A cidade vazia* (crôn. 1950); *A vida real* (nov. 1952); *O encontro marcado* (rom. 1956); *O homem nu* (crôn./cont. 1960); *A inglesa deslumbrada* (crôn. 1967); *O grande mentecapto* (rom. 1979); *A falta que ela me faz* (cont./crôn. 1980); *Os melhores contos* (1987); *As melhores histórias* (1987); *As melhores crônicas* (1987).

### O homem nu

Ao acordar, disse para a mulher:

— Escuta, minha filha: hoje é dia de pagar a prestação da televisão, vem aí o sujeito com a conta, na certa. Mas acontece que ontem eu não trouxe dinheiro da cidade, estou a nenhum.

— Explique isso ao homem — ponderou a mulher.

— Não gosto dessas coisas. Dá um ar de vigarice, gosto de cumprir rigorosamente as minhas obrigações. Escuta: quando ele vier a gente fica quieto aqui dentro, não faz barulho, para ele pensar que não tem ninguém. Deixa ele bater até cansar — amanhã eu pago.

Pouco depois, tendo despido o pijama, dirigiu-se ao banheiro para tomar um banho, mas a mulher já se trancara lá dentro. Enquanto esperava, resolveu fazer um café. Pôs a água a ferver e abriu a porta de serviço para apanhar o pão. Como estivesse completamente nu, olhou com cautela para um lado e para outro antes de arriscar-se a dar dois passos até o embrulhinho deixado pelo padeiro sobre o mármore do parapeito. Ainda era muito cedo, não poderia aparecer ninguém. Mal seus dedos, porém, tocavam o pão, a porta atrás de si fechou-se com estrondo, impulsionada pelo vento.

Aterrorizado, precipitou-se até a campainha e, depois de tocá-la, ficou à espera, olhando ansiosamente ao redor. Ouviu lá dentro o ruído da água do chuveiro interromper-se de súbito, mas ninguém veio abrir. Na certa a mulher pensava que já era o sujeito da televisão. Bateu com o nó dos dedos:

— Maria! Abre aí, Maria. Sou eu — chamou, em voz baixa.

Quanto mais batia, mais silêncio fazia lá dentro.

Enquanto isso, ouvia lá embaixo a porta do elevador fechar-se, viu o ponteiro subir lentamente os andares... Desta vez, *era* o homem da televisão!

Não era. Refugiado no lanço de escada entre os andares, esperou que o elevador passasse, e voltou para a porta de seu apartamento, sempre a segurar nas mãos nervosas o embrulho de pão:

— Maria, por favor! Sou eu!

Desta vez não teve tempo de insistir: ouviu passos na escada, lentos, regulares, vindos lá de baixo... Tomado de pânico, olhou ao redor, fazendo uma pirueta, e assim despido, embrulho na mão, parecia executar um balé grotesco e mal ensaiado. Os passos na escada se aproximavam, e ele sem onde se esconder. Correu para o elevador, apertou o botão. Foi o tempo de abrir a porta e entrar, e a empregada passava, vagarosa, encetando a subida de mais um lanço de escada. Ele respirou aliviado, enxugando o suor da testa com o embrulho do pão. Mas eis que a porta interna do elevador se fecha e ele começa a descer.

— Ah, isso é que não! — fez o homem nu, sobressaltado.

E agora? Alguém lá embaixo abriria a porta do elevador e daria com ele ali, em pêlo, podia mesmo ser algum vizinho conhecido... Percebeu, desorientado, que estava sendo levado cada vez para mais longe de seu apartamento, começava a viver um verdadeiro pesadelo de Kafka, instaurava-se naquele momento o mais autêntico e desvairado Regime do Terror!

— Isso é que não — repetiu, furioso.

Agarrou-se à porta do elevador e abriu-a com força entre os andares, obrigando-o a parar. Respirou fundo, fechando os olhos, para ter a momentânea ilusão de que sonhava. Depois experimentou apertar o botão do seu andar. Lá embaixo continuavam a chamar o elevador. Antes de mais nada: "Emergência: parar". Muito bem. E agora? Iria subir ou descer? Com cautela desligou a parada de emergência, largou a porta, enquanto insistia em fazer o elevador subir. O elevador subiu.

— Maria! Abre esta porta! — gritava, desta vez esmurrando a porta, já sem nenhuma cautela. Ouviu que outra porta se abria atrás de si. Voltou-se, acuado, apoiando o traseiro no batente e tentando inutilmente cobrir-se com o embrulho de pão. Era a velha do apartamento vizinho:

— Bom dia, minha senhora — disse ele, confuso. — Imagine que eu...

A velha, estarrecida, atirou os braços para cima, soltou um grito:

— Valha-me Deus! O padeiro está nu!

E correu ao telefone para chamar a radiopatrulha:

— Tem um homem pelado aqui na porta!

Outros vizinhos, ouvindo a gritaria, vieram ver o que se passava:

— É um tarado!

— Olha, que horror!

— Não olha não! Já pra dentro, minha filha!

Maria, a esposa do infeliz, abriu finalmente a porta para ver o que era. Ele entrou como um foguete e vestiu-se precipitadamente, sem nem se lembrar do banho. Poucos minutos depois, restabelecida a calma lá fora, bateram na porta.

— Deve ser a polícia — disse ele, ainda ofegante, indo abrir.

Não era: era o cobrador da televisão.

(Fernando Sabino, *O homem nu*, 34.ed., Rio de Janeiro, Record, 1995, p. 65-8.)

## Osman da Costa Lins

Nasceu em Vitória de Santo Antão, PE, em 5/7/1924, e morreu em São Paulo, SP, em 8/7/1978. Romancista, ensaísta, diplomado em Ciências Econômicas, foi funcionário do Banco do Brasil e professor de Literatura Brasileira na então Faculdade de Ciências e Letras de Marília. Sempre demonstrou tendência para uma linguagem inovadora e complexa. **Algumas obras**: *Avalovara* (rom. 1955); *O fiel e a pedra* (rom.1961); *Lisbela e o prisioneiro* (teat. 1964); *O visitante* (rom. 1965); *Nove novena* (narr. 1966); *A rainha dos cárceres da Grécia* (1976).

### Conto barroco ou unidade tripartita (frag.)

Seu vestido é velho e suntuoso, de veludo, com desenhos a ouro sobre carmesim, pequenas cenas campestres e domésticas, universo alegre, movimentado, brilhante, envolvendo as negras ondulações do corpo. O sagüim, com a cintura numa fina corrente enferrujada, que ela mantém entre os dedos, olha-me atento por baixo da axila esquerda, as ressequidas mãos sobre as dançarinas que, em torno de uma árvore, pés no ar, tocam pandeiros e flautas, e sobre o caçador que dispara a balesta contra um pelicano em vôo.

— Conhece o homem?

— Que me acontece, se disser que não?

— Soube que você andou juntada com ele. Tiveram até um filho.

— Não quis ver o menino, o desgraçado. Nem uma vez.

Cabelos enroscados, olhos de amêndoa, pômulos redondos, narinas cavadas, beiços em arco, peitos de caracol. Por trás, na parede, gaiolas de pássaros, todos de perfil e em silêncio, canários, curió, graúna, casaca-de-couro, xexéu, papa-capim, sabiá, concriz, azulão, bigode, vários periquitos.

— Como é que posso reconhecê-lo? Ele e o primo são muito parecidos. Os dois se chamam José.

— O primo se chama José Pascásio. Ele, José Gervásio. Mas tem agora outro nome.

— Por que não quis ver o menino? Por que não se casou com você?

— Porque sou negra. Boa para me deitar com ele, mas não para ficar em pé.

— Importa-se que ele morra?

— Pra mim, era um descanso. Bem queria vê-lo numa cova.

— Então vai-me dizer onde ele mora.

Astuta e fina a expressão de seu rosto. Breve cicatriz, dividindo o queixo ao meio. Ponho sobre a mesa o pequeno maço de cédulas. O sagüim precipita-se, agarra-o, tenta morder as bordas do dinheiro.

— Conte.

— Vi quanto é. Tenho o olho bom, conto as notas de longe.

— Não adianta pedir mais.

— Sabe com quantos homens preciso me deitar pra receber metade disso aí? Cidade para cachorros!

O sagüim olhando-me de sobre o ombro esquerdo; de sobre o direito; de sobre a mesa. Os pêlos brancos em torno da cabeça, as patas de múmia, os olhinhos brilhantes e maldosos. A voz semelhante a pequenas mordidas. Salta para uma das gaiolas e todos os pássaros voejam espavoridos.

— Por que não se muda?

— Quero viver perto de quem o senhor sabe.

— Então ele mora na cidade.

— Não, mas vem aqui toda semana. É pior do que este o lugar onde vive.

— Onde?

— Só lhe dou a pista se disser por que vai assassiná-lo.

— Vou executá-lo. Ignoro o motivo. Cumpro ordens.

— Guarde seu dinheiro. Amanhã é dia de ele vir. Se me resolver, lhe mostro a caça.

/..../

(Osman Lins, *Nove novena*, São Paulo, Martins, 1966, p. 141-3.)

## Lêdo Ivo

Nasceu em Maceió, AL, em 18/2/1924. Poeta, romancista, ensaísta, cronista e contista. Formou-se em Direito. Um dos principais poetas da chamada "geração de 45". **Algumas obras**: *Linguagem* (poes. 1941); *As imaginações* (1944); *As alianças* (rom. 1947); *Ode ao crepúsculo* (1948); *Acontecimento do soneto* (poes. 1948); *Cântico* (poes. 1949); *Um brasileiro em Paris e O rei da Europa* (1955); *O preto no branco* (ens. 1955); *Magias,* (poes. 1960); *Use a passagem subterrânea* (cont. 1961); *Paraísos de papel* (ens. 1961); *Ladrão de flor* (ens. 1963); *Ninho de cobras* (rom. 1973); *O sinal semafórico* -contendo de *As imaginações* e a *Estação central* (1974)*; Teoria e celebração* (ens.1976); *O navio adormecido no bosque* (crôn. 1977); *Confissões de um poeta* (autobiogr. 1979); *A morte do Brasil* (rom. 1984); *Curral de peixe* (poes.1995).

### Apartamento térreo

Era um edifício de dezoito andares, e em cada andar havia oito apartamentos, quatro de frente e quatro atrás. Destes últimos, interessam à história apenas aqueles que, sendo de fundos, estavam situados na ala esquerda.

O térreo não contava, a não ser como vítima. Eram, pois, trinta e quatro apartamentos sem a área que coubera ao proprietário de uma das moradias de baixo, assentada no chão como se fosse casa mesmo, porém diferente, pois que seu telhado era a garupa de dezessete residências colocadas umas em cima das outras. E por serem tantas, o dono do apartamento térreo a todas culpava, ao ver que o sonho de sua vida se convertera num pesadelo.

Acontecia apenas que ele passara anos e anos juntando dinheiro na Caixa Econômica para comprar uma casa. E casa, na cidade de mais de dois milhões e quinhentos mil habitantes, era mais um eufemismo para designar apartamento. A fim de não comprometer de todo a estrutura de seu sonho de olhos abertos, ele preferiu um apartamento térreo, para ter direito à área dos fundos, que lhe desse a sensação de terra firme. E mesmo a observação alheia de que andar térreo é mais barato não o magoava; pouco lhe importava que seus olhos estacassem, carentes de horizonte, num muro que as chuvas iam amarelando. Se não havia as paisagens que acalmam os olhos, pelo menos existia a terra que estimula os pés. E isso era tudo para quem, sendo pobre, andara de bonde anos seguidos para ter onde cair morto, e ainda por cima comprara apartamento de planta, tudo no papel e pequenas entradas durante a construção, arriscando-se às concretizações do imaginário apenas porque, nele, a força de vontade possuía a resistência dos grandes metais.

Ora, com dois meses de vida nova ele chegou à conclusão de que a citada área não era uma fonte de delícias domésticas, onde reunisse mulher e filha, mas um motivo incessante de tormentos. Havia trinta e quatro apartamentos em sua ala esquerda e todos eles desrespeitavam o chão.

Nossa-amizade passou a tomar conhecimento do tempo e da vida através dos despojos que rolavam em seu quintal, e que nem sempre vinham intatos, muitos se espatifando numa nesga de cimento existente perto do tanque, que ele combinara bem amplo, para evitar a investida das lavadeiras, que cobram pelo branco das toalhas preços mais altos que o demônio pelas mortalhas dos grandes pecadores.

De manhã, cascas de banana caíam no quintal. Era a criançada de cima que estava comendo mingau. Meia hora depois, alguns jornais eram arremessados na área, e nem ao menos ele podia aproveitá-los, pois os matutinos vinham completamente amassados, prova de que o problema sucessório não fora ainda resolvido, e no papel linha-d'água se refletiam as inquietações dos eleitores. Quinze minutos depois, um vasinho de planta (essa ilusão de floresta que quase todos nós adotamos em nossas varandas) vinha espatifar-se perto do muro, suicidado pelo vento embravecido. Após o meio dia, garrafas de refrigerantes eram jogadas, num já escandaloso desrespeito pela vizinhança terráquea. De tardinha, a área era um espetáculo de convulsões. Basta dizer que no penúltimo andar morava um crítico literário muito exigente, desses que só concebem estreantes que sejam comparáveis a Shakespeare e que, quando um editor lhe falava no lançamento de um novo romancista nacional, perguntava logo: "É melhor do que Dostoievski?" Pois bem, esse homem jogava pela janela de seu apartamento quase todos os livros que recebia e farejava. Além de ser depósito de lixo, a área do nosso amigo estava arriscada a transformar-se ainda num simulacro de biblioteca.

A princípio, ele pediu ao porteiro o favor de solicitar dos demais condôminos que suspendessem a cotidiana remessa de despojos. O apelo não adiantou. Após o Natal, doze pinheirinhos ressequidos foram lançados na área, sem falar em lentejoulas, caixas de bombons estragados e brinquedos avariados. No carnaval, surgiram lança-perfumes vazios. E assim por diante.

Então ele teve o gesto que tocou tantos corações. Escreveu uma carta-circular, mandou-a mimeografar na cidade e, subindo pela escada a fortaleza de seus trinta e quatro inimigos, foi entregando sua mensagem de apartamento em apartamento. Na circular, ele contava sua vida existida, a luta por um apartamento térreo, e explicava principalmente que morava embaixo porque sua filha de nove anos precisava brincar em terra firme. Por que então havia tanta gente conjurada em evitar que a menina brincasse? Até uma sugestão ele fazia: o pessoal de cima poderia ver sua filha brincando, caso houvesse garantia de a pequena não ser atingida por um livro repelido pelo crítico impiedoso ou pela garrafa de um condômino acuado pela canícula.

Hoje, em todo o edifício, principalmente na ala esquerda dos fundos, só se fala na carta do homem, que alguns perderam de tanto emprestar, e outros não só guardaram mas até mandaram dela tirar cópias. E parece que os corações indiferentes ou empedernidos se comoveram, pois em todas as janelas há bustos inclinados e olhos ávidos à espera de que lá embaixo apareça, toda de branco vestida, a menina que finalmente vai reconquistar a sua área.

(Lêdo Ivo, *A cidade e os dias* in *O navio adormecido no bosque*, 2. ed., São Paulo, Duas Cidades, Brasília, MEC/INL, 1977, p. 171-3.)

## Soneto de abril

Agora que é abril, e o mar se ausenta,
secando-se em si mesmo como um pranto,
vejo que o amor que te dedico aumenta
seguindo a trilha de meu próprio espanto.

Em mim, o teu espírito apresenta
todas as sugestões de um doce encanto
que em minha fonte não se dessedenta
por não ser fonte d'água, mas de canto.

Agora que é abril, e vão morrer
as formosas canções dos outros meses,
assim te quero, mesmo que te escondas:

amar-te uma só vez todas as vezes
em que sou carne e gesto, e fenecer
como uma voz chamada pelas ondas.

(Lêdo Ivo, *O sinal semafórico* — contendo de *As imaginações* e a *Estação central* - Rio de Janeiro, J. Olympio, 1974, p. 64.)

## Valdomiro Freitas **Autran Dourado**

Nasceu em Patos de Minas, MG, em 18/1/1926. Diplomado em Direito.Tido por um dos mais conscientes inovadores da técnica do romance. **Algumas obras**: *Teia* (1947); *Sombra e exílio* (1950); *Tempo de amar* (1952); *Nove histórias em grupos de três* (cont. 1957); *A barca dos homens* (1961); *Uma vida em segredo* (1964); *Ópera dos mortos* (1967); *O risco do bordado* (1970); *Solidão, solitude* (1972); *Os sinos da agonia* (1974); *Uma poética de romance: matéria de carpintaria* (ens. 1976); *Armas e corações* (cont. 1978); *Novelas de aprendizado* (1980); *As imaginações pecaminosas* (1981); *O meu mestre imaginário* (ens. 1982); *A serviço del-rei* (1984); *Lucas Procópio* (1984); *Violetas e corações* (cont. 1987); *Um artista aprendiz* (1989); *Monte da Alegria* (1990); *Um cavalheiro de antigamente* (1992); *Ópera dos fantoches* (1994); *Vida, paixão e morte do herói* (1995); *Confissões de Narciso* (1997).

### *Ópera dos mortos*

1 — O sobrado (frag.)

/..../

No tempo de Lucas Procópio a casa era de um só pavimento, ao jeito dele; pesada, amarrada ao chão, com as suas quatro janelas, no meio a porta grossa, rústica, alta. Como o coronel Honório Cota, seu filho, acrescentou a fortuna do pai, aumentou-lhe a fazenda, mudou-lhe o nome para Fazenda da Pedra Menina — homem sem a rudeza do pai, mais civilizado, vamos dizer assim, cuidando muito da sua aparência, do seu porte de senhor, do seu orgulho — assim fez ele com a casa; assobradou-a, pôs todo gosto no segundo pavimento. Se as vergas das janelas de baixo eram retas e pesadas, denunciando talvez o caráter duro, agreste, soturno, do velho Lucas Procópio, as das janelas de cima, sobrepostas nos vãos de baixo, eram adoçadas por uma leve curva, coroadas e enriquecidas de cornijas delicadas que acompanhavam a ondulação das vergas.

Quando o mestre que o coronel Honório Cota mandou buscar de muito longe, só para remodelar a sua casa, disse quem sabe não é melhor a gente trocar as vergas das janelas de baixo, a gente dá a mesma curva que o senhor quer dar nas de cima, já vi muitas assim em Ouro Preto e São João, ele trancou a cara. Ora, já se viu, mudar, pensou. Não quero mudar tudo, disse. Não derrubo obra de meu pai. O que eu quero é juntar o meu com o de meu pai. Eu sou ele agora, no sangue, por dentro. A casa tem de ser assim, eu quero. Eu mais ele. E como o homem ficasse meio atarantado sem entender direito aquela argamassa estranha de gente e casa, vindo de outras bandas, o coronel puxou fundo um pigarro e disse o senhor não entende do seu ofício? Pois faça como lhe digo, assunte, bota a cabeça pra funcionar e cuide do risco. Se ficar bom eu aprovo. O homem quis dizer alguma coisa, ponderar, falar sobre os usos, mas o coronel foi perempto. E olhe, moço, disse ele, eu não quero um sobrado que fique assim feito uma casa em riba da outra. Eu quero uma casa só, inteira, eu e ele juntos pra sempre. O mestre viu aquele olho rútilo, parado, viu que o coronel já não falava mais com ele mas para alguém muito longe ou para as bandas do ninguém. Picou a mula, se foi para o seu serviço.

/..../

(...) Melhor mesmo deixar as vergas como estavam. Quem sabe ele não concorda em botar uma cornija encimando a porta, pra dar mais nobreza? Ah, disto ele vai gostar. A porta eu ponho uma de duas folhas, bem trabalhada, almofadas pra lá de grandes, ele não vai querer ficar com aquela caindo aos pedaços, mais semelhando porta de curral, salvo seja, ainda bem que ele não está me ouvindo. Ele não quer derrubar é as vergas.

/..../

(Autran Dourado, *Ópera dos mortos*, 9. ed., Rio de Janeiro, Record, 1985, p. 3-5.)

## José Paulo Paes

Nasceu em Taquaritinga, SP, em 22/7/1926. Poeta, tradutor, crítico. Iniciou-se na "geração de 45", mas dela separou-se pela prática do verso conciso e do humor. **Algumas obras**: *O aluno* (1947); *Poemas reunidos* (1958); *Os poetas* (ens. 1961); *Anatomias* (1967); *Pavão parlenda paraíso* (ens. 1977); *É isso ali* (poes. inf. juv. 1984); *Um por todos* (*poesia reunida 1947-1986*, 1986); *A poesia está morta mas juro que não fui eu* (1988); *Olha o bicho* (poes. inf. juv. 1989); *Prosas seguidas de odes mínimas* (1992); *Transleituras* (ens. 1995); *Os perigos da poesia* (ens. 1997).

## Canção sensata

Dora, que importa
O juiz que escreve
Exemplos na areia,
Se livres seguimos
O rastro dos faunos,
A voz das sereias?

Dora, que importa
A herança do avô
Sob a pedra, nua,
Se do ar colhemos
Moedas de sol,
Guirlandas de lua?

Dora, que importa
Esse frágil muro
Que defende os cautos,
Se além do pequeno
Há horizontes loucos,
De que somos arautos?

De maior beleza
É, pois, nada prever
E à fina incerteza
De amor ou viagem
Abrir nossa porta.
Dora, isso importa.

(José Paulo Paes, *Um por todos,* São Paulo, Brasiliense, 1986, p. 193-4.)

## Como armar um presépio

pegar uma paisagem qualquer

cortar todas as árvores e transformá-las em papel de imprensa

enviar para o matadouro mais próximo todos os animais

retirar da terra o petróleo ferro urânio que possa
eventualmente conter e fabricar carros tanques aviões
mísseis nucleares cujos morticínios hão de ser noti-
ciados com destaque

despejar os detritos industriais nos rios e lagos
exterminar com herbicida ou napalm os últimos traços
de vegetação

evacuar a população sobrevivente para as fábricas e
cortiços da cidade

depois de reduzir assim a paisagem à medida do
homem
erguer um estábulo com restos de madeira cobri-lo de
chapas enferrujadas e esperar

esperar que algum boi doente algum burro fugido
algum carneiro sem dono venha nele esconder-se

esperar que venha ajoelhar-se diante dele algum velho
pastor que ainda acredite no milagre

esperar esperar

quem sabe um dia não nasce ali uma criança e a vida
recomeça?

(José Paulo Paes, *Um por todos*, São Paulo, Brasiliense, 1986, p. 41-2.)

## A casa

Vendam logo esta casa, ela está cheia de fantasmas.

Na livraria, há um avô que faz cartões de boas-festas com
corações de purpurina.
Na tipografia, um tio que imprime avisos fúnebres e pro-
gramas de circo.
Na sala de visitas, um pai que lê romances policiais até o
fim dos tempos.
No quarto, uma mãe que está sempre parindo a última
filha.

Na sala de jantar, uma tia que lustra cuidadosamente o seu
próprio caixão.
Na copa, uma prima que passa a ferro todas as mortalhas
da família.
Na cozinha, uma avó que conta noite e dia histórias do
outro mundo.
No quintal, um preto velho que morreu na Guerra do Paraguai rachando lenha.
E no telhado um menino medroso que espia todos eles;
só que está vivo: trouxe-o até ali o pássaro dos sonhos.
Deixem o menino dormir, mas vendam a casa, vendam-na depressa.

Antes que ele acorde e se descubra também morto.

(José Paulo Paes, *Prosas seguidas de odes mínimas*, São Paulo, Cia. das Letras, 1992, p. 33.)

## Lólio L. de Oliveira

Nasceu em São Paulo, SP, em 19/11/1926. Contista, cronista, novelista, tradutor, pesquisador, formado em Ciências Sociais. **Algumas obras**: *Poemas* (1950); *Fábrica de tâmaras* (poes. 1953); *Exumação* (poes. 1981); *Jogo de sombras* (cont. 1978); *Chapeuzinho Vermelho, estória e desistória* (nov. 1983).

### A bandeira (frag.)

Não se morre de uma vez por todas... Morto para cada um deles, vou vivendo ainda um fiapo cada vez mais esgarçado, porém duradouro, de percepção e consciência alertas. Sinto um frio crescente que me vai tomando de fora para dentro, apesar do sol da tarde de verão que entra pela bandeira da porta. Algumas partes do corpo já não distingo existir, mas entre as pálpebras mal fechadas pelo dedo trêmulo de minha velha mãe vejo perfeitamente o ambiente estranho do velório.

— Vai em paz, meu velho. — A voz grave do Angelino soa bem perto de meu ouvido direito e vejo a sombra de sua mão que me pousa na testa, como para verificar por si mesmo que minha pele está fria, assegurar-se da minha morte. Fica em paz, Angelino, livre de nossos pegas brabos no pôquer das sextas-feiras e das nossas discussões intermináveis sobre qualquer coisa. O que vai fazer falta é a pescaria improdutiva no tancão do Mogi: a vara tensa espetada na margem e a conversa mole correndo solta, reminiscências inacabáveis, braços sob a nuca, o sol coando suave pela galharia da mangueira ou do chorão, o chrchrchrchr da água esbarrando nas beiradas da margem, aquela rara sensação de tempo sem medida. Ele retira a mão, abana-a de leve tocando uma mosca e se afasta rumo à parede do relógio. Quatro e quinze. A mesma hora do café da tarde dos tempos de menino, suado das correrias pelos misteriosos recantos da chácara, tão enorme naquele tempo, o lambuzo do pão com manteiga. Angelino enxuga os olhos: pena ele estar vivo, meu estranho pensamento.

Desvio os olhos dele, fito o teto, onde o mapa de Pernambuco continua, entre o fio do lustre e a parede do alpendre, velha mancha de umidade que vem do tempo em que fazia lição sobre esta mesma mesa em que estou agora, e passava longo tempo roendo o lápis, olhando para cima, sonhando além das praias e do sertão de Pernambuco.

/..../

A veneziana fechada prende uma penumbra verde em torno do cheiro de velas, que o sol que vem do alpendre não consegue quebrar, embora iluminando. Os murmúrios dos vários grupos formam um zunido grave e acolchoado. Alguém, aqui atrás de mim, comenta a ausência de minha mulher, com muita falta de caridade como diria tia Joaquina. Corro os olhos em torno, não a vejo, sua firme vontade, quando se foi da última vez disse que era definitivo, eu não a veria mais, nem morto. Certamente não virá. — "Eu também não viria, se fosse ela, depois de tudo que ele aprontou." — "Mas é verdade aquilo de ele levar a putinha para casa, com ela lá?" — "Foi mesmo: ainda mandou ela fazer café e vir tomar junto!" — As boas comadres de velório, a lágrima certa, a palavra justa de consolo, o tapinha nas costas dos parentes, e a maldade embaixo da língua. Além de que a história do tal café das três não foi bem assim, mas com quem é que eu discutiria agora o caso, para dar a versão correta? Para minha mãe eu expliquei, ela entendeu muito bem, e basta.

/..../

Entra e sai gente da sala, agrupam-se e separam-se, suas vozes discretas oscilam do silêncio à zoeira. Triste e inútil demora para eles, o velório: para mim, o tempo indispensável para morrer inteiramente, perder todo contato com as coisas e as pessoas, tornar-me o nada corporificado que eles depositarão de novo no pó, para que tudo recomece. Já é muito pouco de mim que eu sinto, as coisas vão findando: há uma sabedoria intuitiva na definição dos horários de enterro. Olho para o lado de Angelino, são pouco mais de dez para as cinco. Meu irmão, sempre frio e eficiente, já está apoiando à mesa a tampa do caixão. Percebi pela sombra alta que encobriu a luz do sol que vem do alpendre e pelo ruído das ferragens.

Nesse momento, alguém fala com ele, distingo mal os pedaços de frase "... um grupo deles... eles querem... melhor você falar...", a zoeira se amansa num silêncio tenso e percebo o vulto de meu irmão que se afasta para o alpendre. Pouco depois, vários vultos entram, sombreando a luminosidade que vem da porta, ouço o ranger de seus sapatos com terra sobre o soalho. Quando se põem em meia lua aos meus pés, mais para a direita, é que reconheço o Bimbo, o Gildo, o Carlinhos, o Marivaldo, o Romão, enquanto outros se perdem na penumbra do fundo da sala. Falam ainda com meu irmão que ouve calado e afinal acena que sim.

/..../

(Lólio L. de Oliveira, *Jogo de sombras,* São Paulo, Vanguarda, 1978, p. 23-7.)

## Ariano Vilar Suassuna

Nasceu em João Pessoa, PB, em 16/6/1927. Formado em Direito. Quase toda sua obra é dedicada ao teatro, com temática nordestina, e "constitui uma poderosa unidade em si mesmo, e em relação à vida nordestina. Cria a expressão dramática brasileira continuadora da tradição religioso-popular dos países de origem latina." *(Pequeno Dicionário de Literatura Brasileira,* Cultrix, 1967). **Algumas obras**: *Uma mulher vestida de sol* (1947); *O auto da compadecida* (1955); *O santo e a porca* (1957); *O homem da vaca e o poder da fortuna* (1958); *A pena e a lei* (1959); *Farsa da boa preguiça* (1960); *A caseira e a Catarina* (1962); *A pedra do reino* (rom. 1971); *História do rei degolado nas caatingas do sertão/Ao sol da onça Caetana* (1976).

### *Auto da compadecida* (frag.)

/..../

MULHER - Que é que vocês estão combinando aí?
JOÃO GRILO - Estou aqui dizendo que, se é desse jeito, vai ser difícil cumprir o testamento do cachorro, na parte do dinheiro que ele deixou para o padre e para o sacristão.
SACRISTÃO - Que é isso? Que é isso? Cachorro com testamento?
JOÃO GRILO - Esse era um cachorro inteligente. Antes de morrer, olhava para a torre da igreja toda vez que o sino batia. Nesses últimos tem-

pos, já doente para morrer, botava uns olhos bem compridos para os lados daqui, latindo na maior tristeza. Até que meu patrão entendeu, com a minha patroa, é claro, que ele queria ser abençoado pelo padre e morrer como cristão. Mas nem assim ele sossegou. Foi preciso que o patrão prometesse que vinha encomendar a bênção e que, no caso de ele morrer, teria um enterro em latim. Que em troca do enterro acrescentaria no testamento dele dez contos de réis para o padre e três para o sacristão.
SACRISTÃO - *(enxugando uma lágrima)* Que animal inteligente! Que sentimento nobre! *(Calculista.)* E o testamento? Onde está?
JOÃO GRILO - Foi passado em cartório, é coisa garantida. Isto é, era coisa garantida, porque agora o padre vai deixar os urubus comerem o cachorrinho e, se o testamento for cumprido nessas condições, nem meu patrão nem minha patroa estão livres de serem perseguidos pela alma.
CHICÓ - *(escandalizado)* Pela alma?
JOÃO GRILO - Alma não digo, porque acho que não existe alma de cachorro, mas assombração de cachorro existe e é uma das mais perigosas. E ninguém quer se arriscar assim a desrespeitar a vontade do morto.
MULHER - *(duas vezes)* Ai, ai, ai, ai, ai!
JOÃO GRILO E CHICÓ - *(mesma cena)* SACRISTÃO - *(cortante)* Que é isso, que é isso? Não há motivo para essas lamentações. Deixem tudo comigo. *(Entra apressadamente na igreja.)*
PADEIRO - Assombração de cachorro? Que história é essa?
JOÃO GRILO - Que história é essa? Que história é essa é que o cachorro vai se enterrar e é em latim.
PADEIRO - Pode ser que se enterre, mas em assombração de cachorro eu nunca ouvi falar.
CHICÓ - Mas existe. Eu mesmo já encontrei uma.
PADEIRO - *(temeroso)* Quando? Onde?
CHICÓ - Na passagem do riacho de Cosme Pinto.
PADEIRO - Tinham me dito que o lugar era assombrado, mas nunca pensei que se tratasse de assombração de cachorro.
CHICÓ - Se o lugar é assombrado, não sei. O que eu sei é que eu ia atravessando o sangrador do açude e me caiu do bolso nágua uma prata de dez tostões. Eu ia com meu cachorro e já estava dando a prata por perdida, quando vi que ele estava assim como quem está cochichando com outro. De repente o cachorro mergulhou, e trouxe o dinheiro, mas quando fui verificar só encontrei dois cruzados.
PADEIRO - Oi! E essas almas de lá têm dinheiro trocado?
CHICÓ - Não sei, só sei que foi assim.

*(O sacristão e o padre saem da igreja.)*
SACRISTÃO - Mas eu não já disse que fica tudo por minha conta?
PADRE - Por sua conta como, se o vigário sou eu?
SACRISTÃO - O vigário é o senhor, mas quem sabe quanto vale o testamento sou eu.
PADRE - Hem? O testamento?
SACRISTÃO - Sim, o testamento.
PADRE - Mas que testamento é esse?
SACRISTÃO - O testamento do cachorro.
PADRE - E ele deixou testamento?
PADEIRO - Só para o vigário deixou dez contos.
PADRE - Que cachorro inteligente! Que sentimento nobre!
JOÃO GRILO - E um cachorro desse ser comido pelos urubus! É a maior das injustiças.
PADRE - Comido, ele? De jeito nenhum. Um cachorro desse não pode ser comido pelos urubus.

/..../

(Ariano Suassuna, *Auto da compadecida,* 18. ed., Rio de Janeiro, AGIR, 1982, p. 63-8.)

## Décio Pignatari

Nasceu em Jundiaí, SP, em 20/8/1927. Poeta, ensaísta, teórico da comunicação. Juntamente com Augusto de Campos e Haroldo de Campos criou o grupo de poesia concreta. **Algumas obras:** *O carrossel* (poes. 1950); *Informação linguagem e comunicação* (ens. 1968); *Poesia pois é poesia* (1977).

**hombre** **hombre** **hombre**
**hambre** **hembra**
**hambre**
**hembra** **hembra** **hambre**

(Décio Pignatari, *Poesia Pois É Poesia 1950 · 1975 - Poetc 1976 · 1986,* São Paulo, Brasiliense, 1986, s. p.)

**beba coca cola**
**babe cola**
**beba coca**
**babe cola caco**
**caco**
**cola**
**cloaca**

(Décio Pignatari, *Poesia Pois É Poesia 1950 · 1975 - Poetc 1976 · 1986*, São Paulo, Brasiliense, 1986, s. p.)

## Haroldo Lima Maranhão

Nasceu em Belém, PA, em 7/8/1927. Romancista, contista, cronista. **Algumas obras**: *A estranha xícara* (crôn. e hist. curtas 1968); *O chapéu de três bicos* (cont. 1975); *Vôo de galinha* (cont 1978); *A morte de Haroldo Maranhão* (nov. 1981); *O tetraneto del-rei* (rom. 1982); *As peles frias* (cont. 1982); *Os anões* (rom. 1983); *A porta mágica* (rom. 1983); *Dicionarinho maluco* (inf. juv. 1984); *A árvore é uma vaca* (inf. juv. 1986); *Rio de raivas* (rom. 1987); *Cabelos no coração* (rom. 1990); *Memorial do fim — a morte de Machado de Assis* (rom. 1991).

### *Memorial do fim*

*(A morte de Machado de Assis)*

### Capítulo XXV
Carta de cego

A romancista enormemente deslumbrada de si não parava minuto: e enquanto se apurava se Dr. Lúcio a receberia, já ela volteava o *chalet*, contava portas, considerava janelas, avaliava árvores e diagnosticava as roupas no varal dos fundos, se seriam curtos ou largos os dinheiros da família. Agarrei-a de novo pela barra da saia e repu-la à frente da porta, aonde chegava a paciente senhora da chácara:

— Senhora, Dr. Lúcio é um doce homem. Um puro. Não sei se sabem, a senhora e ele mesmo, que está malíssimo de saúde. Um fio fraco o ata à vida, minha senhora. E está cego. Ouviu? Cego. Além do que amarga, hoje, uma senhora enxaqueca. Pois o santo padroeiro desta chácara manda dizer-lhe que a recebe.

Logo a Nolasco rumava para o aposento do santo, sacudidamente, com o fogacho literário nas pernas. A outra seguia-lhe à frente.

— Meu Mi-nis-tro! Mas o se-nhor! Fazendo das suas, hem! Preocupando os amigos!

Quatro exclamações valem por uma declaração de amor; ou por um testemunho de amizade, de anos; ou por vaguezas louvaminheiras.

O cego falou no rumo da voz que tantíssimo o afligia, como se uma araponga lhe houvesse entrado pela janela, uma araponga douda, a martelar-lhe o crânio inflamado de dores. À falta de um sentido, os demais aguçam-se; os olhos perderam a luz, mas os ouvidos ganhavam acuidade. Um cochicho passa a ser um grito; um grito, uma corneta de regimento; uma corneta, uma salva de canhão. Preferia morrer.

— Sim, estou muito doente. Fale, senhora...

— Nolasco. Conhece meu irmão. O poeta Nolasco Netto.

— Sei, o poeta.

— Pois é em nome dele que venho à sua presença pedir-lhe um favor. Uma apresentação. Ao seu grande amigo Conselheiro Ayres.

— O pobre Ayres! Está pior que eu.

— Mas o senhor está ótimo, Dr. Lúcio! Que desânimo é esse? Ótimo. Uma dorzinha de cabeça, que daqui a um quarto d'hora já sumiu.

Dr. Lúcio de Mendonça não pôde calcar um gemido. Deus! É o demônio nesta casa, no meu quarto; é ele.

— Senhora, eu morro na Tijuca e ele fina no Cosme Velho. Somos dois defuntos.

— Epa, Dr. Lúcio! Que tolicezinha é essa? Olhe, na próxima semana venho buscá-lo para um passeio a Petrópolis, viu? Está um menino, Dr. Lúcio. Um menino. Só essa dorzinha de cabeça. Uma dorzinha. Então? Um cartão. Umas linhas.

— Que deseja do Ayres?

— Mistério. Um segredo. Não lhe digo. Bem. Vou lhe dizer. O senhor merece. É amigo dele e amigo do meu irmão. Sabe? Escrevi um romance. E preciso de um prefácio. Dele. Ouviu? Não vá espalhar, hem! Segredinho entre quatro pessoas: meu irmão, eu, o Conselheiro Ayres e o senhor. Vamos. Um cartão. Pouquíssimas linhas.

Dr. Lúcio olhou na direção de onde imaginaria estar a outra da casa; suplicava-lhe com os olhos extintos que o acudisse. Ela se havia retirado, não pôde socorrê-lo.

— A última carta que ainda pude escrever foi mês passado e justamente para o Ayres. Como vê, ceguei. Não posso atendê-la. Creio que me escusará.

— Ministro: o senhor dita-me a carta. E eu mesma a escrevo.

Não havia fugir.

"Egrégio Mestre e Amigo.

D. Perpétua Penha Nolasco, digna irmã do nosso amigo Clemente Nolasco Netto, quer ser-lhe apresentada e que seja eu quem a acompanhe à presença do Mestre, para submeter-lhe um romance de sua lavra. Tenho nisso imenso prazer e honra, com a certeza de proporcionar-lhe verdadeiro encanto.

Seu discípulo e amigo

Lúcio de Mendonça."

Mal embolsou o papel, a romancista graciosamente despediu-se:

— Obrigadinha, obrigadinha. Faça-nos o favor de espantar essas idéias fúnebres! O melhor remédio do doente é acreditar na cura. É meio caminho andado para o nosso passeiozinho a Petrópolis. Pensa que esqueci?

(Haroldo Maranhão, *Memorial do Fim (a morte de Machado de Assis)*, São Paulo, Marco Zero, 1991, p. 87-9.)

## Ricardo de Medeiros Ramos

Nasceu em Palmeira dos Índios, AL, em 4/1/1929 e morreu em São Paulo, SP, em 20/3/1992. Romancista, contista, publicitário. Filho de Graciliano Ramos. **Algumas obras**: *Tempo de espera* (cont. 1954); *Terno de reis* (cont. 1957); *Os caminhantes de Santa Luzia* (nov. 1959); *Os desertos* (cont. 1961; *Rua desfeita* (cont. 1963); *Memória de setembro* (rom. 1968); *Matar um homem* (cont. 1970); *Circuito fechado* (cont. 1972); *As fúrias invisíveis* (rom. 1974); *Contos escolhidos* (1976); *Toada para surdos* (cont. 1978); *Os inventores estão vivos* (cont. 1980); *10 contos escolhidos* (1983); *Graciliano: retrato fragmentado* (mem. 1992).

### Alegremente, no inverno (frag.)

Veja como o frio muda a cidade. Ela se movimenta, enrolada e brusca, nesse passo que vai incerto pelas calçadas. Os automóveis ficam nervosos, rodam fechados e buzinando. Os vendedores de bilhetes, as lojas de discos, os apitos dos guardas, tudo grita mais alto no ar leve. É uma alegria.

Olhe as cores. Os rostos brancos ou vermelhos, os prédios cinzentos e o céu também, as árvores que diminuem, só galhos, riscando traços por cima dos gramados verdes. As folhas caídas formam um tapete com vários tons de castanho. É feito uma pintura, derramada e trêmula.

Então quando chove, a beleza aumenta. Os transeuntes se apressam, molhados se abalroam e pedem desculpas, cegos de tanta euforia. Os carros e edifícios parecem novos porque lavados. Por toda parte as cores se avivam, a água lustrando e fazendo renascer. Mais do que a chuva só mesmo a garoa, que nos envolve com a sua nuvem fina e condensada, esse véu gotejante. O inverno é uma quadra linda, branda, saudável.

Porque no frio as pessoas melhoram. Repare como elas se tornam generosas, passam de repente a pensar nos outros. Em frente às igrejas se armam palanques, cruzados por faixas: não deixe um pobre morrer. Os cantores fazem campanhas pela televisão. E se oferecem cobertores, agasalhos, diversas lãs. Os abrigos ficam mais aquecidos, os seus velhinhos sorriem e arrastam os pés nas varandas. Até nem parece que eles continuam desamparados.

Também as esmolas crescem de valor. Todos reconhecem mais o trabalho dos pedintes, cujas vozes tiritam mais profissionais, cujas crianças verdadeiras ou de empréstimos se fazem mais roxinhas. Há um grande acréscimo de solidariedade, fria e gostosa como a própria estação.

É um tempo de festa na cidade, sabemos. Uns mais, outros menos, que a sensibilidade para essas coisas não se distribui por igual. Existem os que se fecham em casa lendo um livro, buscando o calor, e perdem o nosso maior espetáculo urbano. Felizmente os outros saem, ganham as ruas e o seu clima acolhedor. A estes pertence a alegria do inverno.

/..../

Depois de tantos quarteirões, afinal descem esta ladeira e entram no terreno baldio. Fica por baixo do viaduto, é quase um prolongamento do vão entre duas pilastras de cimento, com o chão batido e o monte de entulho. Eles tomam conta do lugar.

Espoleta junta gravetos e jornais velhos, Xingu acende a fogueira, Alcobaça abre as garrafas de vinho. Cada um bebe a sua pelo gargalo, lentamente, aproveitando o frio, o fogo, o amigável convívio. Até que o vinho acabou e só faltava dormir. Largam-se no chão, pegam no sono respirando o ar puro, orvalhado.

Lá para as tantas, Espoleta se acorda, levanta e se afasta para fazer uma necessidade. Na volta, mesmo com a fogueira apagada, vê que Xingu embarcou. Apagado, embiocado. Espoleta sacode Alcobaça, os dois vêm olhar o outro. Pobre de Xingu, morrer assim, depois de uma noite tão boa.

E vão-se embora. Vão abraçados, de andar ligeiro. Espoleta começa a rir, a troco de nada, só porque está vivo. Alcobaça abre a cantar, furando a garoa com sua voz alegre.

(Ricardo Ramos, *Circuito fechado*, 2. ed., Rio de Janeiro, Record, 1978, p. 26-8.)

## Haroldo Eurico Browne de Campos

Nasceu em São Paulo, SP, em 19/8/1929. Poeta, um dos criadores do movimento concretista brasileiro juntamente com Augusto de Campos, seu irmão, e Décio Pignatari. Lecionou Estética Literária nos Estados Unidos, e é também tradutor. **Algumas obras**: *Auto do possesso* (1949); *Teoria da poesia concreta (crít.* 1965, com Augusto de Campos e Décio Pignatari); *Metalinguagem* (1970); *A arte no horizonte do provável* (1970); *Mallarmé* (1975 com Augusto de Campos e Décio Pignatari); *Galáxias, educação dos cinco sentidos* (1985).

**branco branco branco branco**

**vermelho**

**estanco vermelho**

**espelho vermelho**

**estanco branco**

(Augusto de Campos, Décio Pignatari, Haroldo de Campos, *Teoria da poesia concreta*, São Paulo, Duas Cidades, 1975, p. 123.)

**se**
**nasce**
**morre nasce**
**morre nasce morre**
**renasce remorre renasce**
**remorre renasce**
**remorre**
**re**

**re**
**desnasce**
**desmorre desnasce**
**desmorre desnasce desmorre**
**nascemorrenasce**
**morrenasce**
**morre**
**se**

(Haroldo de Campos, *Os melhores poemas*, Rio de Janeiro, Global, 1992, p. 49.)

## Carlos Souto Pena Filho

Nasceu no Recife, PE, em 17/5/1930 onde morreu em 1/7/1960, num acidente de carro. Poesia de cunho social. **Algumas obras**: *O tempo da busca* (1952); *As memórias do boi Serapião* (1956); *Livro geral* (1959).

### A solidão e sua porta

*A Francisco Brennand*

Quando mais nada resistir que valha
a pena de viver e a dor de amar
e quando nada mais interessar,
(nem o torpor do sono que se espalha).

Quando, pelo desuso da navalha
a barba livremente caminhar
e até Deus em silêncio se afastar
deixando-te sozinho na batalha

a arquitetar na sombra a despedida
do mundo que te foi contraditório,
lembra-te que afinal te resta a vida

com tudo que é insolvente e provisório
e de que ainda tens uma saída:
entrar no acaso e amar o transitório.

(Carlos Pena Filho, *Livro geral*, Rio de Janeiro, São José, 1959, p. 40.)

## As dádivas do amante

Deu-lhe a mais limpa manhã
que o tempo ousara inventar.
Deu-lhe até a palavra lã,
e mais não podia dar.

Deu-lhe o azul que o céu possuía
deu-lhe o verde da ramagem,
deu-lhe o sol do meio dia
e uma colina selvagem.

Deu-lhe a lembrança passada
e a que ainda estava por vir,
deu-lhe a bruma dissipada
que conseguiria reunir.

Deu-lhe o exato momento
em que uma rosa floriu
nascida do próprio vento;
ela ainda mais exigiu.

Deu-lhe uns restos de luar
e um amanhecer violento
que ardia dentro do mar.

Deu-lhe o frio esquecimento
e mais não podia dar.

(Carlos Pena Filho, *Livro geral*, Rio de Janeiro, São José, 1959, p. 75.)

## **Mário Faustino** dos Santos e Silva

Nasceu em Teresina, PI, em 22/10/1930, e morreu no Peru, num desastre aéreo, em 27/11/1962. Poeta, tradutor e crítico de poesia. Sua obra é um exercício constante de diálogo crítico com a tradição clássica. **Algumas obras**: *O homem e sua hora* (1955); *Poesia completa, Poesia traduzida* (org. Benedito Nunes 1985); *Os melhores poemas* (sel. Benedito Nunes, 2. ed.1988).

### Legenda

No princípio
Houve treva bastante para o espírito
Mover-se livremente à flor do sol
Oculto em pleno dia.
No princípio
Houve silêncio até para escutar-se
O germinar atroz de uma desgraça
Maquinada no horror do meio-dia.
E havia, no princípio,
Tão vegetal quietude, tão severa
Que se entendia a queda de uma lágrima
Das frondes dos heróis de cada dia.

Havia então mais sombra em nossa via.
Menos fragor na farsa da agonia,
Mais êxtase no mito da alegria.

Agora o bandoleiro brada e atira
Jorros de luz na fuga de meu dia —

E mudo sou para cantar-te, amigo,
O reino, a lenda, a glória desse dia.

(Mário Faustino, *Poesia*, Rio de Janeiro, Civilização Brasileira, 1966, p. 51.)

### Nam sibyllam...

Lá onde um velho corpo desfraldava
As trêmulas imagens de seus anos;

Onde imaturo corpo condenava
Ao canibal solar seus tenros anos;
Lá onde em cada corpo vi gravadas
Lápides eloqüentes de um passado
Ou de um futuro argüido pelos anos;
Lá cândidos leões alvijubados
Às brisas temporais se espedaçavam
Contra as salsas areias sibilantes;
Lá vi o pó do espaço me enrolando
Em turbilhões de peixes e presságios
Pois na orla do mundo as delatantes
Sombras marinhas, vagas, me apontavam.

(Mário Faustino, *Os melhores poemas*, 2. ed., São Paulo, Global, , 1985, p. 22.)

## "Vida toda linguagem"

Vida toda linguagem,
frase perfeita sempre, talvez verso,
geralmente sem qualquer adjetivo,
coluna sem ornamento, geralmente partida.
Vida toda linguagem,
há entretanto um verbo, um verbo sempre, e um nome
aqui, ali, assegurando a perfeição
eterna do período, talvez verso,
talvez interjetivo, verso, verso.
Vida toda linguagem,
feto sugando em língua compassiva
o sangue que criança espalhará — oh metáfora ativa!
leite jorrado em fonte adolescente,
sêmen de homens maduros, verbo, verbo.
Vida toda linguagem,
bem o conhecem velhos que repetem,
contra negras janelas, cintilantes imagens
que lhes estrelam turvas trajetórias.
Vida toda linguagem —
como todos sabemos
conjugar esses verbos, nomear
esses nomes:
amar, fazer, destruir,

homem, mulher e besta, diabo e anjo
e deus talvez, e nada.
Vida toda linguaguem,
vida sempre perfeita,
imperfeitos somente os vocábulos mortos
com que um homem jovem, nos terraços do inverno,
[contra a chuva,
tenta fazê-la eterna — como se lhe faltasse
outra, imortal sintaxe
à vida que é perfeita
língua
eterna.

(Mário Faustino, *Poesia completa, Poesia traduzida,* 1. ed., Max Limonad, São Paulo, 1985, p. 153-4.)

## José Ribamar Ferreira, pseud. **Ferreira Gullar**

Nasceu em São Luís, MA, em 10/9/1930. Poeta, teatrólogo, participou do grupo ligado à poesia concreta com o qual acabou rompendo, formando o grupo dos neoconcretos. **Algumas obras**: *Um pouco acima do chão* (1949); *A luta corporal* (poes. 1954); *Cultura posta em questão* (ens. 1965); *Se correr o bicho pega, se ficar o bicho come* (teat. 1966); *Uma luz no chão* (1978); *Antologia poética* (1979); *Na vertigem do dia* (poes. 1980); *Toda poesia* (1980); *Os melhores poemas* (1983); *Poemas escolhidos* (1989).

### As pêras

As pêras, no prato,
apodrecem.
O relógio, sobre elas,
mede
a sua morte?
Paremos a pêndula. De-
teríamos, assim, a
morte das frutas ?
Oh as pêras cansaram-se
de suas formas e de
sua doçura! As pêras,

concluídas, gastam-se no
fulgor de estarem prontas
para nada.
        O relógio
não mede. Trabalha
no vazio: sua voz desliza
fora dos corpos.

Tudo é o cansaço
de si. As pêras se consomem
no seu doirado
sossego. As flores, no canteiro
diário, ardem,
ardem, em vermelhos e azuis. Tudo
desliza e está só.
                                O dia
comum, dia de todos, é a
distância entre as coisas.
Mas o dia do gato, o felino
e sem palavras
dia do gato que passa entre os móveis
é passar. Não entre os móveis. Passar como eu
passo: entre nada.

O dia das pêras
é o seu apodrecimento.

É tranqüilo o dia
das pêras? Elas
não gritam, como
o galo.
        Gritar
para quê? se o canto
é apenas um arco
efêmero fora do
coração?

Era preciso que
o canto não cessasse

nunca. Não pelo
canto (canto que os
homens ouvem) mas
porque can-
tando o galo
é sem morte.

(Ferreira Gullar, *A luta corporal* in *Toda poesia - 1950-1980,* São Paulo, Círculo do livro, s. d., p. 37-8.)

## Dois e dois: quatro

Como dois e dois são quatro
sei que a vida vale a pena
embora o pão seja caro
e a liberdade pequena

Como teus olhos são claros
e a tua pele, morena

como é azul o oceano
e a lagoa, serena

como um tempo de alegria
por trás do terror me acena

e a noite carrega o dia
no seu colo de açucena

— sei que dois e dois são quatro
sei que a vida vale a pena

mesmo que o pão seja caro
e a liberdade, pequena.

(Ferreira Gullar, *Dentro da noite veloz* in *Toda poesia - 1950-1980,* São Paulo, Círculo do livro, s. d., p. 234.)

## Memória

menino no capinzal
        caminha
nesta tarde e em outra
havida

Entre capins e mata-pastos
vai, pisa
nas ervas mortas ontem
e vivas hoje
e revividas no clarão da lembrança

E há qualquer coisa azul que o ilumina
e que não vem do céu, e se não vem
do chão, vem
decerto do mar batendo noutra tarde
e no meu corpo agora
— um mar defunto que se acende na carne
como noutras vezes se acende o sabor
de uma fruta
ou a suja luz dos perfumes da vida
ah vida!

(Ferreira Gullar, *Dentro da noite veloz* in *Toda poesia - 1950-1980,* São Paulo, Círculo do livro, s. d., p. 252.)

## **Augusto** Luís Browne **de Campos**

Nasceu em São Paulo, SP, em 14/2/1931. Poeta, ensaísta, tradutor e crítico literário que, com o irmão Haroldo de Campos e Décio Pignatari, é um dos principais nomes da poesia concreta. **Algumas obras**: *O rei menos o reino* (1951); *Poesia* (1979); *Linguaviagem* (1987).

o v o
n o v e l o
novo no velho
o filho em folhos
na jaula dos joelhos
infante em fonte
f e t o f e i t o
d e n t r o d o
centro

nu
des do nada
a t e o h u m
a n o m e r o n u
m e r o d o z e r o
crua criança incru
stada no cerne da
carne viva en
fim nada

o
p o n t o
onde se esconde
lenda ainda antes
e n t r e v e n t r e s
quando queimando
o s s e i o s s ã o
p e i t o s n o s
dedos

no
turna noite
em torno em treva
turva sem contorno
morte negro nó cego
sono do morcego nu
ma sombra que o pren
dia preta letra que
s e t o r n a
sol

(Augusto de Campos, "ovonovelo" (1955), *Viva vaia - Poesia - 1949-1979*, São Paulo, Brasiliense, 1986, p. 94.)

**sem um numero**
**um numero**
**numero**
**zero**
**um**
**o**
**nu**
**mero**
**numero**
**um numero**
**um sem numero**

(Augusto de Campos, *"sem um número"* (1957), *Viva vaia - Poesia - 1949-1979*, São Paulo, Brasiliense, 1986, p. 101.)

## Gilberto Mendonça Teles

Nasceu em Bela Vista de Goiás, GO, em 30/6/1931. Poeta, ensaísta, crítico literário, professor. **Algumas obras**: *Alvorada* (1955); *Estrela-d'alva* (1956); *Planície* (1958); *Fábula de fogo* (1961); *Pássaro de pedra* (1962); *Goiás e literatura* (ens. 1964); *Sintaxe invisível* (1967); O *conto brasileiro em Goiás* (ens. 1969); *Drummond — a estilística da repetição* (ens. 1970); *Vanguarda européia e modernismo brasileiro* (ens. 1972); *Arte de armar* (1977); *Poemas reunidos* (1978); *Plural de nuvens* (1984); *Hora aberta* (1987); *Os melhores poemas de Gilberto Mendonça Teles* (2. ed. 1993).

### Criação

A Carlos Nejar

O verbo nunca esteve no início
dos grandes acontecimentos.
No início estamos nós, sujeitos
sem predicados,
tímidos,
embaraçados,
às voltas com mil pequenos problemas
de delicadezas,
de tentativas e recuos,
neste jogo que se improvisa à sombra
do bem e do mal.

No início estão as reticências,
este-querer-não-querendo,
os meios-tons,
a meia-luz,
os interditos
e as grandes hesitações
que se iluminam
e se apagam de repente.

No início não há memória nem sentença,
apenas um jeito do coração
enunciar que uma flor vai-se abrindo
no seu dia de festa, ou de verão.

No início ou no fim (tudo é finício)
a gente se lembra de que está mesmo com Deus
à espera de um grande acontecimento,
mas nunca se dá conta de que é preciso
ir roendo,
roendo,
roendo
um osso duro de roer.

(Gilberto Mendonça Teles, *Os melhores poemas*, 2. ed., São Paulo, Global, 1994, p. 173.)

## Cantilena

Quanto mais amo
mais me derramo:
água de bica,
óleo de arnica,
chuê, chuá.
Quando mais tenho
mais me desenho:
ruga no rosto,
o gasto o gosto
daqui, de lá.

Se ganho ou perco,
é tudo esterco:
o lixo, a borra,
a mesma zorra,
o mesmo pó.
Se alguém me julga
homem ou pulga,
eu penso nisto
e logo existo
num qüiproquó.

Se roubo ou furto,
é porque curto
o que me assalta:
a sobra, a falta,
seu vai e vem.
Se a arte é sorte,
quem faz o corte
e antes que eu valse
que põe realce
no mais além?

O resto é pluma,
coisa nenhuma,
fio e fiapo,
forma de trapo
nalgum desvão.
Mas quem garante
que neste instante
um anjo sisudo
não entra mudo
na contramão?

(Gilberto Mendonça Teles, Inédito)

# CAVALO-MARINHO

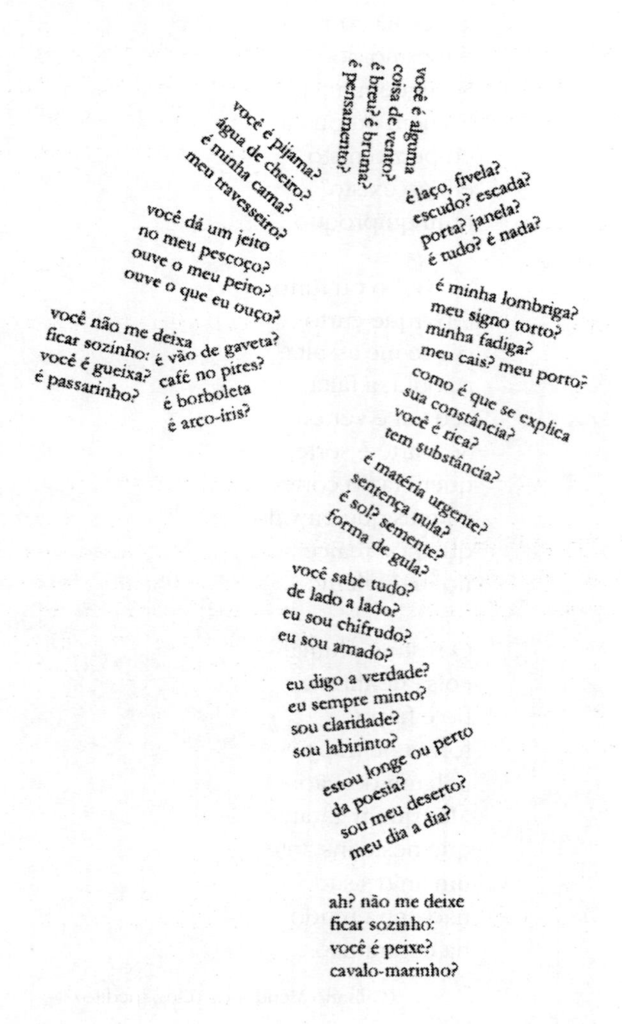


(Gilberto Mendonça, *Os melhores poemas*, São Paulo, Global, 1994, p. 166)

## Renata Pallottini

Nasceu em São Paulo, SP, em 28/3/1931. Poeta, dramaturga, novelista, contista, professora universitária. **Algumas obras**: *Acalanto* (poes. 1952); *O cais da serenidade* (poes. 1954); *Antologia poética* (poes. 1958); *O crime da cabra,* (teat. 1965); *Os arcos da memória* (poes. 1971); *Coração americano* (poes. 1976); *Cantar meu povo* (poes.1980); *Colônia Cecília* (teat. 1984); *Obra poética* (1995).

### A volta

Consoante o caminho do sol
serão as horas.
Esta é a maneira mais simples
de um homem dizer-se inócuo.

Inútil o arrojo sobre-humano.
Nada se poderia contra um horizonte de cinzas.

Consoante as nuvens do céu
serão as sombras,
e à crueza das noites
responderá o humilde orvalho.

Não que eu não ousasse.
Mas o repouso é o dom dos deuses
e a inquietação profana e fere.

Consoante as estrelas noturnas
será o caminho.
E as pegadas da ida
ensinarão a retornar.

(Renata Pallottini, *O monólogo vivo* in *Obra poética*, São Paulo, Hucitec, 1995, p. 58.)

### O biombo

Transparente é o anteparo
por trás do qual me escondo;

o estilo é hediondo; é o biombo.
Reparo: o que me esconde?
E mais: do que me escondo?
Sem dúvida sei onde; mas
por quê? questões sobejam:
quero é que não me vejam;
ver, quem? Tema a que nunca
respondo. Logo, a insistência extrema,
logo o tema se impondo,
e logo
o biombo
que, inocente, pensava que me esconde,
mas a quem
eu escondo.

(Renata Pallottini, *A casa* in *Obra poética*, São Paulo, Hucitec, 1995, p. 94.)

## Um poema de amor

Uma criança que chora é hoje meu coração
perdi-me pelas ruas e não sei aonde vou
é noite entre as escuras árvores da alameda
não esperas por mim e nunca me desejaste

uma criança que chora
é hoje meu coração

Olho de longe e o vento muda a feição dos ramos
são sombrias molduras as folhas que entrevejo
é noite em tua casa, é noite em tua festa
onde não me conhecem e jamais hei de estar

onde não me desejam e o meu sonho me leva
— uma criança que chora a quem tomaram a mão —

acolhe-me em teus braços, acolhe-me em teu peito
que um vento de rancor vem me acossando a vida
havia em mim uma certeza que ofegava
hoje eu sei que esperei contra todos os signos

já não tenho o pudor das minhas lágrimas
já não me calo nem questiono a sorte
porém canto e te peço: ouve, antes que seja tarde
em tua boca e no meu coração oprimido.

(Renata Pallottini, *Noite afora* in *Obra poética*, São Paulo, Hucitec, 1995, p. 227-8.)

## Armindo Trevisan

Nasceu em Santa Maria, RS, em 6/9/1933. Poeta, ensaísta, professor. **Algumas obras**: *A surpresa de ser* (poes. 1967); *Imploração do nada* (poes. 1971); *Corpo a corpo* (poes. 1973); *Funilaria no ar* (poes. 1973); *Em pele e osso* (poes. 1977); *O rumor do sangue* (poes. 1979); *O moinho de Deus* (poes. 1985); *Como apreciar a arte: do saber ao sabor; uma síntese possível* (ens. 1990); *Reflexões sobre a poesia* (ens.1993); *A dança do fogo* (poes.1995); *Os olhos da noite* (1997).

### Em teu corpo

Em teu corpo há um pássaro que canta
durante a noite, quando nos amamos,

e esse pássaro, que vai aonde vamos,
tem uma voz mais bela que o seu vôo.

Contudo, quando voa sobre os ramos,
e tange o azul como uma corda, a luz

que fere suas asas é mais doce
que o vôo com o qual acostumou-se.

(Armindo Trevisan, *A dança do fogo*, 2. ed., Porto Alegre, Uniprom, 1996, p. 16.)

### Escuta

Escuta: quando a noite for silvestre,
e a fome de outro corpo transbordar,
alija tua fome, remergulha
em amores que outrora floresceram.

Talvez aí cintile tua presença,
e o rubor desse corpo que te espreita,
ao pé de ti, mas afogado em flamas.
Pensarás desta vez que és tu que o amas.

(Armindo Trevisan, *A dança do fogo*, 2. ed., Porto Alegre, Uniprom, 1996, p. 64.)

## Brinquedo

Repara como se hipnotiza a criança
que acende, às escondidas, um foguete!

Repara.como a chama de seus olhos
se reaviva com o rastro estranho

que sobre o azul vai grafitando o míssil!
Possuis, também, o tino da criança

que espera pelo estouro. E tua audácia
é misturar as rosas e os abrolhos,

a prata e a platina, o ouro e o estanho.
Porém, quando se espraia em tua pele

o ungüento que te adoça para o encontro,
oh... como são faiscantes os teus ombros!

(Armindo Trevisan, *A dança do fogo*, 2. ed., Porto Alegre, Uniprom, 1996, p. 98.)

## Fulvia Maria Luiza **Moretto**

Nasceu em Porto Alegre, RS, em 6/12/1933. Poeta, ensaísta, tradutora, crítica literária, professora de Língua e Literatura Francesa, UNESP, Araraquara, SP. **Algumas obras**: *Caminhos do decadentismo francês* (1989); *Amanhã* (poes. 1990); *As portas do tempo* (poes. 1993); *Letras francesas — Estudos de literatura* (1994).

## Voz noturna

É noite de nada
De nada saber fazer
De não querer mais nada
Nem visita de fada
Nem roda de bem-querer.
É noite de nada
De nada saber fazer
De não querer mais ser
Noite de não dormir
De imobilidade e não-agir
De voz sem ruído
De passos que não vêm.
Noite de mal-estar
De suave limiar
Noite longa de colher
O sono de Belém
Noite que volta
Do fim de cada porta
Ou de bem mais além.
Noite que a gente cala
Em que o móvel estala
Noite de não mais ser
De não ter nada a dizer
Ao macio universo que fala.

(Fulvia M. L. Moretto, *Amanhã*, São Paulo, Mandacaru, 1990, p. 18.)

## Partida

A gente canta boceja ou ri
Enquanto a morte não vem
Estúpida espera
A grande quimera
Ginga e brinca de esconder.
Morre Chagall morre Michaux
Morre a teimosa criança
Que não cresceu dentro de nós
Morre o dia morre a terra

Quem sabe também morre a guerra
E toda a dor que ela causou.
E vai morrendo lentamente
Um mundo tão diferente
Daquilo que a gente sonhou.

(Fulvia M. L. Moretto, *As portas do tempo*, São Paulo, Mandacaru, 1993, p. 13.)

## Andanças

Queria fazer coisas e coisas
No grande mundo encantado
Queria levar todos os passos
Aos grandes caminhos varados
Mas a vida é terra a terra
E a gente quer céu a céu
A vida é dia a dia
E a gente quer o amanhã
Tudo errado para sempre
Nos tortos caminhos andados.

(Fulvia M. L. Moretto, *As portas do tempo*, São Paulo, Mandacaru, 1993, p. 24.)

# Mário Chamie

Nasceu em Cajobi, SP, em 1/4/1933. Escreveu doze livros de poemas e dez de ensaios. Com seu livro *Lavra lavra* (poemas, 1962, Prêmio Jabuti), instaurou o movimento da Poesia Praxis, no Brasil. Foi secretário de Cultura de São Paulo (1979/83) e membro do Conselho Federal de Cultura (1984/92) Tem poemas traduzidos para dez idiomas. **Algumas obras**: *Espaço inaugural* (1955); *O lugar* (1957); *Os rodízios* (1958); *Lavra-lavra* (1962); *Indústria* 1967); *Instauração praxis* (2 v. 1974); *Objeto selvagem* (poesia reunida, 1977); *Casa da época* (ens. 1979); *A quinta parede* (1986); *Natureza da coisa* (1993).

## O rei

Era um rei
que vinha
com mastros e bandeiras.

Era um rei oposto,
desses que trazem
a coroa
do lado do desgosto,
contra a força
do seu povo.

Não era um joão sem terra.
Era um rei sorrateiro
que pisa no reino
e quer o terreno
de todo o terreiro.

Sem porteira
vinha para ser dono.
Era um rei do mando
que desmandava
entre o mastro e a bandeira
do alto de seu trono.
Era um rei do mando.
Era um rei do engano.

Pôs o espanto
no rosto do seu povo
e o desgosto
no lado oposto do seu mando.
Era um rei deposto.

(Mário Chamie, *A quinta parede*, Rio de Janeiro, Nova Fronteira, 1986.)

## Forca na força

—
a palavra na boca
na boca a palavra: **força**

a **forca** da palavra **força**
a palavra rolha fofa

a rolha fofa sem **força**
a palavra em folha solta

a **força** da palavra **forca**
a palavra de boca em boca

na boca a palavra **forca**
a palavra e sua **força**

—

falar na era da **forca**
calar na era da **força**

na era de falar a **forca**
a era de calar a boca

na era de calar a boca
a era de falar à força

calar a **força** da boca com a **forca**
falar a boca da **forca** com a **força**

calar falar a palavra
não na ira da era ida

falar calar a palavra
nesta ira de era viva

calar a palavra na era ida da ira
falar a palavra na viva era da vida

—

mas a **forca** da palavra **força**
:um cedilha em sua boca

(Mário Chamie, *Indústria*, São Paulo, Mirante das Artes, 1967.)

## Os janízaros

Os oxímoros
da violência
eram estrondos
proparoxítonos

na ciência
dos janízaros.

Eram sons
opíparos
nos cantões
xenófobos
dos sultões
mortíferos.

Os oxímoros
da violência
não eram
a inocência,
o som alígero
de órfãos
e póstumos
sofridos.

Eram o grito
estertórico
no código
facínora
e fosfórico
dos janízaros
convictos.

(Mário Chamie, *Natureza da coisa*, São Paulo, Maltese, 1993.)

## Adélia Luzia Prado de Freitas

Nasceu em Divinópolis, MG, em 13/12/1935. Poeta, contista, cronista, professora primária e licenciada em Filosofia. **Algumas obras**: *Bagagem* (poes. 1976); *O coração disparado* (poes. 1978); *Solte os cachorros* (prosa poética 1979); *Cacos para um vitral* (rom. 1980); *Terra de Santa Cruz* (poes. 1981); *Os componentes da banda* (rom. 1984); *O pelicano* (poes. 1987); *A faca no peito* (poes. 1988); *Poesia reunida* (1991); *O homem da mão seca* (rom. 1994).

## A serenata

Uma noite de lua pálida e gerânios
ele viria com boca e mão incríveis
tocar flauta no jardim.
Estou no começo do meu desespero
e só vejo dois caminhos:
ou viro doida ou santa.
Eu que rejeito e exprobro
o que não for natural como sangue e veias
descubro que estou chorando todo dia,
os cabelos entristecidos,
a pele assaltada de indecisão.
Quando ele vier, porque é certo que vem,
de que modo vou chegar ao balcão sem juventude?
A lua, os gerânios e ele serão os mesmos
— só a mulher entre as coisas envelhece.
De que modo vou abrir a janela, se não for doida?
Como a fecharei, se não for santa?

(Adélia Prado, *Bagagem* in *Poesia reunida,* 6. ed., São Paulo, Siciliano, 1996, p. 82.)

## O amor no éter

Há dentro de mim uma paisagem
entre meio-dia e duas horas da tarde.
Aves pernaltas, os bicos mergulhados na água,
entram e não neste lugar de memória,
uma lagoa rasa com caniços na margem.
Habito nele, quando os desejos do corpo,
a metafísica, exclamam:
como és bonito!
Quero escavar-te até encontrar
onde segregas tanto sentimento.
Pensas em mim, teu meio-riso secreto
atravessa mar e montanha,
me sobressalta em arrepios,
o amor sobre o natural.

O corpo é leve como a alma,
os minerais voam como borboletas.
Tudo deste lugar
entre meio-dia e duas horas da tarde.

(Adélia Prado, *Terra de Santa Cruz* in *Poesia reunida,* 6. ed., São Paulo, Siciliano, 1996, p. 251.)

## O homem humano

Se não fosse a esperança de que me aguardas com a mesa posta
o que seria de mim eu não sei.
Sem o Teu Nome
a claridade do mundo não me hospeda,
é crua luz crestante sobre ais.
Eu necessito por detrás do sol
do calor que não se põe e tem gerado meus sonhos,
na mais fechada noite, fulgurantes lâmpadas.
Porque acima e abaixo e ao redor do que existe permaneces,
eu repouso meu rosto nesta areia
contemplando as formigas, envelhecendo em paz
como envelhece o que é de amoroso dono.
O mar é tão pequenino diante do que eu choraria
se não fosses meu Pai.
Ó Deus, ainda assim não é sem temor que Te amo,
nem sem medo.

(Adélia Prado, *Terra de Santa Cruz* in *Poesia reunida,* 6. ed., São Paulo, Siciliano, 1996, p. 281.)

# Nauro Diniz Machado

Nasceu em São Luís, MA, em 2/8/1935. Poeta, ensaísta e crítico. **Algumas obras**: *Tempo ladeado* (prosa 1974); *Antologia poética* (1980); *O cavalo de Tróia* (poes. 1982); *Mar abstêmio* (poes. s.d.); *As órbitas da água* (sonetos s.d.); *Funil do ser (canções mínimas* 1995); *A travessia do Ródano* (sonetos, 1997).

## Enguiço

Ouço o pensamento
pela noite funda
sobre o quarto todo.
Ouço-lhe o lamento
como quem se afunda
em maré de lodo.

Como quem já cai
de uma escadaria
sem nenhum degrau,
a noite se esvai
sem nascer-lhe o dia
nosso desigual.

O tempo não é bom
nem a vida é boa
e nem tem sentido.
E vivemos com
nossa idéia à toa,
de efêmero ruído.

(Nauro Machado, *Mar abstênio*, p.56.)

## Biópsia

O entendimento de que à poesia
competiria a vida, é falso.
(Porquanto a poesia vive
onde não é possível viver.)

Habita-a o silêncio apenas
da inabitável solidão.
(A da palavra — não a do homem,
povoado de pó e de perdas.)

Era uma terra selvagem:
nela não se ergueu casa alguma.
( Nenhuma família a habitou. )
Contempla — estéril — meu coração.

(Nauro Machado, *Funil do ser*, São Luís, Edufma, 1995, p. 87.)

## Maturidade

Nada vale o que passou.
Nada diz o que morreu
sem terra ou caixão nenhum
onde descansar seus ossos.

A ponte de Waterloo
e a valsa da despedida
são coisas do teu passado.
E o passado não tem peso.

Não apodrece o teu passado
no túmulo da memória,
essa pertinaz moenda
que sem cana ou mel de açúcar

mói o imputrescível das coisas
com suas gavetas e bocas
abrindo papéis e beijos
para a volúpia do nada.

Nada vale o que passou.
O que mata é o teu presente.
É a certeza do cachorro
a morrer de fato e sempre

(sem que dele tu soubesses
mais que o soube ele de ti)
nesse conhecimento ímpar
de pedra em arame farpado.

Não vale a pena nascer,
abrir-se, dar-se de fato,
para um jogo que é travado
com a certeza da perda.

(Nauro Machado, *O cavalo de Tróia*, Rio de Janeiro, Antares, Brasília, INL, 1982, p. 90-1.)

## Raduan Nassar

Nasceu em Pindorama, SP, em 27/11/1935. Ingressou no curso de Direito, Letras e Filosofia, só concluindo o de Filosofia. Ficcionista aclamado pela crítica, deixou de escrever logo depois de sua estréia na literatura. **Algumas obras**: *Lavoura arcaica* (rom. 1975); *Um copo de cólera* (nov. 1978); *Menina a caminho* (cont. 1997).

### *Lavoura arcaica*
Capítulo 10

(Fundindo os vidros e os metais da minha córnea, e atirando um punhado de areia pra cegar a atmosfera, incursiono às vezes num sono já dormido, enxergando através daquele filtro fosco um pó rudimentar, uma pedra de moenda, um pilão, um socador provecto, e uns varais extensos, e umas gamelas ulceradas, carcomidas, de tanto esforço em suas lidas, e uma caneca amassada, e uma moringa sempre à sombra machucada na sua bica, e um torrador de café, cilíndrico, fumacento, enegrecido, lamentoso, pachorrento, girando ainda à manivela na memória; e vou extraindo deste poço as panelas de barro, e uma cumbuca no parapeito fazendo de saleiro, e um latão de leite sempre assíduo na soleira, e um ferro de passar saindo ao vento pra recuperar a sua febre, e um bule de ágata, e um fogão a lenha, e um tacho imenso, e uma chaleira de ferro, soturna, chocando dia e noite sobre a chapa; e poderia retirar do mesmo saco um couro de cabrito ao pé da cama, e uma louça ingênua adornando a sala, e uma Santa Ceia na parede, e as capas brancas escondendo o encosto das cadeiras de palhinha, e um cabide de chapéu feito de curvas, e um antigo porta-retrato, e uma fotografia castanha, nupcial, trazendo como fundo um cenário irreal, e puxaria ainda muitos outros fragmentos, miúdos, poderosos, que conservo no mesmo fosso como guardião zeloso das coisas da família.)

(Raduan Nassar, *Lavoura arcaica*, 3. ed., 7. reimp., São Paulo, Companhia das Letras, 1997, p. 64-5.)

## *Um copo de cólera*

O levantar

Já eram cinco e meia quando eu disse pra ela "eu vou pular da cama" mas ela então se enroscou em mim feito uma trepadeira, suas garras se fechando onde podiam, e ela tinha as garras das mãos e as garras dos pés, e um visgo grosso e de cheiro forte por todo o corpo, e como a gente já estava quase se engalfinhando eu disse "me deixe, trepadeirinha", sabendo que ela gostava que eu falasse desse jeito, pois ela em troca me disse fingindo alguma solenidade "eu não vou te deixar, meu mui grave cypressus erectus", gabando-se com os olhos de tirar efeito tão alto no repique ( se bem que ela não fosse lá versada em coisas de botânica, menos ainda na geometria das coníferas, e o pouco que atrevia sobre plantas só tivesse aprendido comigo e mais ninguém), e como eu sabia que não há rama nem tronco, por mais vigor que tenha a árvore, que resista às avançadas duma reptante, eu só sei que me arranquei dela enquanto era tempo e fui esquivo e rápido pra janela, subindo imediatamente a persiana, e recebendo de corpo ainda quente o arzinho frio e úmido que começou a entrar no quarto, mas mesmo assim me debrucei no parapeito, e, pensativo, vi que o dia lá fora mal se espreguiçava sob o peso de uma cerração fechada, e, só esboçadas, também notei que as zínias do jardim embaixo brotavam com dificuldade dos borrões de fumaça, e estava assim na janela, de olhos agora voltados pro alto da colina em frente, no lugar onde o Seminário estava todo confuso no meio de tanta neblina, quando ela veio por trás e se enroscou de novo em mim, passando desenvolta a corda dos braços pelo meu pescoço, mas eu com jeito, usando de leve os cotovelos, amassando um pouco seus firmes seios, acabei dividindo com ela a prisão a que estava sujeito, e, lado a lado, entrelaçados, os dois passamos, aos poucos, a trançar os passos, e foi assim que fomos diretamente pro chuveiro.

(Raduan Nassar, *Um copo de cólera*, 5. ed., 5. reimp., São Paulo, Companhia das Letras, 1997, p. 18-20.)

## Ignácio de Loyola Brandão

Nasceu em Araraquara, SP, em 31/7/1936. Escritor e jornalista, tem vinte livros publicados entre contos, romances, viagens. **Algumas obras**: *Zero* (1975), *Cadeiras proibidas* (1976), *Dentes ao sol* (1976); *Não verás país nenhum* (1981); *A rua de nomes no ar* (1983); *O verde violentou o muro* (1985); *O beijo não vem da boca* (1986); *O anjo do adeus* (1995); *Veia bailarina* (1997).

## Quando nossas sombras desaparecem

Como o dia mostrava-se enfarruscado, ele achou normal que a sua sombra tivesse desaparecido. Se bem que não era certeza, precisava esperar um dia de sol. Acontece que uma frente fria vinda da Argentina descontrolou o tempo. Dias nublados, céu fechado, chuvas ocasionais. Enfim, numa segunda-feira, o dia que ele mais gostava, o sol reapareceu brilhante. Ao sair de casa, ele tinha o sol pela frente e andou com medo de olhar para trás. Depois de duas quadras, virou-se. Nada. Nenhuma sombra. Como era possível? Olhou para os outros, todos tinham a sua sombra. Pareciam felizes. Ninguém tinha percebido que ali estava um homem sem sombra. Chamou uma garota com cara de universitária, sweter amarrada na cintura:

— Olhe! Por favor, veja se não tenho mesmo sombra ou se minha vista anda ruim!

— O senhor não tem sombra.

— Que calamidade!

— Por que o desespero?

— Como posso viver sem sombra?

— Quem precisa de sombra? Pode me dizer a utilidade dela? Nenhuma. Só nos acompanha. Nada mais. Não nos defende, não nos aconselha, não ouve confidências. Sempre caladas.

Não é que a jovem tem razão? Qual é o lado prático de uma sombra? Nenhum. Nosso corpo não melhora nem piora, não nos sentimos bem ou mal.

— Sabe de uma coisa? disse a jovem. A sombra é um fardo. Ela nos cansa, está sempre atrás, do lado, corre na frente. Minha sombra, ano passado, foi atropelada. Sabe mais? Na PUC de Belo Horizonte, estão fazendo experiências com pessoas sem sombras.

Ele não ficou surpreso. Considerou que não era acaso ter encontrado uma jovem que soubesse tanto a respeito de sombras. Acreditava que as coincidências não são coincidências, são atos propositais gerados em algum ponto da vida.

— A PUC tem conseguido a coisa mais difícil da ciência: pesar a sombra.

— Sombra tem peso?

— E muito. Depende da aura, do astral, do interior da pessoa. Há sombras que quebram a balança.

— Está me gozando?

Ele era desconfiado. Havia alguma coisa no rosto da jovem que o fazia suspeitar. E se ela tivesse eliminado a sombra? Imagine se a gente vai logo encontrando assim alguém especialista em sombras? Aliás, esses especialistas nem existem. E se existissem?

— Outra coisa, acrescentou a jovem. As sombras são dependentes, fiéis, estimam a pessoa, apegam-se. Tanto que acabam adquirindo a forma de nosso corpo. Sombras sofrem se, por alguma razão, se desligam das pessoas a que pertencem. Até pouco tempo, tinha-se como impossível separar-se a sombra do corpo. Mas um grupo de cientistas de São Carlos conseguiu isolar as sombras. Elas podem ser conservadas em um freezer especial, debaixo de luz intensa. Nos Estados Unidos há pessoas que deixam suas sombras em custódia nas universidades. Para estudos, verificações, melhorias, reparos, recauchutagens. Claro que já surgiu o mercado negro. Gente que falsifica a sombra, pessoas que desviam a sombra dos outros, trapaceiros de toda ordem. Tenha cuidado, veja por onde sua sombra foi. Porque, uma vez desligadas, continuam rondando por perto, desassossegadas. Sozinhas não são nada. Dependem completamente dos humanos.

Faz sentido, pensou ele. O homem e sua sombra estão ligados desde que o mundo é mundo. Foram criados juntos. A sombra nos acompanha após a morte, esconde-se no caixão, fica por baixo do corpo, camuflada. Sabe que vai desaparecer quando o corpo se dissolver. Ela poderia fugir, quando vê seu proprietário morrendo. Mas é solidária. Tem coragem. Talvez saiba que o destino das sombras é desaparecer junto com o homem. Ela cresce junto, está sempre ao lado, nunca perde de vista o corpo que a produz. Sabe que há dias em que a pouca luz é insuficiente para produzi-la. Mesmo assim, existe, invisível.

Foi então que cogitou: e se a minha sombra está brincando comigo! Ou fugindo? Terá tido medo de alguma coisa? Do quê? Podemos pisar, chutar, empurrar, fustigar, a sombra não foge. Sentirá dor? Nenhuma sombra jamais se manifestou. Nunca protestou. Nunca questionamos se ela tem vontade própria, se gostaria de virar a esquina, quando continuamos. Se gostaria de seguir na direção contrária, entrar num prédio, correr atrás de outra sombra. Sombras se apaixonam? Será que ao se cruzarem, num relance, descobrem que a sombra de sua vida está ali, mas caminha em outra direção, perdendo-se para sempre? Quantas coisas a se descobrir a respeito destas companheiras fidelíssimas, constantes. E se a minha sombra não é minha, é de outro? E se ela estava se mudando para outro corpo e a surpreendi, envergonhou-se, escondeu-se? Voltará?

(Ignácio de Loyola Brandão, Inédito.)

## Maria José de Queiroz

Nasceu em Belo Horizonte, MG, em 29/5/1936. Professora universitária, pesquisadora, prosadora, poeta com inúmeras atividades fora do país no campo da docência e da pesquisa. **Algumas obras**: *Exercício de levitação* (poes. 1971); *Como me contaram.... Fábulas historiais* (ficç. 1973); *Ano novo, vida nova* (rom. 1978); *Homem de sete partidas* (rom. 1980); *Para que serve um arco-íris?* (poes. 1982); *A comida e a cozinha ou Iniciação à arte de comer* (ens. 1988); *Sobre os rios que vão* (rom. 1991); *A literatura alucinada: do êxtase das drogas à vertigem da loucura* (1991); *A literatura e o gozo impuro da comida* (ens. 1994); *Amor cruel, amor vingador* (cont. 1996); *Joaquina, filha do Tiradentes* (1987 e edição integral, 1997).

### Antônio Francisco Lisboa, enfim liberto

Tudo claro, calado.
Nenhuma surpresa na via sacra:
Cristo, os apóstolos, a morte,
dois ladrões, muitos soldados.
Mas no azul largo do horizonte
braços e mãos nos alertam:
no alto do Matosinhos
assiste douta assembléia.

Oh profetas, nobres profetas!
Palavras encarceradas
nas letras mudas, eternas,
no gesto feito de pedra.
A voz desatada em verbo
ameaça partir no gesto.

E como saber que dizem?
Como entender-lhes a fala?
Que vozeio o seu, tão secreto?

O silêncio apenas repete
na insistência da pedra
o sonho frustrado na terra:
na tarde longa dos séculos,
prodígio de mãos e braços
de Antônio Francisco Lisboa,
enfim liberto.

Congonhas, setembro de 1972

(Maria José de Queiroz, *Como me contaram... Fábulas historiais,* Belo Horizonte, Imprensa/Publicações, 1973, p. 191-2.)

## *Joaquina, filha do Tiradentes* (frag.)

/..../

A conversa com a mãe veio fortalecer a decisão de Joaquina. Não, não aceitaria o pedido de José Afonso. Por que ocultar a filiação? Por que esquecer o passado? Por que manter sigilo em torno da origem? Cultivaria, também ele, preconceitos inconfessados e inconfessáveis?

/..../

A resposta a José Afonso foi escrita. Tudo ponderado e medido: prós e contra, impedimentos, diferença de origem e nascimento, hábitos, educação, modo de vida. Altiva e sóbria, não logrou contudo arrefecer o ânimo do pretendente. Três semanas depois, sua figura voltava a aparecer, de improviso, à janela da casa de Antônio Dias. Joaquina bordava. Sem sobressalto, sorridente, levantou-se e abriu a porta a José Afonso. Com a serenidade de quem sabe o que quer, e o que mais lhe convém, aguardou, sem pressa, que ele tomasse a palavra.

/..../

— Ouça-me, Dona Joaquina. A senhora há de convir que mesmo depois de uma conspiração frustrada a vida continua. O amor continua. Não é possível que a política interfira na nossa intimidade, que dirija os nossos sentimentos. Ainda que o Alferes represente muito para a senhora, não é normal nem humano que sua vida dependa do seu destino histórico, seja ele herói, mártir ou inconfidente. Seria ignóbil que nos acorrentássemos às penas impostas a outros que não a nós. Como também me parece absurdo que nos tornemos escravos da glória de quem quer que seja — pai, irmão ou parente.

— Suas razões apenas me fazem ver que o senhor desconhece que estou, sim, acorrentada à pena do Alferes. Não só eu, sua filha, mas, também, meus filhos — os seus netos e herdeiros. A infâmia lançada sobre ele me atinge também a mim e à minha descendência.

— Isso só acontece na tragédia grega, Dona Joaquina... Estamos no Brasil, na América, no Novo Mundo. Amanhã, o país será livre. E toda essa infâmia, que a senhora parece tomar sobre a cabeça como a cinza dos penitentes, será transformada em glória. Teremos orgulho de proclamar bem alto que somos os pais dos herdeiros do Alferes.

— Por que não proclamá-lo agora, se o senhor crê que aqui tudo é diferente?

— Porque não é chegada a hora. E tudo vem a seu tempo. A glória espera. Só o amor não espera, Dona Joaquina.

— O verdadeiro amor sabe velar e esperar, sem consumir-se nas chamas das paixões.

— Sim, tem razão. Mas o tempo não espera. E o amor se nutre do tempo. De juventude, principalmente. O sentimento permanecerá indene mas o amor sublimado não lhe poderá oferecer o gosto nem a alegria de amar. Por isso, não quero esperar. E nem a aconselho a assim proceder.

— Eu não posso ser feliz, Senhor José Afonso. E nem quero. Enquanto me for negado o direito de dizer quem sou, não me sinto apta a abraçar o meu destino. Se não posso ser eu mesma, como alcançarei a felicidade que me pertence? Sob falso nome? Clandestinamente? Eu não sentiria como coisa própria, minha, as alegrias nem os prazeres do amor que me propõe. Nem seria capaz de desfrutar a ventura que me oferece. No dia em que nos lavarem de toda a culpa, no dia em que nos redimirem de toda infâmia, estarei pronta para partir na sua companhia. Quando a assuada, o riso e o castigo — que ainda hoje perseguem o nome do Alferes — se houverem transformado em silêncio respeitoso e em gratidão, nesse dia, sim, eu poderei ser feliz. Antes? Não. Deixe-me agora entregue à minha pena. O senhor disse que lhe causara impressão a grave serenidade da minha fisionomia...

— Mais ou menos isso, é verdade.

— Embora tenha acertado na observação, o senhor não apontou a causa dessa serenidade. Pois ela me vem da aceitação do destino. Dentro do mundo estreito em que vivo tudo está decidido. Tudo foi decidido. Não me perturba, como às demais moças da minha idade, o que serei, e o que farei. Não cultivo esperanças. E o senhor deve saber que é a esperança o pior de todos os males. Se dela me livrei, livrei-me, também, do desassossego, da incerteza e dos cuidados. Por isso, estou tranqüila, serena. Diante dos delírios de minha mãe, mantenho a calma. Nada me perturba. A minha sentença já foi proferida. A mim só me cabe agora padecê-la.

— A sua sentença, Dona Joaquina, foi a senhora mesma quem a lavrou. Só o orgulho a impede de ser feliz. Filha de quem é, não lhe agrada viver, amar e sofrer como os demais. Ninguém está a exigir-lhe o sacrifício da própria vida. E não salvará a quem quer que seja a forma de heroísmo que pratica. Esqueça, em nome do amor, que é filha do *Tiradentes.*

— Jamais, Senhor José Afonso. O senhor me pede o impossível.

— Se a senhora se obstina em prolongar, enquanto vive, o gesto iniciado por seu pai, nada mais posso pedir-lhe. Deixo-lhe um dos retratos que desenhei: aquele que fiz na sua presença. Guardo para mim, como lembrança, a figura que imaginei nas minhas noites de insônia e que desejei ter comigo para sempre. Baldado o meu empenho, saiba que, caso mande o contrário, virei buscá-la. Mas... não demore. Porque a glória é dos que morrem. O amor é dos que vivem.

/..../

(Maria José de Queiroz, *Joaquina, filha do Tiradentes*, ed. integral, com Posfácio da Autora, Rio de Janeiro, TOPBOOKS, 1997, p. 325-31.)

## Moacyr Scliar

Nasceu em Porto Alegre, RS, em 23/3/1937. Romancista, contista, cronista, médico. O fantástico e a impregnação da cultura judaica são traços fortes de sua obra. **Algumas obras**: *Histórias de médico em formação* (cont. 1962); *O carnaval dos animais* (cont. 1968); *A guerra no Bom Fim* (nov. 1972); *O exército de um homem só* (nov. 1973); *Os deuses de Raquel* (nov. 1975); *A balada do falso Messias* (cont. 1976); *Mês de cães danados* (nov. 1977); *Doutor Miragem* (nov. 1978); *O centauro no jardim* (rom. 1980); *A festa no castelo* (1982); *A orelha da Van Gogh* (1988); *O olho enigmático* (1988); *Contos reunidos* (1995); *A majestade do Xingu* (rom. 1997).

### Cego e amigo Gedeão à beira da estrada

— Este que passou agora foi um Volkswagen 1962, não é, amigo Gedeão?

— Não, Cego. Foi um Simca Tufão.

— Um Simca Tufão?... Ah, sim, é verdade. Um Simca potente. E muito econômico. Conheço o Simca Tufão de longe. Conheço qualquer carro pelo barulho da máquina.

Este que passou agora não foi um Ford?

— Não, Cego. Foi um caminhão Mercedinho.

— Um caminhão Mercedinho! Quem diria! Faz tempo que não passa por aqui um caminhão Mercedinho. Grande caminhão. Forte. Estável nas curvas. Conheço o Mercedinho de longe... Conheço qualquer carro. Sabe há quanto tempo sento à beira desta estrada ouvindo os motores, amigo Gedeão? Doze anos, amigo Gedeão. Doze anos. É um bocado de tempo, não é, amigo Gedeão? Deu para aprender muita coisa. A respeito de carros, digo. Este que passou não foi um Gordini Teimoso?

— Não, Cego. Foi uma lambreta.

— Uma lambreta... Enganam a gente, essas lambretas. Principalmente quando eles deixam a descarga aberta.

Mas como eu ia dizendo, se há coisa que eu sei fazer é reconhecer automóvel pelo barulho do motor. Também, não é para menos: anos e anos ouvindo!

Esta habilidade de muito me valeu, em certa ocasião... Esse que passou não foi um Mercedinho?

— Não, Cego. Foi um ônibus.

— Eu sabia: nunca passam dois Mercedinhos seguidos. Disse só pra chatear. Mas onde é que eu estava? Ah, sim. Minha habilidade já me foi útil. Quer que eu conte, amigo Gedeão? Pois então conto. Ajuda a matar o tempo, não é? Assim o dia termina mais ligeiro. Gosto mais da noite: é fresquinho, nesta época. Mas como eu ia dizendo: há uns anos atrás mataram um homem a uns dois quilômetros daqui. Um fazendeiro muito rico. Mataram com quinze balaços. Esse que passou não foi um Galaxie?

— Não. Foi um Volkswagen 1964.

— Ah, um Volkswagen... Bom carro. Muito econômico. E a caixa de mudanças muito boa. Mas, então, mataram o fazendeiro. Não ouviu falar? Foi um caso muito rumoroso. Quinze balaços! E levaram todo o dinheiro do fazendeiro. Eu, que naquela época já costumava ficar sentado aqui à beira da estrada, ouvi falar no crime, que tinha sido cometido num domingo. Na sexta-feira, o rádio dizia que a polícia nem sabia por onde começar. Esse que passou não foi um Candango?

— Não, Cego, não foi um Candango.

— Eu estava certo de que era um Candango... Como eu ia contando: na sexta, nem sabiam por onde começar.

— Eu ficava sentado aqui, nesta mesma cadeira, pensando, pensando... A gente pensa muito. De modo que fui formando um raciocínio. E achei que devia ajudar a polícia. Pedi ao meu vizinho para avisar ao delegado que eu tinha uma comunicação a fazer. Mas esse agora foi um Candango!

— Não, Cego. Foi um Gordini Teimoso.

— Eu seria capaz de jurar que era um Candango. O delegado demorou a falar comigo. Decerto pensou: "Um cego? O que pode ter visto um cego?". Essas bobagens, sabe como é, amigo Gedeão. Mesmo assim, apareceu, porque estavam tão atrapalhados que iriam falar até com uma pedra. Veio o delegado e sentou bem aí onde estás, amigo Gedeão. Esse agora foi o ônibus?

— Não, Cego. Foi uma camioneta Chevrolet Pavão.

— Boa, essa camioneta, antiga, mas boa. Onde é que eu estava? Ah, sim. Veio o delegado. Perguntei: "Senhor delegado, a que horas foi cometido o crime?". "Mais ou menos às três da tarde, Cego", respondeu ele. "Então", disse eu, "o senhor terá de procurar um Oldsmobile 1927. Este carro tem a surdina furada. Uma vela de ignição funciona mal. Na frente, viajava um homem muito gordo. Atrás, não tenho certeza, mas iam talvez duas ou três pessoas." O delegado estava assombrado. "Como sabe de tudo isso, amigo?", era só o que ele perguntava. Esse que passou não foi um DKW?

— Não, Cego. Foi um Volkswagen.

— Sim. O delegado estava assombrado. "Como sabe de tudo isso?" "Ora, delegado", respondi. "Há anos que sento aqui à beira da estrada ouvindo automóveis passarem. Conheço qualquer carro. Sei mais: quando o motor está mal, quando há muito peso na frente, quando há gente no banco de trás. Esse carro passou para lá às quinze para as três; e voltou para a cidade às três e quinze." "Como é que tu sabias das horas?", perguntou o delegado. "Ora,delegado", respondi. "Se há coisa que eu sei — além de reconhecer os carros pelo barulho do motor — é calcular as horas pela altura do sol." Mesmo duvidando, o delegado foi... Passou um Aero Willys?

— Não, Cego. Foi um Chevrolet.

— O delegado acabou achando o Oldsmobile 1927 com toda a turma dentro. Ficaram tão assombrados que se entregaram sem resistir. O delegado recuperou todo o dinheiro do fazendeiro, e a família me deu uma boa bolada de gratificação. Esse que passou foi um Toyota?

— Não, Cego. Foi um Ford 1956.

(Moacyr Scliar, *Contos reunidos*, São Paulo, Companhia das Letras, 1995, p. 341-3.)

## Francisco J. C. Dantas

Nasceu em Riacho do Dantas, SE, em 18/10/1941. Autodidata, exerceu várias atividades, fez teses sobre Osman Lins e Eça de Queiroz. Romancista, é professor de literatura na Universidade Federal de Sergipe. **Algumas obras**: *Coivara da memória* (1991); *Os desvalidos* (1993); *Cartilha do silêncio* (1997).

### *Os desvalidos*

Capítulo 10 — Segunda parte — Jornada dos pares no Aribé (frag.)

/..../

Mal Lampião atenta nesta palavra derradeira que lhe estremece as entranhas sem que ele, despreparado, dê fé da súbita chegada que nele se desfecha como um assalto, os cheiros todos da noite se amaciam na feição de uma certa mulher, a telha rachada de seu tino por onde lhe gotejam uns amolecimentos... e em cujo peito solto no relento, em muito fim de noite como este, bebera o orvalho da vida, que porejava na morena pele mal banhada; e agora tremelica aqui amorrinhado num atropelo de embaraçada saudade, enxovalhado na rota soberba de rei corrido nesta ciganagem sem teto para morar. Abana a cabeça, suspiroso, ciente de que se pegar a puxar mágoa daqui e dali, tem muito em que futucar... a coisa aí vai render, e o seu calete na guerra tão aprumado, com os espirros que sobem do coração é bem capaz de afracar... Haverá no mundo algum desinfeliz que não se rale de emendar o dia e a noite na caatinga, punido na sua vida corredia, muitas vezes em cima do seu direito; e além disso ainda acordando sempre espaventado, com a mulher da gente grudada na cabeça, se estrebuchando a servir de pasto à macacada, depois de ter na barriga o filho morto a pontapés e coice de armas? Segue assim pela estrada perdida de seus presságios, agitado com o pesadelo de que lhe cortam a cabeça, a mesma visão que também não dá descanso à pobre da Santinha.

Virgulino mete as mãos num embornal e rasga com os dedos inseguros a carne-seca preparada por Maria Bonita. Resta apenas um fiapo fibroso do mamilo, mas o paladar da boca salivante remói, deveras agradado, este gosto aconchegante que só exala, proceloso, daquilo que é repassado a plaina de amorosos cuidados. Depois que se meteu com esta mulher-suçuarana de grandes peitos de mel, e nela se aleitou com o insonhável carinho de que nunca cogitara, pegado de corpo e alma às empreitadas mais duras a que todo se votava enquanto rei do cangaço — não sabe que diacho lhe deu que pouco a pouco veio amolecendo o coração encascado a ferro de punhais, e quando deu cobro de si, numa revelação que lhe chegou enquanto se bate uma pestana, enfim se descobriu encasquetado neste apego rijo de vertiginosa estima bem cativo. (...)

/..../

Na roda da saia dela, Virgulino bem sabe que virou outro! Embora sem desmerecer nem um só pingo a sumosa valentia que lhe vem do sangue dos Ferreira, já não tira das brigas e fuzilarias o mesmo gosto com que se regalava em outros anos. É certo que mesmo no fogo da mais cruenta peleja o bom tino e a felina destreza em hora nenhuma lhe faltaram; mas uma vez ausente da mulher, lá lhe chega o diabo do quebrantamento que o leva a se entregar a coisas finas e a fofuras de comodidades. Vontade de se dar aos versos, como aqueles de "Mulher rendeira", que esgarranchou todo alterado para sua tia Jocosa do Poço do Negro, como se lhe votasse as cordas d'alma, tanto foi o sentimento que nas palavras botou! Se está na vista dela, ferroa o olho são na boca carnudona que se abre dadivosa, a cabeça lhe roda e perde o tento, enrolado numa preguiça acariciativa... E é só sair um dia, lá lhe chega, judiadeira, a falta de seus cuidados. Com esta sua mulher, jazida de balsâmicos milagres, queria ter de tudo e não tem nada! Agora, que gasta com ela as maneiras suaves encastoadas por dentro, é que lhe doem de verdade o desamparo no meio do relento e a tropa de mulas que sempre quisera sua, tangida a capazes almocreves. A vida só presta mesmo quando a gente tem fé de arranjar um lugarzinho decente, de ajeitado sossego, e um lote de finas mercadorias pra guarnecer de verdade a mulher que se quer bem! Cadê o cavalo castanho de andadura macia e muito brando de rédeas para só ela esquipar nos arreios de primeira floreados a supimpo acabamento, sem um só vivente a persegui-la, e só ele, Virgulino, emparelhado com ela, batendo os caminhos cheirosos, largueza de sua infância? Ah! me livrar para sempre desta catinga de suor encascada a pó de terra e borra de alguma pólvora, e sair pra tomar banho com o corpo dela nas mãos, no poço fundo do riacho São Domingos, onde me banhei ainda molecote, espadanando água com a pancada dos cangapés em cima da meninada que corria em algazarra, bordejando a caatinga aninhada ao pé da serra Vermelha! Ah! Quem me dera um mundo diferente, sem cerca e sem traição, sem cancela e sem persiga! Ah! Maria Alcina, Maria de Déia, Maria Bonita, enfim Santinha, mulher desses quatro nomes tão poucos para contê-la, que se tivesse mais outros dois tantos ainda nada seria pra quem vive abarrotada do amor mais insensato e da fé mais cega, sujeita a cair matada sem nada para ganhar, a não ser a fadiga de um rojão desgramado, e um reconforto invisível pra cujo gozo não teme as setas do tiroteio e a ira da macacada.

(Francisco J. C. Dantas, *Os desvalidos*, São Paulo, Companhia das Letras, 1993, p. 184-7.)

## **Luiz Antonio de Assis Brasil** e Silva

Nasceu em Porto Alegre, RS, em 21/6/1945. Romancista, formado em Direito e doutorado em Teoria da Literatura. É professor, foi diretor do Instituto Estadual do Livro do Rio Grande do Sul, lecionou na Universidade dos Açores, Portugal. **Obras**: *Um quarto de légua em quadro* (1976); *A prole do corvo* (1978); *Bacia das Almas* (1981), *Manhã transfigurada* (1982); *As virtudes da casa* (1985); *O homem amororso* (1986); *Cães da província* (1987); *Videiras de cristal* (1990); *Perversas famílias* (1992); *Pedra da memória* (1993); *Os senhores do século* (1994); *Concerto campestre* (1997); *Anais da Província-Boi* (1997); *Breviário das terras do Brasil* (1997).

## *Cães da província*

1

Cronista (frag.)

Porto Alegre, neste século XIX, das luzes.

A cabeça da Província de São Pedro do Rio Grande do Sul é um promontório elevado que avança rio adentro, no sentido leste-oeste, não mais. No lado norte, o mais protegido, aquele que as pessoas escolheram para morar, estão as casas de residência, as lojas, os arsenais, as boticas, os seleiros, os correeiros e toda a gente que trabalha no ímpeto de formar aqui uma grande cidade, flor e orgulho do Império, reluzente marco da presença brasileira nestas meridionais solidões. As casas e as ruas esparramam-se a deus-dará, desobedecendo quase por método às ordens de um famoso capitão Montanha, homem que em certa era e certo dia disse: "aqui vai ser a rua principal, depois as outras serão paralelas e perpendiculares", aplastando a ignorância dos primeiros moradores com tantas palavras difíceis. Imagine, o capitão Montanha querendo ser um novo Rômulo, que com seu arado demarcou os limites da velha Roma, no tempo das antigüidades. As ruazinhas espremem-se e se chocam, caindo a ribanceira bem ao modo português, as moradias correndo parelhas umas às outras e tão grudadas que da casa em frente se ouve o que se fala aqui, é só apurar os ouvidos. Bom para o entrudo, quando se pode jogar limões-de-cheiro de uma residência para outra com tiro curto, atingindo seus moradores desprevenidos, encharcando-os até os ossos, eles até gostam, enfim é festa.

Já o lado sul, aberto ao vento minuano, é o domínio das chácaras que dão à cidade tudo que ela precisa de farinhas, frutas, legumes, carne e gente servil que, para chegar ao centro, tem de cruzar o arroio Dilúvio por uma ponte toda branca, erguida pelo Barão de Caxias, quando aqui esteve pacificando a Província convulsionada. Mas este é um assunto que hoje ninguém quer falar, e deve-se respeito.

Sobre o promontório, em lugar altivo, os Poderes se instalam: a matriz acachapada, de duas torres e coruchéus, domínio das pessoas piedosas, como aliás são todas, palco de grandes acontecimentos que sacodem a mesmice dos dias: ladainhas, terços, festas do Divino, *tedeuns* gorjeantes e estimuladores das lágrimas senhoriais, enfim, tudo como se quer e deseja. Ao lado, o palácio do governo, marca em brasa do poder colonial, depois real, depois imperial, depois revolucionário e novamente imperial, queira Deus agora que para sempre. É uma bela construção, nove janelas acima, oito janelas abaixo e uma porta, tudo muito reto e liso para não provocar graçolas dos transeuntes e visitantes.

À frente do Papa e do Imperador fica a mimosa praça, da Matriz, assim chamada por óbvio. Nesta praça, do outro lado, enxergando os dois Poderes valiosos, está o teatro São Pedro, estalando de novo, com apenas um decênio de existência, mas que muito já levou de companhias dramáticas, líricas e cômicas, requinte das noites de inverno e dos longos entardeceres outonais, quando as raparigas e os moços têm ocasião de encontrar-se em sossego, sem os compromissos que um *rendez-vous* na Bailante — também na praça — pode ensejar.

No plano, temos a rua mais formosa e reputada, a rua da Praia, porque junto ao rio Guaíba, onde a cidade verdadeiramente nasceu de umas palhoças açorianas. Ali o comércio é forte, tanto no miúdo como nos grandes atacados e no geral as casas de negócio são assim: embaixo a loja com seus pertences e arriba a casa de moradia do proprietário; às vezes têm sacadinhas de ferro batido, mas isso é moda. Das palhoças açorianas não há nem cheiro, nem ninguém se lembra mais delas, também faz cem anos, um tempo enorme para este século civilizado. A rua da Praia, quando deixa a dita e dobra para as entranhas da cidade, torna-se rua da Graça, mas na verdade é uma única rua, a da Graça e a da Praia, não há esquina para marcar onde termina uma e começa outra.

E a rua da Graça — ou da Praia, sirvam-se — , com nome tão lindo, é desaguadouro de pequenas vielas e travessas, portando nomes ingênuos e quiçá indignos: beco do Brito, do Mijo, do Coelho, da Bandeira. Mas não há só becos pestilentos, também há as ruas decentes: rua do Ouvidor, rua de Bragança, rua do Rosário, rua de Santa Catarina, e que servem de residência às gentes melhores antes de subirem para a rua da Igreja, lugar de ascenso natural para aqueles que, além de ricos, passam a ostentar algum distintivo na lapela ou algum colar, grã-cruzes deste Império. Estas pessoas reputadas vão além na escala natural da sociedade, tornando-se titulares de solar erguido, como a baronesa do Gravataí, o visconde de São Leopoldo ou o conde de Porto Alegre, que maravilham os habitantes com suas recepções de libré e mordomos.

/..../

(Luiz Antonio de Assis Brasil, *Cães da província*, 6. ed., Porto Alegre, Mercado Aberto, 1996, p. 13-5.)

# Índice alfabético de autores e respectivos textos

# Índice por títulos e primeiros versos

## A

**P**



**Q**



**R**



**S**



**T**

Este livro acaba de ser composto em Garamond para a Musa Editora, em abril de 1998 e impresso pela Paulus Gráfica, em São Paulo, SP-Brasil, com filmes fornecidos pelo Editor.